PARI TENU!

MARGUERITE LABBE

PARI TENU!

MARGUERITE LABBE

DREAMSPINNER
PRESS

Publié par
DREAMSPINNER PRESS

5032 Capital Circle SW, Suite 2, PMB# 279, Tallahassee, FL 32305-7886 USA
http://www.dreamspinnerpress.com/

Édition e-book en français : 978-1-63476-707-1
Édition imprimée en français : 978-1-63476-706-4
Première édition française : août 2015
Première édition : décembre 2011

Édité aux Etats-Unis d'Amérique.

Pour Melissa K., comme moi émigrée de la Nouvelle-Angleterre et amoureuse du base-ball. J'espère qu'à l'avenir nous aurons encore de nombreuses occasions de compatir et d'angoisser à propos de matchs.

REMERCIEMENTS

Alaina Pincus m'a apporté une aide précieuse pour tenter de comprendre les rouages des départements d'universités. Elle a répondu à mes nombreuses notes au fur et à mesure de l'écriture de ce roman, et a ensuite gracieusement lu le texte et corrigé mes nombreuses erreurs. Elle a aussi offert son point de vue sur l'histoire.

KJ Reed m'a aidée avec la terminologie militaire, et a répondu à mes nombreuses questions concernant les Marines, et les réservistes en particulier, même lorsque ces questions arrivaient tard le soir ou lorsqu'elle travaillait sur son propre livre.

CM Torrens et Jen McJ m'ont offert de superbes analyses et suggestions qui m'ont aidée à rester sur la bonne voie.

Je les remercie profondément d'avoir donné de leur temps.

I

— ET MINCE, marmonna Eli Hollister en arrêtant sa moto en face du Bar et Grill *Dingers Sports*.

Son cœur se serra en voyant le panneau 'fermé' sur la porte et les ouvriers crapahutant sur le toit. Normalement, voir un tas d'hommes torses nus et transpirants en train de travailler dur sous le soleil ne l'aurait pas dérangé, mais pas quand son estomac était désespéré au point de ronger sa colonne vertébrale pour se remplir. Baver n'était pas suffisant, il lui fallait de quoi manger.

Il lança un autre coup d'œil aux hommes sur le toit, qui étaient en train d'arracher les bardeaux et de les jeter dans la benne plus bas. Eli les connaissait tous sauf un. Jonas Quantrill dirigeait l'entreprise de construction du coin avec Craig et Lee, deux de ses fils. Mais c'est l'homme qu'il ne connaissait pas qui retint l'attention d'Eli.

Il avait la carrure musclée et compacte d'un homme qui utilisait son corps pour gagner sa vie. Difficile de distinguer grand-chose de plus de là où Eli se trouvait à cause du soleil aveuglant, mais il observa sa silhouette. Il jeta un regard appréciateur à la façon sûre et agile dont l'homme se déplaçait sur le toit en pente. Celui-ci déposa les planches qu'il tenait sur le toit et se redressa, passant le dos de sa main sur son front. L'action envoya une décharge de désir dans le ventre d'Eli. Il pariait que l'homme avait des mains rugueuses, et Eli appréciait vraiment la sensation de mains rugueuses sur sa peau nue.

— Enlève ta moto de là avant de ramasser un clou.

Neil Ryder, le propriétaire de *Dingers*, venait d'émerger du bâtiment les bras croisés sur la poitrine.

— Je ne viendrai pas te chercher si tu es à plat en pleine montagne.

Eli devait convenir que c'était logique. Certains de ces bardeaux atterrissaient à la limite de la benne. Eli poussa sa moto un peu plus bas dans

1

la rue et revint en marchant vers le *Dingers*. Neil leva les yeux vers les hommes en train de travailler sur le toit, le sommet de son crâne chauve brillant au soleil.

— Neil, pourquoi est-ce que tu me fais ça ?

— Quoi ?

Neil jeta un regard noir à Eli, qui lui répondit par un large sourire. Neil aurait eu l'air plus à sa place dans une équipe de bûcherons qu'à la tête d'un bar. C'était un homme grand et élancé, arborant une barbe drue et grisonnante. La sueur luisait sur son crâne chauve, et il l'essuya avec un mouchoir en tissu avant de fusiller du regard les hommes sur le toit.

— Ce satané truc a brusquement eu une énorme fuite juste au-dessus de mon bureau. J'ai eu une tonne d'eau partout. Maintenant, il faut que je remplace tout. Tu sais combien j'ai perdu avec le 4 juillet [1] ? Ça va déséquilibrer mon budget pendant des mois.

— Tu exagères. Tout ira bien.

Surtout lorsque la ville universitaire d'Amwich se remplirait d'étudiant lors de la rentrée d'automne.

— Pourquoi est-ce que tu n'en as pas profité pour partir quelques jours et te reposer ?

— Et laisser ces bons à rien sans surveillance ? Je ne crois pas, non. Tout le monde ne peut pas aller se balader dans tout le pays comme tu le fais, grogna Neil en regardant le toit d'un air renfrogné, où les hommes étaient maintenant en train de hisser du matériel à travers l'échafaudage et de piétiner lourdement au-dessus de son bar bien-aimé.

Le toit était un champ de bataille, avec une cheminée dressée au milieu comme un dernier soldat abandonné.

Une fois encore, les yeux d'Eli dévièrent vers le nouveau venu tandis qu'il laissait tomber une brassée de bardeaux par-dessus le rebord du toit. Il crut un instant que leurs regards s'étaient croisés, du moins il espérait que c'était la raison du frisson qu'il avait ressenti.

— Ce n'était qu'une idée.

Eli arracha son regard de la contemplation de l'autre homme. L'expression acerbe de Neil le convainquit de ne pas le taquiner plus avant. La journée d'été était caniculaire, ce qui était plutôt rare, et le visage de Neil avait pris une jolie couleur rouge.

---

[1] Fête nationale américaine. (NDT)

— Une mauvaise idée, dit Neil en se tournant vers le bar et en ouvrant la porte à Eli. Il fait trop chaud pour jacasser dehors. Tu veux une bière ?

— C'est sans danger là-dedans ?

Eli suivit Neil dans la pénombre et l'air légèrement plus frais du bar. À l'intérieur, le bruit des hommes en train de marcher au-dessus de leur tête et d'arracher des bardeaux était dix fois plus fort.

C'était étrange de voir le bar sans client, l'énorme écran silencieux et sombre, recouvert d'une couverture épaisse comme en utilisent les déménageurs. Les bibelots en rapport avec le base-ball qui n'étaient pas cloués fermement aux murs avaient été décrochés et posés sur les tables, emballés dans d'autres couvertures, laissant de larges traces pâles sur les cloisons. La cheminée en pierre taillée se dressait au milieu des tables de bois poli avec leurs bancs et chaises recouverts de cuir rouge usé. Cela au moins n'avait pas changé.

— Ouais. La fuite a eu lieu au-dessus de mon bureau, mais Jonas dit que je devrais aussi faire remplacer la zone au-dessus de la cuisine.

Neil se versa un peu d'eau sur la tête et l'épongea avec un torchon.

— Tu vas suivre ses conseils, cette fois-ci ?

— Oui, Monsieur je-sais-tout. Je lui ai dit d'y aller, vu qu'ils sont déjà en train d'arracher tout ce bordel, répondit Neil en lui jetant un regard acerbe. Je parie que tu aimerais savoir où est ta cousine, parce que je ne vais pas te nourrir. Lu devrait arriver bientôt. Elle a promis d'amener à manger à Jonas et aux mecs.

— Oh Dieu merci, je ne voudrais pas devoir m'infliger ma propre cuisine.

Eli allait en avoir plus qu'assez lors de son périple de randonnée, et il n'avait pas franchement envie de commencer plus tôt que prévu. Ce n'était pas qu'il était incapable de cuisiner, mais simplement qu'il détestait cela avec une passion qu'il réservait habituellement aux New York Yankees et aux bigots. En plus de vouloir manger, il avait aussi hâte de pouvoir jeter un œil à ce nouveau type. Impossible de mater correctement avec le soleil dans les yeux.

— Je ne sais pas comment tu survivrais si tout le monde arrêtait de te nourrir.

— Ne plaisante pas avec ça ! Allez, je vais t'aider à rassembler quelques tables. Lu va sans doute ramener de quoi nourrir la moitié de la ville.

Ils débarrassèrent deux tables et les mirent côte à côte, comme un petit buffet, d'un côté du bar. Eli traîna les chaises à l'arrière afin qu'elles ne soient

3

pas dans le passage des travailleurs affamés et débarrassa quelques autres tables pour que ceux-ci puissent s'asseoir et manger.

Il se redressa en entendant le bruit familier du klaxon de Lu à l'extérieur.

— Je vais l'aider à décharger.

Il laissa Neil installer les bouteilles d'eau et de soda. Sa cousine s'était garée n'importe comment, l'avant de la voiture devant le bar et l'arrière dépassant de près d'un mètre dans la rue.

— Lu, tu es vraiment la seule personne au monde incapable de te garer le long d'un trottoir lorsqu'il n'y a pas un seul obstacle, dit-il à la femme lorsqu'elle émergea de sous le hayon.

Lu Pelland se figea, les mains sur ses hanches étroites, et observa de plus près sa voiture, lèvres pincées, avant de hausser les épaules.

— Moi, ça me va.

Eli serra sa cousine dans ses bras. Elle était toute en angles et os affûtés, ses cheveux châtains grisonnants serrés en une tresse. De toute sa famille, elle était la personne dont Eli se sentait le plus proche. Elle avait été une grande sœur, une confidente et une conseillère avisée du plus loin qu'il se souvenait. Et lorsqu'il avait été exilé ici à Amwich pour six mois lorsqu'il avait quinze ans, c'était Lu qui avait apaisé ses angoisses et lui avait appris qu'être différent ne voulait pas dire que quelque chose n'allait pas chez lui.

— Quand t'es-tu glissé chez moi ? Je me suis levée ce matin et ton chien cinglé avait disparu, je n'ai trouvé qu'une note tellement mal écrite que je n'y ai rien compris.

— Il était presque deux heures du matin, je ne voulais pas te déranger.

Eli sortit un lourd pot du coffre.

— Alors, qu'est-ce que tu m'offres aujourd'hui ?

Quoi que ce soit, l'odeur faisait gronder son estomac encore davantage.

— Je ne l'ai pas préparé pour toi, goinfre, mais il y en a assez pour que tu t'incrustes. C'est de la soupe froide de tomate et basilic, des sandwiches de dinde et havarti sur ciabatta, et une salade de pâtes.

Lu fronça les sourcils en observant l'étalage de nourriture.

— Tu penses que j'en ai fait assez ?

— Est-ce qu'il t'est déjà arrivé d'être à court ? demanda Eli en gloussant.

— Il suffirait d'une fois pour me rendre marteau, répondit Lu en suivant Eli dans le bar avec le saladier de pâtes.

4

— Je ne comprends pas pourquoi tu insistes pour servir les tables alors que tu pourrais prendre en charge la cuisine, râla Neil en lui prenant le saladier des mains.

— Si je deviens cuisinière, c'est du travail et ce n'est plus amusant. Je cuisine quand j'en ai envie. C'est moi qui décide ce que je cuisine, en quelle quantité et à qui je veux la donner. En plus, ça me manquerait de ne plus parler à tout le monde.

Lu passa un tablier et fit un signe de la main à Neil.

— Va chercher les garçons pendant qu'Eli ramène les sandwichs à l'intérieur.

Eli secoua la tête lorsque Neil ouvrit la bouche pour répliquer.

— Je n'essaierais même pas, à ta place. C'est plus simple de lui obéir. Tu devrais l'épouser, tu sais, plaisanta-t-il.

Neil lui jeta un regard horrifié et Eli éclata de rire.

— Tu trouves que je n'ai pas assez de cheveux blancs ? demanda Lu.

— Non, mais ça ne va pas ? explosa Neil. Je n'aurais plus jamais la paix. Cette bonne femme prendrait le contrôle de tout et me laisserait juste le bar à tenir.

Eli se retint de signaler que Lu avait déjà pris en main bien plus que le service de salle et que Neil serait au paradis si tout ce qu'il avait à faire était de s'occuper du bar, parler de base-ball et acheter d'autres bibelots.

— Je disais juste ça comme ça, dit Eli en levant les mains en l'air et en reculant.

Lorsqu'il eut fini de trimballer le dernier plateau de sandwichs à l'intérieur, l'équipe était descendue du toit et s'était assemblée dans les toilettes pour se débarbouiller. Lu avait disparu et Eli en profita. Il empila sandwichs et pâtes sur une assiette avant de se verser un bol de soupe.

Qu'est-ce que tu penses être en train de faire ? demanda Lu en revenant de la cuisine avec des petits plats pleins de condiments.

— Je me sers à manger avant que la foule affamée arrive.

— Je vois ça.

— Alors pourquoi est-ce que tu poses la question ?

Eli lui fit un sourire effronté, puis fit un pas en arrière lorsqu'elle brandit une cuillère en bois dans sa direction.

— En plus, il fallait que je goûte tous tes plats pour vérifier si c'était assez bon pour éblouir la compagnie.

— N'essaie pas de me charmer, Eli. Je te connais trop bien.

À cet instant, Jonas apparut et Lu s'interrompit pour lui sourire.

— Comment va Rebecca, Jonas ? Je ne l'ai pas vue depuis quelques semaines.

Eli salua Jonas, puis transporta la nourriture volée jusqu'à sa table préférée dans l'angle le plus éloigné du bar et débarrassa un coin. Il mordit dans son sandwich en regardant le reste de l'équipe arriver petit à petit. Son regard se porta immédiatement sur le nouvel arrivé et ses sens s'enflammèrent. Cet homme valait bien l'attente.

Sa haute taille et ses épaules larges l'empêchaient d'avoir l'air trop costaud malgré des muscles plus que respectables. Le marcel qu'il portait mettait en valeur sa poitrine, son ventre plat et ses tétons. Ouah. Lu le tuerait si elle découvrait qu'Eli matait des tétons pendant le déjeuner mais il ne pouvait pas s'en empêcher. Ce mec était à croquer des pieds à la tête. Lorsqu'il se tourna pour prendre à manger, Eli réprima un gémissement. Le short en treillis qu'il portait collait parfaitement à ses fesses musclées. Et quelles fesses. Eli adorerait pouvoir mettre la main dessus. Juste un petit pinçon pour vérifier si elles étaient aussi fermes qu'elles en avaient l'air.

Il allait devoir demander à Lu de qui il s'agissait et quand il était arrivé à Amwich. La ville rassemblait une variété de gens assez intéressante. Au nord, on pouvait trouver les gens du cru qui habitaient là depuis des générations et savaient tout sur tout le monde, ou le croyaient. Au sud de la ville se trouvait tout le reste de la population, dans des appartements rénovés : étudiants de l'Université d'État d'Amwich qui ne souhaitaient pas rester dans les dortoirs et professeurs intérimaires et spécialistes voulant rester près du campus.

À cet instant, la cousine d'Eli surprit son regard et lui adressa un bref signe négatif de la tête. Eli pouvait presque l'entendre faire 'tss' dans sa barbe. Le fait qu'il soit ouvertement gay ne dérangeait absolument pas Lu. En fait, elle était la première personne à qui il s'était confié lorsqu'il avait commencé à soupçonner qu'il était différent des autres garçons. C'est seulement après qu'il se soit fait taper dessus pour avoir jeté des regards à un garçon qu'elle était devenue intransigeante sur sa discrétion.

Eli lui sourit de toutes ses dents et choisit de lui faire plaisir. Après tout, il n'avait pas vraiment envie de se lancer dans un flirt juste avant de quitter la ville, à moins que ce flirt ne se traduise par une nuit ou deux de sexe torride. À condition que le type soit de ce bord-là, évidemment. Il ne put tout de même s'empêcher de lui jeter un dernier regard lorsqu'il se retourna à nouveau, assiette remplie. Ses cheveux blond vénitien étaient coupés court, dans un genre un peu militaire. Et qu'Eli soit damné s'il n'avait pas des taches de rousseur… Une légère constellation saupoudrée sur un visage ouvert et doux.

Lorsque l'homme tira une chaise à la même table que ses collègues, il leva les yeux et surprit le regard d'Eli. L'estomac d'Eli se contracta et il ne put réprimer le sourire malicieux qui lui monta aux lèvres. Hé, il n'y avait pas de mal à se faire du bien, n'est-ce pas ? Peut-être que cet homme n'allait pas se formaliser. Une deuxième vague de papillons, plus violente, lui traversa le ventre lorsque l'autre homme lui rendit son sourire avec un clin d'œil avant que Craig dise quelque chose qui détourna son attention.

Le nouveau avait aussi un beau sourire. Un de ces sourires sincères qui éclairent le visage. Eli soupira mentalement et se demanda de quelle couleur étaient ses yeux. Noisette ? Ou un brun chaud qui mettrait en valeur ses cheveux ?

Il allait vraiment devoir passer Lu à la question pour avoir des détails. Neil installa un vieux poste de télévision sur le bar et tripota le câble à l'arrière jusqu'à ce que l'écran devienne net et qu'il puisse zapper sur ESPN pour un récapitulatif du match de la veille entre les Red Sox et les Orioles.

— Il n'a vraiment que deux choses dans la tête, soupira Lu en rejoignant Eli. La bière et le base-ball. Et toi, Elijah Hollister, tu as intérêt à ne pas laisser traîner tes yeux où il ne faut pas.

— On ne va changer ni l'un ni l'autre, Lu, pouffa Eli avant de repousser sa chaise lorsque Neil s'approcha afin qu'il puisse s'asseoir avec eux. Alors, combien de temps le *Dingers* va-t-il être fermé ?

Neil grimaça en ajoutant du poivre à son assiette.

— Jonas a dit que cela prendrait environ quatre jours pour faire ça bien. Après, je suppose qu'il me faudra encore une journée pour nettoyer et tout remettre en place. On devrait pouvoir rouvrir pour le match de dimanche, si le bruit ne me rend pas cinglé avant.

— Je ne pars pas avant lundi, donc je pourrai t'aider à tout remettre en ordre, proposa Eli.

Le visage de Neil s'éclaira, et il lui fit un de ses rares sourires.

— Merci. Tu n'auras quand même pas la photo, mais je veux bien te nourrir en échange.

Eli jeta un œil à un endroit vide du mur, où la photo de Joe DiMaggio et Ted Williams, dans leurs uniformes respectifs, était habituellement accrochée. Eli convoitait cette photo mais rien ne pouvait décider Neil à s'en séparer, quel que soit ce qu'Eli lui offrait. Il fallait vraiment qu'il s'en trouve un exemplaire.

— J'accepte ces conditions. Cela sera bien de voir le *Dingers* revenir à la normale avant de partir. Alors, dites-moi quels sont les derniers potins. Je ne pourrai bientôt plus recevoir de messages.

— C'est parce que tu seras au milieu de nulle part, à te balader dans tous les États-Unis avec ton chien cinglé, répondit Lu.

— C'est la deuxième fois que tu dis que Jase est fou. Est-ce qu'il a été si horrible que ça pendant que j'étais dans le Tennessee ?

— Il n'y a que toi pour ne pas admettre qu'il est bon pour l'asile, Eli.

Lu n'aimait pas le savoir par monts et par vaux pendant aussi longtemps lorsqu'il partait camper avec le beagle comme seule compagnie, mais au moins, elle ne l'embêtait pas trop avec ça.

— Alors, comment s'est passé ton séjour ? Comment vont les cousins du Sud ?

— Les Great Smoky Mountains sont bien, même si elles ne sont pas aussi jolies que les montagnes du New Hampshire.

Lu n'avait pas demandé de nouvelles de ses parents, même si Eli était allé leur rendre visite. Le désaccord entre eux ne serait sans doute jamais résolu, et Eli s'en voulait d'être responsable du conflit entre Lu et son père.

— Et les cousins vont bien. La plupart se sont mariés et ont déménagé. Le seul qui reste est Garrett. Lui, il ne se casera jamais. Il apprécie trop la liberté.

Eli se leva pour aller se resservir. Au passage, il réussit à voir de plus près le nouvel homme de ses rêves. L'éclairage du bar était vraiment nul, et Eli ne réussit toujours pas à déterminer la couleur de ses yeux, mais il avait la couleur de peau d'un vrai roux, qui ne bronzerait jamais, quel que soit le temps passé au soleil. Il ne ferait que brûler ou gagner plus de taches de rousseur.

Il réussit à entendre son nom : Ash. Enfin un prénom pour aller avec ce visage. Il voulait se présenter mais Jonas parlait boulot et n'aurait pas été content d'être interrompu. Eli retourna donc à sa table avec une deuxième assiette et se contenta de petits coups d'œil. L'équipe finit rapidement de manger, et lorsqu'ils sortirent tous ensemble, Ash croisa son regard et lui envoya un deuxième clin d'œil, un sourire candide sur le visage.

— Oh mince, je crois que je suis amoureux, dit Eli dans sa barbe lorsque la porte se referma derrière Ash.

Neil lui jeta un regard sceptique.

— Tu dis toujours ça. Appelle-moi le jour où ça arrivera vraiment, comme ça je pourrai me moquer de toi.

Eli l'ignora et se tourna pour faire des yeux de cocker à sa cousine.

— Tu dois bien savoir quelque chose sur Ash. Il est gay ? Il est célibataire ? C'est un travailleur itinérant, et il sera parti avant que je revienne et me brisera le cœur ?

— Je suis sûre que ton cœur ne risque rien, répondit Lu sur un ton sec. Il loue un des appartements d'Abraham. Je crois qu'il fait de la construction à temps partiel. Je sais que je l'ai vu quitter son appartement en treillis une ou deux fois.

Lu se leva et commença à remballer la nourriture restante, la répartissant dans deux contenants avant qu'Eli et Neil puissent commencer à discuter de qui allait les récupérer.

Un militaire. La garde nationale, peut-être, ou un réserviste. Eli croyait se souvenir qu'il y avait un siège des Marines quelque part au sud d'Amwich. Cela finit d'éveiller son intérêt. Il avait toujours eu un faible pour les militaires, et les pires ennuis qu'il ait jamais eus étaient toujours liés à cela, mais ça ne l'avait jamais arrêté. Il jeta un regard plaintif à Lu.

— Tu chercheras pour moi quand je serai parti ? Les esprits curieux comme le mien se doivent de connaître ces détails, Lu. C'est ton devoir en tant que cousine aimante de te renseigner puisque je ne peux pas le faire moi-même.

ASH GALLAGHER se remit à arracher les bardeaux moisis sous le soleil brûlant de juillet. Il avait ri lorsque le reste de l'équipe s'était plaint de la chaleur. Ce n'était rien comparé aux étés passés à Savannah, où il avait grandi. Là-bas, l'air était humique et lourd, et la sueur vous sortait par tous les pores. Et Savannah ne l'avait même pas préparé à la chaleur sèche de l'Irak, qui vous tombait dessus comme une massue et suçait la moindre goutte d'humidité de votre corps avant même que vous ayez pu vous plaindre de la chaleur qu'il faisait. Au moins, en Irak, l'ombre vous soulageait un peu.

Le *Dingers* se trouvait au milieu d'une longue rangée de bâtiments mitoyens alignés d'un côté de la route. Le terrain communal se trouvait de l'autre côté. Des guirlandes rouges, blanches et bleues décoraient encore le gazebo depuis la fête du 4 juillet qui avait eu lieu plus tôt dans la semaine. Ash avait apprécié les festivités de la petite ville davantage que prévu. Il essuya la sueur qui perlait à son front du revers de la main. Il lui fallait un bandana. Ses cheveux courts ne suffisaient pas à absorber les gouttes qui lui piquaient les yeux.

— C'était qui, avec Neil et Lu ? demanda-t-il à Jonas, qui travaillait à côté de lui.

Il pensait avoir rencontré tous les gens du cru depuis qu'il s'était installé en ville. Ce n'était clairement pas le cas, parce qu'il se serait souvenu de ce type. L'éclat soudain de son sourire avait capté toute son attention. Il n'y avait pas eu de gêne ou de coquetterie dans ce sourire, lorsqu'il avait été surpris en train de regarder Ash. Seulement ce sourire enfantin semblant signifier : 'Oh, eh bien, tu ne peux pas m'en vouloir'.

Jonas lui lança un étrange regard, inquisiteur, et Ash se demanda ce qui pouvait lui passer par la tête avant qu'il hausse les épaules.

— C'est Eli. Le petit-cousin de Lu du côté paternel. C'est un type bien.

Ash mettrait sans doute un certain temps à s'adapter à la mentalité d'une petite ville. Ici, tout le monde avait une opinion bien tranchée sur tout le monde, et n'hésitait pas souvent à la partager. Ash avait découvert qu'il ne pouvait pas rencontrer quelqu'un sans qu'on lui raconte aussi à qui cette personne était liée, et depuis combien de temps sa famille était installée ici.

Sans surprise, Jonas continua sur sa lancée et Ash dut se retenir de sourire.

— Il a hérité l'Ermitage de son grand-père il y a environ cinq ans. Il s'est occupé de sa grand-mère jusqu'à sa mort un an plus tard. On dirait qu'il ne risque pas de quitter la région, pas comme le reste de sa famille.

Ash supposa que c'était un compliment fabuleux dans l'esprit de Jonas. Eli était donc installé quelque part, à l'inverse d'Ash qui était encore à vagabonder à la recherche d'un endroit qu'il puisse appeler 'chez lui'. Une vieille agitation le reprenait. C'était la même agitation qui l'avait conduit à rejoindre les Marines à peine sorti du lycée. À l'époque, il cherchait le défi ; maintenant, il cherchait une place dans le monde.

Après la façon dont sa deuxième période de service en Irak s'était finie, il avait commencé à se demander ce qu'il voulait dans la vie. Il avait adoré être un Marine, mais il avait tout de même choisi de ne pas se réengager et de devenir réserviste afin de pouvoir étudier. Maintenant, il avait presque fini ses études. Plus qu'un an et il aurait son diplôme et la possibilité d'aller où bon lui semblerait. Même s'il ne savait pas exactement où c'était pour l'instant.

Eli. Il goûta le prénom. Un nom de caractère pour un homme au sourire si excentrique et sexy.

Jonas échangea un regard rapide et inquiet avec ses fils, mais n'offrit pas plus d'information lorsqu'Ash choisit de ne pas poursuivre la conversation. Ash reposa sa lame et attrapa une brassée de bardeaux qui n'avaient pas encore dégringolé du toit. Il remarqua Eli qui sortait du bar et le regarda aider Lu à charger les plats vides dans sa voiture. Il la serra dans ses bras et embrassa le haut de sa tête dans un geste qui rappela à Ash la façon dont lui-même se comportait avec sa plus jeune sœur Katie.

Eli n'avait rien en commun avec les hommes qu'Ash trouvait normalement attirants. Il avait un air bohème avec ses longs cheveux châtains rassemblés dans une tresse soignée, ses bottes griffées, son jean passé et un tee-shirt noir ajusté. Eli leva le regard vers lui, un autre sourire lui fendit le visage lorsqu'il agita la main dans sa direction et la montée de désir qui foudroya Ash lui coupa le souffle.

Ouais. Un intérêt clair et net, et mutuel. Ce n'est pas comme s'il y avait beaucoup d'autres options en dehors du campus et Ash n'avait vraiment trouvé personne sur le campus capable de retenir son attention. Ils avaient tous l'air si jeunes…

Ash lui-même n'était pas si vieux, même s'il se débrouillait seul depuis dix ans. Mais il avait connu la guerre et le sang. Il avait vu les pires actes de dépravation que l'homme pouvait commettre, mais aussi les plus grands actes de compassion. Il n'avait simplement plus rien en commun avec le reste des étudiants qu'il rencontrait dans ses cours.

Il était heureux de s'être rapproché de la fac au lieu de chercher à rester à mi-chemin entre ici et son unité de réservistes à Londonderry. Concord était chouette, et il avait apprécié son colocataire et les opportunités amoureuses qui se trouvaient dans une grande ville, mais lorsque son coloc avait eu une relation sérieuse, Ash avait décidé qu'il était temps qu'il s'en aille. Les cours de cette année allaient être assez intenses sans y ajouter de longs trajets quotidiens.

Une fois Lu partie, Ash laissa tomber sa brassée de bardeaux dans la benne en contrebas. Eli retournait vers la moto qu'Ash avait remarquée plus tôt. Une magnifique Valkyrie bleu nuit. Ash avait toujours voulu une moto mais ne s'était jamais décidé à en acheter une. Il avait prévu d'y remédier une fois son diplôme en poche.

Lorsqu'Ash revint, Jonas leva les yeux de l'endroit où il vérifiait que le bois n'était pas pourri.

— Certaines personnes diraient qu'Eli est bizarre. Il est un peu solitaire, et ce n'est pas un secret en ville qu'il ne préfère pas les femmes, dit-il en défiant Ash du regard. Je ne sais pas ce qu'il a fait pour attirer ton attention, mais quoi que ce soit, ça ne voulait rien dire et il ne cherche pas les ennuis.

Ash gloussa et secoua la tête en reprenant sa lame.

— Moi non plus, je n'ai pas l'intention de causer des problèmes. Je ne juge pas ce qu'un mec fait de son temps libre ou avec qui il le fait.

Ce serait assez hypocrite de sa part, tout bien considéré. Ash savait qu'il était gay depuis l'âge de 14 ans. À l'époque, tous ses amis d'école étaient attirés par une fille et lui n'avait eu d'yeux que pour le grand-frère de celle-ci.

— Juste pour être sûr.

Ceci étant dit, Jonas retourna à sa tâche sans un mot de plus.

Surpris, Ash se remit à arracher des bardeaux. Il ne s'attendait pas à ce que les habitants d'Amwich soient aussi ouverts d'esprit lorsqu'il avait emménagé ici. Peut-être était-ce l'influence de l'université, ou peut-être était-ce plus facile d'accepter les gens comme ils sont lorsque vous les avez connus toute votre vie ? La raison importait peu. C'était juste sympa d'habiter à un endroit où il pouvait se sentir à l'aise.

ELI REMARQUA la camionnette de Wayne Grayson, pleine d'outils, garée à côté du terrain communal. Il s'arrêta. Il sentit une vague de compassion l'envahir en se souvenant des mauvaises nouvelles qu'il avait reçues lorsqu'il était dans le Tennessee. Il déposa ses restes dans les sacoches de sa moto et se retourna. Il agita la main en direction de l'homme en traversant la rue.

— Salut Wayne.

Wayne traînait derrière lui un grand sac-poubelle et nettoyait systématiquement les débris du 4 juillet qui parsemaient encore le terrain communal. Des confettis recouvraient le sol d'un tapis coloré, et ça et là, des bouteilles de bière vides et des cierges magiques brûlés ajoutaient à la décoration.

— Déjà de retour ? Je pensais que tu partais tout l'été…

Il se redressa lorsqu'Eli s'approcha et ferma un sac supplémentaire. Même s'ils étaient proches en âge, le long visage étroit de Wayne possédait des lignes supplémentaires aux coins de la bouche et des yeux. Les grosses lunettes aux montures noires perchées sur son nez retroussé lui donnaient un air studieux, mais l'homme était bien plus à l'aise avec un outil dans les mains qu'avec un livre. Wayne avait toujours été comme ça, même petit.

—Je suis rentré pour une semaine, puis je repars dans le Colorado et en Californie du Nord pour un moment. J'ai entendu dire que ton père avait été hospitalisé en urgence la semaine dernière.

M. Grayson et le père d'Eli avaient été meilleurs amis jusqu'à la fin du lycée. Ensuite, ils étaient partis chacun de leur côté. Eli n'avait jamais compris ce qui s'était passé, et les quelques fois où il avait essayé de parler à son père du conflit entre eux, il s'était fait rabrouer. Mais lorsque M. Hollister avait entendu parler de l'hospitalisation de M. Grayson, il s'était assez calmé pour donner une lettre à Eli de sa part.

—Qu'est-ce qui s'est passé ? Que disent les médecins ?

— Il a eu une attaque assez grave en plein milieu de la nuit.

Wayne retira ses gants de travail tachés et les enfonça dans la poche arrière de son pantalon. Ses traits se firent plus durs.

— Il est toujours à l'hôpital. Ils veulent s'assurer qu'il n'y aura pas d'autres complications. Il a déjà une longue rééducation devant lui. Il peut à peine parler, et maintenant il est coincé dans une chaise roulante pour un moment, jusqu'à ce que les kinés s'en mêlent.

— Je suis désolé. N'hésite pas à me dire si je peux faire quoi que ce soit. Tu sais que Lu serait partante pour s'occuper de ton père.

Un sourire détendit légèrement les traits anxieux de Wayne.

— Elle m'a rendu visite tous les jours. Elle n'arrête pas de ramener à manger, aussi. Il y en a assez pour nourrir une famille nombreuse, pas seulement moi. Mon congélateur va finir par exploser.

— Ça ne m'étonne pas, venant d'elle. Ne te plains pas, et profites-en tant que ça dure.

Eli donna une tape dans le dos de Wayne lorsque son visage s'assombrit à nouveau. Il ne pouvait même pas imaginer ce que cela ferait de voir son père se remettre d'une maladie comme cela, même s'il n'était plus très proche de lui.

— Je m'arrêterai à l'hôpital avant de partir. Et comme je t'ai dit, n'hésite pas à m'appeler si je peux faire quoi que ce soit.

— En fait, il y a un truc.

Wayne avala une gorgée d'eau de la gourde accrochée à sa ceinture.

— J'ai besoin d'engager une infirmière à domicile pour mon père quand il va revenir à la maison, et je dois payer Tilly pour s'occuper du magasin à temps plein maintenant. Je ne sais pas d'où je vais tirer l'argent étant donné que papa n'avait pas d'assurance maladie. Donc si tu pouvais parler de moi à la fac, aux gens qui cherchnt quelqu'un pour faire des travaux dans leur maison ou leur jardin, ce serait sympa. Je suis même prêt à aller jusqu'à Concord ou Dartmouth pour avoir d'autres clients, du moment que ce n'est pas trop loin.

— Pas de problème. Je vais mettre une annonce sur le tableau, et si quelqu'un me pose la question je donnerai ton nom. En parlant de ça, j'ai quelques trucs à faire chez moi puisque je vais être parti presque tout l'été. Les gouttières ne vont pas résister à un hiver supplémentaire, et la porte de mon cabanon commence à s'affaisser.

Un sourire soulagé apparut sur le visage de Wayne.

— Tu sais quoi, Eli ? Fais-moi la liste de ce qu'il y a et je te ferai un devis. Comme ça, quand tu reviendras tu auras juste à t'inquiéter de tes élèves et de Britton.

— Ne prononce pas ce nom, s'il te plaît, grimaça Eli. Je refuse de lui accorder une seule pensée pendant les vacances.

— Fais comme si je n'avais rien dit, alors.

— Les élèves sont gentils, et je peux gérer Britton. Je crois que ce qui l'énerve plus que tout, c'est que je ne réagis pas à ses piques, ajouta Eli avec un petit rire. Parfois, c'est même amusant.

Ils parlèrent encore quelques minutes, échangeant les dernières nouvelles, jusqu'à ce qu'Eli se rende compte que Wayne voulait continuer son travail. Il lui promit de déposer la liste de travaux à la quincaillerie, puis se dirigea vers sa moto.

— Hé, Eli ! le rappela Wayne. Est-ce que tu aurais le temps avant de partir de me montrer la collection de cartes de base-ball de ton père ?

— Ha ! Mon père ? Garder des souvenirs ? N'oublie pas de qui tu parles.

Un éclair de déception traversa le regard de Wayne, et Eli souhaita pouvoir lui répondre différemment.

— Désolé, Wayne, il n'est pas comme ça.

Wayne grogna et tira le sac-poubelle vers une autre section de la pelouse.

— Eh bien, si tu as l'occasion, demande à ton père s'il les a gardées.

Eli espérait ne pas parler à son père avant longtemps, surtout pas pour quelque chose que celui-ci trouverait sans doute futile.

— J'y penserai. À bientôt, Wayne.

Il jeta un coup d'œil au toit du *Dingers* en se retournant et remarqua tout de suite la silhouette d'Ash parmi les autres. Réprimant un sourire, il retourna à sa moto. Il pouvait compter sur Lu, cette commère, pour trouver tout ce qu'il y avait à savoir sur ce type pendant qu'il serait en vacances.

D'ici là, la journée était parfaite pour rouler. Le soleil de juillet brillait sous des nuages bas qui tachetaient d'ombre le flanc des coteaux tandis qu'il s'éloignait de la ville. Eli allait en profiter le plus possible.

La moto rugit le long de la courbe de la chaussée et il ouvrit les gaz, souriant et poussant un cri de joie lorsque la machine accéléra en réponse. Les roues soulevèrent de la poussière lorsqu'il quitta la route principale et se dirigea vers l'Ermitage, en haut du mont Abénaquis. Cela faisait du bien d'être de retour chez soi, parmi les pics boisés et le granit érodé. Et c'était encore plus poignant, car il savait qu'il serait de nouveau parti d'ici quelques jours.

II

ASH POUVAIT sentir la douleur dans chaque muscle de son corps épuisé. C'était toujours la même chose après un week-end d'entraînement. Même s'il s'exerçait physiquement avant, et quel que soit le nombre de travaux de construction qu'il réalisait dans son contrat à temps partiel, il quittait toujours la base convaincu qu'il avait passé les semaines entre deux entraînements à se reposer.

Au moins, c'était la fin de l'été et non pas le milieu de l'hiver, comme lorsqu'ils faisaient leur exercice de survie par temps froid. Depuis cinq ans, cet exercice en particulier lui faisait se demander pourquoi il avait choisi une université du New Hampshire quand il était entré chez les réservistes, au lieu d'une université en Géorgie, d'où il était originaire.

Il arrêta son vieux pick-up sur le parking de l'épicerie, repassant sa liste de courses dans sa tête. C'était bien la dernière chose qu'il avait envie de faire, mais il savait qu'après être rentré chez lui et avoir pris une douche, il se sentirait légèrement mieux. Une fois le risque de famine écarté, il pourrait se vautrer sur le canapé en caleçon et regarder la télé jusqu'au soir.

Ash oublia instantanément la douleur de ses muscles lorsqu'il émergea de son véhicule et repéra une certaine jeep recouverte d'autocollants de randonnée et de parcs nationaux. Eli Hollister conduisait cette jeep lorsqu'il n'était pas en moto. Ash l'avait vu quelques fois en ville avant que l'homme ne disparaisse pour le reste de l'été, privant Ash de toute chance de lui parler.

Ce dernier avait espéré pouvoir se présenter et vérifier si ce qu'il avait senti entre eux était bien réel, mais avait été déçu quand Eli avait disparu.

Remonté, Ash attrapa un caddie et entra dans le magasin. Il repéra tout de suite sa proie. Eli se tenait dans le rayon pâtisserie, à côté d'un caddie à moitié plein, en train d'étudier deux paquets de sucre avec l'air concentré d'un homme qui doit prendre une décision importante. Ses sourcils étaient froncés et ses lèvres pincées, et il semblait ignorer complètement les autres clients qui traversaient le rayon derrière lui.

Aujourd'hui, les longs cheveux d'Eli étaient attachés sur la nuque avec un élastique et un Borsalino gris sombre était perché sur sa tête et penché avec élégance. Ash adorerait voir ce chapeau tomber et ces cheveux éparpillés sur ses épaules en une masse brillante. Sa veste noire, grise et crème, son tee-shirt uni et son jean très classique lui donnaient un air de classe désinvolte.

Avec un petit hochement de tête, Eli déposa l'un des paquets de sucre dans son caddie et s'éloigna en sifflotant. Ash décida qu'il était amoureux. Il n'y avait pas d'autre mot. Il n'allait pas rater cette opportunité de parler avec lui. Il voulait voir si les regards taquins qu'ils avaient échangés voulaient dire quelque chose, ou s'ils n'étaient que le fruit de son imagination et d'un trop long célibat.

Ash prit son temps pour le suivre. Le jean de l'autre homme était coupé exactement comme il fallait, décoloré, et moulait des fesses qui paraissaient trop rondes pour un homme aussi grand et mince. C'était une vision réellement admirable, et absolument érotique. Eli devait faire quelques bons centimètres de plus qu'Ash, mais n'était pas aussi large d'épaules. Il remarqua d'autres détails qu'il avait ratés auparavant, comme les reflets chauds dans les cheveux d'Eli et le fait qu'il ne semblait pas prêter réellement attention au monde qui l'entourait tandis qu'il remplissait son caddie. Sa façon de se mouvoir indiquait que des muscles souples étaient cachés sous ces vêtements.

Ash franchit la distance qui les séparait au moment où Eli s'arrêtait au milieu d'un rayon et inclinait la tête. L'homme fit brusquement faire demi-tour à son caddie et faillit percuter celui d'Ash.

— Oups ! Pardon, je…

Les yeux d'Eli s'écarquillèrent lorsqu'il reconnut Ash. Il eut l'air choqué de se trouver sorti de ses pensées. Il avait des yeux magnifiques, bleu-gris, les iris entourés d'un gris plus foncé et bordés de longs cils brun-roux. Ils lui firent penser aux yeux d'un médium. Les yeux de quelqu'un dont l'attention était fixée sur un futur lointain ou un autre univers. Ces yeux-là avaient la couleur du ciel un jour d'hiver, cet acier clair du matin lorsque le ciel hésitait entre la neige ou le soleil.

Mon dieu, à ce rythme il allait se mettre à composer de mauvais poèmes pour ce mec. Avec les compétences d'Ash, ou plutôt son absence de compétences, ce serait de très, très mauvais poèmes. Le genre de poèmes qui font rire les gens. Il devait vraiment être très fatigué. Il allait se ridiculiser.

17

— Tout va bien, ce n'est pas grave, dit-il en sentant la nervosité l'envahir.

Le regard d'Eli parcourut le corps d'Ash, dans son jean et son tee-shirt.

— Ma cousine m'a dit qu'elle t'avait vu en camouflage quelques fois. Réserviste chez les Marines ?

— Pas mal du tout, répondit Ash. La caserne de Londonderry. Comment as-tu deviné ?

— Ta coupe de cheveux est un indice clair. Il n'y a pas d'autre unité des Marines à une distance d'ici faisable en voiture, seulement les réservistes. La moitié de ma famille est dans une branche de l'armée ou une autre, ça aide. Mon père était dans l'armée de l'air.

Eli rapprocha son caddie, adressant un signe de tête à une femme qu'Ash se souvint vaguement avoir vue en ville.

— Madame, la salua Ash salua.

Ash poussa aussi son caddie sur le côté afin de ne pas bloquer le passage, puis reporta son attention sur Eli.

— L'armée de l'air ?

Ash n'avait pas vraiment quelque chose contre l'armée de l'air, pas comme certains types de son unité qui étaient convaincus que ce n'était qu'un tas de lavettes. Ash, lui, avait toujours pensé qu'ils servaient tous la patrie, à leur façon.

— Oui, il adorait voler, décoller à toute berzingue avec un Strike Eagle. Il aurait vendu son âme pour faire décoller un Tomcat d'un porte-avions juste une fois. Maman n'arrêtait pas de lui dire qu'il avait choisi la mauvaise branche. Il est finalement parti en retraite l'an dernier, cela faisait je ne sais combien d'années qu'il avait terminé, mais il finissait toujours par se réengager. J'ai cru que ma mère allait s'arracher les cheveux de désespoir.

Eli se tut, puis sa bouche frémit légèrement dans un sourire d'autodérision.

— Désolé, je peux radoter des heures si on me laisse faire.

— Pas besoin de t'excuser, ça ne me dérange pas.

Eli possédait le genre de voix chaude qu'Ash pouvait écouter pendant des heures. À cela s'ajoutaient des traits expressifs et un nez légèrement en trompette. Il était hypnotisé. Il se rendit soudain compte qu'il regardait fixement Eli et tendit brusquement la main pour ne pas avoir l'air impoli.

— Je n'ai pas eu la chance de me présenter chez *Dingers*. Je m'appelle Ash.

— Ravi de te rencontrer, Ash. Ma cousine m'a dit que tu t'étais installé pas loin.

Lorsqu'Eli lui serra fermement la main, Ash sentit une vague de frissons le parcourir. Les yeux d'Eli s'écarquillèrent légèrement, comme s'il avait ressenti la même chose, et sa réaction fit plaisir à Ash.

— Les petites villes étant ce qu'elles sont, lorsque quoi que ce soit de nouveau arrive, on en discute jusqu'à plus soif en attendant que le prochain événement.

— Et tu es Eli, répondit Ash avec un grand sourire en se rendant compte qu'Eli ne plaisantait pas lorsqu'il disait avoir tendance à digresser.

Au temps pour le petit espoir vaniteux qu'il avait eu. Ce n'était pas lui qui troublait Eli.

— Jonas m'a dit ton nom.

Il avait essayé d'obtenir plus d'informations de Neil lors d'une de leurs parties de poker mais s'était vu répondre qu'il était là pour jouer, et non pour jacasser.

— Pardon, je ne suis généralement pas aussi malpoli, dit Eli. Je crois que tu me surprends un jour de tête de linotte. Je suis rentré il y a quelques jours à peine, et j'essaie de me réhabituer avant la reprise.

— Peut-être juste un peu, répondit Ash.

Le sourire affable qu'Eli lui renvoya lui indiqua clairement qu'il était habitué aux taquineries.

— Ce n'est pas forcément une mauvaise chose.

Selon Ash, c'était même carrément craquant.

— Lu va être en colère si je ne lui amène pas ça. Je suis déjà en retard, comme d'habitude.

Eli fit un signe de la main en direction de son caddie avec un regard de regret.

— Tu es en service ce soir ? Le *Dingers* va être plein à craquer avec le match des Red Sox contre les Yankees. Pourquoi est-ce que tu ne passerais pas ? On pourrait discuter un peu plus.

Bingo. Ash sourit. Son intuition ne lui avait pas fait défaut, et cela faisait très longtemps qu'il n'avait pas été aussi heureux d'avoir raison.

— Ça devrait être un match intéressant. C'est la course au meilleur deuxième, non ?

— Les équipes se concentrent sur la course au drapeau. Je suis sûr que cela va chauffer avant la fin. »

19

Les yeux d'Eli brillaient de l'éclat d'un vrai fanatique du base-ball et Ash sourit en découvrant une âme sœur. Il était sûr que la nuit allait chauffer aussi. Si cela ne tenait qu'à lui, le base-ball n'aurait pas grand-chose à y voir. L'intérêt initial qu'il avait ressenti lorsqu'il avait vu Eli pour la première fois s'était rapidement mué en désir. Il voulait le voir nu sous lui, tout en membres gracieux et cheveux ébouriffés, les yeux foncés par le désir et ce sourire joueur sur les lèvres.

— J'accepte l'invitation.

Ash bougea de nouveau son caddie lorsque quelqu'un essaya d'attraper un article sur le rayonnage entre eux.

— Pardon, Monsieur.

Ils monopolisaient le rayon, mais Ash n'arrivait pas à se dire que c'était mal.

— À quelle heure est-ce que le match commence ?

— À dix-neuf heures trente, mais je pense qu'il vaut mieux être là un peu avant. Les tables se remplissent vite, surtout les soirs de match.

— Je suppose que c'est un endroit strictement réservé à la Ligue américaine ?

— On peut dire ça, oui. Tant que tu ne portes pas une casquette des Yankees, tout ira bien. Neil laisse passer pour les étudiants, mais n'importe qui d'autre tend la perche pour se faire ridiculiser.

Eli s'interrompit et jeta un regard interrogateur à Ash.

— Tu n'es pas un fan des Yankees, n'est-ce pas ?

Au ton de sa voix, on devinait que certaines choses étaient vraiment impensables.

— Arrête, l'accent n'est pas un énorme indice ? Je suis pour les Atlanta Braves jusqu'au bout. Même si ma petite sœur, qui vit à New York, a été convertie.

— Oh, eh bien, il y a des brebis galeuses dans toutes les familles.

Eli poussa un petit soupir moqueur, les yeux brillants d'humour.

— Les Braves, hein ? L'homme de mes rêves ne peut pas être un militaire, être à tomber par terre *et* être fan des Red Sox. La chance n'est jamais aussi souriante. Peut-être que tu n'es pas un grand slam, mais tu as au moins l'air d'un coup de circuit.

Oh, un flirt. Ça avait manqué à Ash. Le dernier type avec qui il était sorti était vraiment trop coincé. Ash rit et murmura une excuse à un énième client tentant d'attraper un article derrière lui.

20

— Je verrai ce que je peux faire pour te faire changer d'avis avant la fin de la soirée. On se voit à dix-neuf heures, Eli.

Sur ces mots, il s'éloigna d'un pas nonchalant, l'excitation lui faisant complètement oublier qu'il voulait à l'origine s'effondrer et ne plus bouger de la soirée. Une petite sieste, et il serait paré pour la soirée – même si elle se prolongeait aussi tard qu'il l'espérait.

L'ESTOMAC DE Wayne faisait des nœuds tandis qu'il regardait Eli entrer en ville en moto. Comme à son habitude, celui-ci se gara devant le *Dingers* et disparut à l'intérieur du bar. À moins d'une urgence, il ne bougerait pas avant la fin du match, ce qui donnait à Wayne quelques heures au moins pour fouiller chez lui.

Une partie de lui rechignait devant ce qu'il était sur le point de faire : trahir la confiance de quelqu'un qui le considérait comme un ami. Mais non d'un chien, c'était à lui qu'on avait fait du mal en premier ! Si M. Hollister n'avait pas triché pour voler à son père son bien le plus précieux il y a des années, Wayne aurait l'argent nécessaire pour prendre soin de son père correctement. Il monta dans sa camionnette et claqua la porte. La frustration et l'inquiétude le rongeaient de l'intérieur. Maintenant s'y ajoutait aussi la culpabilité.

La maison d'Eli se trouvait à mi-chemin du haut de la montagne et donnait sur une série de collines pentues et boisées ainsi que de larges clairières. Son plus proche voisin vivait trois kilomètres plus loin. Il n'y avait donc personne pour voir Wayne se garer dans l'allée. Il leva le regard vers l'Ermitage, mordillant sa lèvre et tentant de rassembler le courage nécessaire pour passer cette étape. Son estomac n'était plus noué, mais papillonnait maintenant tellement qu'il se sentait légèrement malade. Ses phalanges blanchirent lorsqu'il agrippa le volant encore plus fort. S'il se faisait prendre…

Il n'aurait même pas dû penser à faire ça, mais cet argument avait perdu en force ces derniers mois lorsque les factures avaient commencé à s'accumuler. Wayne inspira profondément et carra les épaules. Il ne s'agissait pas de son amitié avec Eli. Wayne n'avait pas pu le croire lorsqu'il avait trouvé la série de lettres échangées entre M. Hollister et son père. Son père avait supplié ce connard de réparer les choses, et l'autre avait refusé encore et encore d'admettre qu'il avait triché lors de leur pari. Ce souvenir fut suffisant pour faire oublier à Wayne sa petite crise de conscience. Sans plus réfléchir, il descendit de sa camionnette. Un beagle apparut à la fenêtre, ses aboiements choquant Wayne.

— Idiot de chien, marmonna-t-il en se passant une main nerveuse sur le front.

Une centaine d'excuses lui traversèrent l'esprit pour expliquer sa présence tandis qu'il vérifiait si la porte était bien ouverte et s'engouffrait dans le vestibule. Il voulait avoir quelque chose de prêt au cas où Eli rentrerait plus tôt que prévu. Ces excuses s'évanouirent lorsqu'une boule de poils bruns, blancs et noirs fonça sur lui.

Jase dérapa sur le sol de bois, aboyant assez fort pour que Wayne ait un mouvement de recul et renverse presque le porte-parapluie rempli de cannes de marche.

— Jase, assis ! supplia-t-il lorsque le chien se jeta sur lui.

Le beagle colla son arrière-train au plancher et inclina la tête d'un air curieux. Il aboya une fois comme pour poser une question, puis sauta à nouveau sur ses pattes, s'appuyant sur les genoux de Wayne, la queue frétillante, pour lui souhaiter la bienvenue avant de courir regarder par la fenêtre.

— Désolé, Jase, ton maître n'est pas là.

Ce n'était pas vraiment un cambriolage. Eli était un ami. Il s'agissait plutôt d'une opération de récupération. C'était de la gentillesse, en fait ; Eli n'avait pas vraiment besoin de savoir à quel point son père était un connard, et Wayne était bien déterminé à récupérer ce qui lui appartenait. Un petit coup d'œil ne ferait de mal à personne. Des générations d'Hollister avaient vécu à l'Ermitage. Il y avait une petite chance pour que le père d'Eli ait laissé les cartes de base-ball lorsqu'il était parti. Trouver cette carte ferait toute la différence. Il pourrait prendre soin de son père à la maison et s'assurer que celui-ci avait tout ce dont il avait besoin pour se remettre au lieu de le voir être collé dans un hospice tandis que les impôts liquidaient son entreprise pour payer ses soins. Wayne ne laisserait jamais cela arriver.

Il prit une profonde inspiration et se força à continuer jusqu'à la cuisine. Il se laissait une heure pour jeter un œil pièce par pièce. Ces fichues cartes de base-ball devaient bien être quelque part. Il se refusait à croire qu'elles pouvaient être dans le Tennessee avec M. Hollister. Ce n'était simplement pas possible. Jase le suivit depuis la cuisine immaculée jusqu'au salon. Des étagères pleines à craquer de livres recouvraient les murs et une pile d'œuvres était en équilibre instable sur la petite table à côté du fauteuil. Le cœur de Wayne se serra. Tous ces livres. Cela lui prendrait des mois pour tout passer en revue. Il prit une photo encadrée d'Eli et de ses grands-parents sur le manteau de la cheminée. Sur toutes les photos présentes dans la pièce, seulement une montrait ses parents, et Eli n'était évidemment pas dessus. Bien, peut-être qu'il n'était pas vraiment loyal envers le vieux connard.

Jase aboya et Wayne sursauta, laissant presque tomber le cadre.

— Pour l'amour de Dieu, tu vas arrêter ?

Il essuya la sueur fraîche sur son front et jeta un œil entre la photo et l'arrière du cadre pour s'assurer que la carte n'était pas là.

— Tu vas me faire avoir une crise cardiaque, Jase.

Le beagle ne montra aucun signe de remords et suivit Wayne hors de la pièce. Wayne décida qu'il allait juste jeter un œil partout pour commencer, pour vérifier si la collection de cartes de base-ball n'était pas en évidence quelque part, avant de véritablement chercher. Jase resta sur ses talons, le fixant du regard et poussant de petits aboiements curieux comme pour lui demander ce qu'il faisait là.

Cela ne l'aidait pas. Après une heure de recherches infructueuses, il avait l'impression qu'il allait se liquéfier à force de transpirer, et ces fichues cartes n'étaient nulle part en vue.

Il jeta un coup d'œil à sa montre et poussa un juron. Il faudrait qu'il inspecte le grenier un autre jour, lorsqu'il aurait plus de temps. Jase dansa sur ses talons lorsque Wayne redescendit de l'étage pour jeter un autre coup d'œil au cas où il aurait raté quelque chose d'important la première fois. L'endroit était plutôt bien rangé, à l'exception du bureau d'Eli qui était jonché de livres et de piles de feuilles. Comment pouvait-il retrouver quoi que ce soit dans ce bazar ? C'était un mystère. Il devrait investir dans une ou deux bibliothèques et un meuble à tiroirs, mais Wayne ne pouvait pas le lui suggérer sans admettre qu'il avait vu l'intérieur de son antre. Pourtant, cela le démangeait de mettre un peu d'ordre dans ce chaos.

Il passa encore trente minutes à farfouiller dans des piles, tout en résistant au besoin de les arranger. Eli ne s'en rendrait probablement même pas compte. Tout ce qu'il trouva furent de vieux papiers, des cahiers de notes et plusieurs exemplaires des mêmes livres. Qui donc pouvait avoir besoin de plus d'une édition ? Jase s'était allongé sous le bureau et le regardait, la tête posée sur les pattes avant, l'air de penser que Wayne était l'humain de plus ennuyeux qu'il ait jamais rencontré.

— Tu vas arrêter, Jase ? se plaignit-il.

En entendant son nom, Jase se précipita vers lui et renversa une boîte en équilibre instable sur le bord d'une chaise, faisant dégringoler des feuilles et des livres sur le sol. Le beagle oublia aussitôt que Wayne était là et se jeta sur ce bazar avec un grondement heureux. Wayne s'étouffa, ses yeux s'écarquillèrent d'horreur et son corps se couvrit de sueur lorsque Jase attrapa un des livres entre ses crocs comme si c'était un jouet à mâcher.

— Jase !

Wayne se jeta en avant, cherchant à attraper le livre. Eli adorait ses bouquins. Et encore, adorer n'était pas le mot. C'était une obsession. Il en mourrait s'il découvrait ça.

— Donne.

Jase s'écarta en dansant, la queue frétillante et ses yeux bruns brillant de joie, comme si Wayne avait inventé le meilleur jeu de la création. Poussant un juron, il se jeta sur lui encore une fois et réussit à mettre la main sur le livre. Le chien posa les fesses par terre, secoua la tête et gronda de manière joueuse tandis qu'ils tiraient chacun de leur côté.

— Lâche. Lâche ça ! Méchant Jase !

Avec un couinement, Jase lâcha le livre et Wayne se cassa la figure en arrière. Le beagle choisit d'opérer une retraite stratégique et disparut dans le couloir en lui jetant un regard plein de reproches par-dessus son épaule. Wayne jura de nouveau.

Il réprima ensuite une grimace en regardant la couverture : la reliure était percée par les crocs et pleine de bave, la tranche cassée. Au moins, cela semblait être un vieux livre. Si Wayne remettait tout à sa place peut-être qu'Eli ne remarquerait rien ou penserait que c'était arrivé il y a longtemps. Il ramassait les derniers papiers lorsque l'un d'eux accrocha son regard : une estimation pour une série de cartes de base-ball des années 50 et 60.

Ce n'était pas possible. Wayne serra le papier si fort dans ses mains qu'il le froissa. Pas possible. L'enfoiré de menteur. Il examina la feuille à nouveau, puis la fourra dans sa poche et commença à éplucher toutes les pages qu'il avait juste remises dans la boîte. Il y avait plusieurs contrats de vente, dont certains pour des cartes de base-ball, mais rien pour une Ted Williams de 1954.

Wayne s'assit sur les talons, un sentiment de trahison montant en lui. Eli lui avait menti. Il avait non seulement menti mais il cherchait maintenant à tirer profit du vol qu'avait commis son père. Il avait tout d'abord été reconnaissant du travail qu'Eli lui avait procuré, mais plus il y avait pensé tout au long de l'été, plus il s'était rendu compte que l'offre était juste pour la forme, ou peut-être même un baume pour la conscience d'Eli. Qu'il aille au diable.

Eh bien, c'était réglé. Il refusait de se sentir coupable plus longtemps de faire ce qu'il avait à faire. Il avait le devoir de protéger son père. Qu'Eli aille se faire foutre. S'il n'avait pas encore vendu la carte, celle-ci devait se trouver quelque part, et Wayne était bien décidé à la récupérer.

III

EN ARRIVANT, Ash trouva le *Dingers* plus rempli qu'il ne l'avait vu de tout l'été, quand les autochtones étaient les seuls clients du bar. Les étudiants étaient arrivés petit à petit ces dernières semaines et la population d'Amwich avait triplé. Toutes les tables étaient occupées et les gens se pressaient au bar.

Le regard d'Ash parcourut la salle à la recherche d'Eli. Il le trouva assis à la même petite table où il l'avait vu la première fois. Il avait abandonné le borsalino et ses cheveux étaient à nouveau tressés.

Ash commença à se faufiler vers lui, saluant les personnes qu'il connaissait et faisant un signe de la main à Neil, occupé à manier la pompe à bière derrière le bar. Lorsqu'il vivait à Concord, il n'avait pas eu l'occasion de découvrir le *Dingers*, mais depuis son déménagement l'endroit était rapidement devenu un de ses lieux de prédilection, tout particulièrement le mercredi soir lorsqu'ils servaient leur *fish and chips*.

Eli leva les yeux lorsqu'il s'approcha, un grand sourire éclairant son visage. Il avait un de ces sourires francs auxquels Ash ne pouvait pas résister. Il sourit en retour, une vague de désir montant au fond de lui.

— Je serais presque déçu de ne pas te voir en camouflage, déclara Eli, les yeux taquins. Mais tu bouges tout de même comme un militaire. Je suppose que tu étais content de pouvoir te reposer un peu. Tu avais l'air lessivé tout à l'heure.

— Le week-end a été long, admit Ash en tirant une chaise à côté d'Eli et l'orientant de manière à ce qu'ils puissent tous les deux voir l'immense écran plat accroché au mur derrière le bar.

Il était toujours épuisé. Il n'avait pas eu le temps de faire la sieste, mais avait retrouvé un peu d'énergie à l'idée de voir Eli.

— Parfois ils nous massacrent pendant les week-ends d'entraînement et parfois, c'est ennuyeux à mourir parce qu'on ne fait rien. Ce week-end, c'était le massacre.

Lu Pelland s'approcha de leur table en secouant la tête et en jetant un regard exaspéré à Eli.

— Salopard, dit-elle avant d'offrir un sourire chaleureux à Ash. Salut toi, contente de te revoir. Tu veux la même chose que d'habitude ?

— Oui Madame.

Ash regarda curieusement Eli tandis qu'elle s'éloignait.

— Qu'est-ce que tu as fait ?

La mâchoire d'Eli se décrocha de stupéfaction feinte.

— Moi ? Rien du tout, je le jure.

Ash se pencha en arrière dans sa chaise, ne croyant pas à son innocence un seul instant. Les reflets dans les cheveux d'Eli étincelaient chaudement et ses yeux brillaient avec un tel éclat narquois qu'Ash n'était pas dupe.

— Mais bien sûr.

Eli rit, jetant un œil derrière lui à Lu au moment où elle atteignait le bar.

— Lu est ma cousine, mon amie, ainsi qu'une incurable commère et mère poule à la fois. Elle s'inquiète énormément pour moi lorsque j'ai un rendez-vous et qu'elle ne connaît pas le garçon. Je ne lui avais pas dit que j'en avais un ce soir, mais elle a tout de même deviné et m'a harcelé sans merci depuis que je suis arrivé pour savoir de qui il s'agissait.

— Et tu as tenu le coup ? Ou est-ce que tu as nié avoir un rancard tout court ?

— Je ne voulais pas qu'elle lance une rumeur avant d'avoir le temps de te prévenir, déclara Eli, son expression se faisant sérieuse. Je n'étais pas sûr de savoir si tu étais dans le placard ou pas et elle tiendra sa langue si nous lui demandons.

— Ne t'inquiète pas pour ça, répondit Ash, touché par la prévenance d'Eli. Nous sommes loin de mon unité, et les rumeurs iront bon train dans une petite ville comme ça, que ta cousine parle ou pas.

En vérité, cela ne lui importait plus. Il en avait assez de cacher qui il était. Lorsqu'il s'était engagé dans les Marines, il avait pensé que ce serait simple. Après tout, sa vie privée ne regardait que lui. Ses parents avaient tenté de le faire changer d'avis, bien plus inquiets de savoir qu'il serait un homme homosexuel dans l'armée que de le voir partir en guerre. Ils avaient essayé de lui faire rejoindre une autre branche de l'armée, mais pour lui il n'était pas

27

possible de rester les bras croisés pendant que d'autres combattaient au front pour sa liberté. Il voulait être au cœur des choses.

Cela avait été bien plus compliqué qu'il l'avait pensé. Il n'avait pas l'habitude de tromper les gens et avait eu l'impression de vivre la vie d'un autre. C'était pour cela qu'il avait choisi de ne pas se réengager une troisième fois et de passer réserviste tout en allant à l'université. Une fois qu'il aurait fait les années qu'il avait promises aux réservistes et aurait son diplôme, ce serait fini. Peu importe que la loi *Don't Ask, Don't Tell*[2] soit abrogée ou pas. En plus, l'abrogation n'était pas encore certaine et les gens ne se précipitaient par pour faire leur coming-out tant que tout ça ne serait pas vraiment réglé. Les attitudes ne changeraient pas en un clin d'œil, et il voulait passer à autre chose.

— C'est vrai, dit Eli avec un sourire chagriné. Amwich adore discuter de qui tient compagnie à qui. Ils savent tout de mes relations scandaleuses depuis que j'ai quinze ans, et que j'ai été envoyé ici un été en disgrâce.

— On dirait une histoire intéressante, répondit Ash.

L'expression d'Eli était amusée, mais un éclat dans ses yeux laissait aussi deviner une vieille colère et des regrets.

— C'est le moins qu'on puisse dire, déclara Lu en apparaissant à leur table avec un plateau chargé.

Elle déposa un verre de bière glacée devant Ash et un verre de vin rouge devant Eli, suivi par un bol de pop-corn.

— C'est depuis ce jour-là qu'il me rend folle. On dirait qu'il choisit toujours l'homme parfait au pire moment.

— Pour l'amour de…

Eli s'interrompit et fit signe à Lu de déguerpir.

— Je n'ai pas besoin d'un commentaire audio de mon rendez-vous, merci.

Elle lui lança un regard assassin, qu'il soutint avec exaspération.

— Ça fait juste super longtemps que tu n'as pas eu de rencard. Tu aurais pu me dire que c'était Ash. Je m'inquiétais à l'idée que tu aies rencontré un type bizarre en ligne. J'ai entendu dire qu'il y avait des cinglés sur Internet.

Ash étouffa son rire avec une poignée de pop-corn avant que Lu décide de l'inclure dans sa diatribe.

---

[2] Législation discriminatoire en vigueur de 1993 à 2011 dans les forces armées des États-Unis vis-à-vis des homosexuels ou des bisexuels. (NDT, cf. Wikipedia)

— Lu, les Milton sont cinglés, et ils vivent à deux rues de chez toi, répondit Eli d'un ton exaspéré.

— Oui, mais je les connais.

Lu se tordit le cou pour regarder derrière elle lorsque Neil beugla son nom depuis le bar, puis renifla et coinça son plateau sous un bras.

—J'arrive, vieille bique, hurla-t-elle par-dessus le brouhaha du bar.

Puis elle marmonna lorsque Neil hurla son nom à nouveau :

— Il ne peut pas me ficher la paix cinq minutes.

— Alors, de quelle partie de Géorgie est-ce que tu viens ?

Les yeux d'Eli remontèrent vers la casquette d'Ash arborant le logo des Atlanta Braves.

— Ton choix d'équipe doit être parce que tu es du cru, et puis tu as l'accent. Mon père a été stationné en Géorgie quelques années lorsque j'étais au lycée, alors je le reconnais.

— Savannah. Ma famille vit là-bas depuis des générations.

Sur l'écran plat au-dessus du bar, les joueurs commencèrent à s'aligner pour l'hymne national, mais Ash n'arrivait pas à détourner son attention d'Eli.

— Tu étais sur quelle base, en Géorgie ?

Ash imaginait très bien Eli au lycée, trop mignon pour son propre bien, pas dégingandé comme lui-même l'avait été. Il était désolé de ne pas l'avoir rencontré à l'époque.

— Savannah est très jolie. Nous y sommes allés quelques fois. J'aimais beaucoup l'ambiance historique de la ville et l'architecture est extraordinaire.

— Oui. Toi, en revanche, tu n'as pas vraiment d'accent, répondit Ash.

La voix d'Eli était douce et cultivée et il avait un début d'accent, mais qui ne ressemblait en rien au lourd accent bostonien de la plupart des gens du cru. Ash avait parfois du mal à déchiffrer leur baragouinage, mais c'était lui que l'on accusait de parler bizarrement.

— Il y a un léger nasillement, mais aussi un léger roulement parfois sur certains mots. Comment tu fais ça ? Ce sont les différentes bases où tu as grandi ?

— Ma mère est du Tennessee. J'ai passé presque autant de temps là-bas qu'ici, répondit Eli.

Lu revint et prit leurs commandes avant de disparaître au milieu du tourbillon des clients. Quelques personnes leur jetèrent des regards désapprobateurs, mais personne ne vint leur chercher noise ou ne dit quoi que ce soit. Ash ne savait pas si c'était parce qu'Amwich était plus cosmopolite que d'autres petites villes en raison de l'université, ou parce que ces gens connaissaient Eli depuis très longtemps et avaient un accord tacite pour ne pas s'embêter les uns les autres. Ash était en ville depuis assez longtemps pour savoir qui étaient les plus intolérants de la population. Il ne les voyait pas ici ce soir, et ce n'était pas une surprise. Neil n'accepterait aucun bazar au *Dingers*.

Lorsqu'Ash était arrivé, quelques familles étaient en train de dîner. La plupart avaient quitté les lieux au fur et à mesure que le match approchait, remplacées par une foule presque unie de rouge et blanc. Les vrais regards désapprobateurs étaient réservés aux petits groupes en bleu marine regroupé dans les coins.

Ash secoua la tête.

— C'est bon de voir qu'il y a de la place pour tout le monde ici. Combien d'entre eux étaient fans de base-ball avant 2004 ? J'ai l'impression d'être au milieu d'une zone de combat.

Eli gloussa et prit une gorgée de vin.

— Je t'aurais bien dit que tu n'as rien à craindre, mais tu vis de ce côté-ci de la ville, pas du côté du campus. Si tu continues à parler comme ça et qu'on t'entend, tu tends la perche pour te faire battre.

Les yeux d'Eli, d'un bleu-gris très clair, étincelaient de malice tandis qu'il regardait Ash. Oh, il y avait du défi dans ce regard, et Ash le ressentit dans tout son corps. Il voulait vraiment relever ce défi.

— Essaierais-tu de me dire que tu es le seul ici avec qui je n'en viendrais pas aux mains si vous perdez ?

— À cause de toi, je vais penser à en venir aux mains, maintenant, répondit Eli avec un petit sourire qui relevait les coins de ses lèvres sensuelles. Mais nous n'allons pas perdre.

— Un véritable fan.

Ash rit. Les fans des Red Sox étaient vraiment uniques en leur genre. Il effleura le dos de la main d'Eli de ses doigts, savourant le petit frisson qui le parcourut, avant d'attraper sa bière.

— Tu veux que l'on parie sur le résultat ?

— Pour quel enjeu ? demanda Eli tandis que Lu revenait et déposait des assiettes de palourdes frites devant eux.

— Ses cheveux, intervint-elle en tirant sur le bout de la natte d'Eli. Il aurait bien moins de problèmes au travail s'il acceptait de les couper.

— Ce serait un crime, Madame, répondit Ash, et Lu lui jeta un regard qui lui disait clairement de ne pas encourager Eli.

Lorsqu'elle s'éloigna, il se pencha en l'avant, baissant la voix, pour murmurer :

— Je me suis demandé à quoi tu ressemblais les cheveux détachés dès la première fois où je t'ai vu.

Le regard d'Eli s'échauffa, et l'anticipation saisit Ash aux tripes. La foule applaudit quelque chose à l'écran, et Ash fut heureux de constater qu'Eli ne tournait même pas la tête. Si Ash était sous le charme d'Eli, ce n'était que justice qu'Eli soit sous le sien.

— Je suis désolé d'admettre que mes pensées n'étaient pas aussi pures, murmura Eli.

Oh. Waouh. Ash mourait d'envie de savoir ce qu'étaient ces pensées, toutes ces pensées. Un courant de chaleur passa entre eux. Cela faisait très longtemps qu'un homme n'avait pas mis Ash dans cet état, et il considéra brièvement abandonner le dîner et le match pour attirer Eli chez lui tout de suite. Apparemment, il ne faudrait pas beaucoup d'efforts. Puis il abandonna l'idée. Il appréciait leur rendez-vous, et lorsqu'ils finiraient ensemble au lit, l'expérience n'en serait que plus intense si Ash continuait à anticiper de manière aussi aiguë. Rien qu'à la pensée de se pencher pour voler un baiser à Eli, le cœur d'Ash battait plus fort. Il voulait savoir quel goût avaient ses lèvres. Pourtant, les années de discrétion enracinées en lui ne lui permettaient pas de bouger.

— Il faudra que tu me donnes davantage de détails plus tard.

L'éclat dans les yeux d'Eli et son petit sourire malicieux firent bien comprendre à Ash qu'il en avait tout à fait l'intention

— Je suis curieux de savoir quelles pensées impures traînent dans ta caboche.

— Juste pour te mettre en appétit…

Eli se pencha en avant, sa voix baissant jusqu'à ne plus être qu'un murmure.

— L'une d'entre elles était de lécher chacune de tes taches de rousseur. J'espère que tu en as sur tout le corps.

Ash eut l'impression de s'être pris un coup de poing dans le ventre et son sexe se réveilla immédiatement. Waouh, Eli devait être déchaîné au lit. Ash pouvait le voir sur son visage. Un sourire joueur planait sur ses lèvres et ses yeux brillaient d'humour. Il était comme la flamme d'une bougie :

31

impossible à attraper, et si vous y arriviez, vous vous brûliez. Les pensées d'Ash s'éparpillèrent tandis qu'il tentait difficilement de contrôler ses hormones.

Il s'était brûlé autrefois. Il ne voulait pas répéter l'expérience, jamais. Mais Eli semblait d'un tout autre feu.

Le pari. Oui, c'est de cela qu'ils étaient en train de parler. Ash s'éclaircit la gorge et avala le reste de sa bière.

— Quel est l'enjeu ? Est-ce qu'il y a quelque chose que tu veux que je te donne ?

Eli avala une gorgée de vin et jeta un regard à l'écran avant d'étudier Ash avec un intérêt non feint. Il se rapproche un peu plus de lui, et ses lèvres formèrent un sourire moqueur.

— Ta casquette des Atlanta Braves, dit-il en donnant une chiquenaude à la visière.

Il fit un large sourire lorsqu'Ash grogna.

— Quitte à parier, le jeu doit en valoir la chandelle.

Ash ne s'attendait pas à ça. Pas avec cet éclat au fond des yeux d'Eli. Merde, il adorait cette casquette. Elle était bien faite à sa tête, confortable… Mais il n'allait pas laisser passer une opportunité pareille.

— Tu es dur en affaires, mais j'accepte les termes, dit-il se creusant la cervelle pour trouver quoi demander en échange.

Quelque chose qui ferait aussi marquer une pause à Eli. Mais l'idée de voir l'autre homme nu n'arrêtait pas de s'immiscer dans ses pensées. Ash était excité et distrait, une combinaison dangereuse.

Après tout, pourquoi prétendre que ce rendez-vous n'allait pas dans la direction qu'ils savaient tous deux ? Ash n'avait pas l'intention de faire attention et il était prêt à parier que son compagnon avait un côté déraisonnable. Soit Eli serait partant, soit il reculerait. Ash gloussa doucement, le regard braqué sur Eli.

— Si je gagne, par contre, je prends ton boxer, et j'ai le droit de te regarder l'enlever.

Il y eut un silence, puis Eli éclata de rire, le son rauque et malicieux.

— Et si je ne porte rien sous mon jean ?

Ash ne sut pas si Eli se moquait de lui ou pas, et franchement, il s'en fichait pas mal. Il grogna presque à l'idée de fesses douces encastrées dans un jean usé et souple. Non, ça ne le gênait pas du tout qu'Eli ne porte rien sous ses vêtements. Ash eut un sourire en coin.

— Je suis sûr que je pourrais trouver quelque chose d'autre.

— Marché conclu, alors. Et pour info, c'est bien un boxer.

— Tu es sûr que tu ne veux pas changer l'enjeu ? offrit Ash. Une casquette contre un boxer, cela ne semble pas équitable, pour toi bien sûr.

— Bien essayé, mais je maintiens mon pari. Gagner ta casquette des Braves me va très bien.

— Est-ce qu'on t'a déjà dit que tu étais cruel et sournois ? demanda Ash, jetant un œil à l'écran et grimaçant en voyant que les Sox avaient deux runs d'avance.

Ce n'était que le deuxième tour de batte, cependant. Rien ne permettait de dire ce qui allait se passer dans les deux prochaines heures.

— Je ne suis pas d'accord, je ne suis pas sournois, répondit Eli tandis que Lu revenait avec de nouvelles boissons pour eux.

— N'en crois pas un mot, Ash, déclara-t-elle en reprenant leurs verres vides. Eli est tout sauf méchant, mais il est sournois. Il va te faire croire qu'il est décontracté et facile à vivre, ce qui est vrai, mais il est bien plus profond que ça. Et juste au moment où tu crois qu'il va aller dans ton sens, il refuse d'avancer et devient têtu, le convaincre est plus difficile que d'arracher une tique.

Ash éclata de rire tandis qu'Eli lançait un regard exaspéré à sa cousine. On pouvait voir qu'il y avait une longue histoire de taquinerie entre eux.

— Une tique ? Vraiment ? Tu ne m'aides pas, là. Va embêter ton homme avant qu'il se remette à beugler pour attirer ton attention.

Il la regarda s'en aller, puis se tourna vers Ash.

— Tu as parlé d'une sœur. Est-ce que je peux l'appeler pour obtenir des infos compromettantes sur toi, pour compenser ?

— En fait, j'ai deux sœurs, et elles seraient plus qu'heureuses de répondre à toutes les questions que tu pourrais avoir. Le problème, c'est qu'elles s'attendraient à ce que tu répondes à toutes leurs questions aussi. Tu risquerais d'être bloqué au téléphone pendant longtemps.

Ils continuèrent à plaisanter tout en regardant le match. Ash avait toujours trouvé que le base-ball était un jeu d'anticipation et maintenant, étant donné l'enjeu, c'était encore plus vrai. Il avait intensément conscience de l'homme assis à côté de lui, de toutes les expressions qui passaient sur le visage d'Eli, du timbre de sa voix et du rire qui semblait toujours y être présent. Le genou d'Eli frôla le sien sous la table, lui faisant prendre encore plus conscience de sa proximité. Lu revint et débarrassa leurs assiettes, laissant une autre bière à Ash et un verre d'eau pour Eli. Ash se relaxa dans sa chaise en sirotant lentement son verre. Il était déjà bien assez détendu pour ne pas en rajouter.

— Alors, quelle est ta position préférée ?

— C'est vraiment une question piège.

Eli leva les yeux vers l'écran, jurant dans sa barbe lorsque les Yankees prirent de l'avance.

— C'est le but, murmura Ash.

— D'accord. Voyons voir, j'ai toujours été particulièrement attiré par la troisième base[3].

Il jeta à Ash regard lourd de sens, une promesse silencieuse de ce qui allait arriver une fois qu'ils seraient seuls. Cela rendait toute pensée autre que *'oh bon sang oui'* difficile à formuler.

— Ça ne s'appelle pas le coin chaud pour rien. Et toi ?

Ash se trémoussa sur sa chaise, la tension entre ses jambes rendant difficile la surenchère dans la conversation scandaleuse d'Eli.

— Je préférais le bâton au grand champ. J'adorais frapper la balle de toutes mes forces, encore et encore.

Il sourit lorsqu'un léger grognement échappa à Eli, faisant remonter un autre frisson dans son corps.

— Tu as joué longtemps ? demanda ce dernier.

— De la première année de primaire à la fin du lycée. Je n'étais pas assez bon pour obtenir une bourse, et à l'époque je n'avais pas vraiment envie d'aller à l'université, de toute façon. Je voulais quitter la maison et faire quelque chose qui ait du sens, ou au moins qui soit ridiculement dangereux. Alors je me suis engagé.

Ash secoua la tête lorsque les Red Sox prirent de l'avance et Eli rit de contentement.

— Et toi ?

Eli ne répondit tout d'abord pas, et lorsqu'Ash leva les yeux sur lui il y avait quelque chose dans ses yeux et dans le pli de ses lèvres qui lui fit se demander si peut-être il n'avait pas fait remonter de mauvais souvenirs. Avant qu'il puisse poser la question ou changer de sujet, Eli haussa les épaules.

— Jusqu'en seconde. On était stationnés en Alaska et mon père m'a inscrit au hockey à la place.

---

[3] Métaphore américaine pour un rapport bucco-génital. (NDT)

— Je vois que tu as réussi à garder toutes tes dents, répondit Ash de manière légère, et Eli eut un petit sourire.

— Ma courte carrière au hockey s'est finie par un combat épique, j'en ai bien peur, dit-il avec tant de délectation qu'Ash sut qu'il chérissait se souvenir. Je n'aime pas être forcé de faire quelque chose que je ne veux pas faire. Je n'ai jamais aimé ça. Il est possible que je me sois un peu rebellé.

Ash tendit la main sous la table pour prendre celle d'Eli, caressant ses phalanges de son pouce.

— Il faudra que tu me racontes cette histoire.

— Un jour peut-être, quand on aura plusieurs heures devant nous, une bouteille de vin, et rien à faire le lendemain.

Personne ne semblait leur prêter attention et Eli n'avait pas l'air de vouloir se cacher du tout. Il ne retira pas sa main et Ash aima la sentir dans la sienne. Il était encore plus conscient de chaque battement de cœur, chaque respiration d'Eli. Lorsque les Yankees égalisèrent au neuvième tour de batte, la chaleur et la tension entre eux n'avaient pas grand-chose à voir avec le match en train de se dérouler ou avec le pari.

Ash posa sa main sur la jambe d'Eli, la tension entre eux montant encore d'un cran. Il avait raison, c'était bien du muscle sous ces vêtements, et pas de la gonflette non plus. Ash sourit lentement lorsque ces yeux si expressifs cherchèrent les siens.

— La vraie question, c'est : tu veux qu'ils gagnent ou qu'ils perdent ?

Eli rit doucement avant de se pencher à son tour plus près d'Ash.

— Je ne crois pas que cela ait d'importance, non ?

— Non, pas vraiment. Je voulais juste entendre un fan des Red Sox blasphémer.

— Si j'étais frappé par la foudre, ça gâcherait la soirée.

Eli inspira brusquement lorsque la main d'Ash grimpa plus haut sur sa cuisse.

— Admets que tu préférerais être en train de faire autre chose.

— Oui, je l'admets. Mais je dois aussi admettre que j'apprécie cette lente mise en bouche, répondit Eli en posant sa propre main sur la jambe d'Ash.

Le bout de ses doigts effleura l'intérieur de sa cuisse, envoyant des étincelles dans son entrejambe.

— Tu as tellement peur de perdre ta casquette ?

— Oh, je peux jouer le jeu aussi longtemps que toi, Eli.

Un rugissement monta de la foule près du bar, Ash l'entendit à peine.

— On dirait que quelqu'un vient de marquer.

Eli jeta un œil à l'écran et grimaça.

— Non, ce sont juste les prolongations.

Ash avala le reste de sa bière, lança de l'argent sur la table, et attrapa la main d'Eli. Il la serra dans la sienne en jetant un regard de côté à son compagnon.

— Viens, partons d'ici.

Il n'allait pas bouder son plaisir. Il avait eu son compte d'aventures d'un soir, même si elles n'avaient pas eu lieu avec quelqu'un qu'il connaissait depuis si peu de temps. Mais cela faisait des semaines qu'il pensait à Eli et il ne voulait pas attendre un instant de plus pour l'embrasser.

— J'habite juste en haut de la rue, on peut y aller à pied.

— Si on prend ma moto, c'est encore plus rapide, répondit Eli avec un regard brûlant en ajoutant de la monnaie sur la table.

Ash réprima un autre grognement et se dirigea vers la sortie. Il n'allait pas dire non à l'opportunité de serrer Eli dans ses bras et de se coller contre son dos.

IV

LE CŒUR d'Eli battait à tout rompre lorsqu'il accrocha le regard de Lu avant de faire un signe de tête vers la porte pour lui faire comprendre qu'il s'en allait. Elle haussa les sourcils, puis lui offrit un petit sourire et fit un geste de la main pour lui dire de déguerpir, avant de se rapprocher du bar pour distraire Neil. Son ami ne comprendrait jamais qu'on puisse quitter un match avant la fin et il ne voulait pas attirer l'attention sur eux tandis qu'ils s'éclipsaient.

En fait, il n'avait aucun problème à sauter la fin de la partie. Il n'en pouvait plus d'attendre pour mettre la main sur Ash. Il avait eu envie de lui dès la première fois où il l'avait vu. Il le rejoignit sur le trottoir et ils marchèrent en silence jusqu'à sa moto. Il se faisait tard et la rue principale s'était vidée. Le *Dingers* était le seul commerce encore éclairé. Eli savoura la solitude tandis qu'Ash grimpait derrière lui.

— Tu sais, j'aime les hommes à moto, murmura-t-il au creux de son oreille, ses mains s'attardant légèrement le long des côtes d'Eli avant de se poser sur ses hanches.

Sa voix était rauque, avec ce roulement qui était comme du miel à ses oreilles.

— Tant mieux, répondit Eli avec un grand sourire, parce que j'ai toujours eu un truc pour les militaires.

Ash rit et resserra sa prise sur Eli tandis que la moto démarrait en trombes. Eli était presque désolé que le trajet soit si court. Il appréciait de le sentir pressé intimement contre lui ainsi que l'air frais qui leur fouettait le visage. C'était une nuit magnifique pour rouler, la lune était pleine et la ville endormie. Cela se termina beaucoup trop vite.

Ils s'arrêtèrent dans le petit parking à l'arrière de l'appartement d'Ash et Eli ralentit jusqu'à s'arrêter. À ce moment, Ash glissa ses mains dans les poches arrière d'Eli et embrassa le côté de son cou.

— C'était chouette, murmura-t-il près de son oreille.

Un frisson remonta le long de la colonne vertébrale d'Eli.

— Tu as toute mon attention, Géorgie, annonça-t-il en coupant le moteur.

Il adorait cet accent, et celui-ci se faisait de plus en plus entendre au fur et à mesure que le désir montait chez Ash.

— Est-ce que cela veut dire que l'on peut oublier le pari et sauter la fin de la partie ?

La chaleur du souffle d'Ash contre son oreille empêchait Eli de se concentrer, et il dut faire montre de toute sa volonté pour ne pas se retourner et capturer les lèvres allumeuses. Il pariait qu'Ash embrassait comme il parlait : lentement, comme une vague de chaleur liquide du Sud, aussi puissant qu'un whisky de vingt ans.

— C'est le désir ou la peur qui parle ? demanda Eli avec un gloussement, tournant la tête pour regarder Ash à la lumière de la lune.

Il donna une pichenette sur la visière de la casquette d'Ash.

— À moins que tu tiennes à déclarer forfait ? Cela semble juste puisque tu vas pouvoir me voir me déshabiller très bientôt.

Ash sauta de la moto est sorti ses clés de sa poche.

— Je suppose que mon ego peut supporter de ne pas être capable de te distraire de l'issue de la partie.

Il attrapa la main d'Eli dans la sienne, entrelaçant leurs doigts tandis qu'il le guidait jusqu'à l'escalier extérieur menant à son appartement au deuxième étage. Au grand amusement d'Eli, cet homme fermait sa porte d'entrée, à la différence de la grande majorité des résidents d'Amwich.

— Je suis sûr que tu peux me convaincre. Après tout, tu as réussi à me faire sortir du bar. Il se pourrait même que je trouve le processus amusant.

Ash l'attira à l'intérieur de l'appartement et Eli cligna des yeux lorsque les lumières s'allumèrent. Il eut le temps de jeter un regard sur un salon presque vide, avec une table de poker dans un coin et de grandes photos au mur : un poster encadré d'Hank Aaron et la fameuse gravure des chiens en train de jouer au poker.

— J'essaierai de ne pas oublier ça, murmura Ash en tournant sa casquette à l'envers avant de plaquer Eli contre la porte.

Il sourit lentement. Eli aimait la façon dont ses yeux se plissaient lorsqu'il souriait. Ash avait des yeux magnifiques, d'un vert foncé parsemé de paillettes d'or. Ils étaient même plus beaux que ce qu'il avait imaginé, mais à ce moment précis ils étaient assombris et ses traits étaient tirés par la fatigue.

Peut-être Eli devrait-il s'arrêter là pour aujourd'hui et laisser Ash se reposer comme il en avait visiblement besoin. Avant qu'il ait pu formuler cette idée, cependant, Ash s'était penché et leurs lèvres se rencontrèrent enfin. C'était un baiser doux, une promesse de ce qui était à venir, et Eli savoura la sensation tandis que la chaleur montait entre eux. Les lèvres d'Eli s'entrouvrirent, mais avant que le baiser puisse déraper, Ash recula, laissant Eli sur sa faim. Son souffle se coupa et son estomac se contracta lorsqu'Ash sourit et l'attira vers le plus grand des canapés en le prenant par la main.

Son attention était rivée sur l'homme sexy qui se tenait devant lui. Ash alluma la télé et mit le match.

— Je ne pense pas que je serais capable d'y faire très attention, mais au moins nous saurons qui a gagné, déclara-t-il en faisant asseoir Eli sur le canapé avec lui.

Ce dernier jeta un œil à l'écran et grimaça. Les Yankees avaient réussi à marquer dans le peu de temps écoulé depuis qu'ils avaient quitté le bar.

— Tu m'as fait leur porter la poisse, soupira-t-il. Tu ne savais pas qu'il ne faut pas s'en aller avant la fin du match ?

En vérité, il n'arrivait pas être vraiment en colère à propos de la partie. Pas quand Ash l'attirait vers lui avec une lueur amusée au fond des yeux. Son odeur était fraîche, alléchante, et aiguisait les sens d'Eli. Ash commença à effleurer sa mâchoire de ses lèvres. Eli frissonna, tournant la tête et tendant le cou, s'offrant à ses lèvres.

— Ce n'est pas très difficile de te distraire, remarqua Ash en souriant contre sa peau.

Eli releva la tête et leurs souffles se mêlèrent tandis que leurs yeux se rencontraient pour ne plus se lâcher.

— Je ne veux même pas regarder tant que nous ne sommes pas au moins à égalité.

Le cœur d'Eli palpita lorsque ces lèvres douces effleurèrent les siennes un bref instant avant de s'éloigner. Ash était vraiment un allumeur.

— En fait, je crois que je suis tout simplement incapable de résister à la tentation que tu offres, ne serait-ce qu'un instant.

— Ah, Eli, la flatterie, cela marche toujours.

Ils s'embrassèrent encore, plus profondément cette fois, leurs langues se mêlant, goûtant et explorant. Le pouce d'Ash effleura la mâchoire d'Eli, et celui-ci se demanda ce que cela ferait de sentir ces doigts partout sur son corps. Mais, même s'il était réellement impatient de les sentir, cette lente séduction avait aussi son charme. Eli mit ses mains autour du cou d'Ash, cherchant le contact tandis que des étincelles montaient en lui, de plus en plus fortes.

Lorsqu'ils s'écartèrent encore une fois, son cœur battait plus fort. Un instant, il pensa s'écarter pour ralentir le rythme. Ash semblait bien trop parfait, et Eli savait qu'il n'avait jamais de chance avec les hommes qui l'intéressaient vraiment. Par une sorte d'ironie du sort, c'était à chaque fois le bon mec au mauvais moment.

Puis Ash sourit, et Eli ne sut décider ce qui était le plus sexy : l'ébauche d'une fossette sur sa joue ou la tache de rousseur esseulée près de sa bouche, qui appelait le baiser. Il céda à la fossette, dardant la langue pour goûter ce petit point. Il se laissa aller en arrière, se renversant dans les coussins et tirant Ash afin que celui-ci se retrouve au-dessus de lui. Ses doutes s'évanouirent lorsqu'il sentit le corps ferme de l'autre homme contre le sien.

Ash jeta un coup d'œil à la télévision.

— Tes chéris ont réussi à les empêcher de marquer encore une fois. Tu crois qu'ils peuvent égaliser ?

— Ils ont intérêt à avoir au moins un run d'avance, parce que je n'ai pas envie de faire durer ça pendant encore un tour de batte.

Le sexe d'Ash frémit contre la hanche d'Eli lorsqu'il bougea, et celui-ci sentit des étincelles se répandre dans son entrejambe. Que le match aille se faire foutre, et s'il devait être frappé par la foudre pour avoir pensé ça, ainsi soit-il.

— C'est bon à savoir.

Ash effleura ses lèvres avant d'enfoncer sa langue profondément dans sa bouche. Eli grogna et lui rendit son baiser, la chaleur montant encore un peu plus en lui. Il avait envie d'enlever lentement les vêtements d'Ash pour pouvoir sentir toute cette peau nue contre la sienne. Lorsque leurs lèvres se séparèrent, ils inspirèrent tous deux en tremblant, puis jetèrent un œil au match de base-ball sur l'écran.

— Un joueur sur la base, murmura Eli.

— Alors j'ai encore de l'espoir.

Les yeux verts d'Ash brillaient lorsqu'il baissa le regard.

— Tu préfères lancer ou attraper ?

— J'ai déjà fait les deux, répondit Eli avec un sourire, ses mains glissant le long des côtes d'Ash. On peut toujours se battre pour savoir qui sera au-dessus, puisque l'on a déjà un pari de lancé ce soir.

Sa main glissa sous le tee-shirt d'Ash et se posa contre son ventre ferme.

— Vu comme tu es bâti, je crois que je n'ai pas une chance.

— Tu n'as qu'à faire dix ans dans les Marines tout en faisant des petits jobs de construction à côté. Tu aurais dû me voir avant que je m'engage. J'étais épais comme un haricot, mal à l'aise dans mon corps et dégingandé.

Eli rit avec lui, se souvenant de ses propres années d'adolescence, lorsqu'il semblait grandir chaque jour sans gagner un seul gramme pour équilibrer.

— Eh bien, j'ai dix ans d'enseignement derrière moi. Je ne crois pas que cela tiendra face à ton expérience.

— Peut-être, mais je parie qu'il y a plein de choses que tu pourrais m'apprendre.

Ash inspira brusquement lorsqu'Eli glissa sa main plus haut, explorant sa poitrine. Sa réaction provoqua un autre pic de désir dans le ventre d'Eli. C'était bien plus que tous les fantasmes qu'il avait pu avoir, et ils n'avaient même pas réellement commencé.

— On verra bien, n'est-ce pas ? répondit Eli en grognant lorsque la bouche d'Ash vint titiller sa gorge.

Il effleura du bout des doigts les muscles recouvrant les côtes d'Ash. La peau à cet endroit était étrangement rugueuse, et avant qu'Eli puisse en comprendre la raison, Ash l'embrassa de nouveau. Les pensées d'Eli s'éparpillèrent et il glissa ses mains plus haut sur le dos et les épaules d'Ash.

Celui-ci releva la tête en entendant le craquement d'une batte heurtant une balle de base-ball et regarda l'écran.

— Ton équipe à un autre joueur sur les bases.

— C'est vrai ? Ça promet.

Eli rassembla ses esprits essaya de réfléchir malgré la douleur lancinante de son sexe pour regarder les statistiques à l'écran.

— Merde, un batteur a déjà été retiré sur trois prises.

— Homme de peu de foi.

Ash s'assit sur ses talons et jeta sa casquette des Braves sur le bras du fauteuil avant de retirer son tee-shirt, qu'il envoya rejoindre le couvre-chef. Le regard d'Eli parcourut sa poitrine comme il avait eu envie de le faire depuis qu'il avait vu Ash pour la première fois, sur le toit de *Dingers*. Il avait la carrure d'un homme qui travaillait dur pour gagner sa vie plutôt que de quelqu'un qui passait des heures en salle de musculation. Des cicatrices pâles ornaient sa peau sur le côté, tout le long de ses côtes, jusqu'à disparaître sous

41

la ceinture de son jean. On aurait dit une combinaison de brûlures et de cicatrices de shrapnel.

Ash se crispa, l'air défait

— Elles te dérangent ? demanda-t-il d'un ton sec.

— Pas du tout, répondit Eli en cherchant le regard d'Ash afin que l'autre homme puisse voir qu'il ne mentait pas.

Eli se releva et embrassa les plaques militaires d'Ash, qui reposaient sur sa poitrine nue, puis laissa sa main aller caresser la peau rugueuse. Il sentit de la compassion monter en lui. Il ne pouvait même pas commencer à imaginer à quel point cela avait dû faire mal. Il n'avait aucun point de comparaison.

Ash se détendit, un sourire d'excuses lui venant aux lèvres.

— Désolé, généralement je ne suis pas si susceptible. J'ai tendance à le devenir quand je n'ai pas assez dormi.

— Pas besoin d'excuses, répondit Eli en prenant Ash dans ses bras pour l'attirer à lui.

Si qui que ce soit avait rejeté Ash à cause de ses cicatrices, alors c'était un idiot. Il voulait lui demander comment c'était arrivé, mais la tension encore présente dans ses yeux lui fit comprendre qu'il valait mieux changer de sujet.

La question avait cependant dû se lire sur son visage, parce qu'avant même qu'il puisse ouvrir la bouche, Ash secoua la tête.

— Une autre fois peut-être.

— Compris.

Eli sourit et effleura les lèvres d'Ash avec les siennes, ses mains continuant leur lente exploration de son corps. Les questions attendraient un autre jour. Et il allait faire tout son possible pour qu'Ash et lui aient un autre jour. Là, tout de suite, le désir lui faisait presque mal.

— Alors, où en étions-nous ?

Ash l'embrassa brutalement, avant de commencer à défaire les boutons de sa veste.

— Te déshabiller à moitié aussi.

Il retira la veste et la chemise d'Eli, puis posa ses mains sur ses épaules. Ses lèvres formèrent un sourire heureux lorsqu'il parcourut le corps d'Eli du regard.

Celui-ci n'était peut-être pas aussi musclé que lui, mais il était assez sportif pour ne pas se sentir gêné sous le regard des autres. Les mains d'Ash glissèrent sur sa poitrine et son estomac plat en une caresse prolongée.

— Très joli. Je suppose que tu ne fais pas que regarder du base-ball.

— De la randonnée, tous les jours. Il y a un tas de pistes dans le coin, répondit Eli en parcourant des doigts la ceinture du jean d'Ash. Un peu d'escalade aussi, quand je peux trouver un partenaire pour m'accompagner.

— Il faudra que je me joigne à toi un jour.

Leurs bouches se rencontrèrent à nouveau en un baiser sulfureux. Eli grogna lorsque les doigts d'Ash défirent avec dextérité le bouton de son jean. Une main en coupe vint saisir son sexe à travers son boxer, et celui-ci se raidit en réponse, pressant contre la paume d'Ash. Il détourna la tête, arquant le bas de son corps avec un grognement. Il ne comprenait pas comment un simple contact pouvait faire tellement de bien.

— Bon sang, Ash. Même si j'ai une chance de gagner ton boxer, je t'imaginais tout de même ne rien porter sous ton jean, déclara Ash en serrant légèrement la main.

Les hanches d'Eli se tendirent pour prolonger le contact.

— Tu n'as dit ça que pour me charrier.

— Peut-être.

Eli envoya valser ses chaussures et ouvrit la braguette d'Ash. Il était temps de lui rendre la pareille. Lorsque sa main se glissa à l'intérieur du jean d'Ash, la foule à la télé se mit à hurler. Il détourna la tête, et Ash laissa échapper un bref rire.

— C'est pas vrai, c'est une blague ? Ils vont encore faire durer ça longtemps ?

Eli sourit. Habituellement, dans un moment pareil, il serait accroché à son siège, crispé d'anticipation. Mais à cet instant précis, c'était une tout autre sorte d'anticipation qui le parcourait.

— C'est la fin du dixième. Ils ont un run d'avance. Nous avons trois joueurs sur des bases et deux dehors. C'est un match typique des Red Sox contre les Yankees, je trouve. Excitant jusqu'à la fin.

— Le destin de ma casquette est entre les mains du prochain batteur ? Tu es sûr que tu ne te déshabilleras pas si je perds ? taquina Ash.

Ses lèvres coururent sur la gorge d'Eli, faisant battre le sang à ses oreilles.

— Tu n'as aucune chance. Regarde qui passe ensuite.

Eli tira sur son bras jusqu'à ce qu'Ash soit allongé au-dessus de lui. Il entoura de ses bras la taille d'Ash et manœuvra jusqu'à ce qu'ils soient allongés côte à côte.

— C'est comme si cette casquette était déjà à moi.

— Sauf s'il n'arrive pas à toucher la balle. Premier lancer.

Ash ricana lorsqu'Eli mordilla son épaule.

— Tout ce qu'il nous faut, c'est un run pour arriver à égalité et un autre pour gagner. À moins qu'on ne reparte pour un tour de batte ou deux supplémentaires. Ou alors tu pourrais juste déclarer forfait maintenant et me donner ta casquette.

Eli se tut lorsqu'Ash grogna et attaqua sa bouche. Le reste des pensées moqueuses qu'il avait en tête s'éparpillèrent. Les mains d'Ash semblaient se trouver partout à la fois. Il espérait que le match n'allait pas repartir pour de fichus tours de batte.

La main d'Eli se glissa à nouveau dans le jean d'Ash et s'enroula autour d'une fesse chaude et dénudée. Eli crut qu'il allait faire un infarctus. Heureusement qu'il n'avait pas demandé le boxer d'Ash ou il aurait été bien embêté. Et ces fesses étaient aussi musclées qu'elles en avaient l'air… bordel.

Les cris de protestation de la foule s'élevèrent de la télévision et ils levèrent tous les deux les yeux vers le poste tout en balançant leurs chaussures sur le sol.

— Deuxième lancer.

Les yeux d'Ash brillaient de malice.

— Tu voudras de la musique pour ton strip-tease quand tu auras perdu ? Je crois que j'ai 'Hot for Teacher' quelque part.

— Crois-moi, tu n'as pas envie de me voir essayer de danser. Mais pendant qu'on attend le résultat…

Eli l'embrassa tandis que sa main glissait sur la hanche d'Ash, où les cicatrices descendaient encore quelques centimètres avant de s'effacer. Pour une fois, il n'était pas déçu que les Red Sox soient sur le point de perdre un match. Comment aurait-il pu l'être quand Ash était allongé à moitié nu près de lui ?

Une dernière fois, le craquement d'une batte attira leur attention, et ils levèrent les yeux en même temps pour voir la balle sortir du terrain.

— C'est pas vrai, dit Ash en secouant la tête. Sérieusement ?

Eli rit, fit un sourire de triomphe à Ash avant de mordiller sa lèvre inférieure.

— On dirait que tu auras droit à ce strip-tease une autre fois, Géorgie. De toute façon, je préférerais vraiment que tu me baises.

Les yeux d'Ash s'embrasèrent et un frisson descendit le long de la colonne vertébrale d'Eli.

— Je ne vais certainement pas refuser une offre pareille.

Ash se leva avec un léger grognement et s'étira pendant un instant. Eli vit l'épuisement traverser son visage avant que celui-ci tende une main vers lui.

Eli embrassa le dos de sa main puis fit un pas en avant, glissant ses bras autour du cou d'Ash, caressant sa nuque de ses doigts.

— Où est ta chambre ?

Ash avait l'air d'avoir besoin de se faire dorloter un peu et Eli n'était pas contre se porter volontaire, surtout si cela signifiait qu'il aurait le droit de le tripoter.

Coup d'un soir, mon œil. Il n'allait pas partir d'ici sans son numéro de téléphone et une promesse de le revoir.

Ash sourit et le guida en marchant à reculons jusqu'au bout du couloir, dans une chambre obscure. Son jean descendait sur ses hanches, des boucles rousses pointant entre les pans ouverts de sa braguette. Il alluma la lampe de chevet, révélant une pièce étonnamment nette, contenant le strict minimum.

— Tu te crois toujours en caserne, n'est-ce pas ? se moqua gentiment Eli.

— J'y travaille.

Ash tira sur le bout de la natte d'Eli et retira l'élastique qui la terminait, défaisant rapidement la tresse jusqu'à ce que les cheveux lui tombent sur les épaules. Il enfonça ses doigts dans les mèches douces avec un grand sourire.

— J'ai eu envie de faire ça toute la soirée.

— Tu l'as déjà dit.

Le cœur d'Eli battait d'anticipation lorsqu'Ash l'attira près de lui. Il glissa ses mains dans le jean du roux et le fit tomber au sol, le laissant complètement nu. Ash repoussa du pied le pantalon tandis qu'Eli le regardait.

— Mon Dieu, Géorgie, murmura-t-il, le sexe douloureux.

Il entoura la taille d'Ash de ses bras lorsque l'autre homme l'attira à nouveau à lui. Le baiser fut tout d'abord lent et explorateur avant de vite dégénérer. Eli retira son propre jean et son boxer, et des frémissements lui remontèrent dans les reins lorsqu'il se colla à Ash et sentit cette délicieuse sensation de peau nue contre peau nue qu'il avait tant attendue. Le sexe d'Ash se glissa entre les cuisses d'Eli, effleurant ses testicules, et ce dernier grogna contre sa bouche.

Les mains d'Ash descendirent de ses cheveux et glissèrent le long de son dos pour attraper ses fesses. Un lit, il leur fallait un lit. Cette unique pensée cohérente émergea du chaos alors que son cerveau tentait d'enregistrer chaque miette de sensation. Eli tenta de les faire reculer dans la direction générale qu'il pensait être celle du lit. Il ne désirait rien de plus que de laisser ses mains parcourir chaque centimètre carré du corps d'Ash dans une exploration lente et sensuelle.

Ils rompirent leur baiser assez longtemps pour tituber jusqu'au lit avant de recommencer. Leurs langues s'entremêlaient, goûtant, explorant et donnant à Eli envie de plus. Il enfourcha les cuisses d'Ash, s'étalant sur lui, approfondissant le baiser pendant que les mains de l'autre homme parcouraient tout son corps.

— Je suppose que tu n'as pas d'huile de massages à portée de main, n'est-ce pas ? haleta Eli contre la bouche d'Ash.

Son cerveau gela lorsqu'Ash bougea légèrement et que leurs sexes frottèrent l'un contre l'autre.

— Oh putain.

Ash gloussa et mordilla gentiment la mâchoire d'Eli avant de placer sa bouche plus bas pour lui dévaster la gorge.

— Je ne t'ai pas dit que j'étais aussi scout quand j'étais petit ? Toujours prêt.

Eli secoua la tête et rit, finalement peu surpris. Ash avait dû passer la moitié de sa vie à arborer un uniforme ou un autre, alors que lui-même avait passé son temps à rejeter le système de toutes ses forces. Il n'avait jamais compris pourquoi il était comme ça. Comment pouvait-il être aussi excité par un homme en uniforme alors qu'il avait toujours su qu'il ne serait jamais capable de supporter ce genre de vie lui-même ?

— Qu'est-ce qui est si drôle ?

Ash embrassa le pouls qui battait dans la gorge d'Eli.

— Une autre de ces choses pour plus tard.

Eli fit glisser sa bouche le long de sa poitrine jusqu'à trouver un téton, plat pour l'instant. Il le mordit gentiment et le lécha, avant de croiser le regard d'Ash.

— Là, tout de suite, mon cerveau n'est pas capable de tenir une conversation.

— Très juste.

Ash agrippa les fesses d'Eli, ses doigts se glissant dans la raie jusqu'à trouver l'anus.

— Espèce de sadique, dit Eli avec un rire étranglé.

Il laissa glisser sa main plus bas, toucha le sexe d'Ash et commença à le caresser. Ash grogna, cambrant les hanches, les yeux rivés sur lui.

— Je ne fais que commencer.

Eli avait cultivé un grand nombre de fantasmes depuis qu'il avait vu Ash pour la première fois. Après avoir réalisé que l'autre homme avait aussi fantasmé sur lui, il s'était senti de plus en plus impatient d'en arriver à ce moment exact. Une excitation délicieuse avait pris possession de lui, et il leva la tête pour mordiller le lobe de son oreille.

— Est-ce que ce sont des paroles en l'air, ou une promesse ?

Ash grogna, glissant sa main le long des cuisses d'Eli.

— Ce sera à toi de me le dire après. Ouah, tu as vraiment de longues jambes. Sûr que tu es professeur ? Tu es l'enseignant le plus sexy que j'ai jamais vu.

Eli rit et serra le sexe d'Ash encore une fois.

— Tu t'égares, Géorgie. L'huile de massage ?

Ash se tortilla pour farfouiller dans la table de nuit à côté du lit. Il tira d'un tiroir une bouteille d'huile, ainsi qu'une boîte de préservatifs et du lubrifiant. Les sourcils d'Eli s'arquèrent lorsqu'il aperçut plein d'autres objets intéressants avant qu'Ash referme le tiroir.

— Tu donnes une image si candide, si américaine, qui imaginerait que tu as un tiroir pervers dans ta chambre ? se moqua Eli.

— Qui a dit que la perversion n'était pas américaine ?

— Tu n'as pas tort.

Eli repoussa Ash contre les draps.

— On dirait que tu as besoin de te faire chouchouter. Laisse-moi faire.

Ash avait l'air complètement épuisé après son week-end d'entraînement. Eli n'avait pas la moindre idée de ce qu'on y faisait, mais il était sûr que cela faisait mal partout. Sans compter qu'il voulait ralentir un peu les choses et faire durer leur soirée. Il embrassa son épaule et parcourut ses côtes de la main.

Ash secoua la tête en riant.

— Il faudrait être idiot pour refuser.

Eli se pencha pour attraper la bouteille d'une main tandis qu'Ash glissait ses bras sous sa nuque. Eli enjamba ses cuisses, incapable de le quitter des yeux un instant. Une traînée de taches de rousseur et de poils décorait sa poitrine. Il avait les bras légèrement bronzés, et les taches de rousseur étaient d'ailleurs plus nombreuses et plus prononcées à cet endroit.

Eli versa un peu d'huile sur ses mains et les frotta l'une contre l'autre pour réchauffer le liquide avant de toucher les épaules du réserviste. Il frotta l'huile partout à cet endroit, enduisant la peau, faisant jouer ses doigts, et commença à masser les points de tension qu'il pouvait sentir. Ash grogna et ses yeux se fermèrent doucement tandis qu'un sourire apparaissait sur ses lèvres.

— Putain, Eli.

Ce dernier gloussa, caressant sa poitrine en de longs glissements de ses mains, regardant avec plaisir Ash se détendre lentement.

— Enfin, c'est toi qui as gagné le pari, murmura Ash. Est-ce que ça ne devrait pas être moi qui fais ça pour toi ?

— Qui a passé le week-end entier à s'entraîner comme un cinglé ?

Eli se pencha sur lui, s'arrêtant pour embrasser la cicatrice sur son côté.

— Peut-être que tu pourras me rendre la pareille un autre jour.

Son estomac s'emballa un instant lorsqu'il se prit à espérer une prochaine fois.

Le sourire d'Ash en réponse à sa phrase était une promesse. Il ouvrit des yeux endormis pour jeter à Eli un regard de braise à travers des cils bordés de rouille.

— Pari tenu.

Eli se décala vers le bas, frottant l'huile plus gentiment le long des cicatrices sur le côté d'Ash, mais celui-ci ne donna aucune indication qu'elles étaient encore douloureuses. Les yeux d'Ash s'étaient fermés à nouveau, et avec un sourire démoniaque Eli attrapa dans sa main son sexe encore dur, le caressant fermement.

Ash grogna, cambrant les hanches. Son sexe vibra dans la main d'Eli.

— Allumeur. Tu vas voir lorsque j'aurai mis la main sur toi.

Eli gloussa, le caressant encore quelques fois avant de réchauffer un peu plus d'huile entre ses paumes.

— Ça ne semble pas très effrayant.

Plutôt génial. Il fit glisser ses mains le long des cuisses musclées, les pétrissant. Les poils sur ses jambes étaient décolorés par le soleil. Eli aimait les sentir sous ses mains.

— Tourne-toi sur le ventre, dit-il en se décalant pour le laisser faire.

— Je ne sais pas si c'est une très bonne idée, murmura Ash en obéissant, appuyant sa tête sur ses bras repliés. Entre les bières et tes doigts de fée, je me sens très détendu.

Eli se pencha au-dessus de lui et mordilla sa nuque, souriant lorsqu'Ash retint son souffle.

— Si tu t'endors, est-ce que je pourrais te traiter de déserteur ?

— Je suis sûr que tu trouveras quelque chose de bien plus intéressant que des noms d'oiseau.

Eli fit tomber un peu d'huile le long de la colonne vertébrale d'Ash. Il avait un dos magnifique. Large, mais pas trop. Il ne faisait pas penser aux types bourrés de stéroïdes que l'on trouvait dans les pubs. La tension qui restait dans ses muscles s'évanouit tandis qu'Eli massait de haut en bas, le pétrissant des épaules jusqu'aux fesses. Les légers grognements qu'il entendait l'encourageaient à continuer.

— Oh, tes mains sont mortelles, soupira Ash.

Eli sourit et se positionna entre ses jambes, laissant traîner un doigt le long de la fente obscure. Il aimait voir de belles fesses et des testicules entraperçus entre deux cuisses musclées. Il commença à masser les jambes d'Ash, savourant les sensations. Il aurait pu le tripoter pendant des heures. Cela faisait très longtemps qu'il n'avait pas pu s'amuser à chouchouter quelqu'un comme cela. Son dernier amant était plutôt du genre 'je baise et je m'en vais'.

Lorsqu'Eli atteignit les chevilles d'Ash, l'autre homme ne bougeait plus et avait les yeux fermés, sa respiration régulière.

— Ash ?

Un léger ronflement lui répondit. Eli s'assit sur ses talons, à la fois déçu et amusé. Eh bien, Ash l'avait prévenu. Il hésita à le réveiller avant de décider à contrecœur de ne pas le faire, même si sa libido protestait. Cela semblait cruel alors qu'il avait de tels cernes sous les yeux.

Eli reposa l'huile sur la table de nuit avant de tirer les draps et les couvertures jusqu'aux épaules d'Ash. Celui-ci murmura, bougeant un peu, avant de se remettre à ronfler. Eli enfila son boxer et son jean, essayant sans grand succès de faire retomber le désir qui lui faisait encore bouillir le sang.

Il éteignit la lumière, plongeant la pièce dans la pénombre, avant de retourner dans le salon pour chercher le reste de ses vêtements. Ils avaient oublié d'éteindre la télé dans leur hâte. Le souvenir de leur impatience lui envoya un autre éclair de désir dans les reins.

Eli attrapa la casquette de base-ball d'Ash avec un grand sourire. Il avait quand même gagné ça, et si l'autre homme voulait la récupérer, il allait falloir qu'il vienne la chercher. Il griffonna une note qu'il laissa sur la table de salon, gloussant dans sa barbe en quittant l'appartement.

Il rentra chez lui en moto, l'air de la nuit frais sur sa peau. Il se sentait revigoré et parfaitement éveillé, et ses pensées n'arrêtaient pas de le ramener à l'image d'Ash enroulé dans les draps du lit. Il n'allait jamais réussir à dormir avec cette scène dans la tête, et il serait épuisé le lendemain, pour le début du semestre.

Aucune importance. Savoir qu'il allait revoir Ash bientôt contrebalançait complètement la fatigue.

La lumière de la porte d'entrée de l'Ermitage brillait à travers les arbres et Eli entendit Jase lorsqu'il tourna pour remonter la longue allée. La silhouette du beagle s'encadrait dans la fenêtre à l'avant de la maison, la tête renversée en arrière tandis qu'il aboyait pour lui souhaiter la bienvenue. Et lorsqu'Eli ouvrit la porte d'entrée, Jase était là à l'attendre, tout son corps se trémoussant avant qu'il saute sur lui. Eli rit, frottant les douces oreilles du chien.

— Tu sais vraiment comment accueillir quelqu'un, toi.

Jase le renifla des pieds à la tête, posant ses pattes sur les épaules de son maître pour continuer son enquête.

— Tu sens quelqu'un que tu ne connais pas, hein ? J'ai un nouvel ami.

Eli aurait aimé que l'odeur d'Ash soit plus présente sur lui. Il avait encore mal entre les jambes.

Il laissa sortir Jase et fronça les sourcils en voyant une porte de placard ouverte. Généralement il se souvenait toujours de la fermer. Il vérifia rapidement que toutes ses chaussures étaient saines et sauves avant de fermer la porte avec un haussement d'épaules, s'assurant cette fois-ci qu'elle était bien fermée. Jase laissait rarement passer une opportunité pareille.

Eli laissa rentrer le chien lorsque celui-ci vint gratter à la porte et le beagle laissa tomber un gant de travail usé aux pieds d'Eli, le regardant avec fierté en frétillant de la queue.

— Qu'est-ce que tu as volé, cette fois, petit galopin ?

Eli ramassa le gant et le jeta sur le plan de travail.

— Tu es pire qu'une pie, je te jure. Allez viens, il est l'heure de dormir.

V

ASH S'ÉVEILLA au son de la pluie tambourinant sur le toit. Il grogna et tira la couverture sur sa tête, déterminé à ne pas bouger tant que le bruit n'aurait pas cessé. Les draps étaient doux autour de son corps nu et sentaient encore l'huile de massage. Les souvenirs de la soirée lui revinrent en mémoire lentement, en une suite d'images érotiques. Eli nu, ses cheveux libres cascadant sur ses épaules, une lueur taquine dans ses yeux bleus-gris.

Mais la dernière chose dont il se souvenait n'était pas un orgasme explosif mais les mains d'Eli sur lui. Et même si elles avaient été délicieuses, le résultat était qu'il s'était endormi. Ash enfonça son visage dans l'oreiller avec un nouveau grognement. Il n'arrivait pas à croire qu'il ait pu faire ça, même si le week-end avait été épuisant. Tout ça était uniquement de sa faute. Il n'aurait pas dû laisser ses sœurs et sa mère le chouchouter pendant ses vacances et boire ces bières alors qu'il était déjà épuisé.

Belle manière de faire bonne impression sur l'homme dont il avait envie depuis des semaines. Non seulement il avait échoué dans les grandes largeurs à coucher avec lui, mais en plus il avait perdu sa précieuse casquette de baseball dans la foulée. La prochaine fois qu'Eli le verrait, il allait sans doute éclater de rire ou l'ignorer. Et Ash voulait qu'il y ait une prochaine fois.

Au moins, son réveil ne s'était pas encore déclenché. Après un dur week-end d'entraînement, il n'avait pas la moindre envie de bouger avant d'y être vraiment obligé. Et il devait trouver un moyen de convaincre Eli de sortir avec lui une seconde fois. Son alarme silencieuse continuait cependant à l'intriguer, l'empêchant de se détendre jusqu'à ce qu'il jette un coup d'œil au réveil avec réticence.

8 h 53.

— Bordel !

Ash s'extirpa du lit et, sans s'arrêter de jurer dans sa barbe, se dépêcha de rassembler ses vêtements et ses livres. Dehors, le tonnerre grondait, apportant avec lui une nouvelle averse diluvienne. Tout avait été orchestré pour rendre ce début de semestre déplorable.

ASH EUT l'impression d'être en retard toute la journée. Ajouter à ça qu'il devait courir entre chaque bâtiment sous la pluie, et il était de plus en plus contrarié, principalement contre lui-même. Au moins, c'était le dernier cours de la journée.

Il se traîna à travers les couloirs du bâtiment de Littérature. Il avait retardé le moment de valider ses derniers crédits de littérature le plus possible. Bon sang, il aurait préféré attendre jusqu'au dernier semestre, au printemps, mais il avait déjà rempli son agenda pour cette période-là. Il avait finalement décidé de faire un effort et de s'infliger ça pour cet automne. Et il avait fini par trouver un cours qui avait attiré son intérêt. Au moins, il n'aurait pas à supporter les analyses d'un tas de bouquins sans aucun sens, écrits par des gens morts depuis des siècles.

Il atteignit la salle de cours avec seulement deux minutes d'avance et fronça les sourcils quand il la découvrit vide. Ash sortit son planning avec un juron. Il en avait imprimé un ce matin avant de partir car l'université avait le don pour changer les salles de classe à l'improviste.

— L'art mourant de la correspondance : une étude intime des lettres historiques, avec le Pr. E. Hollister, salle 113, Faculté de Littérature.

Ash était dans la bonne salle. Ils n'auraient pas tout annulé à la dernière minute quand même ? Mince.

Il remarqua un petit post-it, tombé près de la porte, et le ramassa. *Réunion dans la bibliothèque Allie B. Martin, rez-de-chaussée, à l'arrière du bâtiment.*

Ash soupira et le recolla sur la porte au cas où il ne serait pas le dernier retardataire, et repartit dans l'autre direction en petites foulées. Il pouvait presque entendre son instructeur lui dire qu'il avait intérêt à se remuer s'il ne voulait pas se retrouver de corvée pour son retard. Le souvenir de cette voix le fit passer d'un petit jogging à un sprint.

Au moins, ce n'était pas loin. Ash traversa la cour à toute vitesse jusqu'à la bibliothèque remise à neuf. Le type derrière le comptoir leva le nez d'un air las quand Ash passa en courant.

— Si vous cherchez le cours, c'est à l'arrière, dit-il avant de reprendre sa lecture.

Ash se dirigea vers le fond, dans la partie historique de la bibliothèque. Il y avait de hauts plafonds, des lambris sombres et de confortables alcôves entre des vitrines renfermant divers documents et artéfacts.

Ash se dépêcha de passer devant les fenêtres grises balayées par la pluie. Des chaises confortables et basses avaient été disposées en cercle près d'une cheminée fermée par une vitre en verre, avec un feu électrique à l'intérieur. Une lumière chaude dansait derrière le verre et Ash accéléra encore le pas quand il remarqua que toutes les chaises, sauf une, étaient déjà prises.

— Le cours n'a que cinq minutes de retard.

Ash ralentit en entendant une voix familière. Il fixa l'arrière de la tête d'Eli, ses longs cheveux auburn attachés par un ruban derrière sa nuque. La dernière fois qu'il avait vu Eli, ils cascadaient sur ses épaules, emmêlés de façon sexy. Juste avant qu'il se couvre de honte en s'endormant comme un adolescent pompette.

Bordel de merde. Il se raidit et passa une main dans ses cheveux humides. Il avait eu l'intention d'aller voir Eli pour s'excuser plus tard dans la journée. Il avait juste l'opportunité de le faire plus tôt, maintenant. Et ce n'était pas le professeur vieux et ennuyeux qu'il avait imaginé. Un sourire en coin effleura ses lèvres tandis qu'il s'approchait de lui.

— On dirait qu'on n'attend plus qu'Ashley, dit Eli, se laissant aller contre le dossier de sa chaise. On va lui donner encore quelques minutes de plus, vu le mauvais temps de cet après-midi. Elle devrait bientôt être là.

Ash retint un grognement.

— Il n'y a que ma mère qui ose m'appeler comme ça. Je préfère Ash.

Eli se retourna brusquement, ses yeux s'écarquillèrent et sa bouche s'ouvrit sous la surprise. Ash lui fit un sourire d'excuse, espérant que son expression ne se changerait pas en dédain. Ses yeux gris-bleu passèrent de l'ébahissement au désir, puis à un 'oh merde' manifeste quand Eli sembla comprendre qu'Ashley n'était pas la fille qu'il imaginait, mais l'homme devant lequel il avait été nu la nuit précédente.

Bon, au moins Ash n'avait pas perdu toutes ses chances avec lui, pas si ce bref éclat de désir voulait bien dire ce qu'Ash croyait. Il sourit en coin, et sa journée s'illumina brusquement.

Il contourna les chaises pour s'installer dans celle, vide, directement en face d'Eli. Il s'assit et étendait ses jambes devant lui. Le fait de devoir assister à des cours d'Anglais ne lui semblait plus aussi rébarbatif.

Il savait que les autres étudiants le regardaient, mais il n'avait d'yeux que pour Eli.

— Je suis désolé d'être en retard, dit-il d'une voix traînante, et le comique de la situation le frappa. Changement de salle imprévu.

Les joues d'Eli se colorèrent légèrement et les coins de sa bouche semblaient lutter pour ne pas se relever.

— C'est ma faute. Je préfère que les cours soient plus intimes pour les classes moins nombreuses. Je me suis dit que cet endroit serait plus confortable pour se rencontrer et discuter qu'une salle de classe. Et vu que vous allez devoir faire la majorité de vos recherches ici, je voulais montrer à tout le monde comment accéder aux archives en ligne.

Plus intimes. Ash pressa ses lèvres l'une contre l'autre avant de laisser échapper le commentaire qu'il avait à l'esprit. Il devait bien se tenir, mais oh… Cela allait être difficile quand il savait à quel point la répartie d'Eli pouvait être savoureuse.

Eli avait dit qu'il était professeur, mais avec son attitude décontractée et tranquille, il l'avait imaginé enseigner à des enfants. Comme à des maternelles ou des CP. Il n'avait jamais rencontré de Docteur en littérature aux cheveux longs, qui conduisait une moto et qui traînait dans les bars de sport.

Ash laissa son regard dériver sur Eli. À en juger par la façon dont ce dernier remuait ses feuilles, sans le regarder, Ash était sûr que la dernière chose qu'Eli avait imaginée, c'était de le retrouver pendant ses cours. Ash ne l'avait jamais vu autrement que sûr de lui et il trouvait cette touche d'incertitude sur son visage plutôt mignonne. À moins que ça ne veuille dire qu'Eli regrettait la nuit dernière. Cette idée ne plaisait pas du tout à Ash.

— Bien, maintenant que nous sommes tous là…

Eli se racla la gorge et mit une paire de lunettes dorées sur son nez avant de baisser les yeux sur une pile de feuilles sur ses genoux.

— Pourquoi ne prendrions-nous pas quelques minutes pour prendre connaissance du programme ? Ensuite, nous pourrions discuter de ce que vous attendez de ce cours et apprendre à se connaître un peu mieux. Et puis nous sortirons en avance.

Il y avait tellement de choses qu'Ash voulait dire, mais aucune d'entre elles n'était appropriée. Il voulait connaître chaque parcelle d'Eli et ses attentes concernant ces cours avaient complètement changé. Il posa son sac à ses pieds et en sortit un stylo, essayant de trouver ce qu'il devrait dire lorsque le cours serait fini. Définitivement, ne pas lui suggérer d'aller papoter devant une bonne bière. Bon sang, il s'en voulait tellement de s'être endormi comme ça !

— Comme vous pouvez le voir, j'ai des règles assez strictes concernant l'assiduité, déclara Eli pendant qu'une fille près d'Ash passait des liasses de papiers avec timidité.

Ils étaient dix en tout, Eli inclus. Oh bon sang, comment devait-il l'appeler ? Il allait devoir se contrôler au maximum pour ne pas dire quelque chose qui pourrait embarrasser Eli.

— Une grosse partie de vos notes sera basée sur nos discussions et vous ne pouvez pas débattre si vous n'êtes pas là.

Il lança un coup d'œil à Eli. Qu'est-ce qu'il en pensait ? La lueur du feu se reflétait dans ses lunettes et illuminait ses cheveux auburn de reflets rouge profond. Il arborait une expression sérieuse qu'Ash ne lui avait jamais vue auparavant et qu'il n'arrivait pas à déchiffrer. Quelque part, il aimait cet aspect de lui. Et ces lunettes étaient d'un sexy…

Ash regarda à nouveau le programme, sans vraiment le lire, si ce n'est pour retenir l'emplacement du bureau d'Eli et les heures auxquelles on pouvait l'y trouver. La voix d'Eli frappa Ash lorsqu'il posa une question à un des étudiants. Une chaleur lui envahit le bas-ventre. Il se rappelait à quel point sa voix avait été rauque, la veille lorsqu'ils s'étaient enlacés sur son lit, se taquinant l'un l'autre pour décider de l'issue de leur jeu. Et cela renvoya à Ash l'image d'Eli nu, ses cheveux détachés et… Il gigota sur sa chaise lorsqu'un pic de désir insatisfait lui tordit les reins.

Il devait penser à autre chose. Ash imagina son instructeur en camp d'entraînement, tandis que les autres étudiants chuchotaient. Le visage de cet homme ressemblait à une bosse difforme, avec une verrue sur la joue qui lui avait toujours fait penser à un œil de poisson. Ash lui serait toujours reconnaissant pour ses conseils, mais il était tout sauf attirant.

Il jeta un coup d'œil rapide à sa montre. Vraiment ? Seulement quinze minutes s'étaient écoulées ? Il n'allait pas tenir jusqu'à la fin du cours. Il avait besoin de parler à Eli seul à seul, même si la situation était un peu gênante entre leur soirée de la veille et le fait qu'Eli soit maintenant son professeur. Ce n'était pas ce qui empêchait Ash de vouloir sortir de nouveau avec lui. Ils étaient tous les deux des adultes et il ne voyait pas de mal à continuer de se voir, tant qu'ils étaient discrets. Enfin, aussi discret qu'on pouvait l'être dans une petite ville où tout le monde connaissait Eli et sa famille.

Il avait envie de grogner et de se cacher le visage dans les mains.

— Ash ?

Ash releva la tête pour voir le reste des étudiants et Eli qui le fixaient, et il tenta rapidement de retrouver le fil de la conversation avant de se couvrir complètement de honte. Quelque chose sur pourquoi il avait choisi ce cours. Il comprit rapidement que tout le monde avait un master de littérature ici, donc il était le seul intrus.

— Y a-t-il une raison particulière pour que tu aies choisi ce cours ? lui demanda Eli.

Il retira à nouveau ses lunettes, les accrochant au col de son pull et Ash se demanda s'il oubliait souvent qu'elles étaient là.

— Eh bien.

Ash se gratta la tête et sourit au groupe entier.

— Ne me blâmez pas, mais jusqu'ici, j'ai toujours pensé que les cours d'Anglais étaient d'un ennui mortel. Et je ne voulais pas particulièrement en suivre un autre, mais mon conseiller d'orientation ne m'a pas trop laissé le choix. Alors j'ai remis ça à plus tard jusqu'à ce que celui-là attire mon attention.

Un des gars du groupe ricana et la fille assise près d'Eli se pencha en avant, l'ourlet de sa jupe remontant de quelques centimètres.

— Et pourquoi ça ?

Ash tourna à nouveau son regard vers Eli, qui inclina la tête, une question silencieuse dans ses yeux bleus-gris. Ash pensa que sa raison pour choisir cette classe était stupide mais que si quelqu'un pouvait la comprendre, ça serait Eli. Alors au lieu de répondre n'importe quoi, il lui dit la vérité :

— Quand j'étais en Irak, rien n'avait plus d'importance pour moi que les lettres que je recevais de la maison. Plus que les e-mails, parce que je pouvais les emmener avec moi sur le champ de bataille et les relire. Et quelque part, l'écriture manuscrite rendait ça plus personnel.

Le regard d'Eli se réchauffa et un gentil sourire se dessina sur ses lèvres tandis qu'Ash haussait les épaules, embarrassé par ses aveux.

— On dirait que tu vas te plaire dans ce cours et nous donner une vision intéressante.

Eli se tourna vers la fille près de lui, comme s'il sentait qu'Ash préférait ne pas approfondir le sujet.

— Et toi, Hannah ?

Ash se détendit et lui fit un sourire plein de gratitude en retour. Les mots ne pouvaient pas exprimer correctement ce que ces lettres avaient représenté pour lui, ou pour les autres hommes de son unité, surtout ceux qui n'avaient personne pour leur en écrire. Il mettait un point d'honneur à envoyer une lettre chaque semaine à son meilleur ami, Kurtis, posté en Afghanistan maintenant, et une autre à une des organisations qui recueillaient du courrier et des colis pour les soldats sans famille.

Il regarda à nouveau sa montre et c'est seulement grâce à une discipline de fer qu'il ne se tortilla pas sur son siège. Il ne savait toujours pas ce que pensait Eli de toute cette situation. Et son expression ne lui offrait pas le moindre indice. Ne pas savoir le rendait dingue.

Ce n'était pas qu'Ash cherchait une relation sérieuse. Oh que non. Mais sauter sur son séduisant professeur aurait été bien plus agréable que de rester assis près de lui pendant tout un semestre en sachant qu'il avait fichu en l'air toutes ses chances.

Le temps que le cours finisse, Ash n'avait toujours pas de réponse. Il n'avait jamais été dans une telle situation avant, et quelque part, il était sûr qu'Eli non plus. Il n'arrivait pas à imaginer Eli habitué aux relations entre professeur et étudiant. Et Ash n'avait jamais été du genre à craquer sur un officier supérieur, même quand il savait qu'ils étaient du même bord. Ça aurait trop ressemblé à de la promotion canapé.

Ash traîna, rangeant ses nouvelles affaires dans son sac avec une lenteur délibérée pendant que le reste des étudiants quittait la salle. Tous sauf une, la jolie brune toute en jambes et en jupe courte. Elle lança un regard à Ash comme pour lui dire de dégager et il haussa les sourcils. Il jeta un regard à Eli lorsqu'elle lui lança un sourire engageant.

Désolée, chérie, celui-là est à moi.

— Est-ce que je peux faire quelque chose pour toi, Whitney ? demanda Eli en rangeant ses lunettes de lecture dans leur étui avant de le coller dans une sacoche de cuir usé remplie de papiers et de livres en vrac.

La fille lança un nouveau regard à Ash et il lui sourit en coin. Elle sembla comprendre qu'elle n'aurait pas les quelques minutes en tête-à-tête avec Eli qu'elle espérait et fit une moue irritée avant d'accorder un sourire à son professeur.

— C'est personnel, murmura-t-elle avant de se pencher pour chuchoter à son oreille.

Ash secoua la tête et retint un ricanement. Elle n'avait d'yeux que pour lui et ça l'amusait de constater qu'Eli semblait ne pas s'en rendre compte du tout.

— Viens simplement ici quand tu peux et passe une bonne journée, répondit-il en se redressant.

Ash regarda Whitney avec un sourire en coin, puis Eli se tourna vers lui et carra les épaules. Son sourire se fana, ça n'était pas bon signe.

— Ash, veux-tu qu'on discute dans mon bureau ?

— Je pense vraiment qu'on devrait.

ELI FUT reconnaissant à Ash pour son silence tandis qu'ils grimpaient les marches jusqu'à son bureau, coincé au fond du troisième étage. Randall Britton avait décidé qu'en tant que plus jeune professeur du département d'Anglais, Eli devait avoir la place la plus difficile d'accès et il pensait l'avoir ennuyé en le collant là. En vérité, comme cela lui allait totalement, Eli lui laissait croire qu'il avait remporté cette manche.

La vue était incroyable. Les fenêtres donnaient sur les montagnes recouvertes d'arbres derrière l'université. Et l'emplacement de son bureau lui évitait généralement de recevoir trop d'étudiants venant juste pour se plaindre. Eli aimait la tranquillité du lieu, elle lui permettait de se laisser aller à ses pensées.

Mais cette fois, ni la marche ni la tranquillité ne l'aidèrent à trouver une réponse facile comme il l'aurait espéré. Sa surprise en voyant Ash dans son cours avait laissé place à une intense déception. Il manœuvrait depuis quelques temps pour obtenir plus d'heures de cours dans son département, et il avait eu l'impression de faire des progrès en ayant la permission d'organiser ce nouveau cours. Et maintenant, un de ses étudiants était le gars avec qui il s'était retrouvé au lit la nuit précédente.

Bon sang, Ash devait être le type le plus bandant du campus. Et maintenant, il se devait de ne pas l'approcher. D'ordinaire, Eli ne s'en soucierait pas, puisque personne ne pouvait savoir quels genres de fantasmes tordus lui traversaient l'esprit. Mais avec Ash, il avait des souvenirs à rajouter à ses fantasmes. Et Ash saurait que les pensées d'Eli étaient tout sauf pures à chaque fois qu'il poserait ses yeux sur lui. De plus, il appréciait sincèrement le réserviste. Sans même parler de l'alchimie entre eux…

Eli n'avait pas été capable de deviner ce qu'Ash pensait, à part pour son amusement au début du cours lorsqu'il était apparu. Quelques années plus tôt, Eli aurait été tout aussi amusé, même s'il avait involontairement brisé une de ses propres règles : ne jamais s'impliquer avec un étudiant. Point. Cela causait plus de problèmes qu'il avait envie d'en gérer, surtout pour quelque chose d'aussi éphémère que du désir.

Mais Ash était différent. Bordel, pourquoi tous les mecs avec qui il sentait qu'il se passait vraiment quelque chose allaient toujours de pair avec un tas de complications ?

Eli déverrouilla la porte de son bureau et invita Ash à entrer en premier. Comment démarrer une telle conversation ? Il s'était retrouvé dans des situations bizarres par le passé, mais celle-là était digne d'une comédie. Il n'avait pas envie de jouer le premier rôle dans ce genre de spectacle.

Pour être honnête, s'il ne s'était agi que d'Ash et lui, et qu'il n'y avait pas déjà eu toutes ces complications à l'université, il aurait envoyé paître le règlement.

— Écoute, je suis vraiment désolé pour hier soir, dit Ash tandis qu'il fermait la porte. Je n'aurai pas dû boire ces bières, pas alors que j'étais aussi fatigué.

Eli fit face à Ash, s'appuyant contre son bureau, bras croisés.

— Tu n'as pas besoin de t'excuser, Ash. Je savais que tu étais épuisé quand je t'ai proposé un massage. J'avais envie de mettre la main partout sur toi, et j'ai d'abord pensé à ça. Tu m'avais prévenu...

Il voulait toujours tripoter Ash. La soirée de la veille n'avait été qu'un avant-goût. Rien que d'y penser, il avait l'eau à la bouche. Il avait des souvenirs très vivaces d'Ash nu sur son lit. Du goût qu'il avait quand ils s'étaient embrassés. Ce qu'Eli ne savait pas, c'était la façon dont Ash faisait l'amour, et il détestait quand sa curiosité n'était pas satisfaite.

— Dernière année ? demanda-t-il, reprenant leur conversation de la veille au soir.

Il ne se rappelait pas qu'Ash lui ait dit quoi que ce soit à propos d'études.

Ash posa son sac de livres au pied de la chaise et resta debout. Il avait de l'allure dans son jean et son tee-shirt U2 délavé. Quand leurs regards se rencontrèrent, la température monta d'un cran.

— Ouais, je suis en Criminologie et Justice Criminelle. J'ai prévu de rejoindre la police d'État ou une des agences fédérales une fois que j'aurai mon diplôme. Je n'ai pas encore décidé où, je suppose que ce sera n'importe où, si on veut bien de moi.

Eli sourit en entendant le soupçon de fierté dans la voix d'Ash. Quelque part, cette révélation ne le surprit pas du tout.

— Je peux très facilement t'imaginer en agent.

Et son cursus expliquait pourquoi il ne l'avait jamais vu avant. Le bâtiment des Sciences Comportementales était de l'autre côté du campus et Eli n'y mettait pas souvent les pieds.

— Merci.

Ash hocha la tête, lui adressant un regard rêveur.

— Je dois dire que quand tu m'as dit être professeur, je pensais plutôt que tu enseignais en école primaire.

— Je suis beaucoup trop fou de littérature pour enseigner en école primaire. J'aime trop les livres et j'aime trop les partager avec d'autres qui sont aussi passionnés que moi.

Eli soupira. Ni l'un, ni l'autre n'arrivait à aborder le sujet dont ils voulaient vraiment parler. Il se lança enfin :

— Je ne devrais pas te revoir en dehors des cours, Ash. Au moins, pas tant que le semestre n'est pas fini.

Même si, il fallait bien le dire, Eli en était très contrarié.

Les yeux verts d'Ash s'éclairèrent et il se rapprocha d'un pas. Le pouls d'Eli s'accéléra.

— Tu noies le poisson. Tu dis que tu ne devrais pas, est-ce que ça veut dire que tu aimerais ? Parce que crois-moi, j'adorerais reprendre là où l'on s'est arrêtés hier soir.

La tentation chanta dans le sang d'Eli. Il ne voyait aucun mal à un petit câlin consensuel. Ce n'était pas comme si Ash était un gamin tout juste sorti du lycée, et ce n'était pas comme si Eli était le genre à laisser son sexe décider des notes qu'il mettait.

— Tu m'encourages vraiment à transgresser mes propres règles.

Ash avança encore d'un pas et son rire rauque envoya une vague de chaleur se répandre sous la peau d'Eli.

— Je n'ai même pas commencé à t'encourager, Eli, dit-il d'une voix traînante.

Eli était à deux doigts d'envoyer paître la prudence et de se pencher pour embrasser ces lèvres tentatrices, quand le son de pas familiers retentit dans le long couloir menant à son bureau. Il jura, pinça les lèvres, irrité, et repoussa gentiment Ash.

— Et la raison pour laquelle je ne peux pas céder va bientôt entrer ici et me les briser parce qu'il ne comprendrait pas ce qu'est la créativité même si on la lui collait dans le fondement.

La surprise s'inscrivit sur le visage d'Ash tandis qu'Eli passait derrière son bureau. La porte s'ouvrit sans même que l'on prenne la politesse d'y toquer. Eli s'assit, se maîtrisant afin de ne pas fusiller du regard le grand homme aux cheveux grisonnants qui venait d'entrer. Britton était à la tête de son département à l'Université d'État d'Amwich, et il était l'épine dans son pied. Il s'entendrait sans doute beaucoup mieux avec cet homme s'il se pliait à son harcèlement idiot. Mais le rebelle en lui ne le permettrait pas. Tant qu'il n'y aurait pas de règles officielles sur la longueur de ses cheveux, ou s'il devait ou non porter un costume sinistre, ou s'il était approprié ou non de faire cours à l'extérieur quand il faisait beau, il continuerait de faire les choses à sa façon.

Britton adorerait le voir mis à la porte. Au moins, pour le moment, Eli était en bons termes avec le doyen. Tant qu'il ne transgressait aucune véritable règle, sa titularisation n'était pas menacée. Et les jours de Britton en tant que directeur touchaient bientôt à leur fin. C'était sa dernière année, et Eli faisait attention à ne lui donner aucune réelle raison de le virer. C'était dommage que l'autre homme soit titulaire. Il était déjà dépassé vingt ans plus tôt et ses cours étaient parmi les plus impopulaires.

Britton avança à grands pas, les lèvres pincées, et Eli lui lança un regard glacial, irrité par son interruption.

— Excusez-moi, professeur Britton, mais je suis en entretien avec un étudiant.

Il se força à garder un ton courtois et dut se retenir de dire ce qui lui brûlait vraiment la langue. C'était un record : premier jour de cours et Britton était déjà là à le harceler. Il était sans doute toujours furieux du bras de fer qu'Eli avait remporté en obtenant l'autorisation de faire son cours de correspondance historique.

— C'est bon, Prof. Je peux attendre dehors.

Ash attrapa son sac et partit avant qu'Eli puisse le retenir. Il pinça les lèvres lorsque la porte se referma derrière lui. Ça l'agaçait de ne pas savoir ce qu'Ash pensait.

— Bien. Maintenant que vous l'avez fait fuir, qu'est-ce que je peux pour vous ?

Eli se laissa aller contre le dossier de sa chaise et ne résista pas à l'envie de poser ses pieds sur le bureau, sachant à quel point ça irriterait Britton. Et effectivement, les sourcils de l'homme se froncèrent encore davantage.

Le système était nul. Britton était à l'abri, mais si Eli agaçait la mauvaise personne, il pouvait dire au revoir à ses chances de titularisation. Ce n'était pas comme si il n'avait pas d'options dans d'autres universités, mais Eli aimait Amwich. Il aimait pouvoir choisir de marcher jusqu'au travail s'il en avait envie. De plus, il était parfois à la limite de briser de véritables règles. Ce n'était pas qu'il avait vraiment le goût de la rébellion. Il ne supportait simplement pas que chacune de ses actions soit disséquée. Pas alors qu'il était un bon enseignant et que ses cours étaient intéressants.

— Pourquoi avez-vous encore changé de salle sans autorisation ? le coupa Britton. Les classes supérieures sont supposées être considérées avec le plus grand sérieux. Je savais que vous n'étiez pas prêt pour de telles responsabilités.

— J'ai fait une demande, que vous avez ignorée. Deux fois, dit Eli avec douceur, croisant les mains sur son ventre.

— Et malgré ça, vous avez quand même changé de salle.

Britton se redressa, le regard sévère.

— Cette fois, vous êtes allé trop loin et j'ai de quoi en référer au doyen. Vous avez besoin de mon autorisation pour changer de salle. Ce que vous avez fait est un non-respect manifeste du règlement et de la hiérarchie. Je ne le tolérerai pas.

Le directeur devait être l'homme le plus pompeux qu'Eli ait jamais rencontré. Un seul regard lui suffit pour comprendre que l'homme le pensait incapable de diriger ce cours. Eli dut se retenir de ne pas lever les yeux au ciel. Surtout après toutes les conneries qui venaient de sortir de sa bouche.

— Avec tout le respect que je vous dois, je n'ai pas changé de salle.

Eli marqua une pause pendant que Britton clignait des yeux, perdant un peu de sa superbe.

— Aujourd'hui, j'ai demandé aux étudiants de me retrouver dans la bibliothèque pour que je puisse leur expliquer comment faire leurs recherches dans les archives.

Pour être honnête, il préférerait continuer ses cours dans la petite salle à l'arrière de la bibliothèque. Il voulait créer une ambiance intime, propice à la discussion, et c'était pourquoi la taille de la classe était réduite. Une salle de cours normale ne permettait pas ça. Le mieux qu'il pourrait faire serait de placer les chaises en cercle.

Quand Eli avait obtenu la permission de la femme qui s'occupait des affectations de donner son premier cours dans la bibliothèque, il ne s'était pas ennuyé à prévenir Britton parce que ce n'était pas vraiment son travail en tant que directeur. Il avait assez à faire comme ça. De plus, le département était déjà divisé entre ceux qui étaient du côté de Britton et ceux qui avaient hâte de le voir partir à la fin de l'année. Eli s'était dit que ce n'était pas la peine d'aggraver la situation davantage.

L'idée que l'homme passerait pour un idiot s'il se plaignait apaisa un peu l'irritation d'Eli, voire sa déception de ne pas pouvoir poursuivre sa relation avec Ash. La dernière chose dont il avait besoin, c'était de donner à Britton plus de raisons d'épier tous ses faits et gestes. C'était peut-être mesquin de sa part, ou même méchant, mais Eli n'avait jamais prétendu être un ange.

— Ne me parlez pas de respect, Hollister. Vous n'en montrez aucun avec votre mépris flagrant de la réputation de l'université.

Britton agita ses bras en l'air tandis qu'il parlait.

— Par exemple, votre apparence ! Vous ressemblez plus à un étudiant qu'à un professeur, nom de Dieu. Comment espérez-vous que quelqu'un vous prenne au sérieux ?

— En vérité, je n'ai jamais eu de difficultés à ce que mes étudiants me prennent au sérieux. Le seul qui semble avoir un problème avec ça, c'est vous.

Eli marqua une pause pour laisser sa phrase faire son effet, mais il doutait que ce soit efficace.

— Couper mes cheveux ne changera pas votre opinion de moi, pas plus que rester dans la salle qui m'a été assignée. Depuis que certains articles que j'ai publiés ont attiré des critiques positives sur cette université, je n'ai plus de soucis avec la plupart des personnes d'ici.

Seulement avec les abrutis ignorants qui s'accrochaient à leurs vieilles méthodes dépassées comme un caramel à une dent creuse.

Pendant un moment, Eli crut que Britton allait grincer des dents de frustration. Quoi qu'il fasse, Eli n'avait encore jamais perdu son calme face à lui et ça mettait le directeur au bord de l'apoplexie. Britton détestait qu'on lui rappelle les articles d'Eli puisqu'il le considérait comme un universitaire médiocre.

— Vous ne m'avez jamais respecté et vous n'avez jamais respecté la façon dont je dirige ce département.

Eli se mordit l'intérieur de la joue avant de répondre à Britton qu'il avait raison.

— Le respect a tendance à diminuer quand il n'est pas réciproque. Écoutez, je sais que je vous ai mis en colère quand j'ai poussé pour avoir plus d'heures d'études culturelles...

Les traits de Randall Britton se durcirent. Il grogna et pointa une dernière fois son doigt en direction d'Eli.

— Ces cours n'appartiennent pas au département de Littérature. Leur intérêt repose sur des circonstances externes et non sur des éléments textuels.

C'était un vieux conflit entre eux, et Eli se lassait d'y revenir.

— C'est pourquoi j'ai suggéré au doyen de les déplacer dans le département des Sciences Humaines.

Britton avait rapidement essayé d'y mettre son veto, parce qu'alors il aurait perdu tout pouvoir sur ces cours et il aurait dû reconnaître sa défaite.

— Je pensais que la question était close.

— D'accord, le cours peut continuer dans la salle arrière de la bibliothèque si vous arrivez à les garder sous contrôle.

Il s'éloigna à grands pas vers la porte et Eli le regarda sortir, surpris par cette concession.

— Et allez chez le coiffeur, Hollister. Nous nous devons d'avoir des professeurs présentables. Je jure que vous seriez dehors avant les vacances si j'avais mon mot à dire !

Britton pourrait le supplier à genoux qu'il ne se couperait pas les cheveux. L'université n'avait pas de code vestimentaire, donc Eli ne considérait pas ça comme une requête recevable. Néanmoins, il ne dit rien et laissa Britton s'en aller sans l'irriter davantage. La tête d'Ash réapparut dans l'encadrement de la porte, l'air sérieux.

— Ne pense même pas à te couper les cheveux, Eli, dit-il à voix basse pour ne pas être entendu par Britton qui s'éloignait dans le couloir.

Eli toucha le ruban derrière sa nuque. La façon dont lui avait parlé Britton faisait disparaître en lui tout sens commun. Il devrait au moins considérer l'idée. Si ça voulait dire que Britton lui lâcherait les baskets, ça valait peut-être un sacrifice temporaire. Mais encore une fois, peut-être pas. Britton pourrait décider que puisqu'il avait gagné une bataille, il pourrait tenter de changer d'autres choses chez lui. Et avant qu'il ait le temps de dire ouf, il se retrouverait à porter des costumes en tweed, d'hideuses cravates et à s'enfermer à l'intérieur même pendant les jours de beau temps. Plus qu'une année et ce serait fini.

— Ne t'en fais pas, ça n'arrivera pas.

— Quel con.

Ash posa son sac au pied d'un des chaises et s'assit sur l'autre.

— Tu as fait quelque chose pour l'énerver comme ça ? Ou il ne t'aimait pas depuis le début ? Ce n'est pas parce que tu es gay, quand même ?

— Non, Britton n'a pas de radar pour ça. C'était la haine au premier regard. Tu sais, quand tu rencontres quelqu'un et qu'il ne te revient pas ? Eh bien, j'ai cet effet sur Britton. Il déteste le fait que j'aie été engagé juste avant qu'il devienne directeur, donc il n'a pas eu son mot à dire. Il déteste que mon intérêt se porte surtout sur l'aspect sociologique de la matière, parce qu'à ses yeux, c'est la pire chose qu'on a pu infliger aux études littéraires. La plupart du temps, il n'est pas si horrible. On dirait juste qu'il empire au fur et à mesure qu'il approche de la retraite.

Eli se massa une tempe douloureuse et regarda par la fenêtre. Le déluge s'était transformé en un simple crachin et le ciel s'éclaircissait lentement, promettant une éclaircie plus tard dans la journée. Peut-être qu'il ne serait pas trempé comme une soupe après deux minutes de randonnée ? Après une journée comme ça, il avait vraiment besoin d'une de ses longues marches pour se vider la tête.

— Hé, ça t'intéresse de venir marcher avec moi ? On pourra finir notre discussion comme ça. Je veux juste sortir d'ici.

Ash vint se placer derrière lui, à la fenêtre.

— Sérieux ? Tu veux vraiment aller randonner sous cette flotte ?

— Tous les jours, peu importe la météo, rit Eli, surprenant Ash. Allez, je sais que tu as fait bien pire. Je vais même te rendre ta casquette de base-ball, comme ça tu ne mouilleras pas ta jolie petite tête.

Ash passa une main dans ses cheveux presque rasés et lui lança un regard amer.

— Ouais, j'ai peut-être été habitué à pire, mais ça ne veut pas dire que j'aime ça. Sadique.

— Peut-être.

Eli fourra ses livres et ses feuilles dans sa sacoche. Il ne pouvait pas avoir cette conversation avec Ash dans son bureau.

— Tu as encore des cours, aujourd'hui ?

— Non, c'est bon. Tu vas vraiment me rendre ma casquette de base-ball ?

— Absolument.

Ce n'était pas comme si Ash allait avoir l'opportunité de la regagner de sitôt, et ça lui semblait mesquin de la garder alors qu'il était évident qu'il y tenait.

Ash s'écarta de la fenêtre et embrassa Eli dans le cou, le faisant frissonner. Il avait envie de se laisser aller dans ses bras. Bon sang, ça n'allait pas être simple.

— Donc, où allons-nous et pour combien de temps ?

— Au moins une heure, et vu le temps, je m'en tiendrai à ça pour aujourd'hui.

Eli s'écarta doucement d'Ash et lui dessina rapidement un plan.

— Retrouve-moi chez moi. Il y a plein de chemins de randonnée.

Eli ne savait toujours pas ce qu'il allait faire de la tension sexuelle entre eux, mais il allait devoir trouver une réponse. Ce ne serait pas juste de laisser Ash dans l'expectative. Celui-ci récupéra son sac et le jeta sur son épaule pendant qu'Eli récupérait son Borsalino et son poncho accrochés au portemanteau.

— Tu sais, tu pourrais un peu moins lui tenir tête.

— Oui, mais ça ne changerait rien et je ne tirerais aucune satisfaction de nos accrochages.

Eli haussa les épaules et adressa un sourire d'excuse à Ash.

— Même si j'adore les militaires, je n'aurais pas tenu dix minutes dans un camp d'entraînement. Il paraît que j'ai des problèmes avec l'autorité.

— Je ne sais pas si j'aurais dit ça, dit pensivement Ash pendant qu'ils descendaient les escaliers. Je pense que tu es surtout un libre penseur. Si tu te retrouves dans une situation avec des règles logiques, tu ne t'y opposeras pas tellement. Mais si quelqu'un vient te voir et tente de t'imposer ses propres règles, alors tu vas immédiatement ruer dans les brancards.

Eli fixa Ash avec surprise.

— Mince, je pense que j'ai enfin rencontré quelqu'un qui me comprend. Soit tu as beaucoup d'empathie, soit je suis un livre ouvert.

— Peut-être un peu des deux.

Ash sourit en coin avant de soupirer quand ils atteignirent l'entrée principale et qu'il vit le crachin qui tombait.

— En tout cas, Lu avait raison en disant que c'était plus dur de te faire changer d'avis que d'arracher une tique.

VI

Le temps qu'Ash dépose ses livres de cours chez lui, enfile ses bottes de randonnée et rejoigne la maison d'Eli, le crachin s'était mué en légère bruine. Il n'avait pas plus de certitude sur le fait d'avoir encore une chance avec Eli maintenant que lorsqu'il s'était réveillé ce matin. Au moins cette fois, ce n'était pas parce qu'il avait tout foutu en l'air la nuit d'avant.

Après avoir entendu la confrontation entre son professeur et cet imbécile, Ash pensait qu'Eli lui aurait dirait qu'ils ne pourraient pas folâtrer pendant ce semestre, et il l'aurait compris. Ash aurait été déçu, mais il aurait compris.

Puis Eli l'avait invité pour une randonnée… Ash ne savait plus quoi penser. La solution la plus simple aurait été de tout arrêter pour l'instant et de laisser les événements suivre leur cours. S'ils étaient toujours intéressés l'un par l'autre en décembre, parfait, et sinon, personne ne serait déçu. Ce n'était pas comme s'ils n'allaient plus se voir.

Là résidait peut-être la difficulté de la situation. Il allait devoir voir Eli plusieurs jours par semaine, être près de lui et tenter de se concentrer sur le cours plutôt que de penser à sauter sur son professeur. Si on lui disait qu'il ne pouvait pas ramener Eli dans son lit après avoir subi toute cette tension sexuelle, cela garantissait qu'il allait imaginer le peloter dans la bibliothèque ou le plaquer sur la table en bois de son bureau.

L'entrejambe d'Ash s'éveilla à ces pensées. Le bureau d'Eli était perdu au fond de nulle part. Personne ne les entendrait, et l'idée de le faire dans un endroit aussi interdit était particulièrement excitante. Maintenant qu'il y pensait, Ash en avait envie. Il voulait entendre Eli tenter de rester silencieux pendant qu'il le prenait dans son bureau. Il voulait aller en cours en sachant à quoi Eli penserait quand ils se regarderaient.

Ash comprenait son hésitation. Pendant ces dix dernières années, il avait lui-même toujours été très discret sur sa vie privée. L'une des raisons pour laquelle il avait choisi de ne pas se réengager dans l'armée concernait justement son obligation à rester discret. Ash voulait pouvoir être qui il était vraiment sans avoir cette épée de Damoclès au-dessus de sa tête.

Eli avait désormais cette inquiétude, et du peu qu'Ash le connaissait, il avait l'impression de savoir quelle décision il allait prendre. Il avait une tendance à la rébellion telle qu'Ash n'en avait jamais connue. Ça allait à l'encontre de tout ce qui lui avait été inculqué pendant toute sa vie ; d'abord chez lui et ensuite quand il s'était engagé dans l'armée.

Cela lui donna matière à réfléchir. Il ne voulait pas faire perdre son travail à Eli, pas alors qu'il semblait vraiment aimer l'endroit. Fichus dilemmes éthiques. Ce n'était pas ce qu'il espérait la nuit précédente. Où étaient passés le bon vieux temps et les relations simples ?

Ash s'arrêta devant la maison en bois et vit Eli sortir la tête par l'autre porte, lui faisant signe d'entrer. Il se gara derrière la jeep d'Eli et regarda la bâtisse une minute. Sa sœur, Mélanie, l'aurait adorée. Bon d'accord, il l'adorait. Grandir dans une vieille maison à Savannah lui avait donné le goût des endroits historiques comme celui-ci. Le style Cape Cod de la maison était magnifique, avec des moulures blanches qui faisaient ressortir les bardeaux brun-rouge patinés, et deux cheminées en briques s'élevaient du toit en pente douce.

Un aboiement joyeux accueillit Ash tandis qu'il passait par le côté pour entrer dans le lobby, si commun dans les maisons de la Nouvelle-Angleterre. Il n'en avait jamais compris l'utilité jusqu'à son premier hiver dans le New Hampshire.

— Jase, n'essaye même pas de lui sauter dessus. Assis, commanda Eli alors que le beagle s'élançait vers Ash.

Le chien semblait presque vibrer tant il était enthousiaste, mais il s'assit et lança un regard suppliant à Ash, en couinant pitoyablement pour attirer son attention.

— Ça va.

Ash s'agenouilla et gratta les oreilles soyeuses de Jase, souriant en coin quand le chien prit son geste comme une permission de lui sauter dessus en remuant la queue et le couvrir de léchouilles baveuses.

— Eli, c'est cruel. Jase ? Un chien qui se respecte ne mérite pas ce nom !

Eli apparut à la porte et s'appuya contre son chambranle en riant doucement. Il avait enfilé une paire de lourdes bottes de randonnée, un jean usé et un sweat à capuche délavé. Il avait lâché ses cheveux, qui ondulaient en vagues auburn sur ses épaules. Ash mourrait d'envie de plonger ses mains

68

dedans, mais s'il le faisait, il finirait par embrasser Eli. Et un seul baiser ne serait pas suffisant.

— Son vrai nom, c'est Jaseroque, parce qu'il était supposé être un féroce chasseur de lapins. Mais il s'est révélé être l'opposé. Je suis sûr qu'il pourrait devenir pote avec un putois. Crois-moi, Jase lui va bien. Il parle tout le temps. Pas vrai, Jase ?

Le beagle tourna la tête pour regarder Eli et lui répondit par de petits jappements suivis d'un aboiement modulé, long et doux, qui ressemblait tellement à des paroles qu'Ash ne put s'empêcher de rire.

— Je vois ce que tu veux dire.

Eli avait une expression étrange sur le visage, qu'il n'avait pas lorsqu'ils s'étaient séparés. Ses yeux étaient voilés et presque perplexes.

— Quelque chose ne va pas ? demanda Ash. On dirait que tu es contrarié.

Il espérait qu'Eli ne regrettait pas de l'avoir invité pour la randonnée.

— Non, je me demande juste…

Eli secoua la tête et regarda par-dessus son épaule.

— Ce n'est rien. Je pensais que j'avais posé le gant que Jase a trouvé hier soir sur le comptoir. Je voulais demander à Wayne si c'était le sien, mais il n'est plus là. Maintenant je me demande si je n'ai pas rêvé de tout ça.

— Wayne ?

Ash se renfrogna, essayant à la fois de se rappeler qui c'était et d'ignorer la jalousie qu'il ressentait. Il n'avait aucun droit sur Eli et il ne cherchait pas à en obtenir. Ils n'avaient vraiment parlé pour la première fois qu'hier, mais il ne pouvait pas faire taire la petite pointe de possessivité qu'il ressentait à la pensée qu'un autre type soit assez proche d'Eli pour laisser des trucs chez lui. Quand il put enfin associer un visage à ce nom, Ash se sentit un peu idiot.

— Attends, c'est le gars plutôt réservé qui possède le magasin de bricolage ?

— Oui, il me donne un coup de main avec les petits travaux qu'il y a à faire ici. Les temps sont un peu durs pour lui en ce moment.

Eli fronça les sourcils, la mine inquiète.

— Son père a eu un infarctus et vu que ça s'est passé en plein milieu de la nuit, il y a eu des complications. Wayne a tendance à tout garder pour lui, mais c'est un chic type quand on le connaît un peu mieux.

Ash gratta les oreilles de Jase une dernière fois avant de se relever, content de n'avoir rien dit de stupide. Et s'il était totalement honnête avec lui-même, heureux de ne pas être en compétition avec Wayne pour l'attention d'Eli. C'était assez agaçant, en fait. Il était en train de placer ses espoirs dans une relation qui n'aboutirait peut-être même pas après cette randonnée. Il avait besoin d'une distraction.

— Avant qu'on y aille, ça t'ennuierait de me faire visiter ta maison ? Quel âge a-t-elle ?

Les yeux d'Eli s'éclairèrent et il retourna à l'intérieur de la maison.

— Viens, entre. Mes arrière-grands-parents l'ont achetée, mais elle est bien plus vieille que ça. Environ deux cents ans, je dirais.

Eli lui fit visiter avec une évidente fierté, lui montrant les planchers d'origine et leurs clous en fer carrés et artisanaux, les poutres de bois sombre et les vieilles cheminées de briques noircies par la suie.

— Mémé et Pépé m'y emmenaient pendant l'été. J'ai toujours aimé cet endroit et quand Pépé est mort, il me l'a laissé, au grand mécontentement de mon père.

Ash effleura les doigts d'Eli quand ce dernier eut une moue contrariée. Ce n'était pas la première fois qu'Eli évoquait une relation houleuse avec son père.

— Tu ne t'entends pas avec ton père ?

— Disons qu'on ne se comprend pas vraiment. On ne s'est jamais compris. On en est arrivé à un point de nos vies où on a accepté que ça n'allait pas changer et qu'on devait juste faire avec.

Ash ne crut pas au ton anodin d'Eli, pas quand il se souvenait de la tristesse dans ces yeux gris-bleu si clairs.

— Je crois comprendre, dit-il sans rien rajouter d'autre. Donc, tu es prêt à me montrer les coins hostiles et humides de la région ?

Eli lui accorda un regard plein de gratitude.

— Laisse-moi prendre ta casquette de base-ball.

Il revint quelques instants plus tard, casquette et jumelles en main.

— Je sais que je l'ai gagnée honnêtement, dit Eli tandis qu'il la lui tendait. Mais ça ne me semble pas juste de la garder pour ne jamais la porter. Ce serait criminel.

Ash ricana et remit la casquette des Braves sur sa tête.

— Merci. Je ne voulais pas en racheter une. C'est ma préférée.

Eli attrapa deux bâtons de marche dans l'entrée. Jase se précipita dehors, mais quand il vit Eli et Ash partir, il se mit à les suivre au petit trot.

— Comment tu lui as appris à te suivre aussi sagement ?

— Il te fait croire qu'il est bien élevé parce que tu es là. Attends qu'il sente quelque chose d'intéressant et il filera se faire de nouveaux amis.

Ils se dirigèrent vers les arbres derrière la maison d'Eli, l'air humide et frais glissant contre leur peau. Ils étaient entourés d'une solitude tranquille, brisée uniquement par le son des reniflements de Jase, sa queue battant les broussailles. Eli semblait serein et content, comme si son accrochage de tout à l'heure était complètement oublié.

Ash se surprit à apprécier la randonnée malgré l'humidité. Le paysage était spectaculaire et Eli lui montrait sans cesse des choses qu'il n'aurait pas remarquées. Il lui parla de certaines de ses pistes favorites, qu'il suivrait pendant l'été. Aucun d'eux n'aborda le sujet pour lequel ils étaient venus ici : la prochaine étape entre eux. Ash était content d'être avec lui et si Eli n'avait pas envie de ficher en l'air sa journée en discutant de leur relation, ça lui allait.

Sur la droite du chemin, les arbres s'écartèrent et le sol se déroba pour suivre un ruisseau, dont l'eau ondoyait à l'affleurement des rochers. Au loin, Ash pouvait entendre le rugissement d'une cascade. La pluie avait cessé, même si l'air était encore lourd d'humidité. La brume s'attardait autour des rochers, dissimulant les arbres à l'exception de quelques branches éthérées. C'était comme s'il n'y avait plus personne au monde à part eux et Jase.

Ash lançait sans cesse des regards à son compagnon. Les longues jambes d'Eli parcouraient le terrain inégal avec la facilité que donnait une longue habitude. Il avançait à vive allure, sans faiblir, et Ash dut revoir son jugement : les professeurs n'étaient pas tous des mous. Pas que ce soit l'impression qu'il avait eue en voyant Eli la nuit dernière.

— D'accord, maintenant je te crois quand tu dis que tu vas en randonnée tous les jours. Je pensais que tu te fichais de moi.

Eli lui adressa un sourire en coin.

— Lu jure ses grands dieux que j'étais pionnier dans une autre vie. Être dehors, seul pendant des mois, à marcher, grimper des rochers, camper, c'est ce que j'aime.

Le regard d'Ash glissa sur les fesses d'Eli lorsque le chemin se rétrécit et qu'il prit la tête de la marche. Peut-être qu'ils pourraient trouver un arrangement. Ils resteraient sages sur le campus et beaucoup moins en dehors… beaucoup, beaucoup moins, et souvent. La piste s'élargit à nouveau et Ash se mit à la hauteur d'Eli, prêt à lui prendre la main pour parler quand Jase rompit le silence avec un jappement enthousiaste. Il se figea, corps à l'arrêt. Ash suivit le regard intense du chien et un étrange grincement perçant emplit l'air.

— Qu'est-ce que c'est que ça ?

Cela ressemblait à quelque chose tout droit sorti d'un film d'horreur.

Eli se jeta en avant et attrapa le collier de Jase au moment où le chien se préparait à bondir de l'autre côté du ruisseau pour attaquer l'animal feulant qui ressemblait à un croisement entre un castor et un furet.

— C'est un pécan, dit Eli en s'accroupissant pour regarder son chien dans les yeux. Jase, pas bouger, ajouta-t-il fermement. Rappelle-toi ce qui s'est passé la dernière fois que tu en as attaqué un.

Confus, Ash regarda l'animal feuler de défi une dernière fois avant de disparaître parmi les arbres. Jase gémit, regardant Eli comme s'il l'avait trahi.

— Je suis sûr qu'on peut voir plein d'autres bestioles dans les environs, dit-il.

Eli lâcha le collier de Jase et se redressa après s'être assuré que le chien ne démarre pas sur les chapeaux de roue à la poursuite de la bestiole.

— Des daims, surtout, et près de mon chalet on peut aussi voir des élans et des ours. Les élans sont si curieux que ce n'est pas rare d'en voir un passer la tête par une fenêtre. Je pense que tu aimerais.

Eli lui lança un regard indéchiffrable et Ash ne sut pas dire si c'était une invitation ou un regret.

— Certains de mes cousins et moi avons construit un chalet, dans le nord. Ils l'utilisent pour la chasse et moi j'y vais pour randonner et pêcher, environ une fois par mois pendant un long week-end.

Ash ne savait plus quoi penser. D'un côté, il voulait être celui qui arrêtait tout pour sauver les apparences et éviter à Eli de risquer sa carrière. De l'autre, il voulait juste oublier les conséquences et embrasser Eli jusqu'à ce qu'il ne pense plus à autre chose qu'à la passion entre eux.

— Ça doit être sympa, de temps en temps.

Il ne refuserait pas un week-end d'intimité, d'Eli nu et de camping. Ash s'arrêta pour regarder le ruisseau tomber quelques mètres plus loin en une longue cascade argentée dans une large piscine naturelle en contrebas.

— Oh, waouh, c'est magnifique !

— Ouais, des fois je descends jusque là-bas et je vais nager. Il fait bien trop froid pour ça, aujourd'hui.

Eli s'assit sur un rocher du chemin et regarda Ash avec regret. Ash ressentit la même chose avec un pincement au cœur. Il avait complètement raté sa chance, hier.

— On aurait dû baiser comme des lapins, la nuit dernière, répondit Ash à tous les non-dits qu'il devinait sur le visage d'Eli. Je comprends. Tu ne veux rien faire jusqu'à la fin du semestre. C'est décevant, mais je comprends.

Eli sourit avec soulagement.

— Je sais que tu comprends. Britton, le crétin que tu as vu tout à l'heure, n'aimerait rien de plus que de me voir perdre toute chance de titularisation. Je suis même très surpris qu'il n'ait encore rien inventé pour ça. Je suppose que c'est son manque d'imagination qui l'en empêche.

— Et s'il avait le moindre soupçon sur nous, il te causerait des problèmes.

Ash avait lui-même vécu ce genre de choses.

— Je ne pensais pas qu'il y avait des règles à propos des relations avec des étudiants.

Eli défit sa gourde de sa ceinture et en prit une gorgée avant de la refermer et de la lancer à Ash.

— Il n'y en a pas. Trop de monde serait impliqué dans des scandales si c'était le cas. Mais c'est mal vu et Britton s'arrangerait pour faire ressembler ça à une sorte de chantage de ma part, moi prof manipulateur utilisant mon charisme pour amener des étudiants à devenir mes esclaves sexuels. Définitivement, pas mon truc.

Ash s'étouffa avec sa gorgée d'eau.

— Je n'ai pensé que ça l'était. On dirait qu'il serait bien plus heureux si lui-même voyait un peu d'action.

L'idée que quelqu'un puisse réellement penser qu'Ash se laisserait entraîner dans une telle situation contre son gré était ridicule. Mais ceux qui dirigeaient l'Université ne connaissaient pas plus Ash que les autres étudiants. Si Eli avait été professeur dans le département du programme de Justice Criminelle, ça aurait été différent. Quelqu'un comme Britton ne viendrait pas mettre son nez dans cette situation, ni ne tordrait une relation sexuelle entre un étudiant et un professeur en un scénario le plus sordide possible.

Cette pensée l'énerva au plus haut point.

— Il ne saurait pas quoi faire si quelqu'un lui faisait des avances. Je suis même surpris qu'il ne se soit pas encore décomposé dans son bureau.

Les lèvres d'Eli se tordirent en une expression acerbe.

73

— Je déteste que quelqu'un me dicte ce que je dois faire, mais c'est le directeur du département, alors je suis coincé avec lui jusqu'à la fin de l'année.

— J'avais un peu peur qu'il ait réussi à te pousser à entrer en guerre ouverte et que je doive être la voix de la raison.

Et Ash ne voulait pas imaginer ce qu'il fallait faire pour raisonner Eli une fois qu'il avait une idée en tête. Quand il avait été face à Britton, il y avait eu des éclats de malice dans ses yeux, qui lui rappelaient son meilleur ami, Kurtis Wakefield. Que Dieu ait pitié de ceux qui contrariaient Kurtis. Sa notion de vengeance était inventive et directe. Il n'était jamais cruel, mais sa cible se rappellerait ce qui était arrivé pendant un très long moment.

— Oh, je l'ai envisagé, répondit Eli.

— Qu'est-ce qui t'a fait changer d'avis ?

Ash trouva un autre gros rocher et se hissa dessus pour s'asseoir. Le rocher était frais et humide, le ciel toujours gris, mais ça faisait du bien d'être dehors après une journée à rester enfermé. C'était encore mieux aux côtés d'Eli. S'ils devaient rester sages, il voulait au moins profiter de ce qu'il pouvait, tant qu'il le pouvait.

— Parce que si on avait une aventure interdite…

Les lèvres d'Eli se recourbèrent en un sourire malicieux, qui attisa le désir d'Ash.

— Et crois-moi, j'aime les mots *aventure interdite*. Si nous devions nous faire prendre, ça causerait un scandale.

Son expression devint sérieuse, ses yeux gris-bleu aussi sombres que le ciel.

— Et ça pourrait te léser autant que moi. Je ne veux pas que les gens pensent que tu es un secret honteux, ou qu'il y a quelque chose de sordide dans ce que nous faisons ensemble. Je préférerais m'afficher ouvertement avec toi.

Cette fois, la chaleur qui parcourut Ash n'avait rien de sexuel. Plusieurs fois, quand il était en service, il avait souhaité la même chose. Pouvoir être avec l'homme qu'il fréquentait sans devoir mentir. Il n'était pas idiot : les choses seraient difficiles au sein du SECD, du FBI, ou même de la police. Il y aurait des répercussions dans toutes les carrières qui l'intéressaient. Il pouvait vivre avec. Mais il détestait mentir. Ça le minait.

— Bien, maintenant c'est décidé. Mais est-ce que je peux flirter avec toi ? Je ne pense pas que je pourrais faire semblant de ne pas te trouver sexy pour les mois à venir.

— Je ne vois rien de mal à un peu de gentille drague, répondit Eli, une étincelle dans les yeux.

— Et les fantasmes ? demanda Ash en lui faisant un sourire en coin.

Étonnamment, il se rendit compta qu'il aimait bien cette idée. La tension qui monterait entre eux pendant les prochains mois serait insoutenable.

— Tu es le professeur le plus excitant que j'aie jamais eu. Je ne vais pas pouvoir m'empêcher de laisser mes pensées vagabonder de temps à autre.

— Tant que ça n'affecte pas tes résultats en classe, répondit pompeusement Eli, provoquant un rire chez Ash. Je suis sûr que j'aurai moi-même mon lot de fantasmes. Nos pensées nous appartiennent. Et ce n'est pas comme si j'allais t'ignorer quand je te verrais en ville. Les amis que j'ai en dehors du travail, ça me regarde et je peux le justifier.

— On dirait bien que tu vas jouer un jeu dangereux.

— C'est ce que je fais de mieux.

LE CŒUR de Wayne se serra et un pic d'adrénaline le traversa lorsqu'il s'arrêta sur la route menant chez Eli et vit qu'un étrange pick-up était garé à côté de sa jeep devant la maison. Il fit presque demi-tour avant de se rappeler qu'il avait une raison légitime d'être ici. Ça semblerait louche s'il commençait à éviter Eli maintenant. Et le pick-up n'appartenait pas au shérif Cooper, alors il n'avait aucune raison d'avoir peur. Wayne comptait sur le manque d'observation d'Eli et sa tendance à tout oublier, car il avait raté son premier puis son second cambriolage. C'était la faute de ce clébard trop bruyant. Jase avait réussi, d'une façon ou d'une autre, à voler le gant de Wayne sans qu'il le remarque. Il avait presque eu une attaque quand il l'avait vu sur le comptoir de la cuisine d'Eli. Au début, il pensait l'avoir laissé tomber, mais ensuite, il avait vu les marques de crocs dedans. Il l'avait récupéré sans réfléchir et il regrettait maintenant sa précipitation. Eli pouvait ignorer une chose étrange, mais il doutait qu'il en oublie plusieurs.

Il avait été stupide. Il allait tout ficher par terre s'il ne se reprenait pas. Il n'était pas fait pour une vie de criminel. Il ne comprenait pas comment certaines personnes pouvaient trouver ça excitant. Lui allait plutôt finir avec un ulcère, à ce rythme.

Quelques jours plus tôt, il avait exploré le grenier et il avait grincé des dents en voyant les tas d'objets empilés ici depuis des décennies. Ses recherches allaient lui prendre un temps fou, mais si les cartes de base-ball étaient là, personne ne s'en souviendrait et ne saurait qu'il les avait prises. Et c'était mieux qu'elles soient là plutôt que dans un fichu coffre-fort caché, ou dans le Tennessee avec cet enfoiré de tricheur.

Wayne n'entendit pas Jase quand il sortit de sa camionnette, ce qui voulait dire qu'Eli était parti faire une de ses randonnées. Il jeta un œil dans l'entrée et vit que seule la porte moustiquaire était fermée. L'autre était grande ouverte, laissant la brise traverser la cuisine.

Il fronça les sourcils en enfilant ses gants et commença à décharger le bois. Le moment était peut-être bien choisi pour s'emparer des clés du bureau d'Eli à l'université. Il allait falloir qu'il cherche là-bas aussi.

Wayne se mordilla les lèvres en commençant à empiler les rondins contre le cabanon. Il n'avait aucun moyen de savoir pour combien de temps Eli était parti, ni avec qui. Wayne ferait mieux d'attendre une autre occasion. Il observerait Eli pendant quelques semaines, noterait ses habitudes, et ensuite il aurait tout le temps qu'il voudrait pour récupérer les clés, en faire des copies et les remettre en place avant qu'Eli se rende compte de quoi que ce soit.

Avoir un plan d'action le rassurait plus que de suivre son impulsion. Wayne finit par siffloter en se mettant à travailler, plus confiant. Il n'avait empilé que quelques brassées de bois quand lui parvinrent les jappements de Jase, le prévenant du retour d'Eli. Son estomac se contracta. C'était une bonne chose qu'il n'ait pas tenté de faire une copie de sa clé cet après-midi.

Wayne se raidit lorsque Jase lui fonça dessus en remuant la queue. C'était plus facile de regarder le chien qu'Eli. La trahison était encore vive dans son esprit, et il donnerait n'importe quoi pour ne pas avoir à le regarder dans les yeux. Wayne finit d'empiler les rondins de bois puis tira un os à mâcher de sa camionnette. Corrompre Jase marchait du tonnerre et il devait rester ami avec lui s'il voulait continuer à rôder ici.

Il agita la friandise en l'air et Jase sauta, tentant de lui arracher l'os de la main.

— Pas cette fois, petite peste ! Assis Jase !

Le chien s'exécuta immédiatement, jappant d'excitation. Wayne lui lança la friandise et Jase sauta, l'attrapant en plein vol.

— Maintenant, souviens-toi de ce que ça peut te rapporter de m'écouter.

Ça ne se passerait plus comme la nuit dernière. Ça non.

— Comment vas-tu, Wayne ?

Celui-ci jeta un coup d'œil à Eli, qui émergeait des fourrés avec Ash Gallagher. Il l'avait vu dans l'équipe de construction de Jonas pendant l'été, mais aussi la nuit dernière avec Eli, au *Dingers*. Et il était là, apparemment à l'aise aux côtés d'Eli.

Wayne étrécit les yeux. Ça faisait longtemps qu'Eli n'était pas sorti avec quelqu'un, et dans d'autres circonstances, il aurait été content pour lui. Aujourd'hui, il avait juste envie de dire à Ash de dégager pendant qu'il le pouvait.

— Ça va.

Wayne hocha la tête à l'adresse d'Ash et souleva une nouvelle brassée de bois. L'expression d'Eli était amicale et tranquille, apaisant un peu l'anxiété de Wayne. Eli n'avait pas dû remarquer quoi que ce soit d'étrange, alors. Bon sang, comment avait-il pu le regarder droit dans les yeux et lui dire qu'il ne savait rien à propos des cartes ? Ça le rendait encore malade.

— Papa se remet plus lentement que les docteurs le voudraient, mais il est du genre têtu.

— Je suis désolé, dit Eli alors qu'ils s'approchaient de lui, et Wayne grinça des dents devant sa fausse compassion. Wayne, tu as déjà rencontré Ash Gallagher ?

— Pas officiellement, mais Jonas dit du bien de toi.

Wayne retira son gant et tendit la main pour serrer celle d'Ash. Il eut l'impression étrange que l'homme l'évaluait. Ces yeux qui l'étudiaient lui rappelaient ceux du shérif Cooper lorsqu'il n'avait pas confiance dans quelqu'un.

— Il n'y a pas beaucoup de gens qui ne sont pas d'ici qui s'installent dans cette partie de la ville.

— C'est une ville agréable. Elle fait l'affaire pour l'instant.

Les yeux d'Ash tombèrent sur les mains de Wayne et sur son gant mâchouillé. Wayne le rangea dans sa poche arrière et maudit son rougissement coupable.

— Je vois que tu as récupéré ton gant dans la cuisine d'Eli.

— Comment tu le sais ? lâcha Wayne sans réfléchir, tandis que sa gorge se serrait sous la panique.

Ash le regarda à nouveau dans les yeux. L'homme le rendait encore plus nerveux que Jase.

— Eli m'a dit que Jase en avait trouvé un et qu'il l'avait abîmé en le mâchant. Il ne savait pas où il avait pu passer.

— Oh, bien ! dit Eli avec un sourire. Je me demandais si c'était le tien. Mystère résolu ! Je suis content que tu l'aies récupéré.

Au grand soulagement de Wayne, Eli ne s'étendit pas plus sur le sujet même si Ash le regardait toujours avec un air méfiant. La colère l'envahit soudain. Qui était ce putain d'étranger pour lui poser des questions comme ça ?

— J'en avais besoin pour porter le bois aujourd'hui.

Il grimaça en se rendant compte qu'il était sur la défensive. Au ton de sa voix, on aurait pu croire qu'il était coupable, alors que non, bon sang ! Pas le moins du monde.

— Laisse-moi prendre mes gants et je viens t'aider.

Eli regarda Ash et sembla hésiter.

— Tu restes un peu ?

Ash lui jeta un regard plein de regret et Wayne saisit l'opportunité pour s'extraire de la conversation. Il se détourna et attrapa une brassée de bois, les écoutant attentivement au cas où il serait le sujet de leur discussion.

— J'aimerais bien. Mais j'ai un rendez-vous prévu avec mon meilleur ami. On s'appelle une fois toutes les deux semaines pour discuter en ligne. Il est posté en Afghanistan en ce moment.

— Alors je te vois mercredi ?

— Absolument, Prof, répondit Ash d'un ton moqueur.

Wayne s'éloigna péniblement avec son chargement, content que la conversation ne concerne qu'eux deux. Quand il revint, Ash était parti. Bien. Ses longs regards en coin le rendaient nerveux. Eli ne semblait pas vouloir papoter non plus, ce qui était encore un avantage. Il n'était pas sûr d'être capable d'être agréable avec lui. Avec Jase parti mâcher sa récompense plutôt que de le coller, la journée n'avait pas si mal tourné.

ASH FRONÇA les sourcils sur le trajet pour rentrer chez lui. Quelque chose n'allait pas avec ce Wayne. L'homme avait été nerveux dès le début de leur conversation et il n'avait pas apprécié d'être interrogé à propos de ce gant. Peut-être que les choses étaient différentes ici, dans cette petite ville, mais si Wayne avait juste besoin de ce gant pour porter du bois, alors pourquoi avait-il agi comme si Ash l'avait surpris au milieu de quelque chose qu'il n'aurait pas dû faire ? Ça n'avait pas de sens, surtout qu'Eli ne semblait pas ennuyé par le fait que Wayne soit entré chez lui le récupérer. D'autres questions sans réponse le taraudaient : par exemple, où Jase avait-il trouvé le gant, et comment Wayne savait-il qu'il devait le chercher dans la maison d'Eli ?

Ash fléchit les doigts, sentant les cicatrices de son bras tirer sur sa peau. Il avait appris dans la douleur à se fier à ses instincts. Il avait fait cette erreur pendant son second service en Irak. Il avait regardé ces yeux et avait été dupé, juste avant que le monde explose autour de lui. Un regard de fanatique était sans âme, toute personnalité détruite pour laisser la place à une seule chose : une mission, un but. Et il avait ignoré ce regard et laissé l'apparence de la femme le tromper. Ça n'arriverait plus jamais.

Là tout de suite, son instinct lui disait que Wayne était nerveux. Quel genre d'homme rentrait dans la maison de quelqu'un pendant qu'elle était vide ? Il ne semblait pas si ami avec Eli, puisqu'il n'avait pas croisé son regard une seule fois. Et il y avait eu cet air apeuré sur son visage quand Ash avait mentionné le gant. Un instant de panique. S'il n'avait rien à se reprocher, pourquoi cette peur ? Il respirait la malhonnêteté. La seule chose qu'Ash n'arrivait pas à comprendre, c'était pourquoi il rôdait autour de la maison d'Eli. Même s'il avait besoin d'argent, Eli n'avait rien remarqué de manquant, à part le gant.

Ces pensées se bousculèrent dans l'esprit d'Ash jusqu'à ce qu'il s'arrête devant chez lui. Dix minutes plus tard, il était assis devant son ordinateur, avec un verre de thé glacé sucré devant lui, à côté d'un post-it qu'il avait trouvé sur la table basse. Ash y jeta un coup d'œil pendant qu'il mettait son casque et allumait la webcam.

Eli avait dû le laisser la nuit dernière. Il aurait aimé le voir ce matin au lieu de se dépêcher de partir. Il se connecta à son compte et lut la note en attendant que Kurtis l'appelle.

Géorgie,
J'ai gagné le premier round, merci pour la casquette. Tu serais partant pour un deuxième pari ? Appelle-moi, et je te promets que je ne t'assommerai pas cette fois.
Eli.

Ash pouvait presque imaginer le sourire moqueur sur le visage d'Eli pendant qu'il écrivait son mot. Bon, eh bien, Eli n'avait pas précisé si la séduction était autorisée ou non. Ash était prêt pour un nouveau pari. Sauf que cette fois, la récompense serait Eli. Maintenant, il avait besoin de trouver comment convaincre son professeur d'accepter un tel pari. Peut-être qu'il ne lui en faudrait pas beaucoup, pas si Eli avait l'intention de jouer avec le feu.

Ash prit l'appel et Kurtis apparut sur l'écran. Des cernes sombres ombraient ses yeux et son visage était hagard. Ash s'assit au fond de sa chaise, faisant bien attention à ne pas montrer son choc devant l'apparence de son ami. Ce dernier service lui pesait énormément et que ce soit aussi visible inquiétait Ash.

— Kurtis, tu es encore plus laid que d'habitude. Ta femme va avoir une attaque si elle te voit comme ça.

Kurtis ricana, brisant la tension de ses traits.

— Je suis toujours plus beau que toi, andouille. Comment ça va, au pays ?

Même si Ash voulait savoir comment ça se passait pour Kurtis, il se retint d'être indiscret. Il se rappelait à quel point parler d'autre chose était bienvenu dans ces moments-là. Kurtis avait l'air d'avoir besoin de se changer les idées. S'il voulait parler, il aborderait le sujet lui-même, mais ce genre de discussions était plus adapté à une nuit bien avancée autour de quelques bières.

— Pas grand-chose de nouveau depuis la dernière fois. Mélanie essaye d'avoir un gamin et tu sais qu'une fois qu'elle veut quelque chose, en général, elle l'obtient. Donc attends-toi à ce que Jamie et elle fassent du shopping bébé ensemble quand tu reviendras.

Kurtis grogna et secoua la tête.

— Ce qui veut dire que Jamie va en vouloir un autre.

— Je ne crois pas une seconde à ton expression, mon vieux, ricana Ash. Tu es gaga de tes jumeaux. J'ai entendu dire qu'ils grimpaient, maintenant.

— Comme des singes, ouais. Jamie est prête à s'arracher les cheveux. Brandon est passé par-dessus la clôture du jardin pour la deuxième fois, la semaine dernière, pendant qu'elle étendait le linge. Elle jure qu'elle n'a eu le dos tourné qu'une minute.

— J'ai entendu parler de ça, oui, en détail. Dans un langage très coloré qui nous visait toi et moi.

Jamie jurait que le petit garçon avait hérité des gènes de casse-cou de son père et de ceux d'Ash, simplement parce que le garçon était son homonyme. Au moins, ils avaient été cléments avec Brandon en lui donnant son second prénom et pas son premier. C'était un geste de bonté qu'il ferait bien comprendre à Brandon quand celui-ci serait plus vieux. Il n'y avait rien de pire que de faire sa formation militaire en répondant au doux nom d'Ashley.

— On m'a aussi dit que Danielle était grimpée sur le frigo et avait fait tomber les friandises pour chien. Vous avez dû avoir un bulldog très heureux.

— Je n'en ai pas encore entendu parler, dit Kurtis.

Ash sourit en voyant le regard de son ami s'adoucir.

— Je pense que Jamie aime me dispenser ces histoires à petites doses, pour que je ne m'inquiète pas de la laisser tout gérer seule.

— Jamie est plus forte que nous deux réunis. Et puis, Mélanie et Bruce sont à vingt minutes de chez elle. Ils sont là pour l'aider, qu'elle puisse respirer un peu.

— Et toi, alors ? Les cours ont repris ? Tu feras des imitations de Keanu Reeves quand tu deviendras enfin agent ?

— Haha. Non, je pensais plutôt tendre vers un genre de Mulder. Gillian Anderson est bien plus agréable à voir tous les jours que Gary Busey, même si elle n'est pas mon genre.

Kurtis était le seul ami d'Ash dans l'armée à qui il avait fait son coming-out. C'était pendant une mission de six mois, après une attaque au milieu de la nuit. Aucun d'eux n'avait réussi à dormir après ça et ils avaient parlé pendant des heures.

— Évite simplement de m'ennuyer avec des théories du complot ou je t'assassine.

— Je garderai ça en tête.

Ash regarda sa montre. Il ne voulait pas retenir Kurtis trop longtemps. Il semblait assez épuisé comme ça.

— Avant de te laisser partir, j'aimerais te parler de quelque chose.

Kurtis se redressa dans sa chaise et baissa la voix.

— Tu as rencontré quelqu'un.

— Oh, bon sang… C'est marqué sur mon front, ou quoi ?

— Nan, mais j'ai déjà vu ce regard avant. Quand on était à Hawaï et que tu as rencontré ce surfeur que tu trouvais trop sexy et…

— Ne m'en parle pas, grogna Ash.

Ce mec était magnifique, mais s'était révélé être un parfait connard avant même la fin de la nuit.

— C'était une erreur que je mets sur le compte du Jägermeister, et tu n'arrêtes pas de me la rappeler. Non, ce gars-là est différent.

— Alors quel est le problème ? demanda Kurtis quand Ash hésita. Il est marié, c'est ça ?

— Ça, ça n'aurait pas été un problème. Une fois que je l'aurais su, je n'aurais plus été intéressé. Non, on s'est rencontrés en ville la nuit dernière, on a eu une super soirée et finalement, il s'avère aujourd'hui que c'est un de mes professeurs.

Kurtis éclata de rire, renversant la tête en arrière. Enfoiré.

— Oh mec, j'aurais adoré être là pour te voir te tortiller !

— Me tortiller ? Moi ? N'importe quoi, crétin. Je ne me tortille pas. Jamais de la vie.

— Si, tu te tortilles ! Comme un asticot au bout d'un hameçon. Je peux déjà le voir dans tes yeux.

Kurtis ricana.

— Attends que je le dise à Jamie.

— Je te l'interdis. Jamie va le dire à Mélanie, qui va le dire à Katie, et après ma petite sœur va trouver une excuse pour venir me voir. Laisse-moi me sortir de ce pétrin tout seul.

Ash n'avait aucune idée de comment ce semestre allait se dérouler et il ne voulait pas plus de complications. Il ferait mieux d'abandonner ce début de relation. Ce n'était pas comme s'il allait rester à Amwich après son diplôme. Mais Eli était l'homme le plus intéressant qu'il avait rencontré depuis longtemps, et il embrassait comme un dieu… ou un démon.

Kurtis bâilla et Ash put voir à quel point l'épuisement et le stress s'étaient accumulés, creusant de nouvelles rides sur son front. Il ne savait pas ce qui était différent cette fois-ci pour son ami. Peut-être que c'était un service de trop, trop vite après l'autre, ou peut-être que c'était d'être loin de sa famille depuis aussi longtemps et de ne pas voir ses jumeaux grandir. En tout cas, il lui semblait que Kurtis avait pris un coup de vieux depuis son départ.

— Encore trois mois et tu rentres à la maison, juste pour le début des vacances, remarqua doucement Ash.

— Tu as bien raison, mon pote. Il faut que tu viennes pour Thanksgiving.

— Je ne raterai ça pour rien au monde. Avant que tu partes, j'ai une nouvelle blague pour toi.

Kurtis grogna et secoua la tête.

— Pitié, dis-moi que ce n'est pas une autre blague de Marine gay.

— Quelle est la différence entre un Marine hétéro et un Marine gay ?

Ash gloussa lorsque Kurtis se prit la tête entre les mains.

— Un pack de bière !

— Tu as sûrement raison, Ducon.

Kurt secoua encore la tête, riant comme Ash l'espérait.

— Je plains ton professeur, parce qu'il va avoir besoin de courage pour te supporter.

VII

ELI ADORAIT les journées comme celle-ci. Le début du mois d'octobre était sa période préférée de l'année. L'air était frais, et le ciel d'un bleu intense qui mettait parfaitement en relief le feuillage changeant des arbres. Celui sous lequel Eli était assis avait pris une couleur jaune brillante et quelques-unes de ses feuilles étaient déjà tombées sur l'herbe vert foncé. Ses étudiants étaient affalés sous d'autres arbres parés de teintes diverses d'orange et d'écarlate.

Il adorait cet endroit. Cela devait être un péché capital de rester à l'intérieur par une journée pareille, surtout en sachant que l'hiver et son froid polaire allaient bientôt arriver. Les arbres permettaient de cacher la brique patinée et la pierre des bâtiments couverts de lierre. Ils assourdissaient légèrement le bruit des étudiants se rendant en cours. Il avait vue sur le clocher de la chapelle, au loin, et sur une passerelle enjambant l'un des nombreux ruisseaux qui traversaient le campus. C'était son petit coin de paradis. Ajoutez à cela Ash, assis juste devant lui comme à son habitude, et l'après-midi ne pouvait pas mieux commencer.

À moins bien sûr que ne s'ajoute à cela la promesse de baisers volés plus tard dans l'après-midi et d'une étreinte passionnée dans un coin. S'imaginer faire l'amour à la va-vite dans son bureau était devenu un de ses fantasmes favoris. C'était bien naturel après avoir passé une heure et quinze minutes chaque lundi et mercredi à admirer Ash. Mais cela n'était pas près d'arriver. Et même si c'était le cas, Eli était certain qu'une étreinte rapide ne le satisferait en rien.

— Eh, Prof, l'interpella Ash d'une voix traînante en se penchant vers l'avant pour poser les coudes sur ses genoux. Vous avez passé un bon week-end ?

Il tramait quelque chose. Eli n'avait pas eu Ash dans sa classe depuis quatre semaines sans apprendre à reconnaître lorsque ses pensées n'étaient pas complètement focalisées sur le sujet du cours. Son attention ne s'égarait pas, non. Ses yeux verts le regardaient fixement et le coin de ses lèvres se relevait légèrement en un sourire secret qui donnait envie à Eli de l'attirer à l'écart pour exiger de savoir ce qui se passait à l'intérieur de cette jolie tête.

À cet instant précis, il y avait un éclat un peu plus malicieux que d'habitude dans le regard d'Ash, qui envoya un frisson de pure anticipation dans les reins d'Eli. La façon dont ses yeux le parcouraient, comme si le jeune homme s'imaginait lui retirer chaque vêtement un par un, faisait battre son cœur plus fort. Au moins, Ash avait abandonné l'idée de lui faire accepter un autre pari. Les provocations du jeune homme étaient déjà assez difficiles à supporter. Le voir essayer de le séduire à pleine puissance aurait été impossible à résister.

— Oui, merci, même s'il a été calme. Et toi ?

— Le mien a été tout sauf calme. J'avais entraînement ce week-end.

Ash sortit un carnet et un crayon de son sac et jeta un regard en coin à Eli.

— J'avais mal partout après.

L'image d'Ash en uniforme s'imposa à Eli, suivi du souvenir de ses mains en train de masser les muscles douloureux d'Ash lors de son dernier week-end d'entraînement. À en juger par le petit sourire sur le visage de l'autre homme, c'était bien son intention.

Eli aurait adoré l'embrasser jusqu'à ce qu'il perde cet air narquois.

— J'espère que ce n'est pas trop douloureux aujourd'hui.

Eli réprima un sourire lorsque le regard d'Ash s'embrasa.

— J'ai entendu dire que les massages font beaucoup de bien.

— Je survivrai. Les masseurs peuvent être dangereux.

Ash se laissa aller contre un arbre, mains derrière la nuque. Si ce n'était pas une invitation à l'admirer, Eli ne savait pas ce que c'était. Il jeta un rapide regard au corps d'Ash. Son tee-shirt se tendait sur sa poitrine et ses épaules, et l'imagination d'Eli s'enflamma. La journée serait parfaite pour faire l'amour dehors sur une couverture, avec le soleil pour réchauffer leur peau et une petite brise pour les rafraîchir. La clairière à l'arrière de sa maison serait l'endroit idéal pour garantir leur intimité. Il commencerait par retirer ce tee-shirt et…

Eli reprit le contrôle de ses pensées avant de finir par passer encore une nuit éveillé, à regarder le plafond, incapable de dormir. Imaginer Ash nu, sentir ses mains le toucher et sa bouche le goûter… Ces souvenirs n'arrêtaient pas d'envahir ses pensées depuis un mois.

Tout particulièrement depuis que ce salaud avait glissé une photo de lui en uniforme complet de parade dans les notes d'Eli. Il savait exactement ce que cette photo ferait, et le sourire narquois qu'il avait arboré au cours suivant l'avait prouvé. Eli avait riposté en se détachant les cheveux la plupart des lundis et mercredis, et il avait dû s'empêcher de sourire en voyant les doigts d'Ash se contracter, comme s'il imaginait les enfoncer entre les mèches d'Eli. Tous les deux pouvaient jouer à ce jeu.

Ces semaines avaient tout de même donné à Eli l'opportunité de connaître Ash un peu mieux. Il aimait les idées qu'il apportait lors de leurs discussions en classe. Il adorait voir l'expression sérieuse qui s'inscrivait sur son visage lorsqu'il réfléchissait à quelque chose avant de parler. Et cette petite ligne qui apparaissait entre ces sourcils, ou la façon dont il frottait inconsciemment les cicatrices sur son bras. Ces quatre dernières semaines lui avaient permis d'apprendre et d'anticiper tout autant que de se frustrer.

Ash baissa les yeux sur les papiers posés sur ses genoux et sourit.

— Il y aura de bonnes choses pour vous aujourd'hui… Avec les présentations, je veux dire. Je pense que vous aimerez.

Eli était sûr que, quel que soit ce qu'avait prévu Ash, c'était en lien d'une manière ou d'une autre avec sa présentation de ce jour-là. C'était son tour, et celui de Nori, d'amener des copies de lettres historiques qu'ils avaient trouvées afin de discuter de leur lien avec la culture de leur époque. S'il ne se trompait pas, et il commençait à bien connaître Ash, celui-ci saisirait l'occasion pour titiller Eli. Il allait dire des choses qu'il ne pouvait habituellement pas dire en classe. Eli s'attendait à un message dans un message. Très à propos, étant donné le thème du cours.

Peut-être qu'il avait trouvé quelque chose de Casanova. Que les dieux aient pitié de lui. La dernière chose dont Eli avait besoin c'était qu'Ash lise des lettres érotiques avec son accent de Géorgie.

Il jeta un œil à sa montre et s'éclaircit la gorge pour attirer l'attention des autres étudiants.

— Commençons, puisque l'on dirait que Whitney ne se joindra pas à nous aujourd'hui.

— Comme d'habitude, murmura Bron dans sa barbe avec un regard assassin en direction d'Isaac, qui idolâtrait Whitney.

Isaac eut l'air de vouloir répliquer mais changea d'avis après un regard en direction d'Eli.

—Ash, Nori, lequel d'entre vous veut commencer ?

Eli regarda Nori, qui pâlit et se mordit la lèvre, puis Ash, qui sourit.

— Ça ne me dérange pas de commencer, Prof, déclara Ash en rassemblant ses notes, tandis que Nori lui jetait un regard plein de gratitude.

Cette pauvre fille devait être la personne la plus timide qu'Eli ait jamais rencontrée et il essayait difficilement de la faire participer à leurs échanges.

— Tu as toute mon attention.

Eli se retint à la dernière minute de l'appeler Géorgie. Un de ces jours, il allait déraper et l'appeler comme ça en classe, vu le nombre de fois où il le faisait dans sa tête.

Le regard qu'Ash lui jeta disait clairement 'Un peu que j'ai toute ton attention'. Eli tendit les jambes, posa son cahier sur ses genoux et pria pour ne pas se couvrir de ridicule. Enfin, étant donné que toutes les filles de la classe avaient le regard braqué sur Ash, elles ne risquaient pas de le remarquer. En même temps, il ne pouvait pas le leur reprocher. Ash était si beau, avec ce petit sourire qui dansait sur ses lèvres tandis qu'il jetait un œil à ses papiers.

— Alors, j'ai trouvé plusieurs lettres d'Oscar Wilde à lord Alfred Douglas. Quelques-unes ont été utilisées contre Wilde lors de son procès pour outrage à la pudeur, et la dernière a été envoyée à Douglas après que Wilde a été libéré de prison.

Outrage à la pudeur ? Qu'est-ce qu'il pouvait bien y avoir dans ces lettres ? Eli réprima un grognement lorsqu'Ash le regarda à travers ses cils.

— Outrage à la pudeur ? Qu'est-ce qu'il a fait ? demanda Bron, allongé sur le ventre sur la couverture qu'il avait amenée, gribouillant sur le cahier en face de lui. Il s'est montré tout nu devant des petits-enfants et des femmes mariées ?

— Beurk.

Hannah fronça le nez et rejeta ses cheveux en arrière.

— Il n'y a bien que toi pour imaginer ça.

— Laissez-moi vous l'expliquer avec ses propres mots. Cette lettre-ci est celle qu'il a envoyée à Douglas après avoir été libéré.

Ash posa une feuille en face de lui et jeta un rapide regard rieur à Eli avant de lire la lettre, son accent semblant se faire plus prononcé. Eli résista à l'envie de fermer les yeux et de juste se laisser bercer par le son de sa voix.

Mon cher Darling Boy,
J'ai reçu votre télégramme il y a une demi-heure, et je vous
envoie un petit mot pour dire que j'ai l'impression que mon

seul espoir de faire à nouveau un bon travail dans l'art est d'être avec vous. Ce n'était pas le cas auparavant, mais maintenant c'est différent, et vous pouvez vraiment recréer en moi cette énergie et ce sentiment de puissance joyeuse sur lesquels dépend l'art.

Tout le monde est furieux contre moi pour revenir vers vous, mais ils ne nous comprennent pas. J'ai l'impression que ce n'est qu'avec vous que je peux accomplir quoi que ce soit. Reconstruisez ma vie ruinée pour moi, et notre amitié et notre amour auront un sens différent pour le monde. J'aurais aimé que, lorsque nous nous sommes rencontrés à Rouen, nous ne nous étions pas séparés du tout. Il y a maintenant de larges abîmes d'espace et de terre entre nous. Mais nous nous aimons.

Bonne nuit chéri.
Tout à vous,
Oscar[4]

Eli se mordit l'intérieur des joues et, pour la dixième fois depuis le début du cours, souhaita qu'ils soient seuls tous les deux afin de pouvoir parler sans contrainte. Quel manipulateur. Il avait choisi la séduction et les sentiments plutôt que l'érotisme. Eli ne s'était pas attendu à ça de la part d'Ash et devait reconnaître que c'était très efficace.

— Je ne comprends pas, dit Elsa. Qu'est-ce qu'il y a d'indécent là-dedans ? Est-ce que tu as censuré les parties intéressantes, Ash ?

— Ils étaient gays. C'était, genre, illégal à l'époque je crois, répondit Isaac l'air légèrement mal à l'aise. Je suppose qu'il ne fallait pas grand-chose dans ces lettres pour leur causer des problèmes.

— Moi je trouve ça mignon, ajouta doucement Nori. Qu'est-ce qui s'est passé après ça ? Est-ce qu'ils se sont revus ?

— En fait, interrompit Eli en attirant l'attention de tout le monde, Oscar Wilde est mort quelques années après avoir été libéré de prison. Des complications dues au dur travail physique auquel il avait été condamné, je crois.

— Ça craint. Je parie qu'il est mort d'avoir eu le cœur brisé.

---

[4] Traduction libre.

Kerry avait un air un peu rêveur sur le visage et ses doigts agiles tressaient des feuilles colorées et des petits bouts de bois qu'elle avait ramassés en une sorte de couronne.

— On dirait qu'il l'aimait vraiment.

— Ne soit pas ridicule, personne ne meurt d'avoir eu le cœur brisé, l'interrompit Bron. Qu'est-ce qu'il a écrit d'autres ? Quelles lettres est-ce qu'ils ont utilisées comme preuves ? Je parie que les choses intéressantes pour Elsa sont dedans.

— Eh bien, la défense a montré cette lettre en premier, avant que le ministère public puisse le faire, pour qu'elle ne puisse pas être utilisée contre Wilde.

Ash sortit une autre feuille de papier, ses lèvres se recourbant en un petit sourire lorsque son regard s'arrêta discrètement sur Eli.

— Wilde déclara que c'était seulement un exemple de la façon dont les poètes se parlaient entre eux, et au début le jury a cru à son excuse.

> *Mon cher garçon,*
> *Votre sonnet est ravissant. Il est merveilleux que vos lèvres vermeilles semblables aux pétales de la rose aient été créées pour l'enchantement des mots comme pour l'ivresse des baisers. Votre âme légère et dorée s'avance entre la passion et la poésie. Et le Hyacinthe des Grecs si follement aimé d'Apollon, c'était vous !*
> *Pourquoi êtes-vous seul à Londres et quand irez-vous à Salisbury ? Allez là-bas vous y rafraichir au crépuscule gris des tours gothiques et venez ici quand vous voudrez : c'est un endroit adorable – il n'y manque que vous ; mais allez d'abord à Salisbury.*
> *Avec mon amour éternel*
> *Votre Oscar*[5]

Bron ricana et secoua la tête avant qu'Ash ait terminé de lire la lettre.

— Attends, ils ont vraiment avalé ça ? Arrête.

— Oui, au moins lors du premier procès.

Ash accrocha le regard d'Eli.

---

[5] Traduction libre

— Même si le fait qu'ils parlent de s'embrasser et de se donner rendez-vous à l'extérieur de la ville aurait pu leur donner quelques soupçons.

Une idée vint à Eli et il se demanda si cela n'avait pas été l'intention d'Ash. Cela serait tellement bien de s'évader pour quelques jours, juste tous les deux. Après tout, qui le saurait ? D'autant plus qu'Ash quittait la ville une fois par mois pour ses week-ends de manœuvre et qu'Eli disparaissait souvent pendant le week-end pour se rendre à son chalet. Personne ne remarquerait s'ils disparaissaient le même week-end.

Ou peut-être qu'il réfléchissait simplement trop, et que personne n'en avait rien à faire de ce qu'ils faisaient entre eux une fois sortis du campus. Britton avait été trop occupé par ses propres affaires pour ennuyer Eli récemment. Mais peut-être qu'il allait trop loin dans son interprétation de la présentation d'Ash et que ce dernier ne songeait pas réellement à partir un week-end. S'il continuait à tout retourner dans tous les sens, il allait devenir fou.

— Vous avez peut-être simplement l'esprit mal tourné, vous savez ? déclara Hannah. Peut-être que c'était vraiment comme il le disait. C'est assez compliqué comme façon d'écrire. J'imagine très bien des poètes se parler comme ça. Et il était marié, non ? Avec des enfants ? Tu es sûr qu'il était gay ? Peut-être qu'il avait juste énervé le mauvais noble, ou un truc du genre.

— Les hommes gays se marient encore de nos jours, parce qu'ils veulent se sentir normaux, ou parce que leur famille ou leur employeur leur met la pression, interrompit calmement Eli.

— Vous n'allez pas faire ça, n'est-ce pas, Dr Hollister ? demanda Kerry. Prendre une femme, je veux dire ?

Les autres étudiants tournèrent tous la tête pour la regarder, bouche bée, tandis qu'un silence gêné s'abattait sur le groupe. Isaac ricana derrière sa main et Nori rougit violemment.

— Quoi ? C'était juste une question.

Le reste de la classe commença immédiatement à parler en tous sens, et Ash articula un 'désolé' silencieux dans sa direction. Eli haussa les épaules avec un petit sourire. Il n'avait jamais fait grand cas de son orientation sur le campus. Parfois, certaines personnes devinaient et il ne niait jamais. Il leva les mains, siffla pour attirer l'attention de ses étudiants, et sourit lorsqu'ils se tournèrent tous vers lui.

— Retournons à la présentation d'Ash, si vous le voulez bien. Et pour te rassurer, Kerry, je promets que je ne me marierai jamais pour cacher qui je suis.

Eli retourna son attention vers son étudiant, qui avait l'air déconcerté tandis qu'il tirait une nouvelle feuille de papier de sa pile.

— C'est vrai, Hannah. Il était bien marié et il avait contrarié la mauvaise personne. Le père de Douglas, très exactement. Dans la lettre que je vais vous lire maintenant, il mentionne des locataires. C'était un mot d'argot pour dire des prostitués à l'époque. L'accusation fit témoigner tout un tas de ces hommes à son procès et leur fit expliquer pourquoi il les avait payés. Cela suffit plus ou moins à le faire condamner.

> *Très cher garçon entre tous,*
> *Votre lettre était comme un délicieux vin rouge et blanc pour moi ; mais je suis triste et de mauvaise humeur. Bosie, vous ne devez pas me faire de scènes. Elles me tuent, elles détruisent la beauté de la vie. Je ne peux vous voir, si grec et gracieux, déformé par la passion. Je ne peux écouter vos lèvres incurvées me dirent des choses hideuses. Je préférerais que chaque locataire de Londres me fasse chanter plutôt que de vous avoir amer, injuste, rempli de haine. Vous êtes la chose divine que je veux, la grâce et la beauté ; mais je ne sais pas comment faire. Dois-je venir à Salisbury ? Mon loyer ici est de 49 livres pour une semaine. J'ai également obtenu un nouveau salon sur la Tamise. Pourquoi n'êtes-vous pas ici, mon cher, mon merveilleux garçon ? Je crains je devoir partir ; pas d'argent, pas de crédit, et un cœur de plomb.*
> *À vous, Oscar*[6]

Toute l'histoire était réellement tragique quand on y réfléchissait. Plus d'un siècle avait passé depuis la mort d'Oscar Wilde et les mentalités étaient à peine en train de commencer à changer. Eli écouta Ash et la classe échanger sur les lettres qu'il avait choisies, prenant des notes au fur et à mesure.

Pour quelqu'un qui prétendait détester la littérature, Ash faisait certainement de son mieux. Étant donné ce qu'Eli avait appris petit à petit sur

---

[6] Traduction libre

lui, cela ne le surprenait pas du tout. Même avec ce projet – et oui, il n'avait aucun doute qu'Ash avait choisi le sujet pour flirter avec lui pendant un cours – la présentation n'avait pas été bâclée.

Eli changea de position lorsqu'il repensa à s'évader un long week-end avec Ash et que sa température augmenta. Son chalet n'était qu'à quelques heures de route, mais il faudrait qu'il s'assure qu'aucun de ses cousins ne l'utilisait pour chasser ce week-end-là.

— Beau travail, Ash, déclara-t-il lorsque le jeune homme termina sa présentation.

À ce moment-là, ils entendirent un bruit de hauts talons venant de la direction du pont. Bron soupira lorsque le visage d'Isaac s'éclaira. Il regarda par-dessus son épaule.

— La princesse arrive. Je me demande bien pourquoi elle s'est embêtée à venir. Elle a déjà raté la moitié du cours et je vous parie qu'elle s'est habillée d'une manière idiote, même si elle savait qu'on serait à l'extérieur. Je ne veux pas l'entendre râler jusqu'à la fin du cours.

— C'est quoi ton problème ? Tu n'aimes pas les nanas ? Whitney est super sexy, répondit Isaac, le regard braqué en direction du pont.

— Je n'aime pas les petites princesses qui font comme si tout leur était dû. J'aime les vraies filles, rétorqua Bron, jetant un rapide regard vers Nori, qui s'accrochait à ses notes, l'air pâle.

— Arrêtez, vous deux. On ne parle pas derrière le dos des gens ici, c'est compris ? rétorqua Eli.

Les deux jeunes hommes hochèrent la tête tandis que Whitney s'approchait. Eli soupira lorsqu'il vit qu'elle avait une fois encore choisi de porter une jupe bien trop courte pour s'asseoir par terre, et qu'elle n'avait pas l'air d'avoir pensé à amener une couverture. Il allait falloir qu'il arrête de faire cours dehors les jours de beau temps. Peut-être était-ce la raison pour laquelle elle séchait. Whitney fit un pas hors du chemin et ses talons s'enfoncèrent immédiatement dans l'herbe. Elle tituba en poussant un petit cri surpris et faillit tomber. Avec un soupir, Eli courut vers elle et lui tendit le bras.

— Merci, Dr Hollister.

Whitney s'accrocha à son bras et il la mena vers le groupe.

— Je suis désolée d'être en retard. J'avais oublié que nous étions censés venir ici.

— Tu étais là lorsque nous en avons parlé au dernier cours.

Eli n'allait pas la laisser s'en tirer comme cela, avec ses absences injustifiées et ses retards répétés.

— Tu n'auras pas cette excuse la prochaine fois puisque nous n'aurons plus court à l'extérieur.

Voilà. Cela réglerait le problème. Lorsqu'ils s'approchèrent des autres, Isaac se décala sur sa couverture pour lui faire de la place.

— Tu peux t'asseoir avec moi, offrit-il.

Eli la poussa dans cette direction avant qu'elle puisse discuter et retourna s'asseoir en essayant de masquer son énervement. Whitney le regarda pendant un moment, avant de croiser les jambes avec précaution et de s'agenouiller en exposant beaucoup trop de peau…

Ash fronça les sourcils et s'approcha pour rendre son devoir à Eli. Il avait l'air de vouloir dire quelque chose. Il y avait un petit pli entre ses sourcils et ses lèvres étaient légèrement pincées. Le regard d'Eli fut attiré par cette petite tache de rousseur solitaire près de ses lèvres.

— Je ne sais pas si je dois être amusé, heureux ou inquiet que tu ne voies rien du tout.

Sur cette remarque énigmatique, il effleura les doigts d'Eli avec les siens et retourna s'asseoir. Eli chaussa ses lunettes et baissa les yeux, découvrant une note attachée au devoir.

> *Cette citation est une de mes préférées.*
> *Mon cher garçon ; c'est vraiment absurde – je ne peux vivre sans vous. Vous êtes si cher, si merveilleux, je pense à vous toute la journée, et votre grâce, votre beauté juvénile, votre esprit aiguisé, la fantaisie délicate de votre génie si surprenant me manquent...[7]*
> *Rendez-vous ce soir à sept heures chez Dingers ?*

— Allez, Nori, dit Eli d'une voix douce.

La jeune fille avala bruyamment sa salive et pâlit.

— C'est ton tour.

Il réfléchit à la note d'Ash en la glissant dans sa poche, tandis que Nori commençait sa présentation.

---

[7] Traduction libre

ELI FRONÇA les sourcils en arrivant à la porte de son bureau et en voyant qu'elle était entrouverte. Il était sûr de l'avoir fermée avant de partir. La sécurité était l'une des choses que Britton n'arrêtait pas de ressasser et pour une fois, Eli était d'accord avec lui. Il poussa la porte et eut l'impression que l'on venait de lui asséner un coup de poing en plein estomac lorsqu'il aperçut le chaos à l'intérieur de la pièce.

Ses étagères avaient été retournées et une partie du contenu jeté sur le sol. Les meubles étaient écartés du mur et le massacre ne s'arrêtait pas là. Eli reconnaissait que son bureau n'était pas l'endroit le mieux rangé au monde et il avait une tendance certaine à laisser les livres et les papiers s'empiler, mais même au pire de sa forme la pièce n'avait jamais ressemblé à ça...

Toutes ces pensées concernant le rendez-vous avec Ash le soir même, et si oui ou non il allait accepter, s'évaporèrent.

— C'est quoi ce bordel ? gronda-t-il en redressant sa chaise et en laissant tomber son sac dessus.

Qui avait pu faire une chose pareille ? Tiraillé entre l'incrédulité et l'indignation, et commençant à vraiment se sentir mal, Eli se tourna pour claquer la porte de la pièce.

Les tiroirs de son bureau étaient déverrouillés, le contenu éparpillé, et le verrou brisé de son caisson de rangement pendouillait lamentablement dans le vide. Lorsqu'Eli vérifia, certains de ses dossiers avaient aussi été déplacés, comme si quelqu'un les avait passés en revue un par un avant de les renfourner dans le désordre. Cela lui prendrait des heures pour tout réorganiser et vérifier si certaines archives ou certains documents manquaient.

Eli attrapa le téléphone, qui avait atterri sur le sol, et composa le numéro de la sécurité du campus. Ses doigts tambourinèrent nerveusement sur le bureau pendant toute la courte conversation. Après cela, il fit les cent pas en attendant, n'ayant qu'une envie : commencer à ranger. C'est alors que son regard tomba sur le sol et qu'il craqua en voyant son édition originale de Thoreau ouvert et à moitié enfoui sous des papiers.

Il s'agenouilla et le souleva délicatement. Sa mâchoire se serra lorsqu'il se rendit compte que plusieurs pages s'étaient détachées sous la pression exercée sur le vieux papier. Le coin de la reliure était aussi malmené, mais au moins la tranche était intacte. Le son de la porte qui s'ouvrait lui fit lever les yeux alors qu'il plaçait soigneusement le livre sur son bureau. Britton lui jeta un regard noir, les sourcils si froncés qu'ils ne formaient plus qu'une seule ligne.

— Ça y est, vous vous êtes surpassé, gamin.

Ce fut ce 'gamin', qui lui rappelait tellement son père lorsqu'il avait fait quelque chose de mal étant enfant, mais aussi le ton railleur de Britton, qui firent déborder le vase.

— C'est vous, gronda Eli, en pointant Britton du doigt et en laissant enfin sortir des années de frustration. Nom de Dieu, mais qu'est-ce que vous croyez faire avec tout ça ?

Eli tendit les bras pour montrer son bureau retourné. Il s'avança violemment vers Britton, dont les yeux s'écarquillèrent et qui fit un pas en arrière. Les poings d'Eli se serrèrent et il dut se forcer à les rouvrir.

— Quoi ? De quoi parlez-vous ? Je n'ai rien à voir avec ça !

— Seuls la secrétaire du département, l'équipe de nettoyages et moi-même possédons la clé de ce bureau, Britton. Il n'y a que vous qui ayez pu leur demander la clé. La porte était ouverte lorsque je suis revenu, pas fracassée, à la différence de mon placard, pour lequel vous n'avez pas la clé !

Les mains d'Eli tremblaient de rage. Il n'allait jamais pouvoir retrouver une autre édition du Thoreau comme la sienne. Ficher en l'air ses dossiers, il pouvait pardonner, violer son sanctuaire aussi, mais abîmer un de ses livres rares… C'en était trop. Sans oublier la menace que cela faisait peser sur sa carrière.

Britton le dépassa pour s'avancer dans le bureau et Eli dût résister à l'envie de l'attraper par le col de son costume pour le traîner dehors. Il fallait qu'il se maîtrise avant qu'ils finissent par se bagarrer comme des ados. Ils seraient tous les deux dans les ennuis jusqu'au cou, sinon.

— Comment avez-vous pu être si négligent ?

Les yeux de Britton s'écarquillèrent et son visage devint rouge lorsqu'il vit les dossiers sens dessus dessous.

— Je le savais. C'est un fichu piège que vous avez imaginé, accusa Eli. Je ne peux pas croire que vous vous soyez abaissé à ça. Vous en aviez marre d'attendre que je me plante tout seul ? C'est ça ? Qu'est-ce que cela prouve de fouiller dans mes dossiers ?

La bouche de Britton s'ouvrit et son visage rougit encore plus tandis que la veine sur sa tempe se mettait à battre.

— À qui est-ce que vous pensez parler comme ça ? aboya-t-il. Je suis le directeur de ce département et vous n'êtes qu'un ver de terre qui cherche à saper l'intégrité de cette université. Je ne le supporterai pas. Vous avez laissé transpirer les informations confidentielles sur les étudiants. Je vais en parler avec le doyen, Hollister, vous pouvez en être sûr.

— Très poétique. Mais j'aurais choisi une métaphore différente. Les vers de terre sont bons pour le sol. Si vous cherchez un animal qui détruit et sape en construisant son terrier, vous n'avez qu'à me comparer à une taupe la prochaine fois, cria Eli après Britton tandis que ce dernier sortait du bureau en claquant la porte. Allez-y, parlez au doyen. J'ai quelques petites choses à lui dire moi aussi !

Eli grogna et donna un coup de pied dans son bureau avant de se passer une main dans les cheveux. Même si cela aurait été extrêmement satisfaisant de planter son poing dans la mâchoire de Britton, cela aurait définitivement mis un terme à sa carrière à Amwich, qu'il soit ou non ami avec le doyen. Déjà là, le doyen, M. Newton, n'allait pas être très content qu'il ait explosé à la figure de Britton. Eli ne savait pas s'il était plus contrarié par l'attitude de Britton ou par la sienne.

Il n'aurait pas dû laisser la colère l'aveugler. Britton n'avait pas les compétences d'acteurs nécessaires pour réussir à mentir comme cela. L'horreur sur son visage était réelle lorsqu'il avait vu les dossiers, et il n'aurait probablement pas réussi à les détruire, ou à abîmer un livre rare, quelle que soit sa haine envers Eli. Et maintenant, il venait juste de donner à l'autre homme une raison supplémentaire de le détester et de lui refuser sa titularisation.

VIII

LES YEUX d'Ash s'écarquillèrent de surprise lorsqu'Eli se fraya un chemin au milieu de la foule massée au *Dingers*. Il ne l'avait jamais vu dans un tel état. Eli ne s'arrêta pas pour discuter avec ceux qui le saluaient, se contentant d'un bref hochement de tête, sa bouche formant une ligne sévère et ses sourcils se fronçant tandis qu'il passait devant eux sans même un bonjour. Il ne ressemblait en rien à l'homme souriant qu'Ash avait quitté cet après-midi. Il espérait qu'il ne lui avait pas causé de nouveaux soucis en le titillant pendant le cours. Il avait peut-être poussé le bouchon un peu loin.

Eli atteint la table et tira une chaise d'un coup sec, ses yeux bleu-gris emplis de fureur contenue.

— Qu'est-ce qu'il s'est passé ? demanda Ash.

— Quelqu'un a cambriolé mon bureau cet après-midi et il a laissé un bordel monstre derrière lui.

Les traits d'Eli étaient crispés et son corps fin était tendu lorsqu'il s'assit.

— Ensuite, je me suis pris le bec avec Britton à propos de ça et j'ai dû aller m'expliquer avec le doyen Newton par la suite.

Les questions se bousculèrent dans la tête d'Ash, mais Lu les rejoignit et passa un bras autour des épaules d'Eli avant qu'il puisse en poser une seule.

— J'ai appris la nouvelle. Comment vas-tu, mon chéri ?

Eli lança un regard maussade à Lu, puis serra la main sur son épaule en faisant une ébauche de sourire.

— Pour l'instant, je suis de mauvaise humeur et à fleur de peau, une combinaison dangereuse. Mais ça va aller. J'ai juste besoin d'évacuer la colère.

— Quelque chose a été volé ? demanda Ash avant de prendre une gorgée de sa bière.

Il trouvait le regard d'acier d'Eli un peu excitant, malgré les circonstances. Eli était si tranquille qu'Ash n'aurait jamais cru le voir un jour aussi en colère. Oh, et ils pourraient utiliser cette colère au lit… Il voulait Eli sous lui la prochaine fois qu'il serait dans un état pareil. Il voulait que ces mains aux longs doigts agrippent son corps pendant qu'Eli murmurerait des insanités à l'oreille d'Ash. Cette pensée accéléra un instant son rythme cardiaque.

Reprends-toi, Ash. La dernière chose dont Eli avait besoin, c'était qu'il lui lance des regards suggestifs.

— Non, pas que je sache. Et je me suis fait engueuler par le shérif Cooper pour avoir bougé des objets avant qu'il arrive sur place.

Un air obstiné passa sur le visage expressif d'Eli.

— Mais je ne pouvais pas laisser certains livres sur le sol. Il n'a pas compris.

Ash non plus, mais il garda ça pour lui. Il était sûr que le shérif avait déjà noyé Eli d'explications sur les informations que l'on pouvait récupérer d'une scène de crime intacte. Tout ce qu'il récolterait s'il en remettait une couche, ce serait un regard féroce d'Eli.

— Toi et ces bouquins.

Lu secoua la tête et lui tapota gentiment l'épaule.

— Reste là, je t'apporte de quoi te remonter.

— Lu a l'air de penser qu'un bon repas et un verre d'alcool fort guérissent tout, dit Eli tandis qu'elle s'éloignait.

— C'est faux, peut-être ? le nargua Ash, en tentant de le faire sourire. Je pensais que la voie du cœur passait par l'estomac. En tout cas, c'est ce que j'ai entendu dire.

Eli se rapprocha de lui en se penchant au-dessus de la petite table, son regard plongeant dans celui d'Ash d'une façon qui lui arracha un frisson d'excitation.

— Personnellement, je préfère une bonne partie de jambes en l'air quand je suis dans cet état.

La bouche d'Ash s'assécha et la chaleur l'envahit. Toute velléité de bonne conduite et toute résolution d'attendre jusqu'à la fin du semestre disparurent immédiatement.

— Tu as toute mon attention, Eli, même si je devrais être la voix de la raison et suggérer qu'on reste ici et qu'on soit sages.

Il n'en avait aucune envie. Bon sang, il voulait profiter de la fureur d'Eli et découvrir comment il était au lit quand il était dans une rage pareille. Au cours du mois écoulé, Eli était devenu plus que l'homme qu'Ash voulait mettre dans son lit : il était devenu un ami. Un ami qui n'avait pas les idées claires à ce moment précis, et Ash n'avait aucune envie qu'Eli regrette quoi que ce soit une fois calmé.

Un sourire félin ourla les lèvres d'Eli.

— Mais tu ne le seras pas. Je n'y crois pas. Pas après ton petit exposé d'aujourd'hui avec toutes ces lettres à propos de se retrouver à l'extérieur de la ville.

— Je savais bien que tu aurais compris.

Ash ricana, se rappelant de quoi il voulait parler à Eli ce soir. Ça devrait lui remonter le moral.

— Je me demandais ce que je devais faire pour que tu viennes à Boston avec moi.

— Boston ? demanda-t-il en haussant les sourcils, intrigué. D'habitude, je ne choisis pas la ville pour mes escapades, mais je peux me laisser convaincre si tu es là.

— Il se trouve que j'ai en ma possession deux billets pour le troisième match de l'ALCS à Fenway.

L'étonnement illumina le visage d'Eli, chassant les dernières traces de contrariété, et ses yeux s'éclairèrent de joie.

— Nom de Dieu, comment as-tu réussi ce prodige ?

Ash sourit en coin en voyant l'humeur d'Eli s'améliorer.

— Un des types à l'entraînement avait des billets. Il devait quitter la ville cette semaine et il n'a pas pu se défiler. Alors il les a mis en vente.

— Il y a pas mal de personnes qui devaient les vouloir. Ça t'a coûté combien ?

Les yeux d'Eli s'étrécirent.

— Ils ne t'ont pas coûté trop cher, hein ?

Ash interrompit Eli d'un geste avant que celui-ci n'ait pu lui proposer de le rembourser.

— Nan, je lui ai juste donné le prix d'origine. Mais comme on était plusieurs sur le coup, il a décidé qu'on s'affronterait pour savoir qui les aurait.

— Vous affronter ?

Ash rit devant l'expression choquée d'Eli et secoua la tête.

— Pas un vrai combat. Je les ai gagnés au poker.

— Je pourrais t'embrasser, souffla Eli avec un sourire si heureux qu'Ash rit à nouveau.

— Ça, ça sera très bientôt.

Peut-être même juste après dîner, si Eli continuait à le regarder comme ça. L'entrejambe d'Ash se rappela à lui, lui signalant qu'un très long mois s'était écoulé depuis qu'il avait été dans un lit avec cet homme.

— Et dire que je croyais que tu travaillais jusqu'à l'épuisement pendant ces week-ends. J'étais désolé pour toi, croyant que tu rentrerais sûrement perclus de douleurs et exténué, se moqua Eli.

— Menteur, chuchota Ash alors que Lu approchait. Tu cherches seulement une excuse pour me déshabiller, comme ça tu pourras encore me masser.

Puis il éleva la voix une fois la cousine d'Eli près d'eux.

— De temps à autre, nous avons une petite pause pendant l'entraînement. C'était un de ces moments.

Lu leur servit des bols de soupes de maïs et ce qui ressemblait à du pain fraîchement sorti du four, une bière pour Ash et un petit verre d'un liquide ambré pour Eli.

— Je pensais à toi tout à l'heure et je t'ai cuisiné un petit quelque chose au cas où tu viendrais ce soir.

— Tu es la meilleure, Lu, dit Eli avec un sourire reconnaissant. Je ne sais pas ce que je ferais sans toi.

— Pas la peine de me flatter. J'aime simplement te voir sourire.

Sur ce, Lu disparut au milieu de la foule de clients.

— Moi aussi.

Ash rompit le pain encore fumant et en beurra un morceau.

— Et te voir aussi remonté est assez excitant.

— Comment suis-je censé rester en colère entre toi qui m'offre des tickets pour un match des Red Sox et la soupe de Lu ? C'est simplement impossible.

Ash trempa son pain dans sa soupe et en prit une bouchée, jaugeant l'humeur d'Eli. Il ne voulait pas le contrarier à nouveau, mais il aurait voulu en savoir plus sur ce cambriolage. Surtout parce que cela semblait être un autre de ces mystères inexplicables qui entouraient Eli. Eli lui avait raconté qu'il était rentré chez lui et avait trouvé Jase dans des pièces qu'il aurait pu jurer avoir fermées et, à une occasion, à l'extérieur de la maison. Il était grand temps qu'il fasse part de ses suspicions à Eli. Ou Jase avait appris à ouvrir les portes, ou Wayne rentrait toujours chez Eli sans le lui dire.

Comme lorsqu'il avait dû récupérer son gant, mais ça n'expliquait pas pourquoi il était entré tout court. C'était peut-être une coïncidence, mais Ash n'y croyait pas vraiment. À chaque fois qu'il croisait Wayne, celui-ci ne le regardait jamais dans les yeux.

— Alors ? Raconte-moi ce qui s'est passé.

Eli reposa sa cuillère, fronçant les sourcils avant de prendre une gorgée de son verre.

— Il n'y a pas grand-chose à en dire. Vraiment. Qui que soit la personne qui a saccagé mon bureau, elle avait la clé. Entre nous, ils devaient chercher quelque chose, mais ils n'ont pris aucun dossier des étudiants. Ils ont été fouillés mais ils étaient intacts. Le shérif Cooper veut que je garde le silence jusqu'à ce qu'il ait terminé son enquête. Alors ne dis rien ou il risque de me tomber sur le râble, encore une fois.

— Qu'est-ce que tu as d'autre dans ton bureau ? Quelque chose de valeur ?

L'expression d'Eli s'assombrit et il prit une nouvelle gorgée de sa boisson.

— Ouais, mais ça n'a pas été volé, juste mis en vrac. J'aurais préféré qu'on me cambriole pour de vrai. J'avais quelques livres rares et les pages de l'un d'eux ont été abîmées. S'ils cherchaient de l'argent, ils n'auraient pas fait ça.

Vu la tête d'Eli, c'était bien le livre endommagé qui l'agaçait le plus. Ash ne comprenait pas. C'était juste un bouquin. Eli pourrait sans doute en récupérer une autre copie, même s'il était rare. Puis, il se sentit idiot d'avoir pensé ça, parce que ça devait avoir une certaine valeur pour lui si ça le contrariait autant. Il n'avait jamais rencontré quelqu'un qui possédait autant de livres chez lui qu'Eli.

— Désolé, murmura Ash. C'est grave ? Ton livre, il peut être réparé ?

— Pas vraiment. Et ce qui m'énerve vraiment c'est que je ne vois pas pourquoi quelqu'un aurait besoin ou voudrait un des trucs qui se trouvent dans mon bureau. À moins de chercher à me harceler ou me faire passer pour un idiot…

Ash ferma les yeux et secoua la tête. Il avait l'impression de déjà connaître la suite.

— Laisse-moi deviner, tu t'es disputé avec Britton ?

Eli détourna les yeux et haussa les épaules, l'air gêné.

— Je l'ai peut-être accusé d'être derrière le cambriolage. C'était logique, sur le coup, même si ça me semble trop extrême pour lui, maintenant que j'y réfléchis. Il était au mauvais endroit au mauvais moment. Il est apparu juste après que j'ai découvert mon livre abîmé. Je suis supposé lui présenter mes excuses demain.

Ash ne le voyait pas du tout s'y résoudre.

— Vraiment ?

— Je n'ai pas encore décidé.

Eli avala une nouvelle gorgée de liquide ambré, et un sourire vicieux tordit ses lèvres.

— Si je peux rendre ces excuses encore plus gênantes pour lui que pour moi, alors peut-être que je le ferai.

Ash éclata de rire et le sourire d'Eli se fit un peu penaud.

— Je n'arrange pas ma situation avec cette attitude, hein ?

— Cet enfoiré le mérite. J'ai entendu la façon dont il t'a parlé et je peux comprendre que tu n'aies pas envie de t'excuser.

Ash réfléchit à la situation pendant un moment, jusqu'à ce que l'idée parfaite lui vienne.

— Tu n'avais pas dit que ça l'énervait de ne pas réussir à t'agacer ?

— Ça le rend plus dingue qu'une chatte en chaleur. Il y a des jours où c'est la seule chose qui me permet de garder mon calme.

— Alors je te suggérerais d'aller le voir avec sincérité. Tu crois que tu pourrais feindre ça ? Ça va le rendre complètement fou.

— J'y compte bien, dit Eli avec un sourire malicieux. Je ne devrais pas me réjouir d'avoir une chance de le voir encore cramer un fusible… Je ne sais pas ce qui se passe ce semestre, mais il est plus agressif que jamais. Et tant que je lui présente mes excuses, sincères ou pas, le doyen sera content. De toute façon, il a plus souvent des problèmes avec Britton qu'avec moi.

— Hé, Eli, j'ai appris pour ce qui s'est passé à ton bureau.

Ils levèrent tous deux le regard vers Wayne, qui se tenait près de leur table, serrant sa casquette dans une main.

— Je compatis vraiment. Si je peux faire quoi que ce soit pour t'aider…

Ash ressentit pendant un instant un élan de sympathie pour le shérif Cooper. Comment arrivait-il à mener à bien une enquête quand toute la ville était au courant de ce qui se passait dans l'heure ? Ash n'en avait aucune idée.

Eli avait toujours été amical avec tout le monde dans cette ville et ça n'avait jamais ennuyé Ash une seule seconde. Alors pourquoi est-ce que cela l'irritait tant quand Eli faisait un sourire chaleureux à Wayne ? Il savait qu'il n'y avait rien de ce genre entre eux, mais ça le mettait sur les nerfs quand même.

— Merci, Wayne. Il n'y a pas vraiment grand-chose à faire. J'ai déjà remis en place et réparé tout ce que je pouvais. Rien n'a été détruit, à part un livre complètement fichu. Je ne sais pas quoi penser de tout ça. Comment va ton père ? J'ai entendu dire qu'il reprenait des forces.

Un instant, Wayne sembla touché par la question avant que son expression se fasse indéchiffrable.

— Sa rééducation avance lentement mais il fait des progrès. Je suppose que c'est mieux que rien.

— Oui, ça m'a l'air encourageant, coupa Ash. Des progrès continus, même lents, c'est bon signe.

Mentalement, il disait à l'homme de partir, mais Wayne n'écoutait pas.

— Je peux remplacer les serrures cassées de ton casier à dossiers, dit Wayne en ignorant Ash. Cadeau de la maison.

Eli haussa les sourcils, surpris.

— Tu n'as pas à faire ça, Wayne.

— S'il te plaît, ça me ferait plaisir. Ça ne prendra pas plus d'une heure, maximum. Je peux venir demain matin.

— Si tu veux vraiment, alors d'accord. Mais j'insiste, tu me laisses payer. Il faut que tu penses à ton père.

— Gratuit, insista-t-il, têtu.

— Bon, abandonna Eli. Je paye pour les nouvelles serrures, si tu ne veux pas me laisser te payer pour la main d'œuvre. Ne t'en fais pas, l'université me remboursera.

Wayne hésita puis hocha la tête.

— Vendu. Je te vois demain dans la matinée.

Il lança un rapide regard à Ash, marmonna quelque chose qui pouvait ressembler à un salut, avant de retourner se perdre dans la foule.

— Tu crois que j'arriverais à lui faire accepter un chèque ? demanda Eli en se retournant vers Ash.

Ash hésita, mais ne put garder ses soupçons pour lui.

— Tu veux mon avis, honnêtement ?

Eli fronça les sourcils.

103

— Pourquoi ai-je la sensation que ça ne va pas me plaire ?

— Parce que c'est sûrement le cas. Je ne sais pas à quel point tu es proche de ce type, mais je ferais attention à Wayne à ta place. Tu penses que c'est ton ami, mais je n'en suis pas si sûr. Et il y a eu un paquet de trucs étranges dans ta vie, récemment.

Les yeux d'Eli s'écarquillèrent.

— Tu plaisantes ? Tu penses que Wayne est derrière tout ça ? Sois réaliste Ash, il a assez à faire entre son père et sa boutique, vu la mauvaise façon dont il la gère. Pourquoi diable est-ce qu'il ferait ça ?

Pour l'instant, Ash n'avait pas trouvé de motif valable. Mais quelqu'un harcelait Eli. Et une fois qu'il saurait pourquoi, il saurait qui.

— Je ne sais pas, admit-il. Mais il y a quelque chose chez lui qui ne m'inspire pas confiance. Il est quand même entré dans ta maison sans que tu le saches.

À vrai dire, ça lui donnait envie de coller un pain à Wayne, mais le dire à Eli ne lui semblait pas être la meilleure des idées. Il le regardait déjà comme s'il était fou.

— Il a juste récupéré son gant. Jase a tendance à piquer des trucs, tout le monde sait ça.

— Là d'où je viens, les gens ne rentrent pas dans la maison de quelqu'un d'autre quand elle est vide, à moins d'y être invités, ami ou pas.

Ash regarda les gens amassés dans le bar, qui se connaissaient depuis si longtemps qu'ils appartenaient presque à la même famille.

— Tu ne me feras pas croire que tout le monde ici s'en fiche. Même si cette ville est très conviviale.

— Écoute, je connais Wayne depuis des années. Il ne s'est jamais attiré de problèmes, encore moins des comme ceux-là. Qu'est-ce qui te fait croire qu'il a quelque chose à voir avec tout ça ?

— Instinct et entraînement.

Et la façon dont Wayne se comportait toujours avec Eli, à ne le regarder que très rarement dans les yeux. Tout ce dont Ash était sûr, c'était que s'il le faisait remarquer, on l'accuserait juste d'être jaloux. Il croisa les bras sur la table et se pencha en avant.

— À part le shérif Cooper, toi, moi et peut-être Britton, qui d'autre savait ce qui était en vrac dans ton bureau et ce que c'était ? Tu l'as dit à quelqu'un d'autre ?

— Non, évidemment.

— Alors comment Wayne savait-il que tu avais besoin de nouvelles serrures pour tes casiers ? Je n'étais même pas au courant avant qu'il le dise. Tu as juste dit que tes dossiers avaient été fouillés et que ton livre était fichu. C'est le genre de détail que le shérif Cooper n'aurait pas voulu laisser filtrer. Le genre de détail que l'intrus saurait.

Eli s'assit au fond de sa chaise et regarda dans la direction où était parti Wayne. S'il était toujours dans le bar, Ash ne pouvait plus le voir. Au moins, Eli semblait réfléchir à l'idée au lieu de simplement l'ignorer comme l'avait craint. Il n'aimait pas que la joie ait déserté les yeux d'Eli, mais ça aurait été pire si Eli avait juste balayé son raisonnement.

— Britton ou le doyen ont pu lui dire.

Sa voix semblait incertaine.

— Peut-être. Mais Wayne avait à la fois une opportunité et un motif : l'argent. Il en a cruellement besoin.

Il avait aussi les compétences et les outils pour entrer par effraction dans le bureau d'Eli et faire une copie de sa clé.

— Ces livres rares valent une petite fortune, mais aucun n'a été volé, souligna Eli.

Ash haussa les épaules et finit sa bière. Wayne ne savait sans doute pas plus qu'Ash combien valaient ces bouquins, mais Ash en avait assez dit pour le moment.

— Je voudrais juste que tu y réfléchisses cinq minutes. D'abord, des trucs bizarres se passent dans ta maison et maintenant, il y a eu une intrusion de plus à ton boulot. Que ce soit Wayne ou quelqu'un d'autre, ils ne s'arrêteront pas avant d'avoir trouvé ce qu'ils cherchent.

— C'est peut-être simplement Britton qui cherche une raison de me faire virer.

Ash n'était pas convaincu et il était pratiquement sûr qu'Eli non plus, mais il décida de laisser tomber le sujet. Ses cours de criminologie lui avaient appris que ce genre d'affaires n'était pas près d'être terminée. Il devait juste garder un œil sur Wayne.

— Le match des Sox est prévu un soir de semaine. Vous pensez pouvoir veiller tard, professeur Hollister ?

Les yeux d'Eli pétillèrent de malice tandis qu'il se penchait plus près.

— Ne vous en faites pas pour moi, Ashley Gallagher. Je peux tenir le coup.

Le membre d'Ash pulsa contre sa cuisse et il se promit qu'il trouverait un moyen d'obtenir un baiser de la part d'Eli avant la fin de la soirée. Il ne savait pas où ni comment sans que la moitié de la ville puisse les voir et cancaner. Ou où il trouverait la volonté de repartir après seulement un baiser, mais il allait en obtenir un.

— Je crois que cette soirée se prête à un nouveau pari, continua Eli à voix basse.

— Voilà des mots que j'ai attendus pendant des semaines.

Une alarme se déclencha dans le cerveau d'Ash, mais il l'ignora joyeusement. Sa vie ne serait-elle pas ennuyeuse s'il ne jouait pas avec le feu de temps à autre ?

— Vu ton sourire, je suppose que tu as déjà quelque chose en tête.

— Oh que oui.

Eli fit signe à Lu et déposa de l'argent sur la table.

— Tu es venu ici à pied ou en voiture ?

— À pied. Ça me semblait idiot de prendre la voiture pour si peu de chemin.

Se faire raccompagner par Eli était une mauvaise idée, même si ça donnait l'opportunité à Ash de lui extorquer un baiser. Mais ce n'était pas ça qui allait l'arrêter. Il déposa un peu d'argent pour payer la moitié de la note et laissa un pourboire.

— Tu m'expliques ça sur le chemin ?

À l'extérieur, la température avait considérablement chuté depuis le coucher du soleil, annonçant déjà l'hiver. Ash enfonça ses mains dans les poches de sa veste, content que les rues soient presque désertes tandis qu'ils se dirigeaient vers son appartement.

— Alors ? Quelle idée tordue t'est venue à l'esprit ?

— Si mon équipe gagne, je veux pouvoir fouiller dans ton tiroir pervers et essayer sur toi ce que j'y trouverai.

Ash s'arrêta au milieu du trottoir et se retourna pour faire face à l'homme près de lui, son cœur battant la chamade.

— Tu es vraiment téméraire ce soir, hein ? Pourquoi on ne laisserait pas tomber la prudence ? Si on oubliait le pari et qu'on montait dans mon appartement ? Je te montrerai tout ce qu'il y a là-dedans.

Eli pencha la tête et fit la moue d'une façon qui tendit l'entrejambe d'Ash.

— L'anticipation rend tout meilleur, dit-il finalement. En plus, je suis en veine. J'ai gagné le dernier pari, non ?

— Gagner un seul pari ne veut pas dire que tu es en veine, dit Ash en continuant de marcher. C'est à mon tour de gagner.

— Si c'était une partie de poker, tu pourrais avoir une chance. À ce qu'on m'a dit, tu es bon à ce jeu.

— Et si tu gagnes, tu voudras aller fouiller dans mon tiroir tout de suite ? Ou je devrai attendre jusqu'à la fin du semestre ?

— Attendre est une bonne discipline pour l'âme, gloussa Eli en donnant un petit coup de hanche à Ash. Je ne peux pas laisser dire que le corps étudiant a une mauvaise influence sur moi.

— Tu as une très bonne influence sur mon corps d'étudiant.

Un sourire monta aux lèvres d'Ash et il dut résister à l'envie de passer son bras autour des épaules d'Eli et de l'embrasser sur la tempe. Il avait l'impression d'avoir passé sa vie à retenir ce genre d'envie et il en avait assez.

— On dirait que tu es de meilleure humeur, Prof.

Ce serait une bonne idée de lui rappeler ce qu'il risquait si on les surprenait. Ce n'était pas la carrière d'Ash qui était en jeu cette fois.

— C'est vrai. Grâce à toi, et pas seulement à cause des tickets.

Ils tournèrent dans l'allée plongée dans l'ombre derrière l'appartement d'Ash. Son voisin du dessous avait éteint la lumière de sa cuisine et les étoiles étaient cachées par les nuages.

— Au fait, tu ne m'as pas dit ce que tu voulais si par miracle tu gagnais ce pari.

Ash attrapa le bras d'Eli avant qu'il monte les escaliers et le repoussa dans l'ombre du bâtiment.

— Je ne pensais pas avoir un jour un professeur aussi allumeur, dit-il, coinçant Eli contre le mur de briques.

— Moi ? Ce n'est pas moi qui parle de s'enfuir secrètement ensemble pendant un cours. C'était toi, ça, Géorgie.

— Mes intentions étaient pures.

— Menteur.

Eli gloussa, attrapant la ceinture d'Ash pour l'attirer plus près de lui.

— Rester sage est plus difficile que ce que je pensais.

107

— Et tu ne rends pas les choses plus faciles, répondit Ash en enroulant la queue de cheval d'Eli autour de sa main. J'ai eu envie de faire ça pendant tout le dîner.

Ash pensait être préparé au désir qui le prendrait quand il embrasserait Eli, mais il s'était lourdement trompé. Durant ces dernières semaines, il avait imaginé le toucher, le goûter, et maintenant la sensation du corps d'Eli contre le sien et la chaleur de sa bouche impatiente étaient aussi enivrantes que le whisky qu'il savourait sur la langue d'Eli.

Ce dernier émit un petit son de gorge et se serra plus étroitement contre lui. Le membre d'Ash durcit douloureusement et il plaqua Eli contre les briques. Ash avait l'impression d'être à nouveau un adolescent, caché derrière l'école à se bécoter, sachant qu'ils pouvaient être surpris à tout moment.

Il effleura des lèvres la gorge d'Eli et tourna la tête pour frotter sa barbe naissante contre la peau douce du professeur. Les mains d'Eli agrippèrent le tee-shirt d'Ash, son souffle se faisant court, et il écarta les cuisses. Ash retint un juron quand il frotta son sexe contre la hanche d'Eli et que ce dernier fit de même en retour.

Le contrôle leur échappait totalement. Ils devraient arrêter. Son voisin allait allumer la lumière de sa cuisine à un moment ou à un autre, et ça allait ruiner l'ambiance. Il se surprit à écarter un peu plus les jambes d'Eli pour s'installer entre elles.

— Oui, souffla Eli contre son oreille, ondulant des hanches contre celles d'Ash. Juste comme ça. Mon fantasme ressemble exactement à ça, sauf que c'est contre la porte de mon bureau.

Ash ferma les yeux et frissonna quand l'image lui vint à l'esprit. Il mordilla la mâchoire d'Eli, content que l'air de ce début d'octobre soit frais contre sa peau, tant le reste de son corps était bouillant. À chaque fois que le membre d'Eli pulsait, le sien faisait de même. Leurs lèvres se trouvèrent et Ash l'embrassa passionnément, étouffant leurs gémissements.

Une grande partie de ses fantasmes concernait le magnifique bureau de bois verni d'Eli. Il serait encore plus beau avec un professeur nu dessus, ses cheveux détachés s'étalant autour de ses épaules. Attaché. Ouais, Eli, nu, ses mains attachées au-dessus de sa tête. Merde, Ash n'arriverait pas à supporter encore un cours.

Ses mains glissèrent sur les fesses d'Eli, les pétrissant à travers son jean usé. Le tissu était moulant, laissant Ash sentir chaque muscle jouer sous ses mains lorsqu'ils bougeaient. Eli le tira à lui, lui mordillant la mâchoire. Leurs souffles créaient des nuages de vapeur dans l'air froid et nocturne.

— Je vais jouir dans mon pantalon, si tu continues.

Eli ne lui demanda pas de rentrer dans l'appartement et Ash aimait bien trop la clandestinité du moment pour le proposer.

Ash lécha la gorge d'Eli lorsqu'il renversa sa tête en arrière contre le mur.

— Tu veux que j'arrête ? demanda Ash d'une voix rauque.

— Putain, non, chuchota Eli en retour. N'y pense même pas.

Ash frissonna et serra plus étroitement le postérieur d'Eli, le soulevant à moitié, tandis que ses hanches bougeaient de façon erratique. Eli gémit aussi silencieusement que possible contre ses lèvres. La chaleur de son sexe joignit la sienne lorsque leurs membres entrèrent en contact. Ses mains se faufilèrent sous son tee-shirt et Ash tressaillit sous la fraîcheur de ses doigts contre sa peau. Eli rit doucement, le souffle un peu haché.

— Démon, dit Ash, répliquant en suçant puis mordant la peau de sa gorge.

Il verrait sa marque sur Eli la prochaine fois qu'ils seraient en cours et cette pensée l'emplit de l'envie primitive de voir Eli marqué comme sien. Au moins pour quelque temps.

Aucun d'eux ne se faisait d'illusion. Même s'il sentait une connexion spéciale avec Eli, elle ne passerait pas la remise des diplômes. Eli vivait ici et Ash avait prévu de partir. Mais ça ne voulait pas dire qu'ils ne pouvaient pas profiter d'un peu de temps ensemble jusque-là.

Ash restait sur ses gardes pour déceler le moindre signe que quelqu'un approchait, le cœur battant. Leurs hanches bougeaient plus vite et Eli haletait contre sa joue. Son envie de retourner Eli, de baisser son jean sur ses cuisses et de plonger son membre dans cette chaleur accueillante était presque irrésistible. Eli enfonça ses doigts dans ses flancs et Ash l'embrassa à pleine bouche avant qu'Eli puisse crier.

Il fut parcouru d'un frisson et son corps entier se tendit lorsqu'Eli jouit, tremblant dans ses bras. Il rua contre Ash, ses doigts s'enfonçant encore plus dans sa peau. Ash sentit Eli trembler et émettre un petit son désespéré du fond de sa gorge. Ça devait être le bruit le plus excitant qu'il ait jamais entendu, et ce fut bien assez pour qu'il atteigne la jouissance à son tour.

Il rompit le baiser, haletant, des frissons parcourant son échine alors que l'orgasme le traversait encore.

— Bon Dieu, Eli, grogna-t-il doucement contre son oreille.

Il avait juste voulu l'embrasser, pas le baiser contre un mur.

Il sentit le corps d'Eli être agité d'un rire silencieux.

— C'est un Bon Dieu content ou contrarié ?

— Content. Vous me tentez, Professeur Elijah Hollister, répondit-il avant de l'embrasser au coin des lèvres. Je relève le pari. Mais si je gagne, tu devras porter quelque chose qui m'appartient pour le reste du semestre.

Eli redressa la tête pour scruter son visage. Les yeux d'Ash s'étaient assez habitués à la faible lumière pour pouvoir voir la curiosité et la méfiance dans le regard d'Eli.

— Quoi ? Pas un truc aux couleurs d'une équipe adverse, j'espère ?

Ash secoua la tête.

— Non, quelque chose dans l'esprit de notre pari. Quelque chose de mon 'tiroir pervers', comme tu dis. Quelque chose qui devrait te rappeler de bien te comporter, sans quoi il y aura des sanctions.

— Sanctions, hein ? Bien, tu as mon attention pleine et entière. C'est quoi ?

Ash dédia un sourire sournois à Eli pendant qu'il s'écartait de lui.

— Je pense que ce sera plus intéressant si je ne te dis rien. L'anticipation discipline de l'âme, tout ça…

— Ha, retourner mes paroles contre moi.

Eli se redressa, étrécissant les yeux. Un instant, Ash se demanda s'il n'allait pas se raviser et laisser tomber le pari. Mais il aurait dû savoir qu'Eli n'était pas de ceux qui refusaient un défi.

— Dans tous les cas, le tiroir sera ouvert. Tant que tu ne me forces pas à porter des sous-vêtements féminins ou un truc des Yankees, j'accepte.

— Comment peux-tu comparer les deux ?

Eli frissonna, grimaçant en s'écartant du mur. Ash compatit. Il avait la même sensation humide dans son jean. Au moins, son appartement à lui était juste au-dessus.

— Tu as raison. Un vêtement des Yankees serait pire.

LES MAINS de Wayne tremblaient, le forçant à faire reposer l'avion avant qu'il fasse une erreur et abîme le jouet. Il fit courir ses mains le long du grain du bois, cherchant des échardes, pour tenter de se calmer. Pour une fois son passe-temps favori ne le détendait pas du tout.

Il commettait erreur sur erreur. Premièrement, cette fouille trop rapide du bureau d'Eli, où la terreur d'être surpris et la frustration l'avait rendu imprudent. Il avait retourné ce bureau comme s'il avait eu un ours à ses trousses. À chaque fois qu'il repensait au bazar monstrueux qu'il avait laissé derrière lui, il se sentait un peu plus coupable. Il aurait dû faire ça petit à petit, sur plusieurs jours, plutôt que de tout saccager comme un cinglé. L'idée de rentrer à nouveau par effraction dans un bâtiment public le terrifiait.

Et ensuite, histoire d'aggraver les choses, il s'était rendu suspect en essayant d'arranger les choses pour Eli. Il aurait simplement dû partir en le voyant avec Ash. Ce type pouvait voir en lui. Wayne en était sûr

Il laissa tomber pour le moment, rangeant précautionneusement ses outils, et nettoya l'atelier avant de retourner dans la maison. L'infirmière de son père, Mme Parisot, était partie faire des courses, mais avait laissé le dîner au chaud dans le four.

Wayne se lava les mains et rejoignit son père. Il était assis dans sa chaise roulante en face de la télévision, regardant un match de base-ball en jouant avec une enveloppe. Il tourna la tête lorsque Wayne entra dans le salon et glissa l'enveloppe dans la poche de sa robe de chambre. Un côté de son visage semblait tomber vers le bas lorsqu'il était fatigué, et c'était le cas ce soir.

Tout ce que pouvait faire Wayne, c'était ne pas montrer à quel point ça le contrariait. C'était aimable de la part d'Eli de prendre de ses nouvelles, mais pas autant que s'il avait été honnête et qu'il lui avait rendu la carte.

— Hé, papa. Tu as déjà dîné ?

Son père grogna et hocha la tête. Il ne parlait plus beaucoup en fin de journée. Wayne pensait que ça devait l'embarrasser lorsque les mots ne lui venaient pas ou qu'ils se mélangeaient. Wayne voulait juste qu'il n'ait plus besoin de lutter pour tout. Son père désigna la télévision.

— Regarde… avec… m-moi ?

— Pas de soucis. Laisse-moi juste prendre une assiette. Je reviens tout de suite.

Le coin des lèvres de son père se leva en un sourire fatigué. La résolution de Wayne s'affermit en retournant dans la cuisine. Il ne pouvait plus reculer. Puisque fouiller dans les affaires d'Eli ne marchait pas, il allait clairement devoir prendre d'autres mesures.

IX

ELI PLAÇA son téléphone portable dans sa poche et ajusta sa casquette de base-ball avec un grand sourire. C'était une nuit glacée pour un match. Ses fesses seraient engourdies avant la fin de la soirée, ses doigts gourds de froid et, le connaissant, il ne s'en rendrait même pas compte avant le dernier hors-jeu.

Si seulement ce n'était pas une soirée de semaine. Il n'allait pas à Boston très souvent, et cela aurait été agréable que le match tombe un week-end. Il aurait convaincu Ash de rester les deux jours. Même s'il préférait se rendre dans son chalet, il aurait aimé avoir la chance de visiter la ville avec lui.

— C'est quoi ce restaurant ? demanda Eli en rejoignant Ash devant une enseigne au néon qui proclamait 'Grady'. Je crois que je ne suis jamais venu ici.

— Je meurs d'envie de manger de la bonne vieille cuisine du Sud.

Ash lui ouvrir la porte et Eli reçut en pleine figure une vague d'air chaud parfumé d'arômes de maïs, de légumes et de poulet frit. De petites tables étaient entassées à l'intérieur, décorées de nappes à carreaux rouges et blancs, et les murs en briques nues ornées de photos de chanteur de blues.

— Surtout maintenant que le temps se refroidit tellement. Ça ne te dérange pas ?

— Pas du tout. Je n'en ai pas mangé depuis cet été. Ma mère vient du Tennessee et mes cousins savent vraiment comment faire un barbecue.

Ils tirèrent des chaises, et Ash tendit la main pour retirer l'élastique qui maintenait les cheveux d'Eli.

— C'est honteux de continuer à faire ça, déclara-t-il en s'asseyant et en attrapant un des menus plastifiés. J'aime voir tes cheveux détachés.

112

— Tes commentaires sur ma façon de m'habiller et ma coiffure ont plus de poids que ceux de certaines personnes que nous ne nommerons pas ce soir, répondit Eli en riant.

Ash avait piqué une crise lorsqu'il était venu en cours avec un col roulé après leur petit exploit devant son appartement. Et les regards enflammés qu'il n'avait pas arrêté de lui envoyer avaient rendu très difficile de se souvenir qu'il était censé se comporter de manière professionnelle.

— J'aurais encore plus à dire lorsque tu perdras notre pari, répondit Ash avec un rire moqueur. Et pour information, j'ai ma récompense sur moi en ce moment même.

— Vraiment ?

Eli reposa le menu et observa l'homme assis en face de lui. Il ne s'agissait pas de quelque chose de gros, alors. Pas comme un harnais. Eli croyait Ash tout à fait capable de vouloir lui faire porter quelque chose comme ça sous ses vêtements pendant les cours. Il serait vraiment incapable de se concentrer si ça arrivait. Ses pensées n'arrêtaient pas d'alterner entre des choses bon enfant et carrément osées depuis qu'ils avaient fait ce pari. Il n'avait toujours pas la moindre idée de ce que pourrait bien être le gage.

— Eh bien oui. Je voulais être prêt, au cas où, surtout après que tu as triché pour m'empêcher de voir ma marque sur ta gorge, ajouta Ash à mi-voix tandis que la serveuse s'approchait.

Elle déposa un panier de petits rouleaux à la levure et du pain de maïs avec du miel sur la table, et prit leurs commandes. Dès qu'elle fut partie, Eli se pencha vers Ash.

— Menteur. Tu m'as agressé dans mon bureau pour pouvoir y jeter un œil.

— Ce n'est pas comme de pouvoir l'admirer en classe en sachant que c'est moi qui te l'ai faite.

Eli plissa les yeux et retira l'anneau pénien de sa liste mentale. Non, Ash choisirait quelque chose qu'il puisse voir. Sans doute quelque chose de discret. Et mince, maintenant il ne savait vraiment plus ce que cela pourrait être. Enfin, cela ne servait vraiment à rien de ressasser tout ça puisqu'Ash allait perdre.

Encore soixante et un jours avant la fin du semestre. Lorsque tous les examens seraient finis, et toutes les notes rendues, Eli exigerait son gage. Il fallait juste qu'il tienne encore deux mois en étant frustré. Il avait réussi à se contrôler jusqu'à ce qu'Ash le plaque contre ce mur pour le rendre fou. Il n'avait jamais rencontré d'homme capable de le rendre aussi cinglé alors qu'ils n'avaient même pas encore couché ensemble.

— Alors, tu as déjà pensé à retourner dans le Tennessee ? La météo est bien moins vicieuse à cette époque de l'année.

Ash interrompit le cours des pensées d'Eli juste au moment où son sexe commençait à lui faire mal.

— Oh, ce n'est pas si horrible. Nous ne sommes même pas encore en novembre.

Eli utilisa son couteau pour ouvrir un petit pain à la levure fumant et le badigeonner de beurre.

— Ne me rappelle pas que j'en ai encore pour au moins cinq ou six mois avant que l'on mette fin à mon supplice.

Ash avala la moitié de son verre de thé sucré en une gorgée, et soupira de béatitude.

— J'en déduis que cela veut dire plus de randonnée une fois qu'il aura commencé à neiger ?

Eli haussa les sourcils et ajouta d'un ton enjôleur :

— J'ai deux paires de raquettes.

Ash lui jeta un regard éploré.

— Tu es vraiment masochiste. Non, je viendrai. Ça me gardera en forme et comme ça, l'entraînement au froid que l'on a tous les hivers ne sera pas aussi violent pour mon organisme.

Ni un ni l'autre ne dirent ce qu'ils avaient réellement tête : que la randonnée leur donnait juste une excuse supplémentaire pour passer du temps l'un avec l'autre. Si, au début, ils s'étaient contentés de se voir deux fois par semaine en classe, Ash avait accepté de se joindre à lui pour ses randonnées certains week-ends et dîner en sa compagnie au *Dingers* le mercredi soir. Ils y étaient rarement seuls. Ils étaient souvent rejoints par la plupart des autres étudiants du cours, qui avaient étrangement entendu parler de l'endroit et se joignaient à eux pour faire leurs devoirs et discuter.

Heureusement que Britton n'avait jamais entendu parler de ça. Et les gamins étaient un alibi parfait. Eli ne savait pas comment ils faisaient pour n'avoir jamais remarqué la tension sexuelle entre eux. Il avait l'impression de brûler vif à chaque fois qu'il se retrouvait en présence d'Ash et d'être consumé par des pensées le concernant lorsque cela n'était pas le cas.

Et il ne s'agissait pas juste de sexe, même si Eli essayait de se convaincre que c'était juste cela. Il appréciait réellement Ash. Il n'avait pas senti d'attirance comme cela depuis… Eh bien, il valait mieux ne pas s'attarder sur Jeremy. Cela ne servait qu'à le convaincre que sa relation avec Ash était vouée à l'échec, condamnée à prendre fin tout comme les précédentes relations d'Eli : dès qu'il s'attacherait.

— Mais non, déclara Eli, retournant à la question initiale d'Ash. Je ne m'installerai jamais dans le Tennessee. Même si mon cousin Gareth est un de mes meilleurs amis et qu'il adorerait que je vienne. Mon père et moi nous supportons bien mieux lorsqu'il y a plusieurs états entre nous.

— Qu'est-ce qui s'est passé ? Vous ne vous êtes jamais entendus ou cela s'est gâté par la suite ?

— Un peu des deux.

Eli était de bien trop bonne humeur pour laisser les souvenirs gâcher sa soirée.

— On ne s'est jamais compris. J'ai toujours préféré suivre mon propre chemin plutôt que respecter le statu quo. Mon père essayait de compenser en régentant la moindre petite chose et je répondais en me rebellant, pour le principe.

— Je peux imaginer ça très facilement.

Ash recula lorsque la serveuse posa le plat de côtes de porc panées avec des cornilles, du chou cavalier et des macaronis au fromage maison, pas la cochonnerie industrielle. Eli ne put retenir un sourire devant la lueur satisfaite qui s'alluma dans ses yeux.

Ils mangèrent pendant quelques minutes dans un silence confortable. C'était facile de parler à Ash ; Eli ne partageait pas les histoires de son enfance avec n'importe qui.

— Mais tout est vraiment parti en cacahouète l'été de mes quinze ans. Les cours venaient de finir et j'étais fou amoureux d'un type qui était dans la classe au-dessus de la mienne. Il m'apprenait des tonnes de choses rigolotes jusqu'à ce que l'on se fasse surprendre par son père, à peine deux semaines après le début des vacances.

Ash grimaça par sympathie, mais en vérité l'humiliation qu'Eli avait ressentie lors de cet incident ne le hantait plus depuis des années.

— Pas moyen de cacher ce que nous étions en train de faire, ou de prétendre qu'il s'agissait de quelque chose d'autre. Pas avec la position dans laquelle il nous avait surpris : à moitié nu et en train de nous lécher les amygdales.

— Que s'est-il passé après ça ? Est-ce que le père du type a enterré l'affaire ou est-ce qu'il a fait toute une histoire ?

— Oh, ça pour l'enterrer, il l'a enterré. L'homme qui nous a surpris était le commandant de la base de mon père. En réponse, il a fait muter mon père en Alaska.

Eli secoua la tête en se resservant des légumes.

— Ce n'est pas comme si l'Alaska n'avait jamais été évoqué auparavant. Mes parents avaient simplement été bien contents d'obtenir la Géorgie à la place et, selon mon père, j'avais tout gâché. Même m'envoyer comme un paquet chez mes grands-parents n'a pas aidé. Il était toujours aussi furieux quand je suis revenu à la rentrée.

Le cœur d'Eli bâtit plus fort lorsqu'Ash le regarda avec compassion. Bon Dieu, il pouvait vraiment s'imaginer tomber amoureux d'Ash, avec sa beauté naturelle et la poignée de taches de rousseur qui décoraient son nez et ses joues. Ash était vraiment un type bien, une de ces personnes à qui l'on peut faire confiance. Et quelqu'un qui avait été très clair sur le fait qu'il disparaîtrait aussitôt son diplôme en poche. Bon sang, Eli était toujours aussi doué pour les choisir, n'est-ce pas ?

— Parfois j'oublie la chance que j'ai eue.

Le regard d'Ash retomba sur son assiette vide.

— Avec ma famille, en tout cas. Ils n'ont jamais eu le moindre problème avec le fait que je sois gay.

— Tu sais tout de même ce que ça fait, répondit Eli doucement. Je t'ai entendu parler de ce que c'était d'être dans les Marines, et que c'était comme une famille pour toi.

Et si Ash avait laissé échapper qu'il était gay, il se serait fait expulser aussi vite qu'Eli s'était fait jeter hors de chez ses parents. Comme Eli, Ash n'avait que quelques proches avec qui il pouvait vraiment être lui-même. Et cela avait plus de valeur que les mots ne pouvaient exprimer.

— Regarde-nous, à nous apitoyer sur notre sort.

Ash jeta sa serviette sur son assiette vide.

— Il y a du base-ball qui nous attend. Je ne suis pas allé à un match éliminatoire depuis que j'étais au lycée. Allons faire la fête.

— Eh bien, dit comme cela, comment pourrais-je refuser ? Tu as un côté romantique inattendu, se moqua gentiment Eli lorsqu'Ash lui ouvrit la porte en sortant. Tu me surprends avec des billets et en plus tu me tiens la porte.

— Tu ne m'appellerais pas romantique si tu savais ce qu'il y a dans ma poche.

Eli le poussa en riant.

— C'est vrai. Tu es mauvais jusqu'à la moelle, Géorgie.

— J'aurais juste aimé que tu ne te sentes pas obligé de payer pour le second billet.

— J'étais obligé. Officiellement, je suis un employé de l'État, et il y a des lois en ce qui concerne les cadeaux faits par les étudiants. Je me ferais virer en un clin d'œil.

Il était déjà assez dans la mouise comme cela.

— Mais merci. C'est l'intention qui compte.

— Tu sais que tu es vraiment sexy quand tu parles d'éthique ?

Ash fit un grand sourire avant de le reluquer comiquement.

Ils continuèrent à échanger des plaisanteries en descendant Yawkey Way et en prenant leur place dans la file à l'extérieur. Eli enfonça ses mains dans ses poches et se rendit compte qu'il avait du mal à tenir en place jusqu'à ce qu'Ash se penche vers lui en ricanant.

— Tu sais que tu fais ça en classe aussi, parfois, quand tu t'échauffes sur un sujet ?

— Ça quoi ? demanda Eli en penchant la tête avec curiosité.

— Sautiller sur place.

— Ce n'est pas vrai.

Eli en resta bouche bée de surprise, puis plissa les yeux de colère lorsqu'Ash ricana à nouveau.

— Tu mens.

— Ah. Tu ne te souviens pas du jour au Bron et Hannah se sont lancés dans un débat sur les lettres de Benjamin Franklin, et que Nori a oublié sa timidité assez longtemps pour intervenir ? Tu l'as fait à ce moment-là. J'ai cru qu'Isaac et Elsa allaient avoir des crampes à force de se retenir de rire et Whitney te faisait des yeux de merlan frit à cause de ça.

Eli essaya de se rappeler, mais tout ce qui lui revenait était un sentiment d'excitation parce que Nori avait ouvert la bouche sans qu'on la pousse et d'irritation parce que Whitney avait encore été en retard.

— Si tu le dis.

Il haussa les épaules et fit semblant de fusiller Ash du regard.

— Et toi, tu riais aussi ?

— Non, j'étais trop occupé à essayer de contenir les pensées indécentes que j'avais à propos de toi.

Ils tendirent leur billet au contrôle et passèrent les portiques.

— Laisse-moi te dire que c'est le premier cours de lettres où je ne me suis pas endormi une seule fois.

Eli secoua la tête en attirant Ash vers les sièges près de la ligne de première base.

— C'est gentil de flatter mon ego, mais j'aimerais qu'une partie de ton intérêt soit lié au contenu du cours, et pas juste parce que tu sais à quoi je ressemble tout nu.

— Voilà qui est parlé comme un professeur, répondit Ash en posant sa main au creux des reins d'Eli avant de la laisser retomber. Mais j'avoue, en plus de la tension sexuelle, le cours est plutôt cool. Je l'aime bien.

Eli se pencha en avant sur son siège, observant l'activité sur le terrain tandis que les joueurs s'échauffaient avant de jouer.

— Bon sang, je ne sais pas comment je vais pouvoir te remercier un jour d'avoir pensé à moi. Tu as une idée d'à quel point c'est difficile d'obtenir des billets pour les éliminatoires à Fenway ? Quel veinard !

— Qu'est-ce que tu veux ? J'ai une bonne étoile.

Eli sentit son cœur se réchauffer lorsque leurs genoux s'effleurèrent. Cela serait tellement agréable de pouvoir tenir la main d'Ash ou de se coller contre lui comme le faisait le couple juste devant eux. Ne pas pouvoir le faire rendait chaque petit geste plus précieux.

— Tu sais que cela va être un match difficile, déclara Ash tandis que les sièges autour d'eux se remplissaient. Vous en avez gagné un et ils en ont gagné un. Tu es sûr que tu pourras supporter la pression ?

— Ce sont les meilleures parties.

Eli gigota, trop agité pour tomber dans le panneau des taquineries d'Ash. Bien sûr, le commentaire ne fit que rallumer sa curiosité à propos de ce qui se trouvait dans cette fichue poche… Ce qui était probablement l'intention d'Ash depuis le début.

Ils continuèrent à discuter à mesure que le temps s'égrenait et les rapprochait du début de la partie. Ils échangèrent des souvenirs des matchs précédents et des objets qu'ils avaient collectionnés au cours des années.

— Mon père avait une collection de cartes de base-ball quand il était ado. Papy m'en a parlé. J'aurais adoré pouvoir regarder ce qu'il avait.

Dommage que son père ne les ait jamais partagés avec lui. Son père aussi avait aimé le base-ball à une époque, mais avait apparemment perdu cette passion il y a longtemps. Eli n'avait jamais compris comment c'était possible.

— Est-ce que tu as eu d'autres problèmes de cambriolage ? Ou de choses bizarres chez toi ?

Ces mystères non résolus avaient bien empêché Eli de s'endormir quelques nuits d'affilée, tant il se demandait qui cela pouvait bien être. Il se surprenait à verrouiller ses portes avant de quitter la maison, maintenant, chose qu'il n'avait jamais faite auparavant, et il détestait avoir l'impression d'y être obligé. Il haïssait doublement l'idée que quelqu'un qu'il connaissait ou respectait pouvait être derrière tout ça. Particulièrement parce qu'il ne pouvait imaginer une seule raison pour laquelle quelqu'un le prendrait pour cible.

— Rien du tout. Peut-être que cette personne en a conclu que je n'avais rien d'intéressant.

En tout cas, Eli l'espérait. Au moins, qui que ce soit, cette personne avait eu la décence de venir uniquement pendant la journée. Probablement parce qu'elle savait que Jase ferait un raffut de tous les diables si quelqu'un venait fouiner autour de la maison au milieu de la nuit. Cela signifiait aussi qu'il ou elle savait qu'Eli avait un fusil de chasse, même si l'idée de le pointer sur un être humain lui donnait la nausée. Toutes ces pensées le confortaient dans l'idée qu'il s'agissait de quelqu'un qu'il connaissait.

Ash se leva lorsque les joueurs se placèrent sur le terrain.

— Le shérif Cooper a un suspect ?

— Non. Il pense que c'était quelque chose de passager, probablement en étudiant qui voulait faire une blague ou mettre la main sur des notes.

Eli ne croyait pas en cette théorie. Ses élèves étaient tous de bons gamins et il n'y en avait qu'une dont les résultats n'étaient pas très bons ce semestre. Étrangement, il n'imaginait pas Whitney risquer de se casser un ongle sur le cadenas de son trieur.

— Comment va Kurtis ?

Ash inspira brusquement puis secoua la tête.

— Il a hâte d'être à la maison. Ça a été une longue période de service.

Ils retirèrent leurs casquettes lorsque l'hymne national retentit. Cela envoyait toujours des frissons dans le dos d'Eli. Il y avait certaines choses qu'être fils de militaire vous instillait. Il jeta un rapide regard à Ash, qui se tenait droit comme un i, saluant le drapeau. Son visage était impassible, mais Eli ne pouvait pas ne pas voir l'émotion qui se trouvait dans ses yeux. Cela lui fit remonter un autre frisson dans le dos lorsqu'il se demanda à quoi Ash pensait exactement lors de moments comme celui-ci. Qu'est-ce qui le hantait ?

Parce que, malgré toute la fierté qu'il y avait dans le regard d'Ash, Eli y voyait aussi de mauvais souvenirs. Cela lui donnait envie de les effacer. Il se retourna vers le drapeau la gorge serrée tandis que la musique montait crescendo.

— JE CROIS que tu m'as porté la poisse.

Eli jeta un regard dépité à Ash.

— Je ne peux pas croire qu'on ait perdu comme ça.

— Ne dis pas ça. Après, je ne pourrai jamais te convaincre de venir à un autre match avec moi. Je ne pourrai pas concurrencer une superstition de base-ball.

Ash passa son bras autour des épaules d'Eli et serra un instant avant de le relâcher. Il trouvait de plus en plus souvent des excuses pour le toucher. Eli invitait aux caresses depuis le haut de son crâne échevelé jusqu'au bas de son corps long et fin.

— Je ne crois pas que tu auras ce problème, répondit Eli avec un sourire. Même si nous avons perdu, j'ai passé un très bon moment.

Il était tard. À l'exception du flot de fans déçus quittant Fenway Park, les rues étaient vides. S'ils n'avaient pas eu un long chemin à faire pour rentrer, Ash aurait tenté de convaincre Eli de rester quelques heures de plus, peut-être même de trouver un hôtel. Il avait le désir pressant de voir Eli vêtu seulement du petit cadeau qui se trouvait actuellement dans sa poche.

— Tu vas peut-être me détester, mais je ne peux pas dire que je sois triste que les Red Sox aient perdu. Pas ce soir.

— Seulement parce que tu as gagné le pari.

Eli le regarda avec curiosité tandis qu'ils se dirigeaient vers le parking le plus proche, où Eli avait laissé sa jeep.

— Alors, combien de temps je suis supposé porter ce truc ?

— Tous les lundis jusqu'à la fin du semestre. Oh, et puis pendant qu'on y est, les soirs où l'on se voit au *Dingers* et les jours où on va faire de la randonnée ?

— À chaque fois que je te vois, quoi. Et c'est censé me rappeler de bien me tenir ?

La foule autour d'eux s'amoindrissait au fur et à mesure que les gens trouvaient leur voiture et démarraient. Le trafic s'était ralenti, car toutes les voitures cherchaient la sortie.

— Tu ne crois pas que tu devrais le porter toi-même, dans ce cas ? Après tout, c'est toi qui m'as plaqué au mur devant ton appartement et…

— C'était après que tu m'as adressé des regards torrides et dit que tu aimais baiser quand tu étais de cette humeur-là. Ma volonté reste limitée. Mon sang-froid n'est pas infini et tu l'as plus ou moins réduit à néant avec cette phrase. J'étais prêt à te traîner par les cheveux hors du bar.

Et cela venait de graver au fer rouge dans sa tête une image dont Ash n'avait pas besoin. Cette attente, cette lente anticipation, était en train de ruiner sa patience. Et tant pis s'ils n'allaient déjà avoir que quelques heures de sommeil le temps de revenir à Amwich. Ash savait que cela serait très difficile de ne pas marquer son territoire sur Eli lorsqu'il lui aurait donné son cadeau.

Ash se frotta le bras. Ses cicatrices semblaient toujours être plus douloureuses quand le temps était extrêmement froid ou chaud. Eli déverrouilla sa jeep et fit signe à Ash de passer de l'autre côté.

— Allez, monte. On peut attendre un peu que ce bazar passe, et après je te conduirai à ton van.

Ash n'allait pas refuser l'opportunité de se réchauffer un peu en compagnie d'Eli. Quoi qu'il arrive, il allait devoir attendre, alors autant attendre avec lui. Ash se glissa à l'intérieur et tendit les mains devant la ventilation lorsqu'Eli alluma le moteur et augmenta le chauffage.

— Je n'avais pas réalisé que j'étais aussi engourdi. Le match était vraiment serré jusqu'au tout dernier hors-jeu.

— Ne m'en parle pas. La prochaine fois que je dirai que j'aime les matchs un peu tendus, rappelle-moi ce soir. Je crois que ma pression artérielle a atteint des sommets dangereux.

Eli se tourna et prit une main d'Ash dans les siennes, la frottant jusqu'à ce qu'elle soit réchauffée avant de passer à l'autre.

— Tu n'as pas à faire ça.

Eli sourit, frottant toujours de ses longs doigts

— Je suis plus habitué au froid que toi et ça ne me gêne pas.

Ash savait qu'il pouvait sentir les cicatrices qui se terminaient au niveau de son poignet, mais Eli ne fit aucun commentaire. Il n'essayait jamais d'en faire tout un plat comme certaines personnes, ou de le dorloter tout le temps comme s'il était un héros de guerre, ce qui n'était pas le cas. Il préférait ne pas y penser, et Eli avait respecté cela dès la première nuit. Il n'avait pas non plus posé tout un tas de questions stupides ou indélicates sur ce que cela faisait d'être au front, de se faire tirer dessus, ou s'il avait déjà tué quelqu'un.

C'étaient des questions comme cela qui avaient dégoûté Ash des relations pendant un moment, mais Eli n'était pas comme ça. Cela l'avait surpris plus tôt dans la soirée qu'il accepte de parler de son père. Ce n'était pas quelque chose à propos de quoi il avait prévu de pousser Eli, pas avec la blessure sous-jacente et persistante qu'il avait sentie en lui.

Cela lui donnait envie d'offrir à Eli quelque chose de tout aussi personnel en échange.

— Je crois que je t'ai perdu, déclara Eli avec un petit rire en relâchant la main d'Ash. Tu étais parti où ?

— Je pensais à toi.

Eli pencha la tête, regardant Ash dans la lumière, et le sourire moqueur qui ornait ses lèvres s'effaça. Son expression se fit plus sérieuse.

— À propos de quoi ?

—Je me disais simplement que tu n'exiges jamais plus que ce que je veux donner.

Eli haussa les épaules et rabattit sa mèche en arrière avec ses doigts.

— Je pourrais dire la même chose de toi avec moi.

Ash hésita, cherchant ses mots, mais ils sonnaient tous maladroits.

— Je suis désolé que tu aies dû encaisser tout cela avec ton père. J'ai eu de la chance, mes parents s'inquiétaient de me savoir gay, mais ils n'ont pas essayé de me faire culpabiliser pour que je change.

— C'était difficile, je ne vais pas te mentir, mais mes grands-parents et Lu ont plus que compensé pour mes parents.

Ash prit la main d'Eli dans la sienne à nouveau, entremêlant leurs doigts.

— Et je dois donner un peu de crédit à mon père. Il a essayé de renouer le contact quand j'ai quitté la maison pour aller à l'université. Nous avons une trêve provisoire. Et c'est déjà mieux que ce qu'ont beaucoup de gens.

C'était vrai, mais cela ne suffisait pas à effacer la douleur, Ash le savait. Eli ne semblait pas du genre à se laisser aigrir, cependant. Il vivait dans l'instant bien plus que dans le passé. Et à ce moment précis, Ash n'était pas non plus d'humeur à se complaire dans son malheur. Il ne voulait pas parler de ruses et de bombes, ou de la terreur qui s'était emparée de lui juste avant que la douleur se fasse ressentir, pas plus qu'Eli ne voulait parler de ses parents qui l'avaient laissé tomber alors qu'ils auraient dû le protéger.

Les voitures commencèrent à se disperser, alors Ash glissa la main dans sa poche pour en ressortir deux bracelets en cuir flexible avec une boucle d'un côté et un anneau en D de l'autre. Il en fit tourner un autour de son index et soutint le regard amusé d'Eli.

— Mon ami, il est l'heure de tenir votre engagement.

— Tu réalises qu'on parle déjà assez de moi sur le campus sans que j'aie besoin de porter ça.

— Quiconque reconnaît ce genre de choses n'en aura rien à faire de ce que tu fais pendant ton temps libre, et Britton ne saurait pas ce que c'est même si on lui faisait un dessin, répondit Ash.

Eli rit et tendit un poignet fin.

— Tu n'as pas tort, et si on lui faisait une démonstration il s'enfuirait en hurlant. Tu avais juste envie de trouver un moyen de marquer 'Propriété d'Ashley Brandon Gallagher' sur moi. Et je crois que tu as réussi.

— Eh bien, pas complètement, mais c'est un début.

Ash attacha le premier bracelet autour du poignet d'Eli, le serrant assez pour qu'il ne puisse pas tomber, mais pas assez pour causer des frottements. Cela lui faisait ressentir des choses étranges de le voir là, et il se demanda à quoi il jouait exactement. Il n'était plus très sûr qu'il s'agisse uniquement d'attendre pour pouvoir se sauter dessus.

Eli examina son poignet pendant qu'Ash attachait le deuxième bracelet.

— Et tu as prévu de faire quoi exactement si je ne me tiens pas bien ? Je me trompe peut-être, mais m'attacher ce n'est pas vraiment bien te tenir non plus.

— Touché.

Ash passa un doigt dans les deux anneaux, maintenant les poignets d'Eli ensemble.

— Qu'est-ce que l'on va faire de ce qu'il y a entre nous, Elijah ?

— Eh bien, si cela n'a pas disparu jusqu'à maintenant, aucune raison que ça change même si on attend jusqu'à la fin du semestre.

Eli se passa la langue sur les lèvres et se pencha lentement en avant. L'air à l'intérieur de la jeep sembla se réchauffer brusquement.

— Honnêtement, après la semaine dernière, je n'ai plus très envie d'attendre.

Ash glissa son autre main sous la masse des cheveux d'Eli.

— T'embrasser serait une très mauvaise idée.

— Ne laisse pas ça t'arrêter.

Un sourire malicieux passa rapidement sur les lèvres d'Eli, avant qu'il prenne les choses en main et parcoure les quelques centimètres qui les séparaient pour embrasser Ash.

Celui-ci s'étrangla à moitié, avant de grogner profondément et de resserrer sa prise sur les cheveux d'Eli. Le baiser était lent et lui fit tourner la tête, non moins intense que lorsque le corps d'Eli était piégé entre Ash et le mur. Ash libéra les poignets d'Eli et se contorsionna dans son siège pour se rapprocher, pestant intérieurement contre le levier de vitesse entre eux.

La lumière agressive de phares les sépara et Eli se détourna avec un rire tremblant.

— Allez, je vais te reconduire à ton van.

Ash se tortilla sur son siège, tentant d'apaiser la douleur cuisante entre ses jambes sans grand succès. Il y avait une note étrange dans la voix d'Eli, un peu comme s'il essayait de prendre de la distance, mais cela n'avait pas de sens. Ash se laissait simplement influencer par sa frustration, parce qu'il n'y avait aucune raison qu'Eli cherche à prendre ses distances maintenant, pas après avoir initié un baiser comme celui-là.

Le coin du parking où il s'était garé était envahi d'ombres et Dieu sait qu'Ash était tenté.

— Est-ce qu'il y a la moindre chance que je puisse t'attirer jusqu'à mon pick-up ?

Son pick-up, avec son large siège à l'arrière, assez grand pour allonger Eli. Il sourit et jeta un œil à l'autre homme pour voir comment celui-ci réagirait à la suite de ces paroles.

— Je pensais t'attacher à la poignée pour te faire une gâterie.

— Mon Dieu, Ash, cette image va me garder éveillé toute la nuit, répondit Eli avec un grognement.

— C'était l'idée. J'aime savoir que j'occupe tes pensées.

Une voiture de police passa tout près, ralentissant assez pour pouvoir les observer, et Eli soupira.

— Ils vont patrouiller jusqu'à ce que la majorité de la foule soit dispersée. Il va y avoir beaucoup de personnes en colère dans les rues cette nuit.

— C'est bon.

Ash avait passé bien trop longtemps à cacher qui il était vraiment et, parfois, il s'était senti prêt à exploser sous la pression, mais il serait vraiment stupide de tout jeter aux orties maintenant alors qu'il allait choisir de ne pas se réengager cet été et qu'il serait réformé avec sa réputation intacte.

Ils avaient déjà joué avec le feu une fois et réussi à ne pas se faire prendre. Au moins, cela s'était passé à Amwich, où ils n'auraient sans doute pas été arrêtés, même si Eli n'avait pas besoin de ce genre de notoriété.

Ash se pencha pour prendre les lèvres d'Eli dans un baiser affamé.

— On se voit cet après-midi, Prof.

X

IL Y avait quelque chose de bizarre chez Eli. Au début, Ash pensait que c'était peut-être parce qu'ils étaient fatigués tous les deux. Ils avaient eu une journée chargée la veille et Ash ne voulait même pas se rappeler à quelle heure il était finalement rentré chez lui la nuit dernière. Mais ça n'expliquait pas la froideur d'Eli aujourd'hui.

De temps à autre, Eli tirait sur un des bracelets en cuir, jouant avec l'anneau, et cela rendait Ash fou de désir à chaque fois. Puis Eli semblait se rendre compte ce qu'il faisait et tirait sur ses manches pour cacher les bracelets.

Ash ne savait pas quoi en penser. Mais il adorait vraiment voir les bracelets sur lui. Il était trop fatigué pour se concentrer sur autre chose, de toute façon. Au moins, ça allait être un cours rapide. Ils revoyaient juste les sujets qu'ils avaient choisis pour leur devoir de fin d'année. Il était d'ailleurs plutôt fier du sien. Il y avait réfléchi un bon moment et avait choisi un sujet qui lui convenait particulièrement, comme Eli l'avait suggéré. C'était une première pour lui pour un cours de lettres.

— Alors, Ash, quel jour veux-tu qu'on se voie pour qu'on discute du plan de ton devoir ?

Le regard d'Eli quitta son agenda posé sur ses genoux et le feu dans la cheminée se refléta sur la monture de ses lunettes. Il avait l'air si sérieux qu'Ash avait envie de sourire.

— Vous êtes libre la dernière heure ce jeudi ?

Eli baissa à nouveau les yeux sur son agenda puis lui lança un regard méfiant. Ash ne savait pas s'il allait esquiver ou pas. Qu'est-ce qui avait bien pu se passer ? Il n'y avait pas encore eu un seul regard malicieux de sa part. Eli leva enfin les yeux sur lui.

— À vrai dire, je le suis.

— Alors disons jeudi.

Ash prévoyait d'user de tous ses charmes pour convaincre Eli de le rejoindre ce week-end pour passer du temps ensemble. Ils pourraient faire ce qu'Eli voudrait, il s'en fichait un peu. Eli avait un chalet à l'extérieur de la ville, où il allait de temps en temps. Cela pourrait être l'endroit parfait pour se planquer juste tous les deux.

— Assure-toi d'avoir ton plan avec toi, dit Eli de façon absente en notant le rendez-vous.

Il avait des cernes sous les yeux à cause de sa courte nuit et Ash fut saisi d'une envie soudaine de le prendre dans ses bras et de l'embrasser pour chasser ces cercles sombres. Cet homme le rendait niais. C'était la première fois qu'un de ses fantasmes impliquait un câlin.

— Pas de problème, Prof, répondit-il d'une voix traînante, s'attirant un nouveau regard.

Cette fois-ci, ses yeux bleus-gris étaient légèrement réchauffés. Était-ce honteux d'utiliser son accent de la sorte alors qu'il savait ce que ça provoquait chez Eli ? Peut-être. Il s'en fichait un peu. Eli rangea son agenda dans sa sacoche trop remplie et se laissa aller dans les coussins de sa chaise. C'était un endroit confortable pour un jour aussi froid et honnêtement, Ash aurait pu regarder l'autre homme baigné par la lueur du feu pendant des heures. Eli fit tourner son crayon entre ses doigts et croisa le regard d'Ash.

— Bien, tu es le dernier, et ensuite nous pourrons tous sortir d'ici un peu plus tôt. Tu as déjà une idée de sujet pour ton devoir ?

Cette fois, Ash sourit franchement, parce qu'Eli avait essayé plusieurs fois de lui tirer les vers du nez, sans succès.

— J'ai quelques idées.

— Oh, tu devrais le faire sur Oscar Wilde et son amant, s'exclama Kerry. C'était tellement tragique !

Ash lui sourit. Elle était romantique à l'extrême. Si quelqu'un devait être de leur côté en cas de scandale, ce serait elle... et Nori.

— Ça aurait été drôle, mais ça aurait été de la triche, à mon avis. J'ai abordé la plupart des points importants pendant mon exposé, et l'histoire ne s'arrange pas, ensuite. En fait, je me demandais si je pouvais écrire un article sur un sujet plus large. On dirait que tout le monde a choisi des échanges épistolaires entre deux personnes, sauf moi.

— Ça ne devrait pas être un problème. Isaac fait le sien sur les lettres de Ronald Reagan et elles ne sont pas adressées à quelqu'un en particulier.

127

Eli coinça un pied sous sa cuisse, le regard curieux. Ash aimait la façon dont il faisait ça, la manière dont il donnait l'impression à tous les étudiants d'avoir son attention pleine et entière quand ils parlaient, sans les juger, comme si il était sincèrement intéressé par leur opinion.

— Qu'est-ce que tu as en tête ?

— Je voulais écrire un article sur le *Victory mail* pendant la Seconde Guerre mondiale.

Les sourcils d'Eli se froncèrent et il tapota sa mâchoire avec son stylo.

— C'est quelque chose dont je n'ai jamais entendu parler.

— C'était assez génial. Les Anglais l'ont développé pour gagner de la place pour expédier du matériel, tout en permettant quand même aux soldats de recevoir des lettres de leur famille.

Ash se pencha en avant, les coudes sur ses genoux, et se prit au jeu à propos de son sujet.

— En gros, ils prenaient des lettres d'une page de long, les réduisaient à l'état de microfilms et les envoyaient sous cette forme, plutôt que d'envoyer des sacs et des sacs de lettres papier. Ensuite, quand ça arrivait dans les postes, les films étaient reconvertis en lettres et elles étaient distribuées.

— On dirait que tu as choisi un sujet parfait, en lien avec la raison pour laquelle tu as choisi ce cours.

Eli lui offrit son premier vrai sourire de la journée et Ash sentit une vague de chaleur le parcourir. Bon Dieu. Il était vraiment en train de devenir niais. À ce rythme, il allait bientôt ressembler à Kerry, à soupirer au moindre truc mièvre.

Ash attendit pendant qu'Eli saluait le reste des élèves. Il essayait de ne pas traîner trop souvent. Et bon sang, toute cette crainte que les gens parlent commençait à lui peser, mais il voulait savoir ce qui ennuyait Eli.

— Je peux te raccompagner à ton bureau ? demanda Ash sans réfléchir et fut surpris qu'Eli marque une pause.

— Bien sûr, répondit-il en attrapant sa sacoche et en détournant la tête pour cacher son visage.

Ash resta silencieux jusqu'à ce qu'ils soient dehors. Le soleil éclatant n'arrangeait rien au froid mordant. Eli leva les yeux vers le soleil.

— On dirait qu'il va neiger ce soir.

— Oh, bien. Si je me gèle, autant que j'ai une raison de m'en réjouir. Les premières neiges, c'est magique pour un gamin de Savannah.

Ash attendit qu'ils aient atteint un des nombreux bosquets qui parsemaient le campus, avant d'attraper un coude d'Eli pour le forcer à s'arrêter. Ils étaient sur le pont qui enjambait le ruisseau près duquel ils avaient pris l'habitude de s'asseoir pour les cours en extérieur. Ils pourraient entendre les gens arriver avant qu'ils soient trop près.

— Tout va bien ?

— Ouais, j'ai juste plein de trucs en tête et pas assez dormi.

Eli appuya son bassin contre la barrière du pont et regarda le cours d'eau en contrebas.

— Je suis surpris que tu sois aussi en forme.

— Je suis habitué à peu dormir.

Un éclat de lumière étincela depuis les arbres, l'aveuglant. Ash hésita, ne sachant pas s'il devait continuer à questionner Eli sur son attitude ou pas, lorsque l'éclat réapparut.

Un poing de glace se referma sur son estomac et Ash plissa les paupières, tentant de voir d'où venait la lumière. Il avait vu ce genre d'éclat bien trop souvent pendant ses périodes de services : c'était le reflet du soleil sur des jumelles. Sur le front, il aurait pensé à une embuscade et il n'était pas sûr que ce soit vraiment différent ici.

Est-ce que quelqu'un cherchait à blesser Eli, à trouver des infos sur lui ? Ou est-ce qu'on ne faisait que le surveiller ? Ash n'aimait aucune des solutions. Il choisit rapidement quoi faire et ce fut le soleil éclatant et le milieu de journée qui le décidèrent. Eli devrait être à l'abri dans son bureau et Ash voulait découvrir qui était derrière ces jumelles.

— On se parle plus tard, Prof, dit-il en donnant une tape amicale sur le bras d'Eli.

Celui-ci lui jeta un regard étonné, suivi rapidement par ce qu'Ash aurait juré être du soulagement. Il repoussa l'agacement et la pointe de douleur que ça lui provoquait. C'était un mystère de plus, qu'il résoudrait lorsqu'il en aurait fini avec sa chasse à l'homme.

ELI SENTIT ses entrailles se nouer tandis qu'il regardait Ash quitter le chemin et disparaître entre les arbres. Il retombait dans le même piège : s'éprendre sérieusement d'un homme qui ne resterait pas. Ash serait le quatrième pour qui il le ferait et Eli n'était pas sûr de vouloir revivre ça, peu importe à quel point le sexe serait génial ou sa compagnie agréable.

Il ne pensait pas non plus que tenir Ash à distance était la meilleure des solutions. Il avait l'impression qu'Ash était aussi tenace que Jase quand il voulait vraiment quelque chose. Il n'arriverait pas à lui échapper.

Marcher jusqu'à son bureau l'apaisa un peu, et il avait hâte de se noyer dans la correction de copies et arrêter de penser à Ash pour un petit moment. Il n'obtiendrait aucune réponse en se repassant la même chose en boucle. La paix qu'il recherchait vola en éclat au moment où il prit un virage dans le couloir et vit Whitney Grenier en train d'attendre devant sa porte.

Eli retint un soupir et se demanda quelle histoire larmoyante elle allait lui servir pour justifier son absence d'aujourd'hui. Peut-être que s'il faisait demi-tour et qu'il descendait les escaliers sans bruit, elle ne le remarquerait pas.

— Professeur Hollister !

Eli grogna intérieurement lorsqu'un sourire se dessina lentement sur le visage de Whitney.

— Je suis si heureuse que vous soyez là. Je sais que ce ne sont pas les heures habituelles pour venir dans votre bureau, mais j'aimerais discuter avec vous.

— Bien sûr.

Eli fouilla dans sa poche pour en sortir ses clés et ouvrit la porte devant elle. Il pourrait aussi en profiter pour mettre les choses au clair avec elle. Ils étaient pratiquement au milieu du semestre et si elle ne changeait pas d'attitude, elle allait rater son année.

— Pourquoi avez-vous manqué le cours, aujourd'hui ?

Il fut distrait par une enveloppe blanche posée sur sa chaise, l'empêchant d'entendre le bruit du verrou que l'on tire. Il ramassa l'enveloppe et la retourna, découvrant son nom écrit devant.

— En fait, je suis venue parler d'autre chose.

Eli pinça les lèvres à cette réponse et leva les yeux de l'enveloppe qu'il ouvrait.

— Asseyez-vous.

Il désigna la chaise d'un doigt.

— C'est de ça que nous allons parler et ensuite, s'il y a quelque chose d'autre dont vous voulez m'entretenir, nous en parlerons aussi.

Whitney déglutit et se laissa tomber sur la chaise. Son manteau remonta, révélant une quantité surprenante de cuisses. C'était un miracle que cette fille n'ait pas eu d'engelures cet hiver en se baladant comme ça.

— S'il vous plaît Dr Hollister, je ne veux pas être recalée.

Elle joua nerveusement avec le premier bouton de son manteau. Elle inspira profondément et sembla rassembler son courage. Eli eut un mauvais pressentiment quand elle le regarda à travers ses cils.

— Je ferais n'importe quoi, dit-elle dans un souffle.

— N'importe quoi ?

Eli se laissa aller contre son dossier et croisa les bras.

Un petit sourire ourla les lèvres de Whitney et elle se leva pour se diriger lentement vers lui. Elle s'arrêta en face de lui, bien trop près à son goût. Ça ressemblait à plus qu'une violation de son espace personnel.

— N'importe quoi, c'est juré.

Elle releva les yeux vers lui et caressa son bras d'une main.

— D'accord, j'ai une idée.

Eli attrapa sa main et lui lança un regard dur.

— Pourquoi n'essayeriez-vous pas de venir en cours, à l'heure, prête à débattre avec les autres ?

Les yeux de Whitney s'écarquillèrent d'incrédulité lorsqu'Eli continua.

— Je ne joue pas, et je donne à tout le monde les notes qu'ils méritent. Alors à moins que vous ne vous y mettiez sérieusement, que vous assistiez au reste des cours, que votre composition et que votre examen final soient excellents, vous serez recalée.

— Mais…

— Il n'y a pas de *mais*. Il n'y a pas de discussion. Vous êtes brillante, Whitney, même si vous n'êtes pas très observatrice. L'allure, le charme et les vêtements trop courts vous serviront un temps seulement. Vous pouvez faire mieux que ça.

Whitney recula d'un pas, l'air confus.

— Je ne comprends pas.

Eli soupira et jeta la lettre sur sa chaise plutôt que sur le souk de son bureau.

— Je pensais avoir été assez clair. Je ne sais pas comment le dire autrement.

— J'ai vu la façon dont vous me regardez. Vous regardez toujours mes jambes.

Eli aurait dû la virer de son bureau. Elle avait cette idée en tête et elle ne semblait même pas envisager de faire son boulot. Mais s'il faisait ça, elle ne

131

reviendrait sans doute plus jamais en cours et échouerait à coup sûr. Bon sang, il avait besoin d'un verre et de s'esquiver pour son chalet.

Eli essaya de trouver une façon polie d'exprimer les remarques acerbes qui lui brûlaient la langue. Il se retourna pour la voir se débarrasser de son manteau. La jeune fille se tenait là, sans aucune honte, vêtue uniquement d'un bout de tissu bleu pâle et froufroutant qui atteignait à peine le haut de ses cuisses.

Eli resta choqué un instant, avant de paniquer.

— Qu'est-ce qui vous passe par la tête ?!

La seule chose qui pourrait aggraver la situation ce serait que Britton décide de venir lui bramer dessus. Il avait toujours le chic pour arriver au pire moment. Il allait choisir ce moment précis pour venir le harceler. Et Eli n'aurait aucune explication valable.

— J'ai vu la façon dont tu me regardes pendant les cours, et je voulais te dire que je ressens la même chose, Elijah.

Il recula d'un pas, surpris, et buta contre son bureau. Whitney combla la distance entre eux et se pendit à son cou. Comment arrivait-elle à bouger aussi rapidement avec ses talons ? Ce n'était pas naturel. Bordel de merde il y avait des trucs ballottant pressés contre lui. Oh, l'ironie…

Eli détacha les bras de Whitney de son cou en essayant de remettre de l'ordre dans ses pensées. Parce que se répéter mentalement 'nom de Dieu' en boucle n'allait pas arranger la situation.

— Whitney, je crois qu'il y a un malentendu.

Il la repoussa et fit quelques pas en arrière avant de se forcer à s'immobiliser. Il n'allait pas commencer à faire la course avec l'étudiante autour de son bureau.

Elle se pencha au-dessus du bureau, s'appuyant sur ses mains, et sa poitrine menaça de déborder de sa nuisette. Eli détourna le regard et serra les mâchoires si fort que ses tempes commencèrent à pulser.

— C'est bon, personne n'en saura rien. Ce sera notre petit secret…

— Vous êtes complètement à côté de la plaque.

Eli attrapa Whitney par les épaules lorsqu'elle s'avança à nouveau vers lui, et la fixa du regard. Les yeux de Whitney s'écarquillèrent lorsqu'Eli la repoussa et la rassit sans ménagement sur sa chaise.

— Jeune fille, vous et moi devons avoir une sérieuse discussion.

— Eli…

— C'est professeur Hollister pour vous, pas Eli.

Il récupéra le manteau de l'étudiante et lui tendit, détournant le regard.

— Remettez ça.

Il contourna son bureau et lorsqu'il regarda Whitney, elle avait encore son manteau entre les mains. Elle avait l'air ébahie et confuse.

— Ce n'était pas une suggestion, mademoiselle Grenier.

Eli la fusilla du regard.

— Ayez la décence de vous couvrir, tout de suite.

Whitney rougit brusquement et enfila son manteau. Elle se tenait sur sa chaise, mal à l'aise et serrait ses bras autour de son torse. Si Eli n'avait pas été pas aussi furieux, il aurait eu pitié d'elle. Il était clair que ce n'était pas la réaction qu'elle avait attendue et elle semblait humiliée. Enfin, elle l'avait cherché, pas lui, et elle avait au passage risqué la carrière d'Eli, tout cela pour le manipuler au lieu de simplement faire son travail. Elle ne devait son embarras et son humiliation qu'à elle-même.

— Merci, dit Eli d'une voix un peu plus douce. Comme j'essayais de vous le dire, il y a eu méprise. Je ne…

Bon sang, il ne pouvait pas dire avec honnêteté qu'il ne sortait pas avec des étudiants, qu'il couche avec ou non.

— Je n'ai pas de sentiments pour vous, contrairement à ce que vous semblez penser. J'ai déjà quelqu'un.

Whitney en resta bouche bée et rougit à nouveau. Elle se leva, serrant son manteau contre elle.

— Excusez-moi.

— Rasseyez-vous tout de suite, jeune fille.

Eli désigna la chaise du doigt, autoritaire.

— Je n'ai pas terminé.

Whitney se rassit, les larmes aux yeux, et Eli pria pour qu'elle ne se mette pas à pleurer.

— Mais je vous ai vu me regarder…

— Je crois que vous avez vu ce que vous vouliez voir, ou ce que d'autres professeurs vous ont accordé. Je ne sais pas exactement, mais ça ne vient pas de moi.

Eli commença à entasser son travail pour le week-end dans sa sacoche. Il avait hâte de quitter le campus et de retrouver un peu d'équilibre dans sa vie. D'abord, Ash et tous ces sentiments qu'Eli devait accepter, qui devenaient trop forts, trop rapidement. Et maintenant, cette idiotie de la part de Whitney…

— Je suis surpris que vous n'ayez pas entendu les bruits qui courent sur le campus, mais je suis gay.

— … Non.

Les yeux de Whitney s'écarquillèrent sous le choc.

— Eh si. Vous êtes prête à revenir en classe et à travailler pour de bon, maintenant ?

— Vous voulez bien de moi en cours ? demanda Whitney en séchant ses larmes.

— Je veux que vous réussissiez de la bonne manière, soupira Eli, et il lui désigna la porte. Rentrez chez vous, rhabillez-vous. On se voit lundi après-midi.

Whitney se leva et se dirigea vers la porte avant de marquer une pause et de se retourner vers lui, incertaine. Eli récupéra ses affaires avant d'ouvrir la porte, lui jetant un regard sans équivoque.

— Bonne journée, mademoiselle Grenier.

Eli la laissa au milieu du couloir et sortit. Le lendemain était censé être son jour de recherche, mais tout ce qu'il voulait c'était quitter la ville quelques jours pour réfléchir. Il allait laisser un message à Lu, récupérer Jase et il pourrait atteindre le chalet avant la nuit.

Une fois sa décision prise, il se sentit plus léger. Maintenant, s'il pouvait en prendre une aussi à propos d'Ash…

ASH FRAPPA à la porte du bureau d'Eli et, lorsqu'il n'eut pas de réponse, essaya d'actionner la poignée. La pièce n'était pas fermée et était vide, donc Eli allait sans doute revenir bientôt. Ash se dit qu'il allait s'asseoir et l'attendre ici. Ce n'est que lorsqu'il entra qu'il se rendit compte que la sacoche et le manteau d'Eli n'étaient plus là.

La question était donc : est-ce qu'il avait laissé sa porte ouverte ou est-ce que quelqu'un d'autre était passé par là après pour le cambrioler une nouvelle fois ? Après avoir passé une heure à parcourir les bois, cherchant la personne qui les avait observés, la paranoïa d'Ash était à son paroxysme. Il n'avait pas été capable de trouver l'individu, mais il l'avait absolument entendu fuir.

Ash examina la serrure en fronçant les sourcils. Elle ne semblait pas avoir été forcée et Eli avait mentionné que les verrous avaient été changés. Peut-être qu'Eli était parti sans avoir pensé à fermer. Qu'est-ce qu'Ash allait bien pouvoir faire de lui ? Un regard lui suffit pour voir que les livres si chers au cœur d'Eli étaient toujours sur leur étagère. Comment pouvait-il être si étourdi ?

— Bon sang Eli, tu as besoin d'un baby-sitter, murmura Ash.

Il allait devoir trouver un moyen de convaincre Eli de renoncer à ses randonnées journalières. Peu importe la météo, Eli était dehors avec Jase. N'importe qui le connaissant un peu pouvait lui tendre une embuscade. Une embuscade. Merde, il avait l'air complètement paranoïaque.

Ash était sur le point de partir, quand il remarqua une enveloppe froissée sur le sol. Il la ramassa, remarquant le nom d'Eli écrit sur le papier. Quelqu'un avait commencé à l'ouvrir. Ash hésita une seconde. Eli aurait raison de s'énerver contre lui s'il y jetait un œil, et ce n'était sûrement rien. Mais l'instinct d'Ash lui avait murmuré toute la journée que quelque chose ne tournait pas rond. Il prit prudemment l'enveloppe par ses bords et utilisa le coupe-papier d'Eli pour l'ouvrir.

Juste un coup d'œil, puis il avouerait tout à Eli et ils riraient ensemble de sa paranoïa. Si Eli ne lui hurlait pas dessus.

Il sortit la petite note de l'enveloppe et un poing de glace se referma sur ses entrailles.

Un vrai professeur ne couche pas avec ses élèves... J'ai des preuves. Si tu ne veux pas que quelqu'un d'autre sache, rassemble 15 000 dollars. Je te contacterai plus tard pour te dire quand et où les laisser.

— Putain de merde.

Ash remit la note dans l'enveloppe lorsqu'il entendit quelqu'un à la porte. Il la fourra dans son sac et se retourna quand Britton entra dans le bureau.

L'homme cligna des yeux, surpris, avant de froncer ses épais sourcils, l'air contrarié.

— Qui êtes-vous ?

— Je suis un des étudiants du Dr Hollister. Je l'attendais, dit doucement Ash.

Britton péterait une durite s'il savait qu'Eli avait laissé son bureau ouvert. Ash était tenté de lui passer un savon aussi.

— Eh bien, sortez et attendez dans le couloir. Vous n'avez rien à faire ici sans lui.

Le vieil homme tourna les talons, grommelant.

— Et si vous le voyez, dites-lui que je l'attends dans mon bureau avant ce soir.

Ash se mordit la langue et attendit une minute que le vieux con s'en aille.

— Connard, chuchota-t-il.

Au moins, il avait fini les cours pour aujourd'hui. Il devrait pouvoir mettre la main sur Eli à son retour de randonnée. Ils devaient parler de choses sérieuses.

XI

LE PICK-UP d'Ash avançait plus lentement que ce qu'il aurait voulu. Le trajet s'éternisait et allait bientôt venir à bout de sa patience, mais il avait déjà fait peur à plus d'une bestiole sur le chemin et Lu avait appelé cette partie de la route 'l'allée des élans'. La dernière chose dont il avait besoin, c'était bien de rentrer dans une bête de cette taille. Il avait l'impression d'avoir quitté les dernières traces de civilisation presque une demi-heure auparavant, et il n'avait toujours pas vu le tournant.

Ses doigts se crispèrent sur le volant. Lu lui avait assuré qu'Eli était au chalet, mais il n'y avait pas moyen de vérifier sans y aller lui-même. Elle ne plaisantait pas lorsqu'elle avait dit qu'il n'y avait pas de réception pour les téléphones portables, et pas de ligne fixe non plus. Elle n'avait pas eu l'air inquiète car Eli disparaissait souvent pour plusieurs jours.

Ash n'avait pas voulu lui faire peur. Si Eli n'avait pas jugé bon de lui parler des cambriolages, de la personne qui le suivait, et des lettres anonymes, Ash n'allait pas le faire à sa place. Du moins pas pour l'instant. Cela lui faisait par contre se demander s'il n'y avait pas eu d'autres notes qu'Eli n'avait pas pris la peine de mentionner. Et ça le fit grincer des dents de colère.

S'il découvrait qu'Eli lui avait caché des choses, il… Il ferait quoi ? À quoi pouvait-il vraiment prétendre concernant Eli ? Ils n'étaient pas encore amants. Eli n'était pas son petit copain. Ash ne cherchait pas à s'installer et à avoir une relation longue durée à cette période de sa vie. Enfin ça, c'était ce qui était prévu. Ils étaient plus qu'un simple professeur et son élève, ça, c'était certain. Eli était son ami et cela, au moins, donnait à Ash une raison suffisante de montrer de l'inquiétude.

Ses phares éclairèrent une petite trouée dans les arbres et, quelque part en haut de la montagne, une lueur solitaire apparut.

— J'espère que c'est toi, murmura Ash en s'engageant dans le chemin de terre étroit et plein d'ornières.

De temps en temps, la lumière miroitait à travers la nuit noire des bois.

Lorsque les arbres s'espacèrent enfin, Ash poussa un soupir de soulagement. La jeep d'Eli était garée devant un petit chalet dont les pièces étaient éclairées. Jase aboya avec excitation quand il sortit de sa voiture, et la porte avec moustiquaire qui fermait le porche grinça lorsqu'Eli sortit de la maison.

— Qu'est-ce que tu fiches ici ?

Le ton irrité d'Eli, associé aux heures d'inquiétude qu'il venait de passer, fit éclater la colère d'Ash. Il claqua la porte de son pick-up et se dirigea grand pas vers Eli.

— Pas de bonjour ? Pas d'inquiétude ? Parce que quelque chose doit clairement être arrivé pour que je te suive. Je suis là parce que tu m'as fichu les jetons, crétin. Alors tu vas te calmer.

Lorsqu'il se rapprocha, Eli se tourna et la lumière tomba sur ses traits au lieu de les placer à contre-jour. Ses lèvres et sa mâchoire étaient serrées et il avait l'air buté. Il avait détaché ses cheveux et ceux-ci tombaient en une manne emmêlée sur ses épaules. Malgré le froid, il était pieds nus. Ash n'aurait pas dû trouver ça sexy, pas alors qu'il était en colère devant la réception qui lui était faite.

— Lu savait où j'étais. Et puisque tu es là je suppose que tu lui as parlé et qu'elle te l'a dit.

Le ton froid d'Eli prit Ash de court. Il avait déjà vu Eli s'énerver plusieurs fois, mais jamais avec cette colère froide. Qu'est-ce qui pouvait bien se passer ?

— Maintenant que tu as vu de tes yeux que je vais bien, tu peux t'en aller.

Ash resta bouche bée tandis qu'Eli tournait les talons et rentrait dans le chalet. Ash attrapa la porte au vol et le suivit. Il n'avait qu'une envie : attraper Eli par le cou pour le secouer très fort et lui mettre un peu de plomb dans la tête… Ou peut-être pour l'embrasser, il ne savait pas trop quelle envie était la plus forte.

— Je ne partirai pas tant qu'on n'aura pas mis les choses au clair. Tu es tombé sur la tête ?

Bon, peut-être que ce n'était pas très juste. Eli ne connaissait sans doute pas l'existence de la lettre anonyme et Ash se laissait influencer par les longues heures d'inquiétude et de frustration.

— Moi ? C'est quoi ton problème ? Je ne te dois rien.

Maudits soient Eli et sa foutue indépendance. Un gémissement éploré leur fit baisser les yeux sur Jase, assis entre eux, qui les regardait avec de grands yeux suppliants.

— Tout va bien, Jase. Je règle juste mes comptes avec Ash.

Ash tenta de maîtriser sa voix, mais malgré tous ses efforts ce fut un grondement qui sortit de sa gorge.

— Cela ne t'a pas effleuré que j'allais m'inquiéter ? On a cambriolé ta maison et ton bureau. Quelqu'un te suit sur le campus et d'un seul coup tu disparais en laissant ton bureau ouvert…

— J'avais besoin de réfléchir, bordel ! Et maintenant tu m'empêches même de faire ça ! explosa Eli, ses yeux bleus-gris pleins de colère.

Au moins la distance froide avait disparu. Ash pouvait gérer ce côté d'Eli.

— Je ne voulais pas t'inquiéter, mais j'avais besoin d'être un peu seul, c'est trop demander ? Et qui me suivait ?

— Je ne sais pas.

Jase aboya, le son couvrant leurs voix qui commençaient à s'échauffer.

— Bon Dieu, attends une minute.

Eli s'agenouilla et caressa les oreilles et le corps du chien jusqu'à ce que sa queue se mette à remuer.

— Jase, grenier, dit-il fermement en pointant vers l'escalier étroit.

Le beagle couina, mais lorsqu'Eli répéta l'ordre, il disparut à l'étage, ses griffes cliquetant sur le bois de l'escalier.

Être seul pour réfléchir ? Qu'est-ce qu'Eli voulait dire par là ? Du temps pour réfléchir à propos d'Ash ? Il n'aimait pas cela du tout, ni le léger sentiment de peine qui allait avec. Puis Eli se retourna et Ash put voir clairement qu'il rassemblait ses forces pour ériger entre eux ce mur de froideur. Le cœur d'Ash se serra. Il n'était pas prêt à ce qu'Eli mette fin à leurs relations. Et qu'est-ce que c'était que cette réserve ? Ash n'en voulait pas. Il refusait. Il préférait largement qu'Eli lui tienne tête plutôt que de se cacher derrière un détachement qui ne lui correspondait pas du tout.

— De quoi est-ce que tu as peur ? Ça ne te ressemble pas de te cacher.

Ash parcourut la distance entre eux, et pendant un instant il crut qu'Eli allait reculer, mais un éclair traversa ses yeux bleus-gris et il se redressa.

— Je ne me cache pas. Tu vas t'en aller maintenant ?

— Je n'irai nulle part. Déjà parce que je ne suis pas sûr de pouvoir trouver un endroit où dormir à cette heure-ci dans ce trou perdu. Mais tu oublies aussi que quelqu'un te suit.

— Un cambriolage confirmé ne signifie pas que quelqu'un me suit, rétorqua sèchement Eli, devenant plus agressif. Qu'est-ce qui te prend ?

Ash attrapa Eli par les épaules mais le toucher s'avéra une erreur. Son cœur fit un bond dans sa poitrine et une vague de désir enflamma ses reins. Bordel, il ne pouvait tout simplement pas renoncer à cette alchimie torride entre eux.

Ash ne sut pas vraiment qui bougea le premier, qui embrassa qui. Tout ce qu'il savait, c'était que les mains d'Eli avaient agrippé sa chemise dans le bas de son dos pour l'attirer plus près. Celles d'Ash s'étaient enfoncées dans les douces mèches d'Eli tandis que leurs langues s'entremêlaient et leurs bouches se mordaient. Ash gronda, poussant Eli contre le mur le plus proche tout en l'embrassant.

— Tu es de ce genre d'humeur, Eli ? demanda Ash d'une voix éraillée en s'écartant légèrement.

Leurs souffles courts effleuraient la bouche de l'autre.

— Tu veux baiser ?

Eli fit courir sa bouche le long de la gorge d'Ash et le mordit assez fort pour laisser une marque, avant de lécher la peau.

— À ton avis ?

Ash rassembla quelque peu ses pensées éparpillées pour se concentrer sur ce qu'il leur fallait pour laisser parler leurs corps.

— Merci mon Dieu, j'ai des préservatifs dans mon portefeuille.

Des langues de feu traversaient son corps et réduisaient en cendres son cerveau. Il tira sur le sweat-shirt d'Eli pour le faire passer par-dessus sa tête et révéler le tee-shirt qu'il portait encore en-dessous

— J'espère que tu as du lubrifiant.

— Je n'ai jamais amené de partenaires ici, alors le lubrifiant est assez rare.

Les yeux d'Eli se plissèrent, faisant comprendre à Ash sans mot dire qu'il n'avait pas été invité. La réaction rendit Ash fou. Il était heureux qu'Eli n'ait pas l'habitude d'utiliser ce chalet comme garçonnière, mais aussi irrité parce qu'il semblait le ranger dans la même catégorie que tous ces hommes qui n'avaient pas mérité une invitation au chalet. Les deux émotions lui donnaient l'envie ardente de laisser sa marque sur Eli dans son sanctuaire. Qu'il pense à lui chaque fois qu'il y reviendrait.

— Il va falloir être imaginatif, alors.

Ash retira le tee-shirt d'Eli. Il laissa glisser une main le long du torse fin. Parfois, les vêtements masquaient la force nerveuse de l'autre homme. Ses abdominaux étaient bien dessinés et des muscles étaient visibles sur sa poitrine et ses bras. Ash caressa un téton de son pouce tandis qu'Eli s'attaquait à nouveau à sa gorge.

Une vague de chaleur ardente engloutit Ash. Au moins, Eli n'avait pas laissé l'absence d'invitation se mettre en travers de l'alchimie qui existait entre eux. Il grogna lorsque les dents d'Eli griffèrent sa gorge à nouveau, et il pinça le téton sous ses doigts pour se venger.

Son sexe pulsait dans son jean, exigeant d'être libéré, et Dieu sait qu'il avait envie de se déshabiller, mais la série de fenêtres sans rideau l'arrêta. Intellectuellement, il savait qu'ils se trouvaient au milieu de nulle part. Jase hurlerait à la mort si quiconque approchait, mais tout de même. Ces fenêtres nues le faisaient se sentir vulnérable.

— Tu as une chambre ? demanda Ash avant de grogner lorsqu'Eli frotta son sexe à travers son jean.

— Quoi ? Tu veux dire que tu ne vas pas me baiser contre le mur comme tu voulais le faire il n'y a pas si longtemps ?

— Pas ce soir.

Même si l'idée était vraiment attrayante. Ash y réfléchirait plus tard.

— Si tu veux savoir, je me suis fait violence pour ne pas te traîner à l'intérieur et t'attacher à mon lit, cette nuit-là.

— C'est la deuxième fois que tu parles de m'attacher.

Eli passa un index dans un passant du jean d'Ash et l'attira vers l'arrière du chalet. Ash eut vaguement le temps de voir un salon qui donnait sur une petite cuisine.

— Tu es sûr que tu vas réussir à maîtriser tes bas instincts quand tu auras ton badge, ton pistolet et tes menottes ?

— Si tu me provoques, certainement pas.

En fait, Ash ne voulait vraiment pas penser à un lointain avenir alors qu'il avait un Eli à moitié nu devant lui. Celui-ci ouvrit une porte et l'attira dans une chambre plongée dans la pénombre. Le lit était juste là et ils trébuchèrent presque dessus avant de tomber entremêlés sur le matelas. Il ne semblait pas être très grand, peut-être légèrement plus qu'un lit simple, mais pas de beaucoup. Assez grand pour ce qu'Ash voulait faire, et s'ils terminaient collés l'un à l'autre toute la nuit cela lui allait aussi.

Il plaqua Eli sous lui avec un grognement affamé. Il avait rêvé de ce moment pendant des semaines. Eli sous lui, nu… Bon, presque nu. Ash se devait de remédier à la situation immédiatement. Eli avait dû penser à la même chose car il commença à s'en prendre au jean d'Ash, ouvrant le bouton et descendant la fermeture éclair.

Ils se déshabillèrent mutuellement, farfouillant dans le noir avec impatience et murmurant des jurons à moitié étouffés. La sensation d'une peau nue et chaude contre la sienne enflamma l'esprit d'Ash. Le froid des draps et de l'air de la chambre ne faisait rien pour apaiser la fièvre qui faisait rage entre eux.

Bon Dieu, il avait fantasmé à propos de ça pendant bien trop longtemps. Son sexe lui donnait l'impression qu'il était sur le point d'exploser tandis qu'ils se pressaient l'un contre l'autre. Eli enfonça ses doigts dans le dos d'Ash, bougeant les hanches avec urgence. Ash avait envie de se glisser sous la peau d'Eli, dans son sang et d'y rester à tout jamais.

— On ira lentement une autre fois. Où sont ces fichus préservatifs ?

Ash arracha un instant sa bouche à la peau d'Eli et essaya de se souvenir de l'endroit où avait disparu son jean.

— Donne-moi une minute.

Il se pencha sur le côté du lit, cherchant dans le noir. Le matelas bougea lorsqu'Eli se leva.

— Où est-ce que tu vas ?

— Je crois qu'il doit y avoir de l'huile dans la cuisine.

Eli quitta la chambre entièrement nu. Oh, ces fesses musclées étaient magnifiques, même si Ash n'aimait pas savoir qu'Eli se pavanait devant les fenêtres comme ça.

— Tu aurais pu mettre une robe de chambre, tu sais, dit-il quelques instants plus tard lorsqu'Eli revint.

— Pourquoi ? Pour ne pas choquer un chevreuil ?

La voix d'Eli était amusée, et quelque chose tinta lorsqu'il le déposa sur la table de nuit.

— C'est pour ça qu'on est là, Ash ? Tu es timide ?

Ash trouva la main d'Eli dans le noir et tira dessus un grand coup pour le faire tomber. Il plaqua l'autre homme sous lui et tendit la main pour farfouiller à la recherche de l'interrupteur de la lampe de chevet. Une lumière

142

dorée se répandit sur le lit et embrasa les reflets dans les cheveux d'Eli d'un rouge profond contre le blanc des oreillers.

Cet homme était une telle énigme. C'était à la fois un rebelle, un enquiquineur et un homme sûr de lui et intelligent. Ash était fasciné par la façon qu'il avait de passer de buté un instant à attentionné le suivant. Il ne pouvait jamais prévoir les réactions de son cerveau contradictoire. Cet homme était amusant et exaspérant, et il rendait Ash fou de désir.

Un sourcil fin se leva en une question muette, et Eli posa ses mains sur les épaules d'Ash.

— Pourquoi est-ce que tu me regardes comme ça ?

— J'essaie de décider si je veux te faire l'amour ou t'étrangler.

Les yeux d'Eli brillèrent d'amusement et perdirent leurs derniers vestiges d'irritation.

— Maudit sois-tu, Ashley Gallagher. Tu me fais rire, alors que j'étais encore énervé contre toi.

Et voilà, un nouveau changement d'humeur rapide comme l'éclair. Ash secoua la tête avant de plaquer les poignets d'Eli de chaque côté de sa tête. Il frotta ses hanches contre celles d'Eli, glissant contre son sexe.

— On est deux, comme ça. Je suis encore énervé.

C'était assez difficile de se souvenir pourquoi, cependant. C'était difficile de réfléchir, tout court.

— Laisse-moi m'occuper de ça.

Eli releva la tête et l'embrassa, et les dernières pensées Ash s'évanouirent sous la chaleur de sa bouche. Il grogna et relâcha les poignets de son amant pour enfouir ses doigts dans ses cheveux.

La langue d'Eli se glissa dans sa bouche, exigeant plus, lui donnant le tournis. Son corps long et fin bougeait sous lui, se cambrant pour plus de contact. Eli explorait d'une main possessive le corps d'Ash, du dos de sa nuque au haut de ses cuisses. Il n'évitait pas ses cicatrices, ni la brûlure sur son bras, ni les marques sur son flanc. Il les touchait avec le même désir que toutes les autres parties de son corps.

Cela aussi rendait Ash fou.

Il releva la tête assez longtemps pour attraper la bouteille de lubrifiant sur la table de nuit.

— Je croyais que tu n'en avais pas.

— J'en ai trouvé dans la salle de bain. Je ne vais pas demander à mes cousins pourquoi c'était là, et ils ne vont certainement pas me demander pourquoi ça n'y est plus.

Eli déposa des baisers jusqu'en bas de la poitrine d'Ash.

— Et tout le monde sera content comme ça.

— Personne ne va débarquer à l'improviste, n'est-ce pas ?

— Non. C'est la saison de la chasse à l'élan, et aucun d'entre eux n'a gagné de permis à la loterie. L'endroit est à nous pour tout le week-end.

Avant qu'Ash puisse réfléchir aux implications de cette phrase, Eli l'embrassa à nouveau. Bon sang, il voulait sentir cette bouche sur son sexe. Dès que cette pensée se matérialisa, son désir se transforma en besoin. Il se trémoussa sur Eli, tentant de les faire se tourner tous les deux sans tomber par terre.

— Tourne-toi, sexy, grogna-t-il.

Eli se pencha sur lui, une main de chaque côté de lui, et ses cheveux tombèrent en cascade autour de son visage, formant une auréole.

— Tu m'as promis qu'on baiserait. Il faut que je t'énerve encore une fois pour obtenir ce que je veux ? Je suis sûr que je peux trouver quelque chose.

Ash fit sauter le bouchon du tube de lubrifiant et fixa les yeux d'Eli. Ceux-ci s'assombrirent lorsqu'il poussa un doigt humide à l'intérieur de son corps.

— Comme laisser la porte de ton bureau ouverte alors qu'il a déjà été cambriolé, par exemple ?

Eli grogna et donna un coup de hanches.

— D'accord, je crois que je comprends que cela puisse être légèrement énervant.

— Cette fois c'est trop, gronda Ash.

Il se redressa et fit tomber Eli sur le matelas.

— Qu'est-ce que tu fais ? demanda ce dernier lorsqu'Ash se pencha pour attraper une de ses baskets et en retirer le lacet.

— Je te rends la monnaie de ta pièce, ou du moins ce que j'ai subi aujourd'hui.

Eli gloussa lorsqu'Ash se retourna avec le lacet dans les mains

— Formidable. Qu'est-ce que tu vas faire avec ça ? M'étrangler ?

— Oh non. J'essaie de te protéger, pas de te faire mal. Et s'il faut que je t'attache pour te forcer à ouvrir les yeux, alors je le ferai.

Eli se tordit comme un chat pour éviter Ash lorsqu'il se jeta sur lui. Le réserviste l'attrapa par la taille et le ramena sur le matelas. Ils luttèrent, Ash essayant d'attacher ses poignets ensemble et Eli faisant tout son possible pour l'arrêter. Son rire le gênait dans ses efforts.

Ash ne fut pas très long à réussir à attacher ensemble les deux anneaux des bracelets avec le lacet, et à nouer celui-ci derrière la tête de lit. Il s'assit sur ses talons, admirant son œuvre. Il serait curieux de voir Eli se sortir de là tout seul. Il devait cependant admettre qu'il avait été moins facile que prévu à maîtriser.

— D'accord, haleta Eli avant de souffler pour écarter les cheveux de son visage. Et qu'est-ce que ça résout ? Bon Dieu, Ash, pourquoi est-ce que tu es venu ?

— On parlera de ça plus tard. Après que je t'ai rendu fou.

Ash observa Eli, et les battements de son cœur s'accélérèrent. Bon sang, il n'allait jamais réussir à oublier cette vision. Eli le fusillait du regard, ses yeux durs comme l'acier. Les muscles de ses bras étaient bandés alors qu'il essayait de détacher ses poignets. Ash promena ses doigts le long de sa poitrine, suivant le léger chemin de poils bruns-roux qui menait à son sexe.

Sa poitrine se soulevait rapidement.

— Ça, tu y as réussi depuis longtemps. Maintenant, détache-moi.

Ash frotta du bout de l'index le pourtour du téton d'Eli et l'observa pointer et durcir.

— Ça te rend vraiment fou d'être mis en cage, n'est-ce pas ?

Il se pencha sur lui, et ses plaques d'identité militaires effleurèrent la poitrine d'Eli.

— Fais-moi confiance, tu es entre de bonnes mains.

— Je te fais confiance, répondit Eli entre ses dents. Ça ne veut pas dire que je n'ai pas envie de te casser la gueule, là tout de suite.

— Je croyais que tu voulais baiser.

Ash glissa ses mains le long des cuisses fines d'Eli. Celui-ci frissonna, et ses yeux s'embrasèrent lorsqu'Ash posa sa main sur ses testicules. Ils étaient lourds entre ses doigts, et les lèvres d'Eli s'entrouvrirent pour laisser passer un gémissement.

— Je veux bien, c'est toi qui prends ton putain de temps.

— La dernière fois qu'on était dans un lit tous les deux, tu as eu la chance de pouvoir me tripoter sous toutes les coutures. Maintenant, c'est mon tour.

Une jambe s'enroula autour de sa taille, l'attirant plus près. Même si Ash avait très envie de titiller Eli jusqu'à ce qu'il craque, il ne pensait pas que cette tactique marcherait avec son amant. Eli avait besoin d'être courtisé et séduit, pas forcé. Et l'expression sur son visage fascinait Ash. C'était Eli qui était attaché, mais il avait tout de même tout le pouvoir.

— Baise-moi, dit Eli d'une voix basse et séductrice, en se cambrant contre lui.

— Bon sang, je n'arrive plus réfléchir.

— Là tout de suite, réfléchir est inutile.

Eli enroula son autre jambe autour de la taille d'Ash.

— Baise-moi.

Ash frotta un doigt contre l'anus d'Eli, encore humide de lubrifiant, et son sexe durcit encore plus.

— J'y songe...

Il s'interrompit en hoquetant lorsque les jambes d'Eli se resserrèrent soudain autour de ses côtes, l'empêchant de respirer.

Eli leva la tête jeta un regard à Ash.

— Tu disais ?

Ash aspira l'air goulûment lorsqu'Eli le relâcha.

— Bon Dieu, tu es vraiment un grand malade.

Il n'arrivait pas à comprendre comment l'autre homme pouvait avoir été encore célibataire lorsqu'Ash était arrivé en ville. Quelqu'un aurait dû lui mettre le grappin dessus depuis longtemps, mais il était très heureux que ça n'ait pas été le cas.

— Surveille ton langage, le réprimanda Eli en bandant les muscles de ses cuisses en une menace à peine voilée. Je peux serrer jusqu'à ce que tu t'évanouisses, tu sais ? Et quand tu te réveilleras, c'est toi qui seras attaché au lit.

Ash tendit la main pour se saisir d'un préservatif sur la table de nuit.

— Tu ne saurais pas quoi faire de moi dans cet état.

— Tente-moi, Géorgie. Tente-moi rien qu'un peu... Tu n'es pas le seul à avoir des fantasmes avec des cordes. Crois-moi, avoir un Marine à ma merci est en haut de la liste des choses que je veux expérimenter avant de mourir.

Ash grogna et enfila le préservatif à toute vitesse. Il avait attendu ce moment depuis six semaines. Il ne voulait plus attendre. Les yeux d'Eli se voilèrent et un frisson le parcourut lorsqu'Ash commença à le pénétrer. Ses cuisses se détendirent autour de sa taille, et ses doigts se resserrèrent autour de la tête de lit.

— Oui…

Ash l'observa à travers ses cils, inondé de chaleur. Bon sang, Eli était prêt pour lui. Il n'y avait aucune résistance, juste une moiteur étroite qui l'enveloppa tandis qu'il plongeait plus profondément. Ash pensa un instant à profiter de la distraction d'Eli pour se dégager de ses jambes, mais maintenant qu'il était en lui, il ne voulait plus en bouger.

Eli s'arc-bouta et contracta ses muscles pelviens.

— Baise-moi, Géorgie.

Qui était captif, dans l'histoire ?

— On t'a déjà dit que tu étais insolent et exigeant ?

Eli pouffa et serra légèrement la taille d'Ash entre ses cuisses.

— Personne n'a d'importance à part toi.

Il bougea les hanches en une invitation flagrante et se redressa pour embrasser Ash. C'était comme si cet homme s'était emparé de sa volonté. Ash se retira lentement avant de s'enfoncer à nouveau brutalement. Oh, mais il avait rêvé de faire exactement cela depuis bien trop longtemps.

— Oui.

Eli grogna contre sa bouche et mordilla légèrement la lèvre inférieure d'Ash.

— Plus fort.

Ash s'appuya des mains sur le matelas et cambra les hanches, son regard ne quittant pas l'homme qui se tordait si merveilleusement sous lui. Eli exigeait, il suppliait, il provoquait, utilisant sa bouche et son corps pour faire comprendre ce qu'il voulait. Le spectacle était à couper le souffle.

Le lit craquait en rythme avec leurs balancements. Eli se soulevait pour venir à la rencontre de ses hanches. Ash baissa la tête pour enfoncer son visage dans la gorge de son amant. Il respira l'odeur de ses cheveux et de sa sueur, et savoura la douceur de son corps.

Soudain, des bras s'enroulèrent autour de son cou, et Ash jura. Il leva la tête et vit qu'Eli avait, il ne savait comment, réussi à défaire les boucles. Les bracelets pendaient à la tête du lit, toujours attachés par le lacet. Eli gloussa dans son oreille et enfonça ses doigts délicatement dans les courts cheveux d'Ash.

— Tu verrais ta tête.

Ash laissa peser tout son poids sur Eli et enfonça ses bras sous les épaules de son compagnon.

— Tu es impossible.

— Je sais, murmura Eli toujours contre son oreille. Maintenant, plus fort. J'y suis presque.

Ash aussi avait l'impression qu'il allait bientôt exploser. Il glissa une main entre eux et commença à caresser le sexe d'Eli.

— Attends… Encore, juste… un peu.

Eli resserra ses muscles autour de lui assez fort pour lui faire pousser un autre juron.

— Comme ça ? murmura-t-il dans son oreille.

Pour quelqu'un de si gentil avec tout le monde, Elijah Hollister était une garce au lit. Avant qu'Ash ait pu reprendre son souffle, Eli se contracta à nouveau. Ash haleta, le caressant plus vite, car il sentait qu'il n'allait plus pouvoir se retenir. Il agrippa plus fort les épaules d'Eli et l'embrassa pendant que son orgasme explosait. Eli grogna d'un ton désespéré contre sa bouche, puis son sexe pulsa dans la main d'Ash tandis qu'il jouissait à son tour.

Haletant, Ash laissa retomber sa tête sur l'épaule d'Eli. Il grogna tandis que son corps frémissait une dernière fois dans l'orgasme.

— Okay, d'accord. Tu gagnes, Eli.

Ce dernier gloussa et embrassa sa tempe.

— Cool. J'adore gagner.

Ils ne bougèrent pas pendant quelques minutes, se contentant de s'accrocher l'un à l'autre. Ash finit par se décoller d'Eli avec un grognement. Lorsqu'il revint de la salle de bain, Jase était étendu au bout du lit et le fixait d'un air méfiant.

— Je ne crois pas qu'il y a de la place pour trois, lui annonça Ash tandis qu'Eli se glissait hors du lit.

Jase tapa de la queue sur le lit avec cet étrange son guttural qu'il émettait parfois et qui ressemblait à s'y méprendre à une conversation. Mais il ne bougea pas.

— Si on passait un accord, mon pote ? La prochaine fois que je te verrai, je t'apporterai un bon gros os, ou peut-être un jouet à mâcher ? Tu n'aimerais pas ça ?

Jase releva la tête et la pencha sur le côté comme s'il réfléchissait à accepter ou non le pot-de-vin.

— D'accord, tu es dur en affaires. J'amènerai les deux.

— Jase, par terre, déclara Eli d'une voix ferme lorsqu'il revint.

Avec un gémissement plaintif, Jase sauta du lit et sortit furtivement de la pièce avec un air de désespoir absolu.

— Et voilà, maintenant tu lui as brisé le cœur. On était sur le point de parvenir à un accord, déclara Ash en s'ensevelissant sous les couvertures et en maintenant un coin ouvert pour Eli.

— Disons plutôt qu'il était en train de te manipuler comme le plus expérimenté des escrocs. Ne t'inquiète pas pour Jase. En fait, il préfère s'étaler devant le poêle en bas. Les pierres sont bien chaudes.

— Il s'est juste dit que j'avais l'air d'un pigeon ?

Ash se rapprocha légèrement, tenant toujours les couvertures ouvertes et se demandant si Eli allait finalement accepter son invitation muette, ou s'ils allaient recommencer leur dispute. Il n'avait pas envie de replonger là-dedans, même si cela s'était terminé par un Eli en tenue d'Adam.

Eli gloussa et se glissa contre lui afin qu'ils puissent tous les deux tenir dans le lit. Il posa sa tête sur l'épaule d'Ash, glissa son bras autour de sa taille et entremêlant leurs jambes.

— C'est à peu près ça. Un vrai pigeon.

Ash tendit la main pour éteindre la lampe et ferma les yeux. Il caressa l'épaule d'Eli, posant sa joue contre ses cheveux. Pourquoi avaient-ils attendu si longtemps pour passer la nuit ensemble ?

— À quoi penses-tu ? demanda doucement Eli.

— Je pense que je ne veux pas quitter ce chalet, jamais.

À la pensée de retourner à Amwich et de prétendre qu'il n'était pas vraiment en couple pendant encore deux mois, il se sentait déprimé. Alors Ash n'allait certainement pas y penser.

— Tu n'as pas cours demain, n'est-ce pas ?

— Si, mais seulement des cours magistraux. Je demanderai les notes de quelqu'un et comme je n'ai pas encore manqué de jours, ça passera. Mes vendredis sont libres. J'ai arrangé mon emploi du temps pour ne pas avoir de problème les week-ends d'entraînement.

— Eh bien alors tu n'as pas besoin de penser à partir. Nous avons quatre jours entiers devant nous.

Eli fit glisser une main fine de manière suggestive le long de la hanche d'Ash, jusqu'à ses cuisses.

— Et pour ma part, j'ai l'intention d'en profiter au maximum.

Le pouls d'Ash accéléra. Eli n'allait pas le mettre dehors le lendemain matin. Et ils n'avaient pas eu de conversation gênante sur la raison pour laquelle Eli avait été aussi distant ou pourquoi Ash lui avait couru après. Bon Dieu, il avait quatre jours devant lui avec Eli, et personne pour se demander ce qu'ils étaient en train de faire. Il l'attira plus près de lui et effleura de ses mains le corps fin.

— Je suis tout à vous, Prof.

XII

L'ODEUR DU poisson qu'ils avaient attrapé et frit pour le dîner flottait dans la cabane. Ash n'avait pas souvenir d'avoir un jour été aussi repu. Entre ça, les pommes de terre qu'Eli avait rôties et les légumes et champignons frais, il était calé. Pourtant, être dehors toute la journée lui avait creusé l'appétit. Il grogna et repoussa son assiette.

— Tu es un menteur, Eli.

— Comment ça ? demanda Eli pendant qu'il empilait les assiettes pour les poser dans l'évier.

— Tu n'arrêtes pas de réclamer et de geindre, mais en fait, tu es un sacré cuistot.

— Je t'interdis de dire ça quand Lu est dans les parages.

Eli leva un regard dur vers lui.

— Je déteste cuisiner, mais je me débrouille quand je ne l'ai pas sous la main pour la convaincre en lui faisant mes yeux de chien battu. Si jamais elle l'apprend par ta faute, je te tue.

— Bien compris, Prof.

Ash se leva et remplit l'évier d'eau chaude.

— Puisque tu as fait la cuisine, je m'occupe de la vaisselle.

Ces petites vacances avaient été juste ce dont il avait besoin pour recharger ses batteries. Tant et si bien qu'hier, il avait tout fait pour éviter le sujet qui l'avait amené ici et Eli ne l'avait pas poussé à en parler non plus. Apparemment, ils n'avaient ni l'un ni l'autre envie de s'ennuyer avec des choses compliquées. La vraie vie reprendrait ses droits bien assez tôt. Il lava la vaisselle pendant qu'Eli ramenait à l'intérieur davantage de bois pour le poêle et que Jase fouillait dans les taillis.

Cela ne voulait pas dire qu'il avait oublié ce type qui harcelait Eli. Il avait passé un certain temps à chercher un moyen de convaincre son amant de se méfier davantage de Wayne. Mais il se doutait qu'Eli resterait campé sur ses positions. Têtu comme un âne.

— La nuit va être froide.

Eli attisa le feu et ferma le poêle.

— Je suis sûr qu'on peut se tenir chaud.

Ash le regarda par-dessus son épaule et reluqua sans vergogne le postérieur d'Eli lorsque ce dernier se releva et retourna dehors pour ramener plus de bois. Il ne comprenait toujours pas comment ses fesses pouvaient être aussi rebondies alors qu'il randonnait chaque jour, et il s'en moquait tant qu'il pouvait les tripoter à volonté.

Ash pourrait s'habituer à voir Eli très souvent. Il n'avait jamais eu l'occasion de s'imaginer vivre avec un compagnon. Il ne l'avait jamais vraiment voulu. Mais ces deux derniers jours passés avec lui, à pêcher, à randonner, à lui apprendre des astuces au poker et à utiliser au mieux toutes les possibilités du petit lit, le faisaient réfléchir à ce qu'une relation à long terme pouvait lui apporter.

C'était assez inutile d'envisager quoi que ce soit sur la durée. À moins qu'il soit redéployé, il obtiendrait son diplôme au printemps. Il avait une opportunité d'embauche grâce à un ami de la famille à Atlanta dans le Service d'enquêtes criminelles de la Défense. Les familles de Mélanie et de Kurtis vivaient à Atlanta, donc c'était très tentant.

Ce n'était pas la seule option qu'il avait. S'il postulait au FBI, la filiale la plus proche d'Amwich était à Boston. Il y avait un tas de très bonnes universités et de facultés dans les environs et il était certain qu'Eli pourrait mener une brillante carrière dans l'une d'entre elles. Mais après ce week-end il n'arrivait pas à imaginer Eli vivre en ville. Pas longtemps, en tout cas. Et puis, qui sait à quel bureau Ash serait assigné ?

Bon sang, qu'est-ce qui lui prenait ? Il n'avait passé qu'un week-end avec Eli et voilà qu'il était en train d'envisager plus de choses avec lui qu'avec n'importe quel autre de ses amants. Eli appartenait à Amwich. Il se nourrissait de ses randonnées quotidiennes et de son chalet à la frontière du Canada. Ici, il pouvait faire de l'escalade quand il voulait, ou du camping, ou du tout-terrain avec sa jeep. Il haïrait vivre en ville toute l'année et Ash n'arrivait pas à trouver un quelconque argument qui pourrait le convaincre de s'y résoudre. Bon, il était temps qu'il se concentre sur ce qui l'avait amené au campement en premier lieu, plutôt que de rêver à un futur qui ne se réaliserait pas.

— Alors, pourquoi as-tu quitté la ville comme ça ? demanda Ash en rangeant la poêle dans l'égouttoir quand Eli rentra.

— Je n'ai pas envie d'y repenser. Changeons de sujet.

Ash retira le bouchon de l'évier et se retourna, séchant ses mains avec une serviette. Il n'arrivait pas à dire si Eli évitait son regard ou si c'était une coïncidence.

— Par hasard, ça n'aurait pas un rapport avec une lettre de chantage ?

Eli se tourna vers lui avec une expression de surprise qui se mua rapidement en colère.

— Whitney a laissé une putain de lettre pour me faire chanter ? C'est bon, je vais en parler au Doyen Newton. J'aurais dû le faire avant de partir.

— Qu'est-ce que Whitney a à voir là-dedans ? Lui parler de quoi ? demanda Ash, tentant de déterminer s'ils parlaient bien de la même chose. Je parle de la note froissée que j'ai trouvée sur le sol de ton bureau.

Le regard d'Eli se fit absent pendant un moment, avant qu'il s'éclaire à nouveau en se rappelant de quoi Ash parlait.

— Ah, oui, il y avait une enveloppe sur ma chaise, ou sur mon bureau, je ne sais plus. Je suppose que je l'ai oubliée dans la panique. Je ne sais pas trop comment elle est arrivée là.

— D'accord, mais maintenant je suis vraiment curieux. Qu'est-ce qu'il s'est passé ? Jusqu'ici je n'ai que Whitney, ta panique et un chantage, comme indices.

Eli détourna le regard en toussotant, gêné.

— Je n'ai pas vraiment envie d'en parler. Quand le semestre sera terminé, je t'en parlerai peut-être. Mais pour l'instant, ce ne serait pas correct.

Ash aurait dû laisser tomber, mais tout ça avait bien trop éveillé sa curiosité. Il mit bout à bout ce qu'Eli avait dit et ce qu'il n'avait pas dit, et la manière qu'avaient eue certaines personnes de se comporter pendant le semestre. Il finit par glousser.

— Whitney t'a finalement coincé dans un coin, seul, et a battu des cils en pensant te séduire, pas vrai ?

Eli grogna et secoua la tête.

— On aurait plutôt dit qu'elle voulait m'assommer et me traîner dans sa grotte…

Eli lança un regard noir à Ash quand il éclata de rire. Il n'imaginait que trop bien la scène. Eli n'avait jamais remarqué l'attitude de Whitney,

153

contrairement au reste de la classe, et cela avait été le sujet de beaucoup de conversations. Parfois, Eli ne voyait vraiment rien.

— Désolé, réussit-il à dire, quand les yeux d'Eli s'étrécirent dangereusement. J'avais entendu les filles de la classe raconter qu'elle avait une histoire avec le professeur Hayworth depuis environ un an. Je suppose que lorsqu'il est parti, elle t'a choisi comme remplaçant. Tu n'en as jamais entendu parler, hein ?

— Non.

Eli soupira bruyamment.

— Et je ne m'attendais pas à être pris en embuscade, comme ça, dans mon propre bureau. Je sais que tu es inquiet, que tu penses que quelqu'un rôde dans les environs, mais il n'est pas aussi dangereux qu'elle et de loin. Ça va être un long semestre si elle reste dans ce cours.

— Elle se tiendra bien.

Même si Ash devait la prendre entre quatre yeux pour lui mettre les points sur les i. Eli avait assez à penser comme ça et Ash ne voulait pas imaginer comment Britton pourrait réagir en entendant de telles rumeurs sur elle.

— Elle ferait bien, murmura Eli, rougissant. Je l'ai déjà menacée en lui disant qu'elle allait rater son année. Je n'ai trouvé que ça pour qu'elle garde ses vêtements.

Ash en resta bouche bée, puis se mit à rire lorsqu'Eli rougit encore plus.

— Ce n'est pas drôle !

— Oh bon sang, je ne peux qu'imaginer ta tête. Je ne me demande plus pourquoi tu t'es précipité ici.

Ash glissa son bras autour de la taille d'Eli et l'attira à lui pour lui voler un baiser.

— C'est drôle ! Bon, ça ne l'est pas tellement maintenant, vu la façon dont Britton te harcèle, mais dans quelques années, tu verras, tu en riras aussi.

— Peut-être. Je voudrais simplement finir ce semestre en un seul morceau. Je n'avais pas envie que ce soit elle qui me piège dans mon bureau pour me faire du rentre-dedans.

Eli entoura le cou d'Ash de ses bras.

— Tous mes fantasmes comportent quelqu'un de plus vieux, qui sait comment profiter au mieux d'un moment opportun, et qui a un faible pour les paris.

— Avant qu'on s'éloigne trop du sujet, il faut qu'on parle de cette enveloppe qui était dans ton bureau. Laisse-moi une seconde. Elle est dans mon pick-up.

Ash ignora l'expression déroutée d'Eli et se prépara à la tempête qui allait venir. Peut-être qu'il s'inquiétait trop. Eli serait peut-être raisonnable à propos de tout ça.

Il tendit l'enveloppe à Eli qui la tourna et retourna entre ses doigts avec un air pensif et haussa un sourcil fin.

— Elle a déjà été ouverte. Je ne l'ai pas laissée comme ça.

C'était quelque chose qu'Ash aimait chez lui. Eli ne tirait pas de conclusions hâtives et n'accusait pas Ash d'avoir fouiné, même si dans cette situation, c'était bel et bien le cas.

— Ouais, c'est peut-être moi, ça.

Il leva la main alors que ces yeux gris-bleu se durcissaient.

— Écoute-moi et peut-être que tu comprendras pourquoi je l'ai ouverte, même si c'est un peu une violation de ta vie privée.

— Je t'écoute.

— Tu te souviens quand j'ai disparu après le cours, alors que je t'avais demandé si on pouvait parler ?

Eli acquiesça et il continua.

— Quelqu'un nous observait depuis les bois.

Eli parut sceptique.

— Qu'est-ce qui te fait penser ça ? Je n'ai rien remarqué.

— Eli, tu as autant d'instinct de survie qu'un mouton. Pas que je te considère comme un suiveur, mais tu ne vois la falaise devant toi que lorsque tu es déjà en train de tomber.

— Quelqu'un t'a déjà dit que tu étais du genre suspicieux ?

Ash haussa les épaules, refusant de s'en excuser.

— J'ai été entraîné pour ça.

— Tu vas encore me dire que c'est Wayne ? Que je ne connais pas assez bien les gens que j'ai côtoyés toute ma vie ?

Les yeux d'Eli se plissèrent.

— J'essaye juste de te dire qu'à moins que quelqu'un t'attaque ouvertement, comme Britton, tu trouves toujours le moyen de leur donner le bénéfice du doute. Tiens, Whitney par exemple. Plein d'autres professeurs n'auraient pas été aussi patients que toi face à son absentéisme. Sans parler du fait que tout le monde dans ta classe savait que cette fille cherchait à attirer ton attention par tous les moyens.

Eli rougit à nouveau et détourna le regard.

— Ça n'explique pas le fait que tu penses que quelqu'un nous observait.

— J'ai vu le reflet du soleil dans quelque chose, sûrement des jumelles. J'ai déjà vu ça, avant.

Et à chaque fois, ça avait précédé un désastre.

— Tu as attrapé le type qui faisait ça ?

— Non, pas cette fois. Il connaissait mieux les bois du coin que moi.

Une situation qu'Ash entendait bien rectifier. S'il devait randonner dans les environs d'Amwich, ça ne lui ferait pas de mal de connaître les alentours de l'université.

— Ensuite, je suis allé dans ton bureau et c'était ouvert, et quand Britton a dit que tu étais sorti de là à toute vitesse, je me suis inquiété. J'ai vu l'enveloppe et mon instinct m'a dit que c'était important.

— Je note qu'il n'y a aucune excuse dans tes paroles, dit Eli.

Ash observa son visage, incapable de dire s'il était énervé ou non. Sans doute pas. Eli n'était pas très doué pour dissimuler sa colère. Ses lèvres se seraient pincées et une ride serait apparue entre ses sourcils. Aucun de ces signes n'était présent.

— Tu as raison, il n'y en avait pas.

Ash tapota l'enveloppe dans la main d'Eli.

— Je sais que j'ai dépassé les limites, mais je suis content de l'avoir fait. Ce qu'il y a là-dedans est trop important pour avoir été jeté accidentellement par la femme de ménage.

— Ça ne peut pas être si terrible que ça.

Eli récupéra ses lunettes et sortit la note de l'enveloppe. Ses sourcils se froncèrent d'irritation.

— C'est une blague ?

— Je pense au contraire que c'est très sérieux. Quelqu'un rôde autour de chez toi et de ton bureau, sûrement parce qu'il cherche quelque chose. Et puisqu'il n'a pas réussi à trouver ce quelque chose, il a décidé de compenser en essayant de te soutirer de l'argent.

— Ça n'a pas de sens. Si ce quelqu'un avait volé tous mes livres rares et les avait vendus, il aurait récupéré plus ou moins la même chose. Mais celui, ou celle, qui s'est introduit dans mon bureau n'avait aucune idée de la valeur des livres qu'il a endommagés, sinon il ne les aurait jamais balancés par terre. Qu'est-ce que je pourrais bien avoir d'autre qui aurait autant de valeur ?

— Il n'y a rien dans ta maison qui pourrait valoir beaucoup d'argent ? demanda Ash en tirant une chaise pour s'y asseoir. Quelque chose qui aurait été mis à l'abri, caché. C'est une vieille maison, il n'y a pas d'antiquités ?

Eli s'assit aussi et jeta la note devant lui.

— Il y en a, mais elles sont au vu et au su de n'importe qui. Et si quelqu'un m'a cambriolé, il ne les a pas touchées.

Le 'si' agaça Ash. Pour lui, il n'y avait aucun doute : quelqu'un s'était introduit dans la maison d'Eli.

— Il n'y a rien eu d'autre d'inexplicable ? Des portes ouvertes que tu étais sûr d'avoir fermées, des choses qui ont changé de place ? Quelque chose dont tu ne m'as pas parlé parce que tu as oublié ou parce que tu ne voulais pas qu'on se dispute ?

— Comme tu l'as dit, je ne suis pas toujours le plus observateur des hommes sauf lorsque je cherche quelque chose, comme quand je randonne.

Eli hésita et coula un regard vers Jase qui reniflait le tas de bois.

— Je n'aurais rien remarqué de bizarre, à part si quelqu'un avait laissé la maison sens dessus dessous, mais ces derniers mois, il y a eu deux choses à propos de Jase qui m'ont semblé vraiment bizarres, même s'il a tendance à faire des trucs qu'il ne devrait pas.

— Dis-moi tout, Eli. Ça pourrait être une nouvelle pièce du puzzle.

— Une fois, avant le cambriolage de mon bureau, quand je suis rentré, Jase m'a rejoint quand je suis descendu de mon vélo.

Le beagle accourut en entendant son nom et posa ses pattes sur la cuisse d'Eli, émettant un son de gorge curieux.

— Quand il était petit, c'était un fugueur. Je devais toujours faire attention à ne pas ouvrir les fenêtres de plus de quelques centimètres, sinon il arrachait la moustiquaire et s'échappait. Ou alors il se glissait derrière moi quand je sortais, puis filait au coin de la maison pour se cacher jusqu'à ce que je m'en aille. Il ne l'a pas fait depuis longtemps, mais de temps à autre, il me fait un coup de ce genre.

Eli regarda Ash, un peu troublé.

— C'était quoi, l'autre fois ?

— Jase avait un os à mâcher alors que je sais que je ne lui en avais pas donné. Mais bon, il est très doué pour voler et j'en ai un sac plein dans l'entrée. Il a pu en piquer quelques-uns et les cacher.

Ash tapota la lettre de chantage, attirant l'attention d'Eli dessus.

— Je ne pense pas que ce type fasse semblant. Il y aura une autre lettre. Je ne sais pas s'il ment au sujet des preuves ou non, mais il vaut mieux qu'on soit prudents.

Eli gratta Jase derrière les oreilles en fixant le papier. Ash aurait aimé savoir ce qu'il pensait. Eli n'aimait pas être mis au pied du mur et cette lettre de chantage essayait de l'y forcer. D'un autre côté, il tenait à sa réputation et Ash détesterait le voir céder à cet enfoiré. Il trouverait un autre moyen, s'il en arrivait là.

Ash ne saurait pas dire pourquoi il se sentait aussi investi dans cette affaire. Oui, il aurait fait la même chose pour n'importe quel autre ami, sans aucun doute. Mais ce n'était pas que de l'amitié qui le poussait à en faire autant.

Bon sang, peut-être que c'était même plus que sexuel. Mais il n'était pas sûr d'être prêt à parler de relation sérieuse, alors il mit ces pensées de côté pour l'instant.

— Eh bien, il peut aller se faire foutre s'il pense que je vais lui donner mes économies.

Eli soupira et remit la lettre dans l'enveloppe.

— Et merci de ne pas avoir essayé de me convaincre que c'était Wayne. Il n'aurait pas fait quelque chose comme ça. Me cambrioler s'il pensait qu'il y avait quelque chose à lui chez moi, bon. Mais pas le chantage.

— Même si ça couvrait les frais médicaux de son père et l'aidait à garder sa maison et son affaire à flot ? demanda gentiment Ash et il fut récompensé par le doute qui passa dans les yeux d'Eli. C'est personnel, Eli. Personne ne t'a donné l'impression que tu lui devais quelque chose ?

Eli resta silencieux le temps de considérer la question, avant de soupirer de frustration.

— Non.

— Tu dois montrer cette lettre au shérif Cooper.

Eli redressa la tête et sa mâchoire se serra.

— Non. Pas tout de suite.

— Pourquoi pas ? demanda Ash, tout en repoussant sa chaise et regardant durement Eli. Je commence à bien le connaître. Tu peux être sûr qu'il sera discret.

— Et tu penses que je peux faire confiance à ceux qui travaillent avec lui pour tous faire de même ? Si on le dit à Cooper, ça va remonter jusqu'au département de la police. Et malgré l'université, Amwich a une mentalité de petite ville. Tout le monde sera au courant avant la fin du mois.

Au grand désespoir d'Ash, Eli avait raison.

— Je pense que si tu lui demandes tout de suite de ne rien dire, il se taira. Il fait partie de mon groupe de poker et je suis allé le voir pour parler d'un de mes projets de justice criminelle. C'est un gars bien, il voit toujours juste. Je pense qu'on devrait aller le voir et lui exposer nos soupçons pour avoir un avis extérieur. On est trop impliqués pour être vraiment objectifs. On a besoin de lui.

Eli releva le menton, têtu. C'était un geste qu'Ash avait appris à reconnaître.

— Non, je m'en occuperai moi-même.

— Évidemment…

Ash se força à rester calme lorsqu'il lut la colère dans les yeux d'Eli. S'ils s'énervaient tous les deux, ils ne résoudraient rien.

— Au cas où tu l'aurais oublié, cette lettre me concerne, maintenant. Pas seulement toi. C'est notre relation qui est au cœur de ça, alors j'ai aussi mon mot à dire.

— Je n'avais pas pensé à ça, admit Eli. Mais je ne veux pas plus aller voir Cooper. Qu'est-ce que ça nous laisse comme alternative ?

Ash était convaincu que la réputation d'Eli n'était pas la raison pour laquelle il ne voulait pas aller voir les flics, mais il n'avait aucune idée de ce que pouvait être la vraie raison. Leur discussion tournait en rond et ça lui donnait mal à la tête.

Il était temps de changer de stratégie, parce qu'affronter Eli directement ne fonctionnerait jamais. Les sourcils d'Eli se haussèrent lorsqu'Ash se releva et prit sa main, mais il ne fit pas de commentaire et laissa Ash le mener jusqu'au canapé.

— Je t'ai déjà dit que je te trouvais absolument sexy avec ces lunettes ?

— Me faire des compliments ne te mènera nulle part.

Les lèvres d'Eli se courbèrent en un sourire, laissant Ash le pousser sur le canapé.

— Mais ça ne veut pas dire que tu dois arrêter.

Ash frotta son nez contre la mâchoire d'Eli, déposant une ligne de baisers sur sa gorge tandis qu'il se creusait les méninges, tentant de trouver un argument qui ferait comprendre à Eli qu'il était vraiment en danger.

— Pourquoi tu ne veux pas aller voir Cooper ? Je veux la vraie raison.

Eli repoussa Ash pour lui lancer un regard méfiant.

— Je te l'ai déjà donnée.

— Je suis sûr que ce n'est qu'une partie de la vraie raison. Tu sais ce que je pense ?

Eli se tendit quand Ash l'embrassa à nouveau dans le cou, cherchant la zone sensible qu'il avait découverte.

— Je pense que tu devrais te taire et m'embrasser.

Eli repoussa Ash dans les coussins et le chevaucha, s'asseyant sur ses cuisses. Ses mains glissèrent sur le torse d'Ash tandis qu'il se penchait sur lui. Et lorsque leurs lèvres se rencontrèrent, Ash n'était plus sûr de savoir qui séduisait qui.

Eli passa ses mains sous le tee-shirt d'Ash, sa langue jouant avec la sienne. Celui-ci grogna et enfouit ses doigts dans les cheveux d'Eli, penchant la tête pour répondre à son baiser. Il allait gagner cette bataille. Il lutta pour se concentrer sur le problème et non pas sur le fait que son entrejambe pulsait comme s'il n'avait pas eu Eli dans ses bras depuis des jours.

— Je pense que tu as peur que j'aie raison et tu ne veux pas avoir la preuve que quelqu'un que tu considères comme un ami t'a trahi, dit Ash quand ils rompirent le baiser.

Les yeux d'Eli s'assombrirent et Ash attrapa sa mâchoire d'une main.

— Ça t'est déjà arrivé ? C'est pour ça que tu ne veux pas ?

— Tu ne le sauras pas. Et tu n'arriveras pas à me convaincre d'aller parler à Cooper.

— Tu en es sûr ?

Ash les fit rouler sur le canapé et s'installa entre les cuisses d'Eli. Ils grognèrent lorsque leurs sexes se touchèrent à travers le tissu de leur jean et durcirent encore davantage. Ash fit un cercle avec ses hanches, intensifiant la friction et Eli se cambra contre lui, ses doigts s'enfonçant dans son dos.

— Je parie que je peux te persuader d'aller voir Cooper grâce à mon charme diabolique.

ASH NE voulait rien lâcher et Eli était partagé entre l'agacement que provoquait l'insistance du jeune homme, et l'amusement que lui inspirait une telle confiance en lui. Quelque part, c'était sexy qu'Ash se concentre uniquement sur lui, appliqué à le faire tourner en bourrique jusqu'à ce qu'il cède.

— Je parie que tu ne peux pas, dit Eli en mordant l'épaule d'Ash et en tirant sur son tee-shirt. On verra bien qui se tortillera et suppliera au final.

— Oh, alors tu veux jouer ?

Ash retira le tee-shirt d'Eli et ses lèvres tracèrent un chemin du ventre d'Eli jusqu'à son téton. Oh, attaquer si vite un des points faibles d'Eli n'avait rien de fair-play.

— C'est toi qui as commencé.

Ash lui donna un petit coup de langue, le faisant gémir et se tortiller sous lui. Allumeur. Finalement, il referma ses lèvres sur son téton sans douceur. Eli entoura les hanches d'Ash de ses jambes et défit le jean de son amant.

— Et c'est moi qui vais finir, dit-il tandis que ses mains se faufilaient sous le pantalon d'Ash et caressaient son membre. Où a-t-on laissé les capotes et le lubrifiant ?

— Je crois... Dans la salle de bain, peut-être.

Ash grogna quand Eli serra les doigts sur son sexe et il lui donna un petit coup de reins.

— Ou dans la chambre. Peut-être qu'on devrait se déplacer jusque-là...

— Oh non, dit Eli en mordillant l'oreille d'Ash et en le repoussant. Reste là et je t'interdis de bouger. Je reviens de suite.

Il retira son tee-shirt tandis qu'il se dirigeait vers la chambre.

— Prude, va.

Ash se releva sur un coude et le soleil couchant répandait ses rayons à travers la baie vitrée, faisant paraître sa peau dorée.

— Il y a plus de place dans la chambre, lui lança-t-il.

— N'importe quoi. À mon avis, le canapé est plus grand que le lit.

Dans la salle de bain, Eli trouva le lubrifiant et les préservatifs qu'ils avaient achetés pendant leurs dernières courses en ville. Il se débarrassa de ses derniers vêtements, souriant en passant la tête dans le couloir.

— Tu as intérêt à être nu quand je reviens.

Eli revint dans le salon pour y trouver Ash en train de retirer son jean.

— Tu obéis mieux aux ordres que moi, dit-il en l'approchant.

— Je pense que je suis simplement plus raisonnable que toi.

Ash l'attrapa par la taille et le recoucha sur le canapé, faisant tomber le lubrifiant et les capotes par terre. Au moins, il n'avait plus l'air d'avoir envie de parler.

— Je ne peux pas dire le contraire.

Eli rit doucement contre l'oreille d'Ash quand le poids de ce dernier l'écrasa un peu. Ash l'embrassa et la chaleur se répandit en lui. Son souffle se fit plus court tandis qu'il explorait le corps d'Ash de ses mains, depuis ses larges épaules jusqu'à ses hanches étroites. Leurs gémissements se mêlèrent et Ash rompit le baiser. Eli entendit le 'pop' du flacon de lubrifiant qu'on débouche et l'impatience le gagna.

— Dépêche-toi.

Ash grogna et mordilla sa mâchoire, mais un instant plus tard, Eli sentit la plaisante sensation d'être pénétré quand Ash introduit un doigt glissant en lui.

— Oui… souffla Eli en levant une jambe pour l'accrocher à la hanche d'Ash.

Il chercha la boîte de préservatifs à tâtons pendant qu'Ash le préparait. Ash continuait de mordiller sa gorge et sa mâchoire, rendant Eli fou de désir. Son visage était si proche qu'Eli pouvait voir chaque éclat d'or dans ses yeux verts. Il frotta son nez contre la joue d'Ash, embrassant cette tache de rousseur près de sa bouche qu'il aimait tant et sourit, triomphant, lorsqu'il trouva enfin un emballage. Ash rit contre ses lèvres.

— Tu devrais voir ta tête. Tu as l'air aux anges.

— C'est un peu ça.

Eli glissa sa main entre eux et sourit quand le membre d'Ash pulsa contre sa paume. Il était si chaud qu'il avait l'impression de se brûler les doigts. Il le caressa et gémit brusquement lorsqu'Ash trouva sa prostate, des éclairs blancs de pur plaisir dansant devant ses yeux.

Eli réussit, sans savoir comment, à sortir le préservatif de son emballage, ses doigts rendus maladroits par l'impatience, et l'enfila sur le sexe d'Ash. Il lui accorda une dernière caresse qui fit grogner son amant et les doigts d'Ash le quittèrent brutalement. Avant qu'Eli puisse se rendre compte de leur absence, Ash leur fit échanger leur position et ses mains glissèrent sur les hanches d'Eli.

— Je veux te voir me chevaucher.

Eli n'avait pas l'intention de discuter. Il saisit le sexe d'Ash et son cœur rata un battement quand il s'empala dessus avec un gémissement sourd. Les doigts d'Ash se crispèrent sur la hanche d'Eli lorsqu'il donna un petit coup de hanche pour venir à sa rencontre. Ash entrouvrit la bouche pour laisser échapper un soupir de plaisir.

— C'est si bon...

Eli ferma à demi les yeux, renversant la tête en arrière, ses cheveux cascadant sur ses épaules pendant qu'il savourait la sensation d'être entièrement plein du sexe d'Ash.

— Je ne peux pas dire mieux...

Les doigts d'Ash parcoururent les cuisses d'Eli. Leurs regards se croisèrent et il y avait du défi dans celui d'Ash. Eli sourit lorsqu'ils commencèrent à bouger. Son pouls accéléra et la chaleur devint fournaise. Il posa ses mains sur le canapé et se pencha vers Ash, voulant le toucher le plus possible. Les mains rugueuses d'Ash se posèrent sur ses fesses, les pétrissant tandis qu'il couvrait son torse de baisers. Ash remonta les mains pour plonger de nouveau ses doigts dans les cheveux d'Eli, lui tirant ta tête en arrière pour pouvoir dévorer sa gorge.

— Bon sang, tes cheveux me rendent dingue, murmura-t-il contre sa peau.

— Je peux dire la même chose de tes taches de rousseur.

L'odeur d'Ash, son goût, tout l'enivrait. Le désir et le besoin couraient dans ses veines, lui faisant perdre la tête. Ils accélérèrent le rythme, les va-et-vient se firent plus brutaux et Eli soupira de plaisir.

La bouche d'Ash brûlait sa peau et son autre main agrippa les cheveux d'Eli pour lui imposer un baiser torride. Eli gémit, son souffle se fit erratique, son cœur battant à tout rompre. Il griffa légèrement les flancs d'Ash et sourit quand celui-ci frissonna et rompit le baiser avec un grognement sourd.

Eli sourit devant ces yeux étincelants et se raidit, criant quand le membre d'Ash s'enfonça plus profondément en lui. Le plaisir le traversa quand la chair frotta contre cet endroit si sensible en lui.

— Oh, putain, souffla-t-il, rejetant sa tête en arrière.

— Tu es tellement sexy, murmura Ash.

Il attrapa les hanches d'Eli, les doigts crispés contre sa peau pendant qu'il donnait du bassin.

— Plus vite, Eli.

Ce dernier glissa sa main le long du torse d'Ash. C'était difficile de penser ou de se rappeler pourquoi il était là. Il décrivit un cercle avec ses hanches, faisant en sort que chaque va-et-vient touche sa prostate et l'amène

163

plus près de l'orgasme. La sueur luisait sur leur peau, les halètements et les grognements résonnants dans la pièce.

— Je veux te voir te caresser, prof, dit Ash d'une voix rauque.

Eli trembla quand il referma ses doigts sur son membre. Il était déjà si proche de l'orgasme… Et cette nouvelle friction n'arrangeait rien. De lourds frissons le traversèrent.

— Ash…

— Ne t'arrête pas, dit celui-ci, se redressant assez pour lui voler un baiser. Tu n'as pas idée d'à quel point tu es bandant quand tu te caresses.

Ash le rendait dingue. Ses bras s'enroulèrent autour de lui. Eli poussa un cri et se retrouva de nouveau sur le dos. Comment arrivait-il à faire ça ?

Ash lui asséna un solide coup de reins et Eli se cambra avec un gémissement étranglé. Ses doigts s'enfoncèrent dans le dos d'Ash et il entoura les hanches de son amant de ses jambes. Il ne fallut que deux coups de reins supplémentaires à Eli pour perdre la tête. Ses muscles se contractèrent et l'orgasme le traversa brutalement pendant qu'Ash murmurait à son oreille, ses lèvres effleurant la mâchoire d'Eli.

Eli cacha son visage au creux du cou d'Ash, le souffle heurté. Ash continua à donner des coups de hanches, plus fort.

— Oh, nom de Dieu…

Il avait voulu rendre Ash fou, mais ce dernier avait le chic pour renverser la situation.

Eli se resserra sur lui et Ash trembla en retour.

— Presque… murmura-t-il contre l'oreille d'Eli avant de l'embrasser sur la tempe.

De lourds frissons parcoururent Eli tandis que les vestiges de son orgasme disparaissaient. Le sexe d'Ash palpita en lui, le tourmentant délicieusement. C'était presque trop, mais pourtant, il ne voulait pas que ça se termine. Il tourna la tête, trouva les lèvres d'Ash et l'embrassa à pleine bouche. Les coups de reins d'Ash se firent plus erratiques. Les muscles sous les doigts d'Eli se contractèrent et il grogna contre ses lèvres lorsqu'il jouit. Eli caressa son dos, flattant longuement ses épaules et descendant jusqu'à ses fesses fermes. Il redessina les cicatrices marbrant les flancs du réserviste du bout des doigts. Ils s'embrassèrent encore, leur langue se mêlant en un lent ballet. Leur souffle s'apaisa et le cœur d'Eli reprit lentement un rythme plus normal.

— On dirait qu'on est à égalité, murmura Ash tout contre ses lèvres, enlaçant Eli.

Celui-ci grogna et leva la tête.

— Qu'est-ce qu'on peut y faire ?

— Qu'est-ce que tu dirais d'un autre pari ? Si je gagne, on va voir Cooper et on lui dit tout, même mes soupçons à propos de Wayne.

Eli fronça les sourcils et s'assit. Il détestait ne serait-ce qu'y penser, mais il devait se rendre à l'évidence : Ash n'allait rien lâcher.

— Et si je gagne, on s'en abstient jusqu'à ce que je dise le contraire.

— Fichue tête de mule… grommela Ash.

Il poussa un peu Eli sur le côté et s'assit aussi.

— Et pour ce qui est de l'enjeu du pari…

— Pas de base-ball, coupa Eli. Je veux profiter des derniers matches de la saison sans porter la poisse à mon équipe.

— J'allais suggérer quelque chose de bien plus intéressant pour nous deux.

Ash dédia un sourire en coin à Eli et se pencha pour lui voler un baiser.

— Je vais déployer tous mes charmes. Tant que tu y résistes, on ne va pas voir Cooper. Dès que tu cèdes, on y va.

— Tu n'es pas sérieux. Tu ne peux pas utiliser le sexe pour parier sur quelque chose d'aussi important.

Cela ne devrait pas être trop difficile. Ce qu'ils faisaient ici, au campement, était une chose. Mais lorsqu'ils rentreraient à la maison, toutes les raisons qui faisaient qu'ils devaient garder leurs distances seraient toujours là. Mais cette pensée manquait de conviction.

— Quoi ? Tu as peur de ne pas pouvoir te retenir avec moi ?

Ash se laissa aller contre le dossier du canapé et lui sourit. Salopard, Ash savait à quel point il était facile de l'énerver.

— Je te promets de ne pas t'assommer et t'attacher à mon lit. Ça te rassure ? À part ça, mon tout beau, tous les coups sont permis et je fais tout ce que je veux tant que ce n'est pas en public.

Eli pianota sur l'accoudoir du canapé, son regard passant d'Ash à la lettre sur la table. On était vendredi, ce qui leur laissait deux nuits et deux jours entiers à passer ensemble, à moins qu'Ash ne veuille jouer au con dès maintenant.

— On commence maintenant ou lundi ?

Le regret se peignit sur le visage d'Ash et il lança un regard vers la chambre qu'ils avaient partagée. Salaud. Il n'avait rien à dire pour qu'Eli comprenne sa décision.

— Maintenant. Et à partir de lundi, tu n'as pas intérêt à m'éviter. Je te promets de ne pas venir me glisser dans ton lit si tu me promets qu'on pourra toujours se faire des soirées au *Dingers*.

— Maintenant ? Tu es dur en affaires.

Ash sourit et Eli le fixa du regard.

— À quoi bon attendre ? lança Ash pendant qu'Eli allait récupérer ses vêtements.

— Je pensais que tu profitais du week-end autant que moi.

Eli revint vers le salon en reboutonnant son jean et trouva Ash qui l'attendait dans le couloir.

Ash prit la main d'Eli et lui décocha un sourire des plus charmants en lui embrassant l'intérieur du poignet.

— C'était le cas, et ça l'est toujours. Mais c'est important. Et puisque ta stratégie c'est de retarder les choses…

Eli retira sa main, se sentant manipulé et pris au piège, amené exactement où Ash le voulait. Ash avait probablement pensé qu'ils allaient tout de même baiser tout le week-end, parce qu'il ne lui faudrait sûrement pas grand-chose pour céder, et ça le mettait hors de lui.

— On ne serait pas allés voir Cooper avant après-demain, de toute façon. À moins de lui envoyer des signaux de fumée. Parce qu'au cas où tu l'aurais oublié, il n'y a pas de téléphone, ici.

Le visage d'Ash se ferma et il lança un regard dur à Eli.

— Je n'ai pas oublié du tout. Je me souviens de plusieurs heures d'inquiétude où j'ai tenté de te joindre. Qu'est-ce qui t'énerve à ce point ?

— Maintenant, il y a un problème entre nous. Il n'y en avait pas avant. Et je suis venu ici pour éviter ce genre de connerie.

— Il n'y a pas de raison qu'il y ait un problème.

Ash reprit la main d'Eli et l'attira plus près de lui.

— Laisse-toi aller. Ça piquera un peu ton orgueil au début, mais tu verras, je compenserai.

Eli se dégagea avec un grognement de frustration et remit son tee-shirt.

— Où vas-tu ? demanda Ash lorsqu'Eli enfila ses baskets et se dirigea vers la porte.

— Monter la mini-tente. J'avais prévu de faire une randonnée de nuit, mais j'avais changé d'avis quand tu es arrivé.

Eli ouvrit le battant et Jase couina en lui passant devant.

— Sache qu'il n'y a de place que pour un homme et un chien dedans.

166

— Eli, ne sois pas ridicule.

Eli l'ignora et fouilla dans sa jeep pour en sortir son équipement de camping.

— Tu veux venir camper, Jase ? Cette tête de pioche peut avoir le chalet pour lui tout seul. Et je lui souhaite bien du plaisir.

XIII

ASH S'HABILLA et commença à ranger les plats tout en se disant qu'Eli allait revenir à la raison. Dormir dans une tente, quelle idée ! Pas quand il y avait un chalet juste là et que la température la nuit descendait maintenant près de zéro. Eli attendait juste qu'Ash fasse machine arrière et s'excuse, ou annule le pari pour qu'il puisse s'amuser tout en ayant quand même raison.

Aucune chance que ça arrive. Du point de vue d'Ash, sa façon de faire était un compromis. Ce n'était pas comme s'il exigeait que Wayne soit arrêté. La porte s'ouvrit et Ash se retourna. Il laissa échapper un soupir agacé lorsqu'il vit que c'était seulement Jase. Le beagle laissa échapper un aboiement plaintif et jeta un regard accusateur à Ash.

— Hé, ne me regarde pas comme ça, mec. Ton papa est borné et susceptible.

Il jeta un coup d'œil à l'extérieur, regardant Eli remplir un sac à dos avec une facilité qui dénotait sa grande pratique.

— Il ne va pas vraiment dormir dehors toute la nuit alors qu'il y a un lit tout à fait confortable ici, n'est-ce pas ?

Jase aboya avant de s'éloigner, utilisant ses pattes pour ouvrir la porte en moustiquaire. Ash jeta un œil autour de lui, dans le chalet maintenant vide. Bordel, peut-être qu'il avait mal calculé son coup. Lorsqu'il eut fini de ranger, plus aucun son ne provenait de l'extérieur et Ash s'assit pour attendre qu'Eli revienne. Ils allaient discuter et trouver un moyen d'arranger les choses.

Lorsque les ombres à l'extérieur du chalet se métamorphosèrent en nuit, le silence commença à l'inquiéter. Malgré tous ses efforts, il n'arrivait pas à imaginer Eli assis dans sa tente en train de bouder. Ce n'était pas son style, alors qu'est-ce qu'il pouvait encore bien faire dehors ?

Ash se dirigea vers la fenêtre et fronça les sourcils lorsqu'il ne vit pas la tente d'Eli dans la cour. Quelques instants plus tard, il avait enfilé ses bottes et passé rapidement en revue le pourtour du chalet. Ses peurs se confirmèrent. Cet enfoiré avait disparu et avec ses longues jambes il pouvait se déplacer très rapidement. Il pouvait être n'importe où. En jurant, Ash rassembla du matériel de camping à son tour avant de partir à la poursuite d'Eli. Cela lui prit plus d'une heure pour retrouver sa trace, et cela lui aurait sans doute pris bien plus longtemps si Jase n'était pas venu à sa rencontre. Lorsqu'il émergea dans la petite clairière, Ash était frigorifié, affamé, et heureux de voir Eli assis devant un petit feu de camp.

— Traître, murmura Eli en direction de Jase.

Mais il n'y avait pas de réelle colère dans son ton et le regard qu'il envoya à Ash était plus inquiet qu'en colère. Cela fit s'évanouir l'irritation restante d'Ash.

— Je croyais que tu n'allais pas venir en rampant te glisser dans mon lit.

— Je croyais que tu avais dit que cette tente était juste assez grande pour un chien et toi ?

Ash laissa tomber son sac près du feu et en retira un peu de bœuf séché.

— J'ai amené mon propre sac de couchage, je te remercie.

— Personne ne t'a obligé à me suivre.

Eli tendit la main vers un petit pot qui cuisait au-dessus du feu et tendit une tasse fumante à Ash quelques instants plus tard.

— Le thé est un peu fort.

— Eh bien si. Cela aurait été complètement absurde que je reste dans le chalet pendant que tu étais ici.

Ash enroula ses mains ankylosées autour de la tasse et laissa la chaleur pénétrer ses doigts gourds.

— Je n'avais pas réalisé que tu étais si orgueilleux, murmura Eli.

— Est-ce que tu essaies de me remettre en colère ?

Eli enfonça une brindille dans le feu, faisant voler des étincelles.

— Non. Je suis désolé.

Il se versa une tasse pour lui-même avant d'étirer les jambes en se calant plus confortablement contre la souche.

— Dis-moi que tu n'as pas fait tout ce chemin pour qu'on continue à s'engueuler.

Ash prit une gorgée du thé amer. Il avait vraiment mauvais goût, mais il fut heureux de sentir sa chaleur se répandre dans son estomac.

— Non. Merci pour le thé.

169

Ils restèrent assis en silence, buvant leurs boissons pendant qu'Eli caressait Jase. Ash bâilla, plus à l'aise maintenant qu'il avait quelque chose dans l'estomac et qu'il commençait à se réchauffer. Sans un mot, Eli éteignit le feu, s'assurant que chaque braise était bien étouffée.

— Tu serais bien mieux installé dans le chalet.

— Laisse tomber, prof. Si tu peux dormir à la dure, moi aussi.

Ash suivit Eli dans la petite tente et étala son sac de couchage. Ils s'installèrent dans la pénombre, cherchant à tâtons de la place là où il n'y en avait pas, tandis que Jase s'étalait bienheureusement à leurs pieds. Ash broyait du noir en regardant le plafond en toile qui ne se trouvait qu'à quelques centimètres de son nez et écoutait le son régulier de la respiration d'Eli. Comment diable était-il supposé vaincre cette nouvelle distance entre eux alors qu'Eli restait si froid et détaché ? Tout ce qu'il essaierait de faire ressemblerait à une tentative de tricherie, ce qui ne ferait que repousser encore plus Eli.

Il était sur le point d'annuler le pari et de trouver un autre moyen de pousser Eli à aller voir Cooper lorsqu'Eli se retourna et effleura son visage de ses lèvres.

— C'est une excuse, pas une invitation, murmura-t-il.

Ash sourit et enroula ses bras autour de la taille d'Eli, le ramenant près de lui, sac de couchage compris.

— Ceci est aussi une excuse, pas du rentre-dedans.

Il embrassa son cou avant de s'assoupir. Lorsqu'il se réveilla le lendemain matin, la tente était vide et il pouvait entendre Eli se déplacer à l'extérieur. Cette tendance à se réveiller à l'aube était vraiment anormale.

Il sortit sa tête de la tente avec un grognement et croisa le regard sérieux d'Eli.

— Tu n'aurais pas pu rester au chaud encore quelques heures ?

— Je retourne à Amwich. Tu peux utiliser la tente ou le chalet si tu veux rester.

— Eli, il nous reste encore une nuit avant de devoir rentrer.

Ash remit la main sur ses bottes.

— Je croyais qu'on s'était excusés la nuit dernière.

— C'était pour ma remarque sarcastique, et aussi peut-être parce que je t'ai inquiété encore une fois en disparaissant.

Eli vérifia le contenu de son sac puis le jeta sur son épaule.

— Ça ne voulait pas dire que j'avais abdiqué. À moins que tu veuilles abandonner le pari ?

— Est-ce que tu iras voir Cooper sans ça ?

Ash fit ses lacets et leva les yeux sur Eli, qui détourna le regard.

— C'est bien ce que je pensais.

— Si tu cherches à m'acculer comme ça, alors il faudra que tu te donnes du mal pour gagner ce fichu pari. Je ne vais pas te faciliter la tâche.

Eli roula son sac de couchage bien serré, avant de le sangler sur son sac à dos.

— On se voit lundi en cours.

Chaque son semblait amplifié dix fois au milieu de la nuit. Wayne arrêta sa camionnette devant la maison d'Eli et le bruit des pneus sur le gravier le fit grimacer. Il fallait qu'il récupère cette fichue lettre. Qu'est-ce qui lui avait pris ? Il risquait vraiment de s'attirer des ennuis.

Eli devait l'avoir lue. C'est pour cela que Wayne n'avait pas pu la retrouver dans son bureau la veille. Il avait attendu le week-end pour pouvoir chercher partout sans s'inquiéter de se faire repérer. Wayne pria pour qu'Eli ait laissé la lettre chez lui avant de se rendre dans son chalet. Il allait pouvoir chercher toute la nuit.

Une fois qu'il aurait trouvé cette lettre, il la brûlerait et tout serait terminé. Eli se poserait des questions pendant un moment, et puis il finirait par oublier toute l'histoire si aucune nouvelle exigence ne venait.

Wayne sortit de sa poche le double des clés d'Eli et descendit lentement de sa camionnette. La maison était sombre et silencieuse. La lampe qu'Eli laissait généralement allumée dans la cuisine quand il était parti devait s'être éteinte. Un léger vent bruissait à travers les arbres et les piles de feuilles mortes, donnant des sueurs froides à Wayne. Il se passa une main sur le front et enfonça la clé dans la serrure.

La porte s'ouvrit, et Wayne s'arrêta dans l'embrasure pour permettre à ses yeux de s'adapter à la pénombre. Le bruit de griffes cliquetant sur le sol et de petits aboiements heureux furent les seuls avertissements qu'il reçut. Une boule de poils noirs, blancs et bruns lui fonça dessus, le faisant presque tomber.

— Oh non !

Le cœur de Wayne rata plusieurs battements et son ventre se tordit violemment. Oh, par pitié, est-ce que rien ne pouvait jamais bien se passer pour lui ? Le sang se mit à battre à ses tympans et il referma la porte d'entrée. Eli était revenu plus tôt que prévu. Il ne revenait jamais plus tôt que prévu. Dans quelques secondes, il allait descendre l'escalier en courant et Wayne se ferait prendre.

Il courut jusqu'à sa camionnette, la tête rentrée dans les épaules comme pour se faire plus petit. Jase n'était nulle part en vue. Tant pis pour ce crétin de chien. Eli le rattraperait. Jase l'écoutait toujours. Wayne redescendit à toute allure le flanc de la montagne et ne réussit à se calmer légèrement qu'une fois qu'il eut atteint sa propre maison. Il était vraiment temps d'abandonner ce rôle idiot, être criminel ne lui allait pas.

TIRÉ DU sommeil par des glapissements à dresser les cheveux sur la tête et les aboiements hystériques de Jase, Eli fut désorienté pendant un instant. Il lui fallut une minute pour se souvenir qu'il n'était plus dans son chalet ni dans sa tente avec Jase. Il était de retour chez lui et c'était le milieu de la nuit.

— Jase ?

Eli sauta du lit lorsque les cris gagnèrent en volume et son cœur se mit à battre violemment jusqu'à ce qu'il se rende compte que le tapage venait de l'extérieur. Comment diable ce chien avait-il pu sortir à nouveau ? Eli courut au rez-de-chaussée et attrapa son fusil dans le placard avant d'allumer la lampe extérieure et de sortir par la porte arrière.

Le froid le saisit, lui faisant se rendre compte qu'il ne portait rien de plus qu'un pantalon de pyjama, et le sol gelé mordit ses pieds nus. Les aboiements de Jase se changèrent en couinement de douleurs, et Eli suivit le son et courut vers le cabanon. La porte était entrouverte et Eli pouvait clairement entendre le bruit d'une bagarre et de pattes cliquetant sur le béton, ainsi que les cris d'un pécan et les grondements de Jase.

Il ouvrit la porte d'un coup de pied afin que la lumière pénètre dans le cabanon, et leva son fusil. Il siffla sèchement, ne quittant pas du regard les yeux qui brillaient dans un coin.

— Jase, au pied.

Jase devait avoir décidé qu'il en avait assez de cette bagarre car, pour une fois, il obéit immédiatement. Le pécan s'avança de quelque pas, bouche ouverte et montrant ses crocs acérés. Ses petits yeux n'avaient pas l'air enragés, mais Eli décida de ne pas prendre le risque. Il ferma la porte du cabanon juste au moment où l'animal se remettait à crier.

Il ignora les hurlements et s'agenouilla sur le sol en posant son fusil par terre. Jase gémit, ses grands yeux tristes et plein de douleurs.

— Viens ici, petit père. Où est-ce qu'il t'a mordu ? Et qu'est-ce que tu faisais dehors ?

Le cœur d'Eli battait à tout rompre sous l'effet de la panique. Les pécans pouvaient être très vicieux et avaient beaucoup de force dans la mâchoire. Il allait devoir appeler le garde-chasse pour que celui-ci vienne vérifier que le pécan n'était pas enragé. Oh, s'il vous plaît, pas ça. Impossible de dire à quel point son chien serait blessé si c'était le cas. Jase s'avança en boitant vers lui et Eli le toucha en faisant très attention. Son estomac se retourna lorsqu'il sentit le sang chaud qui coulait sur la fourrure.

Eli continua à parler à Jase sur un ton rassurant et le prit dans ses bras. Jase fut bientôt enroulé dans une serviette chaude et allongé sur le siège avant de la jeep d'Eli avec son jouet favori.

— Le docteur Gemma nous attend, et elle va me crier dessus pour ne pas avoir fait plus attention à toi. Tu veux voir le docteur Gemma ?

Jase leva une oreille en entendant le nom familier, mais ce fut tout. Il aimait la vétérinaire, une femme calme qui en faisait toujours des tonnes quand elle le voyait. Il tolérait les vaccins et examens uniquement pour ses démonstrations d'affection extravagantes après coup.

Jase n'aurait pas réussi à sortir tout seul de la maison au milieu de la nuit. Il avait toujours réservé ce genre d'escapades aux instants où Eli ne faisait pas attention. Il lui glissait entre les jambes pour s'enfoncer à toute vitesse dans les bois. Il adorait cela et ne s'arrêtait pas avant d'être épuisé, ou jusqu'à ce qu'Eli l'appelle. Mais il n'était jamais sorti seul pendant la nuit.

Alors la seule façon dont Jase aurait pu sortir, c'est si quelqu'un l'avait laissé sortir. Même si le beagle était très intelligent, il n'était pas capable d'ouvrir un verrou, et toutes les fenêtres étaient fermées. Un cambriolage nocturne ne collait pas non plus. Jase aurait aboyé de toutes ses forces. À moins qu'il connaisse l'intrus, et plus particulièrement si cet intrus avait l'habitude d'amener des friandises. Jase était intelligent, il se serait tu pour des friandises, si c'était quelqu'un en qui il avait confiance qui le lui demandait.

Eli esquissa un rictus, n'aimant vraiment pas la direction que prenaient ses pensées tandis qu'il descendait le long de la montagne. Il aimait encore moins entendre les geignements pleins de douleurs de Jase. Ash avait raison : tous les indices pointaient réellement vers Wayne. Il était capable de faire une nouvelle clé pour la serrure. Et si c'était de l'argent qu'il cherchait, il avait clairement un mobile, même si Eli n'arrivait pas à comprendre ce qu'il pouvait bien vouloir. Un sentiment de trahison intense se mêlait à sa colère.

Ce qu'Eli ne comprenait pas, c'était : pourquoi lui ? Il n'avait entendu personne d'autre en ville se plaindre de cambriolages. Il y avait des tas de gens plus riches que lui. Une chose était certaine, il était grand temps qu'il ait une bonne conversation avec Wayne Grayson. Et celui-ci pouvait prier pour que Jase aille bien.

LE LENDEMAIN soir, Eli entra au *Dingers* et fut aussitôt enveloppé par une odeur de laine mouillée, de vieille bière et de fumée de bois. Il aimait vraiment cette époque de l'année. En fait, il aimait toutes les saisons sauf le milieu du printemps, quand tout était froid et l'hiver ne semblait pas vouloir prendre fin. À cette époque, il était prêt à prendre le premier avion pour un endroit chaud et sec.

À cet instant, cependant, ces odeurs le réconfortaient. Elles étaient familières et apaisantes après sa longue et épuisante nuit. Jase allait devoir rester chez le docteur Gemma jusqu'au lendemain. Il avait l'air ridicule avec une oreille rasée et recousue et une collerette. Il avait aussi reçu une morsure profonde sur la croupe – une blessure sur laquelle elle voulait garder un œil pour s'assurer qu'il n'y aurait pas d'infection. Chaque fois qu'Eli y pensait, il serrait à nouveau les poings.

Au moins le pécan n'avait pas la rage. Cette information avait été un soulagement, et c'était la seule chose qui avait retenu Eli d'aller voir Cooper comme Ash le voulait. Il avait invité Wayne à venir dîner avec lui pour lui donner une chance de dire la vérité. S'il n'avouait pas, alors Eli irait voir Cooper et il ne se sentirait absolument pas coupable de la situation dans laquelle Wayne s'était mis. Quel enfoiré. S'en prendre à lui c'était une chose. Mais la nuit précédente avait été complètement différente.

— Salut Eli. Désolé pour Jase.

Neil lui fit un signe de la main depuis le bar.

— Est-ce qu'Ash vient ce soir ? Je voulais voir si on pouvait faire la soirée poker chez lui plutôt que chez moi cette semaine.

— Et pourquoi pas chez toi ? Parce que tu devrais faire le ménage ?

Eli suivit le regard de Neil en direction de sa cousine, avant de relever les yeux vers lui. Le barman paraissait fort occupé à polir un verre de bière, toute son attention fixée sur sa tâche.

174

— Ou tu ne veux pas que les autres sachent que tu es à la colle avec Lu ?

— Tu ne vas rien dire là-dessus, et moi je ne dirai rien sur ce que tu as fait ce week-end et avec qui tu l'as fait.

Neil lui jeta un regard noir qui lui rappela brusquement certaines erreurs commises lorsqu'il était adolescent.

— Je me tais et je vais m'asseoir à ma place habituelle.

Eli fit mine de se détourner avant de revenir vers Neil, incapable de se retenir de se moquer un peu.

— Je dirais seulement qu'il était temps, est qu'en tant que parent le plus proche, j'approuve.

— Attends de craquer pour quelqu'un, Eli, gronda Neil en agitant une serviette dans sa direction. Attends un peu je vais tellement t'emmerder avec ça.

— Tu m'emmerdes quoi qu'il arrive, cher ami. Ash ne va pas venir ce soir, je peux lui passer le message en classe demain.

Même si ses sentiments étaient partagés à l'idée de revoir Ash le lendemain.

Ce qui n'aidait pas, c'est qu'il se sentait coupable de ne pas avoir raconté à Ash ce qui s'était passé avec Jase. Seulement, il savait exactement ce que le réserviste aurait fait s'il le lui avait dit. Ash serait allé voir Cooper immédiatement, sans savoir avec certitude si Wayne était responsable ou non. Ash serait aussi contrarié d'apprendre qu'Eli avait prévu de confronter Wayne sans lui, et c'était pour cela qu'il avait décidé de le faire ici et pas en privé. Cela devrait apaiser quelque peu les tendances protectrices d'Ash.

— Comment va Jase ? demanda Lu en s'approchant avant de déposer un bol de pop-corn sur la table. Ce chien a une cervelle grosse comme un pois chiche.

— Je crois que je peux dire sans mentir qu'il n'est plus aussi fasciné par les pécans. Ça ira, il guérit vite.

Eli piocha dans le bol et tira une chaise pour sa cousine.

— Reste un peu avec moi ?

— Peut-être plus tard. Si je m'assois maintenant, je ne vais plus me relever. Laisse-moi t'amener un verre de vin. Tu peux laisser ce vaurien chez moi pendant que tu travailles, si tu veux.

— Merci, je vais peut-être faire ça. J'avais pensé installer un panier dans mon bureau, mais ce serait mieux chez toi.

175

Eli serra la main de Lu.

— Et pas de vin, merci. Si j'en prends, je vais sans doute m'effondrer. Je n'ai pas dormi la nuit dernière.

Lu s'assit à côté de lui.

— Finalement, j'ai besoin d'une pause. Alors, dis-moi, qu'est-ce qu'il y a entre toi et Ash ? Je l'aime bien, celui-là, Eli. Il te fait sourire.

— Neil te fait sourire aussi, quand il ne te rend pas folle.

— Qu'est-ce que tu veux dire ? Qu'Ash te rend fou ou que je devrais commencer à sortir avec Neil ?

— Commencer ? se moqua Eli jetant un rapide regard à Neil.

Celui-ci se tenait derrière le bar, séchant une tasse avec un torchon d'un air absent et dévorant Lu du regard.

— Tu ne m'auras pas, chère cousine.

— Oh, tu es impossible.

Lu se leva avec un soupir. Elle se pencha et enroula ses bras autour des épaules d'Eli pour le serrer contre elle.

— Je comprends pourquoi tu veux garder le secret, mais je voulais te dire que j'approuve.

— J'ai dit quelque chose du même genre il y a quelques minutes, mais Neil m'a grogné dessus.

— Je ne parlais pas de moi, Elijah. Arrête de changer de sujet.

Eli sourit en la voyant s'éloigner. Ce n'était pas facile d'impressionner Lu, particulièrement lorsqu'il s'agissait de lui. Elle n'avait réellement apprécié qu'un seul des hommes avec qui il était sorti. Dommage qu'Ash n'ait pas prévu de rester.

Les pensées d'Eli continuaient à se bousculer sa tête : Jase, la situation avec Wayne et ce qu'il allait faire à propos d'Ash... Jusqu'à ce qu'il voie Wayne passer la porte. Leurs regards se croisèrent et le cœur d'Eli se serra lorsque l'autre homme détourna immédiatement les yeux, comme s'il n'arrivait pas à le regarder. Et merde, il avait vraiment voulu croire que Wayne n'était pas capable de ce genre de choses.

— Wayne. Assieds-toi, s'il te plaît, dit Eli lorsque l'autre homme arriva à hauteur de la table. Il faut vraiment qu'on parle.

— Comment va le chien ? marmonna Wayne en tirant une chaise.

— Jase, répondit Eli en insistant sur son nom, va survivre, mais il aura des cicatrices.

Et voilà, il était de nouveaux en colère.

Wayne tressaillit et se tordit les mains au-dessus de la table.

— Je suis vraiment désolé pour ça. D'entendre ça, je veux dire.

Eli serra la mâchoire lorsque Lu lui amena son thé et prit la commande de Wayne. Peut-être qu'il aurait dû choisir un autre endroit. Sa cousine aimait s'incruster dans la plupart des conversations, et il ne voulait pas qu'elle se mêle de celle-ci.

— Comment se passe la rééducation de ton père ?

— Lentement. Mais il a l'air décidé à se remettre sur pied, et il parle mieux maintenant.

— Ça doit être dur.

Eli l'observa pendant une minute, et la nervosité de Wayne sembla augmenter. Il maîtrisa sa colère et se pencha en avant.

— Je ne peux pas imaginer ce que tu ressens. Et je ne parle pas que de sa rééducation. Je sais que l'argent se fait rare.

L'expression de Wayne se crispa, et il hocha la tête.

— Ouais. Mais je crois que ça ira mieux bientôt.

Eli passa en revue dans sa tête toutes les conversations qu'ils avaient eues depuis l'infarctus. Il n'y en avait pas tant que ça. À sa grande surprise, Eli comprit que Wayne avait pris ses distances. Et lui avait été trop pris par sa propre vie folle pour le remarquer. Puis il se souvint de cette question qui avait paru sortir de nulle part.

— Tu te souviens que tu m'as demandé de te montrer les cartes de base-ball que nos pères collectionnaient ?

Pour la première fois depuis que Wayne s'était assis, il leva les yeux et regarda franchement Eli. Il ne pouvait pas cacher le désespoir de son regard.

— Tu m'as dit que tu ne les avais pas. Tu les as trouvées ?

— La façon dont tu en as parlé m'intrigue. S'ils les collectionnaient tous les deux, alors pourquoi mon père ou moi les aurions ?

De la colère passa dans le regard de Wayne et ses narines se pincèrent.

— Est-ce que ton père ne devrait pas en avoir la moitié ?

— Il devrait, rétorqua Wayne avec amertume. Mais ton père a triché pour les lui prendre. Une de ces cartes valait douze mille dollars.

Eli fronça les sourcils, se retenant à grand-peine de s'énerver. Il avait peut-être des problèmes avec son père, mais il n'avait jamais douté que c'était un homme honnête.

— Comment ça, triché ?

— Ils ont fait un pari, et ton père l'a truqué parce qu'il voulait cette carte. Et quand mon père lui a fait remarquer, ce connard a refusé de la lui rendre. J'aurais pu vendre cette carte et utiliser l'argent pour sauver la boutique. Je n'aurais pas besoin de m'inquiéter des soins de papa. On serait tranquilles.

Pour quelque temps. Et même si la carte valait autant, avec les dépenses médicales de M. Grayson, cela ne durerait pas. Ce n'était pas de la faute d'Eli si M. Grayson n'avait pas pris d'assurance médicale ou si Wayne avait du mal à faire tourner la boutique.

Eli savait une chose : son père n'aurait pas triché. Il n'aurait pas non plus rendu quelque chose que quelqu'un aurait bêtement parié. Pour lui, une parole était une parole, même si cela mettait fin à une amitié.

— Alors tu crois que ça te donne le droit de t'introduire chez moi et dans mon bureau, et de détruire ce qui m'appartient ? gronda Eli assez bas pour que seul Wayne puisse l'entendre. Tu crois que ça te donne le droit de mettre Jase en danger en le laissant sortir en plein milieu de la nuit ?

Wayne ouvrit la bouche, esquissa un mouvement de déni.

— Qu... Je ne vois pas de quoi tu parles.

— Tu es venu chez moi chercher ces cartes, et comme tu ne les as pas trouvées tu m'as envoyé cette lettre de menace.

Eli mourrait d'envie d'attraper Wayne par le col et de le secouer.

— Ce livre que tu as jeté par terre valait pas mal d'argent. Alors on dirait bien que c'est toi qui me dois quelque chose, et pas le contraire. Sans compter la facture du vétérinaire pour Jase.

— Tu es dingue ! explosa Wayne en se levant brusquement, les joues rouges. Je n'ai pas à accepter ça de ta part.

Eli se leva aussi, tandis que Neil faisait le tour du bar d'un air alarmé.

— Jase aurait pu se faire tuer. Qu'est-ce qui t'a pris de venir fouiner la nuit dernière ?

— Je n'ai pas à répondre à ces choses ridicules.

Wayne regarda autour de lui d'un air apeuré.

— Fiche-moi la paix.

— S'il y a encore un seul incident, je vais voir le shérif Cooper, gronda Eli.

Neil s'interposa entre eux au moment où Eli faisait un pas en direction de Wayne. Le barman les repoussa tous les deux, une main sur chaque poitrine.

— Je n'ai pas eu de bagarre depuis deux ans et je ne vais pas en laisser une arriver maintenant. On se calme, tous les deux.

— C'est bon, je m'en vais.

Wayne tourna les talons et s'enfuit avant qu'Eli puisse le rattraper.

— Oh que non, gronda Neil en attrapant le bras d'Eli. Tu ne vas pas le suivre avant de t'être calmé.

— Je suis tout à fait calme.

Eli se libérera brusquement de sa prise. Eh merde, il avait foiré cette confrontation dès le début. En voyant Lu debout près du bar, les mains sur la bouche et l'air très inquiet, il se sentit un peu honteux. Il aurait vraiment pu mieux gérer la situation.

Au moins, le *Dingers* n'était pas très fréquenté ce soir. Même s'il était sûr que d'ici le lendemain matin toute la ville saurait qu'il s'était ridiculisé.

— Pourquoi tu ne viens pas t'asseoir un peu dans la cuisine et manger quelque chose, qu'on discute ?

Neil l'attrapa à nouveau par le bras.

— Non. Je dois rentrer appeler papa.

Un éclat de colère passa dans les yeux de Neil tandis qu'il poussait Eli vers la cuisine

— Lu a les larmes aux yeux à cause de toi, alors tu vas lui donner une explication.

Eli abandonna, et se laissa guider vers la cuisine chaleureuse. Au moins, personne ne pouvait le voir ici. Neil donna quelques ordres secs, et Eli se retrouva dans le petit bureau du barman, se sentant encore plus idiot lorsque Lu se précipita à l'intérieur. Bon Dieu c'était comme ces quelques fois où il avait réussi à ce qu'ils soient tous les deux en colère contre lui en même temps.

— Bon alors. D'abord, avant que vous ne m'assassiniez : ma dispute avec Wayne semble sortir de nulle part, mais j'ai mes raisons.

Il regarda l'un après l'autre leurs visages inquiets, et décida qu'il ne pouvait pas leur raconter toute l'histoire. Pas avant que cela soit résolu, ou ils allaient vraiment se faire un sang d'encre, surtout Lu.

— On t'écoute, répondit Neil en frottant l'épaule de Lu d'une ses grandes mains.

— Lu, est-ce que tu te souviens de la dispute entre mon père et le père de Wayne ?

Sa cousine cligna des yeux de surprise avant de froncer les sourcils.

— Bon Dieu, Eli, c'était il y a longtemps. Ils étaient au lycée à l'époque. Qu'est-ce que ça a à voir avec Wayne ? Et le fait qu'il aurait causé les blessures de Jase ? Et de quoi est-ce que tu irais parler à Cooper ?

Eli ne s'était pas rendu compte qu'il avait dit ça assez fort pour que quelqu'un d'autre entende.

— Il est venu fouiller chez moi à la recherche des cartes de base-ball de papa pour pouvoir les vendre et payer les frais médicaux. Je suppose qu'il pensait que j'étais encore au chalet la nuit dernière et quand il est entré, Jase a saisi l'occasion. Tu sais comment il est.

— Le salaud, marmonna Neil.

Il jura à nouveau lorsque Lu lui envoya un coup de coude dans les côtes.

— Je savais qu'on avait cambriolé ton bureau, mais tu n'avais rien dit à propos de ta maison.

— Parce que je n'étais pas vraiment sûr que quelqu'un s'était introduit dans la maison. Ash le croyait, mais je pensais qu'il était simplement paranoïaque. Mais c'est la seule raison pour que Jase ait pu sortir la nuit dernière. Wayne doit penser que papa a laissé les cartes derrière lui lorsqu'il est parti à l'université et qu'elles sont dans la maison. Ou qu'il me les a données, un truc idiot comme ça.

— Quel crétin. La seule chose que ton père t'ait jamais donnée, c'étaient ses critiques, dit Lu en lui tapotant l'épaule. Tu aurais dû nous en parler avant.

— Je viens juste de commencer à y croire moi-même. Je vais appeler papa et trouver ce qui s'est passé pour qu'on puisse mettre fin à tout ça. Je te jure, c'est absolument idiot de briser une amitié pour un pari. Et même si les cartes valent ce que pense Wayne, papa n'a pas besoin de l'argent, mais M. Grayson oui.

— Eh bien bon courage, marmonna Neil. De toute façon, maintenant que tu as acculé Wayne et que tu lui as fait savoir que tu l'attendais au tournant, il va probablement abandonner. Il déteste les confrontations.

— C'est ce que j'ai pensé, mais j'aurais pu mieux gérer la situation. Ash veut que j'aille parler à Cooper, mais les choses sont assez compliquées pour Wayne sans y ajouter des ennuis avec la police. J'espère juste que cela va lui mettre un peu de plomb dans la tête.

— J'espère bien, ou il faudra que j'aie une discussion avec lui, dit Neil.

— Tu plaisantes ? l'interrompit Lu. J'irai voir Cooper moi-même. C'est clair, Eli ?

— Oui Madame.

Eli ne savait pas combien de temps encore il pourrait retenir Ash, sans parler de lui résister. Cela avait été bien assez compliqué la veille, en se réveillant près de lui. Ash avait l'air tellement sexy sans même le faire exprès. Les cours allaient être encore plus compliqués qu'avant. S'asseoir en face de lui avec le souvenir de leur week-end encore frais dans sa mémoire... Ash n'aurait même pas besoin de lui lancer des œillades pour qu'Eli sente la tension entre eux.

— Merci pour tout. Je vais aller voir comment va Jase et appeler papa.

Eli embrassa Lu sur la joue et s'éclipsa avant qu'elle se soit assez remise de sa surprise concernant l'attitude de Wayne pour se souvenir qu'Eli l'avait inquiétée. Et pire, qu'il lui avait caché des choses.

— ELI ? QUELQUE chose ne va pas ?

Eli grimaça en entendant la légère inquiétude dans la voix de son père. N'appelait-il vraiment que lorsque quelque chose n'allait pas ? Ou pour planifier ses courtes visites pendant l'été ? Il allait falloir qu'il fasse mieux que cela.

— En fait non. Tout va bien ici, on attend la première neige cette semaine.

— Ah.

Un silence tendu résonna sur la ligne pendant un instant, et Eli aurait aimé avoir quelque chose de mieux à raconter que cette idiotie à propos de la neige.

— Est-ce que tu vas descendre pour Thanksgiving ?

— Je ne crois pas. Je n'aime pas voyager au milieu du semestre. Les choses sont déjà assez compliquées comme ça.

Il détestait cette gêne entre eux mais ne savait pas comment y remédier après tout ce temps. Et il ne voulait certainement pas proposer une trêve si c'était pour qu'on la lui renvoie à la figure.

— Ta mère va être déçue.

Oui, mais toi, papa ? Eli tint sa langue. Un jour ou l'autre il faudrait qu'il arrête de se sentir comme un petit garçon qui espère des choses qu'il n'obtiendra jamais. Était-ce trop demander que son père soit déçu aussi de ne pas le voir ?

181

— Peut-être pour Noël. On verra comment la fin du semestre se passera.

— Est-ce que cet homme te met toujours des bâtons dans les roues ? Tu sais, peut-être qu'il t'ennuierait un peu moins si tu te coupais les cheveux ?

— Me couper les cheveux ne changerait rien, papa. Britton fait partie de ces personnes qui, lorsqu'elles ont décidé de détester quelqu'un, elles les détestent pour la vie. Je pourrais gagner un prix Nobel et il trouverait encore que je ne suis pas assez bien.

— Ne le laisse pas t'atteindre. Sinon il gagne.

Eli rit doucement et se détendit quelque peu. Il devrait vraiment appeler plus souvent. Ils n'allaient jamais réussir à passer au-dessus de leurs problèmes s'ils ne faisaient pas tous les deux un effort.

— J'essaie. Généralement ça marche.

— Alors tu as juste appelé pour discuter ? Je peux appeler ta mère.

Le cœur d'Eli se serra. Cela aiderait beaucoup s'il avait la moindre impression que son père aussi voulait faire un effort.

— En fait, j'appelais parce que j'ai une question à te poser. Qu'est-ce qui est arrivé à ta vieille collection de cartes de base-ball ?

— Je me suis débarrassé de la plupart d'entre elles à l'université. Elles ne m'intéressaient plus, répondit son père d'un ton bourru. Pourquoi est-ce que tu veux savoir ?

— Wayne m'a posé des questions dessus, répondit Eli en essayant de décider jusqu'où pousser son père.

Il pouvait déjà sentir que celui-ci prenait ses distances. Il ne pouvait rien dire de plus sans avoir l'air accusateur, et ce n'était pas la façon dont Eli voulait que leur conversation se termine.

— Dis à Wayne Grayson de parler à son père, répondit le père d'Eli sur un ton qu'il ne reconnut que trop bien.

Un ton qui signifiait qu'il n'obtiendrait rien de plus sur le sujet.

— Je suis sûr qu'il l'a fait.

Même s'il essayait vaillamment de garder un ton cordial, Eli ne réussissait pas complètement.

— Tu te souviens qu'il est encore en train de se remettre de son infarctus ?

— Garrett est là. Peut-être que tu veux lui parler, plutôt ?

Et juste comme ça, le père d'Eli abandonna le combiné. Eli ne savait pas s'il avait envie de hurler ou de soupirer. Une fois dans sa vie, il aimerait avoir une conversation avec son père sans finir l'estomac noué.

Quel crétin. Eli n'était pas sûr de savoir s'il faisait référence à son père ou à lui-même.

— Qu'est-ce que tu as fait ? Est-ce que tu as dit que tu amenais un magnifique éphèbe à la maison pour les vacances ? demanda Garrett avec un rire dans la voix en saisissant le combiné.

Cela ne dérangeait certainement pas Eli de parler avec son cousin. Garrett avait son âge et avait été un de ses plus proches amis en grandissant. Mais bon Dieu, son père l'énervait tellement.

— Je crois que ses cheveux seraient tombés immédiatement. Je n'ai même pas dit à papa que je vois quelqu'un, et encore moins que c'est quelqu'un qui vient de l'armée aussi.

Son père l'accuserait sans doute de corruption ou d'un autre truc débile comme ça. S'il découvrait qu'Ash était son élève, en plus... Eli ne voulait même pas y penser.

— Je n'ai pas encore trouvé comment lui annoncer.

Ce serait une conversation pour un autre jour. Eli ne mettrait jamais Ash dans la position désagréable de se retrouver présenté par surprise à sa famille. Au moins il avait un allié absolu dans le Tennessee. Cela n'aurait pas dû faire si mal que son père n'ait jamais eu de problème à accepter l'homosexualité de Garrett. Ce n'était pas juste. Mais après tout, Garrett n'était pas son fils et c'était là toute la différence.

XIV

ASH SOURIT en arrivant au bureau d'Eli. Ce dernier avait tout fait pour l'éviter, cette semaine. Il ne traînait plus à la fin des cours pour échanger quelques mots avec lui avant de partir et n'avait pas étendu d'invitation pour randonner ensemble les après-midi. Mais Eli ne pouvait pas éviter la discussion privée qu'ils allaient être obligés d'avoir pour parler du devoir d'Ash, et il n'était pas autorisé à manquer leur dîner de ce soir. Ash entendait bien tirer parti de ces deux occasions.

Il toqua à la porte d'Eli et passa la tête par l'entrebâillement, répondant au regard méfiant d'Eli par un sourire.

— Salut, Prof.

— Je peux compter sur toi pour bien te tenir, cet après-midi ? demanda Eli lorsqu'Ash entra et verrouilla la porte derrière lui. Eh bien, je prends ça pour un non. Le bureau d'un homme devrait être sacré.

— Ne t'en fais pas, Eli. Je n'ai pas prévu de te sauter dessus.

Ash marqua une pause et reluqua Eli sans vergogne.

— Pas encore. L'article, d'abord.

— C'est le 'pas encore' qui m'inquiète. Enfin, tant que je ne te retrouve pas nu en me retournant, on devrait s'en sortir.

Eli se laissa aller en arrière dans sa chaise et posa ses pieds sur son bureau en regardant Ash s'asseoir.

— Comment vas-tu ?

— Si tu ne m'avais pas évité toute la semaine, tu le saurais. Je ne pensais pas que tu craignais mes techniques de séduction à ce point.

Eli lui lança un regard noir.

— Je suis toujours énervé contre toi. Je voulais avoir une chance de me calmer avant que tu m'agaces encore.

184

— Tu sais, à chaque fois que je pense t'avoir compris, tu réussis encore à me surprendre.

— Qu'est-ce que tu insinues ?

Ash retira ses gants et commença à déboutonner son manteau.

— Je ne pensais pas que tu étais le genre d'homme à garder rancune à quelqu'un.

— Ce n'est pas de la rancune. Parfois, il me faut un peu de temps pour me calmer, surtout quand les gens n'arrêtent pas de me provoqu…

Eli resta bouche bée quand Ash retira son manteau et le posa sur l'autre chaise. Le regard d'Eli se réchauffa et il abandonna sa position décontractée pour s'asseoir et se pencher en avant.

— Tu es diabolique, Ashley Gallagher.

— Si tu le dis.

Ash lança un coup d'œil à son tee-shirt qui portait les mots '*J'avale*' et sourit à Eli.

— Ça te rappelle quelque chose ? Je peux t'aider à te souvenir, si tu veux.

— Maintenant que tu m'as court-circuité le cerveau… tu as apporté ton plan ?

Ash rit et sortit un papier de son sac de cours.

— Tu as raison, débarrassons-nous d'abord du boulot. Ça nous laissera plus de temps pour nous amuser.

Il attrapa le poignet d'Eli quand celui-ci tendit la main pour se saisir du document.

— Tu portes toujours tes bracelets. Je pensais que tu les avais enlevés après notre dernier week-end.

— Ça ne m'ennuie pas tellement d'être attaché.

Les joues d'Eli se colorèrent un peu.

— Et ce n'est pas parce que je suis parti du campement que je n'ai pas aimé l'intention qu'il y avait derrière ce cadeau. Et puis, un pari est un pari.

Ash le lâcha et se rassit correctement, tentant de comprendre ce que voulait dire Eli par là. Était-ce une invitation à l'attacher à nouveau ? Peut-être. Parce que si Eli était attaché, il pourrait arguer qu'il n'était pas responsable de ce qui pourrait arriver entre eux. Petit futé. Il aurait le beurre et l'argent du beurre. Il serait satisfait et le pari tiendrait toujours.

Peut-être que c'était en partie ça, mais Ash ne pensait pas que c'était la seule chose qu'Eli voulait dire. Il le regarda mettre ses lunettes et prendre l'air

185

sérieux tandis qu'il parcourait le plan d'Ash. Cette expression le prit aux tripes. L'opinion d'Eli lui importait, bien plus que celle de n'importe qui depuis très longtemps, depuis qu'il avait quitté les Marines et ceux qu'il considérait comme sa famille.

Bordel. Quand Kurtis allait apprendre ça... Ash qui tombait peut-être amoureux de quelqu'un.

— Bon travail, dit Eli, relevant les yeux pour lui sourire. On dirait que ça va être un bon devoir. Tu l'as déjà commencé ?

Le cœur d'Ash rata un battement devant ce sourire sincère et chaleureux. S'il ne se reprenait pas, il était foutu. Il ne *pouvait pas* tomber amoureux d'Eli. Ce n'était pas ce qu'il avait en tête pour son avenir, même si plein de possibilités n'arrêtaient pas de lui traverser l'esprit.

— Pas encore. Je travaillais sur un autre projet pour mes cours de justice criminelle. Mon planning a été perturbé, le week-end dernier.

— La vie nous inflige ce genre de chose, parfois.

Eli lui rendit le plan.

— J'aimerais être tatillon et chercher la petite bête, mais je ne peux pas. Tu as une base solide.

— Merci. Et je dois dire que je suis impressionné. Je ne sais pas ce que tu as dit à Whitney, mais elle est transformée.

Whitney était arrivée à l'heure toute la semaine, et habillée de façon décente, selon ses critères.

— Je lui ai simplement expliqué ce qu'elle avait comme options.

— Mais oui. Je suis sûr que c'était ça.

Sans doute accompagné de ce regard déçu qu'Eli maniait si bien. Eli avait aussi l'art de trouver les bons mots quand il tenait ses émotions en laisse. Ash rangea son plan et quand il se retourna vers son professeur, il eut le plaisir de voir que celui-ci le regardait à nouveau avec méfiance. Et ça ne lui donnait que plus envie de lui.

— Maintenant, l'autre raison pour laquelle je suis là...

— Ash, tu restes sur ta chaise, le coupa Eli quand Ash se leva.

Il voulut retirer ses lunettes, mais Ash l'arrêta d'un vif hochement de tête.

— Garde-les. Tu ne te rends pas compte à quel point tu es sexy avec.

Eli laissa retomber sa main. Il avait l'air de vouloir se lever et déguerpir, mais son entêtement naturel le maintint sur sa chaise quand Ash s'approcha de lui.

— Je ne céderai pas à ton fantasme de séduire un professeur dans son bureau.

— Je n'ai jamais eu ce genre de fantasme avant de te rencontrer.

Ash contourna le bureau et s'appuya de la hanche contre le bord. Eli était assis correctement dans sa chaise au lieu d'y être affalé avec un pied sur le bureau comme à son habitude. Ash se demanda ce qu'il essayait de cacher. Il sourit et poussa la chaise du pied pour la faire rouler en arrière.

— J'adore quand un homme fait preuve de fierté. Tu le sais, ça ? demanda-t-il en remarquant que les mains d'Eli avaient tressailli, mais qu'elles ne s'étaient pas agrippées au bureau pour éviter à la chaise de bouger.

Eli lui lança un regard, les joues écarlates et une érection évidente sous le tissu de son jean. Celle d'Ash se rappela à lui en retour.

— Est-ce que tu es dans cet état parce que tu m'imagines en train d'avaler ? Ou parce que je t'ai enfermé ici avec moi ?

— Un peu des deux.

Ash posa les yeux sur l'entrejambe d'Eli. Il sentait presque son goût dans sa bouche.

— Tu vas m'arrêter ?

Ash n'attendit pas la réponse. Il tourna la chaise d'Eli et s'agenouilla devant lui.

— Attends.

Eli attrapa les mains d'Ash quand il les glissa sur ses cuisses.

— Merde, j'ai du mal à penser à cause de toi.

— C'est le but, déclara Ash avant de rire. Je ne veux pas que tu penses à autre chose qu'à ma bouche sur toi.

Il observa la pomme d'Adam d'Eli monter puis descendre lorsqu'il déglutit.

— Tu sais, j'ai attendu que tu fasses quelque chose toute la semaine, mais tu es resté sage. Je m'étais concentré, pour me forcer à être impassible, et en fait tu as fait jouer mon propre cerveau contre moi.

— Si tu n'avais pas fui aussi vite à la fin de tes cours toute la semaine, j'aurai pu avoir l'occasion de mal agir.

Ash décrivit des cercles sur la cuisse d'Eli du bout des doigts, puisque ce dernier n'avait pas encore lâché ses mains.

— Je ne vois pas pourquoi tu t'obstines à ce point. Tu me veux autant que je te veux.

Eli grogna, un faible frisson le parcourant. Ash le sentit à travers son étreinte. Nom de Dieu, cet homme était une drogue.

— Les raisons qui font qu'on doit garder nos distances n'ont pas changé, malgré le pari.

— C'est une excuse bien pratique. Ça ne t'a pas empêché de succomber à tes envies le week-end dernier.

— C'étaient des circonstances particulières. Personne n'aurait cru qu'on n'avait rien fait si quelqu'un t'avait vu me suivre. Alors si on doit me reprocher quelque chose, surtout quand c'est quelque chose que je veux faire, autant que je le fasse.

Eli retira les mains d'Ash de ses cuisses, mais ne se déroba pas plus.

— En plus, tu as déboulé là-bas alors que j'étais déjà remonté. Ça n'a fait que jeter de l'huile sur le feu. Comment un homme pourrait-il résister à ça ?

Eli pouvait l'embobiner avec des mots tout l'après-midi et Ash ne réussirait jamais à prendre le dessus sur lui. Il pourrait parler jusqu'à ce que les genoux d'Ash soient raides, alors Ash fit ce qui lui venait naturellement et passa à l'action. Il se pencha en avant et colla ses lèvres directement sur le délicieux renflement qui déformait le jean d'Eli.

ELI GLAPIT et tressaillit, tentant de s'échapper. Ash allait rendre ça très difficile. Il ne pouvait pas vraiment sentir les lèvres d'Ash à travers l'épais tissu en jean, mais ça n'empêchait pas son sexe de réagir au baiser. Une vague d'électricité le parcourut tandis et son membre ne demandait qu'à être libéré de sa prison de tissu.

— Bordel, Ash !

Eli bondit sur ses pieds, tous ses arguments s'échappant de son esprit. C'était difficile de se souvenir, surtout quand la grande partie desdits arguments n'était plus valide. Le pari était caduc maintenant qu'il avait confronté Wayne. Il n'y aurait plus d'autre menace, donc il n'y avait plus de raison d'aller voir la police. Wayne n'allait pas prendre le risque de finir en prison et d'abandonner son père, et maintenant il savait qu'Eli irait voir le shérif Cooper s'il insistait davantage.

Ash ne serait sans doute pas ravi d'apprendre tout cela.

Il lui décocha un sourire amusé qui ne masquait aucunement la lueur affamée de ses yeux. Cet homme le rendait faible. Et le hic, c'était qu'Eli voulait lui céder, et pas parce que ce serait émoustillant de coucher avec quelqu'un dans son bureau, aussi intense cela soit-il.

Il voulait s'abandonner complètement à Ash. Il voulait lui ouvrir son cœur comme il ne l'avait plus fait depuis très longtemps. Paradoxalement, à cause de ce besoin, Eli le repoussait encore plus durement et utilisait comme excuse son envie sincère de garder cette relation privée pour le moment.

Ash se releva et se glissa derrière Eli. Ses cheveux se dressèrent sur sa nuque quand les doigts chauds d'Ash caressèrent l'arrière de sa tête.

— Tu as raison, les préliminaires peuvent attendre.

— Ash.

Eli frissonna quand un souffle chaud caressa sa nuque. Ash l'embrassa à ce même endroit, un simple effleurement qui accéléra son rythme cardiaque et lui donna envie de se laisser aller dans ses bras.

— Eli.

Ash encercla sa taille de ses bras, le tirant en arrière. Eli ferma à demi les yeux, sa tête penchée sur le côté, pendant que les lèvres d'Ash erraient le long de sa gorge.

— Tu m'as manqué, cette semaine. Tu as été si distant. Je n'aime pas quand tu mets un mur entre nous.

Eli tourna la tête pour répondre et ses mots se perdirent dans le baiser qu'Ash lui vola. Il leva un bras pour poser sa main derrière la nuque du réserviste, entrouvrant les lèvres. Ash lui avait manqué aussi. Il n'avait pas compris à quel point avant qu'il vienne ici pour parler de son plan. Sa compagnie et la façon dont Ash le défiait lui manquaient. Bien plus que le sexe. Et l'embrasser, c'était comme retrouver une petite pièce de lui-même qui lui avait manqué.

Ash grogna et sa main se perdit jusqu'au sexe d'Eli, l'agrippant à travers son jean. Eli sursauta, les genoux tremblants sous la vague de chaleur qui l'envahit soudain. Il ne s'était pas rendu compte qu'Ash le poussait dans une direction jusqu'à ce que ses cuisses touchent le bureau. Ash lui avait parlé de ce fantasme précis, quelques fois. Qu'il s'imaginait pencher Eli sur son bureau, ou l'allonger dessus. Et Eli ne pouvait que se représenter la scène en détail. Ce serait tellement bon.

Eli rompit le baiser et tourna la tête avant qu'Ash puisse à nouveau capturer ses lèvres.

— Est-ce que tu fais ça parce que tu veux me conquérir ou parce que tu veux gagner le pari ?

— Je ne peux pas vouloir les deux ?

La déception laissa un goût amer dans la bouche d'Eli. Quelles étaient les chances que deux étudiants lui fassent du rentre-dedans dans son bureau au cours du même semestre ? Voire la même semaine. Même si les circonstances étaient complètement différentes. Ash lui donnait envie de fondre sur son bureau alors que Whitney lui avait juste donné envie de se cacher derrière. Mais tous deux l'avaient fait parce qu'ils voulaient obtenir quelque chose de lui. Que ce soit de meilleures notes ou la victoire pour un pari.

— Pas si tu voulais du sexe aujourd'hui.

Eli se dégagea de l'étreinte d'Ash et lui fit face.

— Et même si ce n'est pas ce que tu voulais, et que je trouve ça vraiment super excitant de baiser dans mon bureau, tu es toujours mon élève, et tu es ici pour parler de ton devoir.

— Tu es bandant même quand tu as ce petit air guindé.

Ash appuya sa hanche contre le bureau et croisa les bras. Il n'avait pas besoin d'avoir l'air aussi amusé.

— Tu dois admettre que l'interdit fait partie du charme de la chose.

Eli ignora l'éclair de douleur qui le prit aux tripes et commença à rassembler les livres dont il avait besoin pour le week-end. Qu'est-ce que ça voulait dire, ça ? Bon sang, pourquoi voulait-il toujours plus que ce qu'on lui donnait ?

— Tu es encore en train de t'éloigner.

Eli regarda Ash et décela de l'inquiétude dans ses yeux verts.

— Je suis gay. J'ai eu mon lot d'interdits, Ash. Et j'aurais pensé que tu en aurais eu assez, toi aussi.

Il voulait de la stabilité et du réconfort. Il voulait simplement quelqu'un pour vieillir à ses côtés. Il ne savait pas quand cette envie était apparue, mais elle avait pris racine en lui plus que jamais.

— Qu'est-ce que tu insinues ? Tu ne peux pas changer qui tu es.

— Ce n'est pas ce que je voulais dire, coupa Eli, ses arguments et sa logique s'emmêlant inextricablement.

Tout ce qu'il savait, c'était que la situation toute entière le frustrait. Ce n'était même pas la faute d'Ash. Il avait toujours été honnête avec Eli sur ses intentions. Eli en voulait plus, mais c'était son problème.

— Qu'est-ce qui cloche chez toi ?

La voix d'Ash était teintée d'agacement, maintenant.

— Je n'arrive pas à te comprendre, parfois. Un coup tu es chaud comme la braise, un coup tu es glacial. Qu'est-ce que tu ne me dis pas ?

La phrase d'Ash le fit repenser à Wayne, et il grimaça. Malheureusement, Ash le remarqua.

— Allez, accouche.

— Tu ne veux vraiment pas savoir.

Eli se mit à rassembler ses livres et à les ranger dans sa sacoche, mais Ash lui attrapa la main dans la sienne pour l'arrêter.

— Tu as reçu une nouvelle lettre anonyme.

— Non, et je n'en recevrai pas d'autres.

Le regard d'Eli croisa celui d'Ash.

— J'ai discuté avec Wayne il y a quelques jours. Tout est fini.

Les sourcils d'Ash se haussèrent.

— Tu as confronté par toi-même un homme que tu soupçonnes d'avoir cambriolé ta maison ? Je sais que tu le considères comme un ami, mais les amis ne font pas ce qu'il a fait.

— Je ne suis pas complètement stupide. Je lui ai donné rendez-vous au *Dingers*.

Ash lui lança un regard exaspéré et Eli attendit qu'il lui hurle dessus. Mais Ash finit par passer une main dans ses cheveux courts, comme s'il se retenait de l'étrangler.

— D'accord. Admettons. Je sais que je suis un peu lourd, mais j'ai découvert par expérience que les gens ne sont pas toujours ce qu'ils semblent être. Ça revient te blesser quand tu ne t'y attends pas.

Eli se détendit. Il n'avait pas aimé cacher ça à Ash. Ça ne lui avait pas paru correct.

— Tu avais raison : il était derrière tout ça. Il n'a pas avoué, mais il a été clair : il considère que ma famille doit quelque chose à la sienne. Et comme il n'a pas pu menacer la personne qu'il voulait, j'étais le prochain sur sa liste.

Il expliqua toute la situation, du pari que son père et celui de Wayne avaient fait à l'appel qu'il avait passé à son père. Ash l'écouta, bras croisés, yeux plissés. Au moins, il ne lui balançait pas à la figure qu'il avait eu raison sur toute la ligne.

— Je croyais que tu étais persuadé qu'il était innocent. Qu'est-ce qui t'a décidé à aller lui parler ?

— J'y ai beaucoup réfléchi quand tu m'as fait remarquer que sa situation était particulièrement désespérée et qu'il avait les moyens et les compétences pour ces cambriolages.

Eli devait admettre qu'Ash avait été patient avec lui. Il avait été si têtu dans cette histoire…

— Ensuite, après le pari, je voulais lui donner une chance de s'expliquer avant que tu ailles voir le shérif, alors je lui ai parlé.

— Tu évites encore de me dire quelque chose.

— Tu es vraiment doué, tu sais ? Je n'envie pas ceux qui vont te faire face pendant un interrogatoire.

Ash ferait un très bon agent fédéral. Il avait de bons instincts.

— J'espère qu'ils ne seront pas aussi têtus que toi. Maintenant, arrête de tourner autour du pot.

— Wayne m'a énervé. Alors la confrontation ne s'est pas aussi bien déroulée que je l'aurais voulu.

Eli hésita avant de déballer toute l'histoire. C'était dérangeant de cacher des choses à Ash et il fut surpris qu'il n'en ait pas entendu parler avant.

— Wayne m'a encore cambriolé samedi soir. Je suppose qu'il pensait que je ne rentrerais pas avant un moment. Jase en a profité. Il est sorti et a été blessé plutôt gravement.

— Il va bien ? demanda Ash, le visage assombri.

— Il reprend du poil de la bête plus vite que moi.

Eli soupira et fourra le reste de ses livres dans son sac.

— J'aurais pu gérer ça mieux que je ne l'ai fait. Et peut-être que j'aurais dû t'en parler avant d'aller le voir. Je l'avoue, j'ai laissé ma fierté me guider. Ce pari m'a vraiment énervé.

— Et Wayne est un ami, et je ne suis qu'un étranger que tu as rencontré il y a à peine quelques mois. Je comprends.

— Wayne était un ami. Je ne le considère plus comme tel.

Eli se tourna vers Ash, frustré de ne pas pouvoir déchiffrer l'expression interdite d'Ash, alors que ce dernier pouvait lire en lui comme dans un livre ouvert.

— Et tu es bien plus qu'un étranger. Ce n'est pas pour ça que ça m'a énervé.

Le bruit de quelqu'un s'acharnant sur la poignée de la porte du bureau d'Eli interrompit Ash avant qu'il ait pu répondre. Ils se crispèrent tous les deux, Eli se demandant s'ils allaient prendre Wayne en flagrant délit. Mais on toqua fermement à la porte et la voix sèche de Britton leur parvint.

— Hollister, il vaut mieux pour vous que vous soyez là-dedans.

Eli retint un grognement et Ash attrapa son manteau pour l'enfiler. Rien de ce qu'il aurait pu dire à cet instant n'aurait été approprié. Britton n'aurait pas pu choisir pire moment pour ramener sa sale tête. Sauf, bien sûr, si Ash avait réussi son coup et qu'ils avaient été à demi-nus en train de se tripoter.

— Je discute avec un étudiant.

Alors casse-toi. Eli avait encore des choses à dire Ash.

— Avec la porte verrouillée ?

Eli grimaça, mais avant qu'il puisse répondre, Ash l'ouvrit.

— C'est ma faute, monsieur. Ma main a dû glisser quand je l'ai fermée.

— Ce qui est sans doute une bonne chose, puisque certaines personnes ont tendance à entrer dans mon bureau quand je suis en entretien, dit Eli, lançant un regard dur à Britton.

— Je pensais que vous receviez les étudiants dans votre bureau le mercredi seulement ?

Eli détestait vraiment la manie que cet homme avait de critiquer tous ses faits et gestes. Surtout lorsque ce n'était absolument pas exceptionnel qu'un professeur s'entretienne avec un étudiant en dehors des heures habituelles.

— Mon ouïe est parfaite, merci. Pas la peine de bramer tout ce que vous dites.

Ash lui lança un regard incrédule et Eli supposa qu'Ash n'avait jamais été assez stupide pour parler comme ça à un officier supérieur. Britton semblait bien trop heureux pour se vexer.

— J'ai reçu une plainte à votre propos, Hollister.

Un poing de glace se referma sur les entrailles d'Eli. Pitié, pas Whitney, pas après lui avoir offert une nouvelle chance. Il était vraiment trop crédule. Et à quoi pensait Britton ? C'était inconvenant de lui dire ça devant Ash, ou même devant un autre étudiant ?

— Quel genre de plainte ? demanda Ash et Britton se tourna vers lui, ses yeux s'écarquillant comme s'il avait oublié la présence d'Ash. Monsieur.

— Qui êtes-vous, déjà ?

Ses sourcils broussailleux se froncèrent férocement.

— Vous êtes un ami d'Hollister ou un des hommes de ménage ?

Eli se crispa. Le sens de la politesse de Britton devenait pire d'année en année. Et plus la personne qui lui faisait face était jeune, plus il était détestable. Eli plaignait ses élèves. En tout cas, il n'allait pas le laisser rabaisser Ash.

— Le sergent Gallagher a servi dans les Marines et a été blessé en opération. Il a rejoint les réservistes et s'est inscrit à Amwich, mais son unité a été activée. Il est revenu pour continuer ses études et sera diplômé au printemps. Vous vous rappelez ? Je vous ai dit que j'étais en réunion avec un étudiant.

— S'il vous plaît, Prof, ne me faites pas passer pour un héros. J'ai simplement fait mon devoir. Nous nous sommes déjà rencontrés, monsieur, dit Ash, le ton un peu sec.

Eli aurait pu lui dire que Britton ne se souviendrait pas de lui. Sauf s'il avait mis le souk dans ses cours ou était un étudiant particulièrement talentueux, Britton ne se rappelait pas de la plupart des étudiants qui passaient par son département.

— Il est dans mon cours de correspondance historique et nous discutions de son devoir. Alors comme vous pouvez le constater, il a tous les droits d'être ici. Ash, vous voulez bien sortir une minute ? Désolé de ce contretemps.

— Pas de problème, Prof.

Ash lança un regard noir à Britton.

— Je serai dehors si vous avez besoin de moi.

Eli attendit que la porte se ferme avant de se tourner vers Britton.

— Vous n'auriez pas dû parler de cela devant un étudiant. Cette plainte est à quel propos ? demanda Eli, incapable d'endurer le suspense plus longtemps.

— Du favoritisme, dans votre cours de composition de première année. Un jeune homme dit ne pas avoir obtenu les notes qu'il méritait.

Eli retint un soupir de soulagement. Il avait ce genre de plaintes à la con de temps à autre. Presque tous les professeurs en recevaient et Britton ne les prenait pas au sérieux, en général. Apparemment, il y avait toujours des étudiants pour être choqué de comprendre que l'université était une toute autre paire de manches que le lycée.

Le comportement de Britton le troublait vraiment. C'était comme s'il avait complètement oublié les règles et les procédures du département. Pourtant cet homme était un fana des règlements. Eli fronça les sourcils et le regarda plus attentivement. Il n'avait pas l'air d'avoir un rhume ou quelque maladie qui pourrait altérer son jugement.

— Je suis désolé qu'un étudiant vous adresse une plainte directement. Lui avez-vous dit de venir me voir pour parler de la situation et trouver une solution ?

— Non, je lui ai dit de revenir avec les devoirs en question.

Britton n'arrivait pas à masquer son plaisir en disant cela. Eli compta mentalement jusqu'à dix et se dit que perdre de nouveau son calme ne le mènerait nulle part.

— Très bien, si vous voulez la jouer comme ça, allez-y.

Au moins, ce n'était pas Whitney qui venait se plaindre qu'il lui avait fait des avances. Que Britton se charge du travail supplémentaire. Eli savait qu'il notait ses élèves de façon juste, et Britton s'en rendrait compte bien assez tôt.

Britton s'en alla, laissant Eli confus et exaspéré. Ash revint dans la pièce et referma la porte derrière lui.

— Il va tenter de te coincer avec cette plainte.

— Tenter n'est pas réussir. Je peux justifier toutes mes notes et même si Britton a une attitude ridicule, il a tendance à être du côté des professeurs dans des situations pareilles. Il déteste les étudiants qui essayent de prendre des raccourcis ou qui pleurnichent. Encore plus qu'il me déteste moi.

— Eli, il te hait, dit Ash sans détour. Il peut oublier un étudiant, mais toi, il te voit tous les jours et ça le bouffe.

— Eh bien, je ne serai jamais de ceux qui lui lèchent les bottes en tout cas.

Le regard d'Eli croisa celui, inquiet, d'Ash.

— J'ai autre chose à faire que de m'occuper de lui. Même s'il adorerait avoir de quoi justifier mon renvoi au doyen, il n'a rien. Je n'ai rien fait de mal et chercher la petite bête dans mon travail ne le mènera nulle part.

L'inquiétude dans le regard d'Ash le toucha et il se demanda ce qu'Ash comptait faire ensuite.

— Tu vas essayer de te battre pour moi à chaque fois ?

— Je préférerais me battre avec toi.

Ces mots firent s'écrouler pour de bon les murs qu'Eli avaient érigés autour de lui. Son cœur flancha. C'était si facile de tomber amoureux d'Ash. Comment Eli pouvait-il se défendre contre ça ?

—Je…

Eli s'arrêta avant que les mots franchissent ses lèvres et changent tout. C'était ce qui s'était passé la dernière fois qu'il avait admis être amoureux.

— Merci, Ash.

Celui-ci se détendit un peu lorsqu'il sourit.

— J'avais un peu peur que tu te remettes sur la défensive et que tu me dises que tu pouvais te battre seul.

— Je peux, mais ce n'est pas le problème.

Eli contourna le bureau et prit le visage d'Ash entre ses mains.

— Tu es incroyable.

— Un jour, j'arriverai à prédire correctement ce que tu vas faire.

Eli rit et l'embrassa.

— Peut-être. Mais en quoi ce serait drôle ?

XV

— JE VOIS que tu es toujours aussi moche, Kurtis, déclara Ash à l'écran où s'affichait l'image de son meilleur ami.

En réalité, Kurtis semblait aller mieux. Les lignes de tension étaient toujours visibles sur son visage, mais Ash était heureux de voir que ses yeux pétillaient à nouveau. Plus que deux semaines et Kurtis serait de retour auprès de sa femme et des jumeaux.

— Tu peux parler. Tu as fait pleurer beaucoup de garçons aujourd'hui ?

— Très drôle. Comment vont les autres ?

Ash pouvait les voir par-dessus l'épaule de Kurtis, ces hommes qui avaient constitué sa petite famille quand il faisait encore partie du bataillon. Lewis et Mike étaient assis par terre devant une télé. Ils devaient sans doute jouer à des jeux vidéo. Connaissant Jamison, il était probablement dans un coin en train de lire ou de faire la sieste.

Parfois, ils lui manquaient vraiment. Les soldats taisaient tant de choses : la peur, le mal du pays... Mais ils partageaient ces émotions entre eux, même si elles restaient inexprimées.

— Ils n'ont pas changé. Jamison est toujours nul au poker. Mike est toujours un geek, et Lewis ne parle que de cul.

Ash sourit. Cela lui rappelait tant de souvenirs.

— En parlant de poker, j'ai trouvé un nouveau groupe.

— Ah oui ?

Kurtis s'écarta de l'écran pour prendre une gorgée d'eau dans une bouteille.

— C'est un rassemblement de personnages assez intéressants. C'est le point positif des petites villes : tu peux connaître les meilleures histoires sur tout le monde. Cooper est le shérif, Neil gère un bar et Robert travaille au soi-disant magasin pour adultes depuis plus de trente ans. Mes histoires d'étudiants ne sont pas à la hauteur.

— Tu es une vraie commère.

— Pas autant que certaines personnes dans cette ville. Et toi, mec ? Tu as fait des blagues à quelqu'un récemment ?

— Oh non. Je compte simplement les jours avant mon retour, mon pote. J'ai tellement hâte de rentrer à la maison.

Il fit une brève pause avant de changer de sujet.

— Et alors, je croyais que tu ne voulais pas te poser ?

Kurtis se pencha vers l'écran avec une lueur rieuse dans les yeux.

— Je pensais que tu avais prévu de ne pas t'attacher quand tu as déménagé à Amwich ? Avoir un groupe de poker semble contrevenir à ta propre règle. Et juste après que tu as pris un appartement là-bas. Est-ce que tu prévoirais de t'incruster après la remise des diplômes ?

— Peut-être, peut-être pas. L'année n'est pas encore finie.

— Hé ben. Qui l'eût cru ? Tu t'installes dans un trou perdu du New Hampshire. Attends que je raconte ça à Jamie.

— Si tu fais ça, je t'étrangle. Jamie le dira à Mélanie, qui appellera maman et Katie, et d'ici quelques jours le téléphone sonnera en continu.

Ses sœurs étaient les pires, mais tout le monde cherchait plus ou moins à le faire revenir en Géorgie. Katie se sentirait même peut-être le droit de passer le voir à l'improviste pour fouiner, comme elle était la plus proche.

— Je croyais que Dennis essayait de te trouver une place au DCIS ?[8]

— Je sais. Je n'ai pas encore refusé. J'ai encore le temps de me décider. Pour tout te dire, j'aime vraiment cet endroit.

Quelque chose ici avait calmé l'agitation qu'Ash ressentait toujours.

— Alors le FBI n'est plus ton premier choix ? Amwich est un peu loin de Boston. Comment tu vas faire pour être un super agent dans une petite ville comme ça ?

Ash y avait beaucoup réfléchi récemment. Il pouvait aller en voiture jusqu'à Durham et prendre le train, mais c'était un trajet très long et il n'était pas très attiré par l'idée. Cela lui semblait vraiment du temps perdu. Il pourrait déménager plus près de Boston, mais il s'était assez attaché à cette ville et à ses habitants au cours des six derniers mois. Il n'avait pas eu de mal à quitter Concord, mais quitter Amwich serait plus difficile.

---

[8] Defense Criminal Investigative Service (DCIS) : Service d'enquêtes criminelles de la Défense. (NDT)

— Avec ma chance, ce n'est même pas Boston que j'aurai. J'atterrirai probablement quelque part dans le Midwest. Et puis, j'ai fait passer une autre idée de job à la première place.

Un sourire entendu, presque suffisant, passa sur le visage de Kurtis. S'il ne l'effaçait pas tout de suite Ash trouverait le moyen de le faire souffrir à Thanksgiving.

— Hoho. D'accord, tu m'intrigues. C'est quoi cette nouvelle carrière ? Garde-chasse-et-pêche ? Hé les mecs ! Ash se transforme en hippie !

— Allez tous vous faire foutre, répondit Ash en riant lorsque les autres lui tombèrent dessus. Sérieusement. Cooper m'a parlé de la police d'État après mon diplôme. Il a quelques arguments intéressants.

L'un d'entre eux étant qu'il pourrait rester à Amwich et l'autre qu'il aurait vraiment l'impression de servir une communauté, dans un endroit qu'il aimait, même si c'était seulement au niveau de l'État.

— Et cette décision n'a rien à voir avec un certain professeur, n'est-ce pas ? demanda Kurtis en baissant la voix et en se penchant vers l'écran.

— C'est un facteur, évidemment. Je ne sais pas à quel point, mais je mentirais en disant le contraire. Mais quand même, tu devrais venir, Kurtis, et amener Jamie et les jumeaux. Je crois que tu aimerais la région aussi.

— Ne pense même pas à me convaincre de m'installer. Je t'ai assez entendu râler sur la météo en hiver.

— Pas plus que tu m'as entendu râler sur la chaleur. Et tu râles bien plus que moi, ajouta Ash en riant.

— Peut-être que j'arriverai à convaincre Jamie de monter pour faire du ski, ou peut-être cet été. On aurait bien besoin de vacances en famille.

Un court instant, les ombres revinrent dans les yeux de Kurtis. Ash se jura qu'il allait faire venir son ami et sa famille à Amwich pour les vacances les plus relaxantes qu'ils connaîtraient jamais.

— Je ne crois pas que ce sera trop difficile de convaincre Jamie si Mélanie et Bruce viennent aussi. On pourra faire une réunion de famille.

— J'aime cette idée, répondit Kurtis en soupirant, avant de faire un large sourire. Même si cela veut dire supporter ta sale tronche en train de faire des yeux de merlan frit.

— Je ne fais pas des yeux de Merlan frit. Il peut m'arriver d'avoir des regards lubriques, et j'ai parfois été accusé de reluquer, mais pas d'avoir des yeux de merlan frit.

— C'est ça. Je le croirai quand je le verrai. Hé, pourquoi tu n'amènes pas ton prof pour Thanksgiving ?

Le sourire de Kurtis s'agrandit.

— Je sais que tu ne m'as pas raconté la moitié de ce qu'il y a à savoir. J'ai envie de le rencontrer.

Tentant. Très tentant. Mais Ash était sûr qu'Eli n'accepterait pas de faire un autre voyage pendant le semestre.

— Je ne crois pas. Les choses sont un peu compliquées en ce moment. Mais qui sait ? Si ça dure assez longtemps, tu auras peut-être l'occasion.

— Compliquées ?

— C'est surtout cette histoire de professeur/élève. Pour être honnête, je l'ai mis en colère quand je lui ai dit que le pari tenait toujours. Celui dont je t'ai parlé la dernière fois.

Kurtis fronça les sourcils et il jeta un coup d'œil aux autres soldats par-dessus son épaule.

— Il y a eu d'autres tentatives d'extorsion ?

— Non.

Ash tira sur l'un de ses lobes.

— Mais je ne sais pas si Eli m'en parlerait immédiatement si cela arrivait. Peut-être que c'est fini, mais toutes les bonnes raisons qu'avait Wayne pour le faire chanter sont encore là. Et s'il a vraiment une preuve, comme il le disait dans la lettre, alors il pourrait être tenté de s'en servir. Il pourrait détruire la carrière d'Eli d'un simple mot à son directeur de département.

— Je n'envie pas le numéro d'équilibriste que tu dois faire. Il était fâché comment, quand tu lui as dit que le pari tenait toujours ?

Ash repensa à leur dîner de la nuit précédente et à l'expression sur le visage d'Eli.

— Il a son petit caractère, ça, c'est sûr. C'est toujours surprenant parce qu'habituellement il est si facile à vivre.

Au moins Eli ne restait pas en colère longtemps. Ash était sûr que les blessures de Jase et sa confrontation avec Wayne avaient joué un rôle dans le fait qu'Eli avait été si distant la semaine précédente.

— Le chantage est un délit, et Wayne n'a pas dit qu'il comptait s'arrêter, même après qu'Eli l'a pris de front. S'il y avait eu des excuses ou une admission de culpabilité, je serais plus enclin à laisser tomber le pari. Mais je ne pense pas que cette histoire soit réglée et il y a déjà eu un blessé.

— Tu pourrais aller voir Cooper toi-même. Comme tu le dis, cela te concerne maintenant. Tu es dans ton droit.

Ash se passa une main dans les cheveux et secoua la tête.

— Crois-moi, cela m'a effleuré. Mais je crois que cela risquerait de tuer ce qu'il y a entre Eli et moi. Déjà que je l'ai acculé, il verrait ça comme une trahison.

— Bonne chance.

— Toi aussi, mec.

Ash sourit à Kurtis. Il avait parfois l'impression d'avoir trop de sœurs et Kurtis était le frère qu'il avait toujours voulu.

— On se voit bientôt.

ELI ALLAIT trouver un moyen de mettre fin à ce foutu pari une bonne fois pour toutes sans qu'Ash gagne. À moins que Wayne n'aille trop loin encore une fois, auquel cas il laisserait Ash faire ce qu'il voulait et s'en laverait les mains. Et Ash ne voulait qu'une chose : faire payer Wayne. Eli avait croisé ce dernier plusieurs fois en ville depuis leur confrontation, mais il était presque sûr qu'il n'y avait plus eu de cambriolages. Un point en faveur de Wayne.

Il manquait de temps. Tôt ou tard, Ash ou Wayne allait perdre patience. Il n'imaginait pas l'un ou l'autre laisser tomber toute l'affaire, alors il fallait qu'il trouve cette fichue carte de base-ball, sans braquer son père plus qu'il ne l'était déjà. Il ne savait pas trop ce qu'il en ferait une fois qu'il l'aurait, mais au moins cela lui donnerait un moyen de faire revenir Wayne à la raison avant qu'il perde vraiment tout et finisse en prison.

La camionnette de Wayne n'était pas devant la maison qu'il partageait avec son père. Bien. Il ne pensait pas que Wayne le laisserait parler à son père. L'infirmière de M. Grayson, une femme aux cheveux grisonnants, lui ouvrit lorsqu'il toqua. Eli lui sourit.

— Comment allez-vous, Mme Parisot ? Est-ce que M. Grayson est là ?

— Bien sûr, Eli. Il va être content d'avoir de la compagnie.

L'infirmière s'écarta pour le laisser entrer.

— J'allais justement faire chauffer de l'eau pour le thé, tu en veux ?

— Si cela ne vous embête pas.

Eli sentit un pincement de culpabilité. Il n'était pas venu voir M. Grayson depuis que celui-ci était rentré de l'hôpital. Un semestre bien occupé n'excusait rien.

— Pas du tout.

Elle lui indiqua le fond du couloir de la main.

— Il est dans le salon. Vas-y, je vous rejoins dans cinq minutes.

M. Grayson était assis devant la fenêtre, au soleil. C'était étrange de le voir dans un fauteuil roulant. Avant son infarctus, M. Grayson travaillait toujours deux fois plus dur que des hommes plus jeunes. Il se tourna vers Eli lorsque celui-ci entra et un coin de sa bouche se souleva légèrement. L'autre côté de son visage resta lâche, les muscles détendus.

La pièce montrait bien l'attention que M. Grayson portait aux détails : un mur avait été abattu et remplacé par une baie vitrée qui donnait sur le jardin arrière. Des étagères faites à la main recouvraient les murs, pleines de cadres et de plantes. Un banc soutenait d'autres plantes juste devant la fenêtre. Elles recevaient beaucoup de lumière et prospéraient visiblement. Eli était un peu jaloux. Il n'arrivait jamais à maintenir en vie quoi que ce soit de vert chez lui.

— Comment allez-vous, M. Grayson ? Wayne m'a dit que vous faites de gros progrès.

M. Grayson grogna, et ses mains eurent un mouvement convulsif sur ses genoux.

— Trop lent, marmonna-t-il. Mon corps... en profite... ha ! Il voulait... des vacances...

— Je comprends que ce soit frustrant.

Eli le regarda tenter de se redresser sur sa chaise, la fierté toujours évidente dans chaque geste.

— Mais c'est vous qui m'avez appris que les choses importantes prennent du temps et que pour réussir, il faut y aller petit à petit.

Le coin de la bouche de M. Grayson frémit et ses yeux brillèrent d'amusement.

— Ne me renvoie pas... mes paroles... gamin.

— Oui M'sieur.

Eli rit. M. Grayson irait bien, il en était sûr. Il avait toujours autant de volonté. Peut-être que Wayne ne pouvait pas le voir. Et même si la relation de M. Grayson avec le père d'Eli avait été difficile, le vieil homme n'avait jamais reporté ses griefs sur lui. Dans l'opinion d'Eli, cela ne comptait pas pour rien. Si quiconque méritait la carte de base-ball, c'était M. Grayson, pas Wayne.

— Écoutez, j'ai quelque chose à vous demander. Wayne m'a raconté pourquoi papa et vous vous étiez brouillés au lycée.

Eli attendit que M. Grayson hoche la tête avant de continuer. Celui-ci semblait plus curieux qu'en colère devant le changement de sujet.

— Wayne pense que papa a gardé à tort la carte de base-ball que vous aviez pariée, et je ne suis pas là pour dire le contraire. Je n'y étais pas et je ne vais certainement pas juger. Mais Wayne est assez fâché à propos de cette histoire. On dirait qu'il estime que papa vous doit quelque chose, et quand j'ai demandé à papa la carte pour Wayne, il m'a dit de vous parler.

M. Grayson fronça un sourcil sous la concentration.

— Les ado... lescents sont... stupides. Nous avons été... très stupides de... laisser ça... nous séparer.

Il leva une main quand Eli ouvrit la bouche pour répondre, et grogna à nouveau.

— Ça m'a pris... longtemps... pour le comprendre.

Mme Parisot entra avec un plateau pendant qu'Eli réfléchissait à ce que venait de dire M. Grayson. D'un côté, il était heureux que son père et M. Grayson semblent enclins à enterrer la hache de guerre. Mais cela ne l'aidait pas plus à retrouver la carte. Il resta silencieux, laissant M. Grayson se reposer pendant que Mme Parisot disposait le thé et s'éclipsait pour finir de préparer le déjeuner.

— Cette femme... cuisine très bien. Je l'épouserais bien... si elle arrêtait... de m'embêter.

Eli gloussa.

— Je sais que cela rassure Wayne de la savoir avec vous pendant la journée.

M. Grayson grogna et tâtonna pour prendre sa tasse avant de répondre.

— Wayne s'inquiète... trop. Tout... ira bien.

— M. Grayson, est-ce que cela vous dérangerait de me dire ce qui est arrivé à cette carte de base-ball ?

Le vieil homme fronça son sourcil si fort qu'Eli n'était pas sûr qu'il allait accepter de répondre. Finalement, il marmonna, son expression se détendant.

— Je... l'ai.

— C'est une très bonne nouvelle, répondit Eli après un instant de surprise.

Le soulagement s'empara de lui. Il fallait vraiment qu'il s'excuse auprès de son père pour la façon dont il lui avait parlé.

— Si vous pouviez en informer Wayne, je...

— Non !

Eli s'interrompit lorsque M. Grayson secoua la tête.

— Ne lui dis... pas ! S'il te... plaît.

— Pourquoi ?

Eli fixa M. Grayson d'un regard incrédule tandis que le vieil homme le fixait méchamment. Puis il comprit ce qui l'avait contrarié.

— Il la vendrait et vous ne voulez pas.

M. Grayson hocha la tête, et ses mains tremblèrent.

— Je viens... juste de la... récupérer. J'ai... attendu... trop longtemps pour... la vendre.

Il sortit une enveloppe tâchée d'une poche de sa robe de chambre et la tendit à Eli.

Il reconnaissait cette enveloppe. Il l'avait donnée à M. Grayson de la part de son père lorsqu'il lui avait rendu visite à l'hôpital juste après son infarctus. Eli sortit de l'enveloppe une lettre, enroulée autour de la carte de base-ball. Celle-ci était protégée par un étui en plastique et renforcée par un morceau de carton à l'arrière. Il laissa échapper un sifflement et son estomac fit un bond. Elle était en parfait état, pas une déchirure ou un pli.

— Waouh, M. Grayson, c'est extraordinaire. Une vraie Ted Williams.

Eli n'avait jamais rêvé pouvoir un jour tenir une carte comme celle-là dans ses mains.

Un rapide coup d'œil à la lettre révéla l'écriture de son père, mais Eli ne la lut pas. Cela ne regardait que les deux hommes.

— Comment avez-vous eu cette carte ? Même quand vous étiez adolescents, elle devait déjà valoir pas mal d'argent.

— Mon grand-père... collectionnait. Il l'a eue... à sa sortie. L'a gardée pour... moi.

Et M. Grayson avait parié quelque chose d'aussi précieux. Et le père d'Eli l'avait laissé faire alors qu'il savait ce que cette carte représentait pour son ami. C'était idiot de leur part à tous les deux. Eli fixa la carte, réfléchissant aux options qui s'offraient à lui, jusqu'à ce qu'un autre grognement de M. Grayson lui fasse relever la tête.

— Ne dis rien. S'il te... plaît !

Eli hocha la tête lentement. Wayne la vendrait. Il avait eu l'air obsédé par cette idée dès le départ, mais Eli pouvait comprendre que M. Grayson n'ait pas envie de s'en séparer.

— Je comprends, M. Grayson.

Eli ne pouvait pas promettre de ne jamais rien dire, mais il pouvait se taire pour l'instant. Peut-être que Wayne trouverait un autre moyen de gagner l'argent dont il avait besoin s'il se donnait autant de mal pour le gagner légalement qu'il l'avait fait illégalement.

— C'est l'heure de votre traitement, déclara Mme Parisot en entrant avec un verre d'eau et une petite boîte pleine de cachets qui faisaient un bruit de grelot. Et ne me regardez pas comme ça. Vous savez bien que c'est obligatoire.

— Je... parle, femme.

— Il faut que j'y aille, de toute façon. Merci d'avoir pris le temps de me recevoir, M. Grayson.

Eli ne voulait pas s'interposer entre Mme Parisot et son patient. Et il fallait qu'il réfléchisse à ce qu'il allait faire. Il avait envie d'en parler avec Ash.

— C'est bon de voir que vous allez bien mieux que ce que la rumeur laisse entendre.

Les yeux de M. Grayson brillèrent, et il haussa une épaule.

— Qu'est-ce que... ils en savent ? Juste besoin... d'un peu de... repos. Et je serai... sur pied bientôt... Tu verras.

— J'en suis sûr. Vous avez la tête trop dure pour ne pas vous remettre.

Mme Parisot remit doucement la carte dans l'enveloppe et la replaça dans la poche de M. Grayson. Celui-ci posa une main protectrice dessus tandis qu'elle tournait sa chaise vers la fenêtre.

— Maintenant, reposez-vous un peu pendant que je raccompagne Eli. Vous avez tellement parlé que vous êtes épuisé.

Mme Parisot lui fit un signe de la main et Eli comprit et se dirigea vers la porte de la cuisine.

— Tu diras à ton père que c'était bien gentil de sa part d'envoyer cette carte. Je crois vraiment que ça a fait une différence.

— Je le ferai, c'est promis.

Eli hésita lorsque Mme Parisot ouvrit la porte.

— Comment va Wayne ?

— Il rumine. Il est tellement obsédé par le fait que son père est dans un fauteuil roulant qu'il ne voit même pas les progrès qu'il fait. Je crois que ça les frustre tous les deux.

— Eh bien, ils vont s'y faire. Encore merci Mme Parisot.

Eli s'arrêta et la regarda à nouveau. Peut-être arriverait-il à la convaincre de lui raconter quelques potins ?

— Ça ne vous dérangerait pas de répondre à quelques questions, n'est-ce pas ?

ELI SOURIT en reposant le combiné. Cela devait être la conversation la plus agréable qu'il avait eue avec son père depuis longtemps. Même si celui-ci n'avait pas voulu entendre parler de remerciements pour la carte. Il avait tout de même paru heureux que M. Grayson aille mieux.

Le cliquetis de griffes sur le parquet l'alerta de l'arrivée de Jase avant que le beagle entre dans la pièce avec un aboiement curieux. Il se dirigea vers la fenêtre et regarda le paysage enneigé avec un petit geignement.

— Je suis d'accord avec toi, petit père. C'est terriblement calme dans cette vieille baraque avec seulement nous deux, hein ?

Eli s'assit à côté de Jase dans le canapé pour pouvoir lui caresser la tête.

— Tu voudrais un peu de compagnie ?

Jase agita la queue et répondit d'un léger grondement. C'était bon de le voir enfin débarrassé de cette stupide collerette. Le beagle avait donné l'impression d'être humilié par l'accessoire et s'était morfondu comme si c'était un affront personnel qu'on lui faisait. Cela prendrait cependant encore un peu de temps pour que les poils repoussent sur son oreille et son arrière-train.

— Peut-être qu'on pourrait inviter Ash ?

Les oreilles de Jase se redressèrent en entendant le nom.

— Tu serais content, hein ? Tu verrais ton copain.

Lu lui avait donné tellement de nourriture pour le dîner qu'il n'aurait aucun problème à nourrir deux personnes. Et s'il se souvenait bien, Ash n'était pas en manœuvres ce week-end. Cependant, s'il l'appelait, il faudrait qu'il pense à ce stupide pari. Il devait vraiment être masochiste. Il n'était pas sûr de pouvoir gérer toute cette tension sexuelle entre eux seulement pour avoir la compagnie d'Ash.

Et surtout, est-ce qu'il voulait risquer son cœur plus qu'il ne l'était déjà ? Il avait bien peur que la réponse soit un 'oui' enthousiaste.

— Ouais... Un masochiste. C'est tout moi.

XVI

L'ERMITAGE ÉTAIT beau, tout illuminé dans le noir avec de la neige sur les bardeaux et recouvrant le toit pentu. Ash pouvait l'imaginer décoré pour Noël avec des bougies aux fenêtres où seraient accrochées des couronnes. Eli apparut à la porte quand Ash arrêta son pick-up devant la maison et il sentit la chaleur l'envahir malgré le froid mordant. Il pourrait s'habituer à ce qu'Eli le transforme en guimauve.

Jase surgit par la porte d'entrée, projetant de la neige partout en bondissant pour rejoindre Ash. Des pattes humides se posèrent sur sa cuisse et le beagle lui lécha la main entre deux aboiements joyeux.

— Opportuniste, dit Ash en gloussant. Oui, je t'ai ramené des cadeaux. On pourra partager nos histoires de guerre et comparer nos cicatrices plus tard.

Ash sourit à Eli, repoussant gentiment Jase.

— J'ai le droit au même accueil de ta part ?

— J'y pense, dit Eli, souriant tranquillement. Mais je te promets de ne pas te lécher la main ou te 'patouner' à mort.

— Prof, tu peux me lécher ou me 'patouner' autant que tu veux.

Ash lança un os à mâcher à Jase avant de prendre un bouquet de fleurs dans sa voiture. Il se dirigea vers Eli et lui tendit.

— La fleuriste, mademoiselle Beauchamp, m'a dit de te dire que tu as intérêt à me garder. Je te jure que je ne lui ai pas dit à qui étaient destinées ces fleurs.

— Ash, il faut être mort ou avoir la tête dans le sable pour ne pas savoir qu'on se fréquente, dans cette partie de la ville.

Eli sourit et glissa ses doigts chauds derrière la nuque d'Ash.

— Est-ce que mademoiselle Beauchamp t'a dit que j'aimais les iris ?

— Elle a mentionné que ta grand-mère en avait toujours chez elle.

En vérité, elle avait eu un tas de choses à lui dire sur Eli et avait tenu Ash en otage pendant vingt bonnes minutes avant qu'il réussisse à s'enfuir. Il se pencha en avant et effleura les lèvres d'Eli des siennes.

— Tu me fais entrer ou tu me laisses me geler dehors ?

— Je suppose que je peux te laisser entrer… dit Eli avant de reculer d'un pas pour lui ouvrir la porte. Fais attention à Jase, il arrive.

Ash n'avait pas la moindre idée de la raison pour laquelle Eli l'avait invité pour la soirée. Il n'avait pas parlé du tout de leur pari et Ash ne voulait pas aborder le sujet. Leur week-end au chalet remontait à trop loin et il ne voulait pas commencer la soirée par une dispute ou en se souciant de ce qui se passait en dehors de la petite maison ancienne d'Eli. Le feu crépitait dans le foyer et la pièce aux murs de bois et au sol garni de tapis était bien plus confortable que l'appartement d'Ash.

— Sérieux, Eli, j'adore ta maison. Des maisons comme ça, on n'en construit plus.

Eli suspendit son chapeau et son manteau près de la porte. Il enlaça la taille d'Ash, se serrant contre son dos.

— J'aime te voir ici. Et merci pour les fleurs. Je n'en avais jamais reçu auparavant.

Il embrassa la nuque d'Ash.

— Il faut dire que je t'ai énervé exprès un bon nombre de fois. C'est un peu pour me faire pardonner.

Ash regarda Eli par-dessus son épaule et lui sourit.

— Je me suis dit que tu les aimerais.

Eli sourit et déposa un nouveau baiser sur l'arête de la mâchoire d'Ash avant de lui prendre les fleurs des mains.

— Ton instinct ne t'a pas trompé, dit-il en se dirigeant vers la cuisine. Tu veux une bière avant le dîner ?

Ash le suivit dans la cuisine et Jase se vautra dans son panier, en face du poêle, protégeant son nouvel os à mâcher de ses pattes. Ash pouvait sentir un ragoût mijoter sur la cuisinière et une bonne odeur de pain sortant du four. Même si ce n'était pas le dîner qui l'avait convaincu de venir ici, son estomac gronda.

— Juste une.

Ash décapsula la bière qu'Eli lui tendait, la curiosité le rongeant.

— Alors ? Pourquoi tu m'as invité ?

Eli mit les iris dans un vase sur la table et se servit un verre de vin rouge avant de s'occuper du four et du réchaud.

— J'avais envie de te voir.

— Tu vas me demander de rester sage ? demanda Ash lorsqu'ils repartirent vers le salon.

Les yeux d'Eli brillèrent et il se pencha vers lui, sur le canapé, sirotant son vin.

— Ce ne serait pas drôle si je le faisais. En plus, te le demander, ça serait tricher, non ?

Ash passa sa main dans les cheveux d'Eli, fasciné par la façon dont le feu rehaussait les éclats roux de sa chevelure. Il ne savait pas quand Eli avait décidé de baisser sa garde et il s'en fichait, tant qu'elle restait baissée. Il ne savait plus trop qui gagnait le pari, parce que ne pas pouvoir le toucher le rendait fou.

— C'est bon à savoir.

Il enfouit ses doigts plus profondément dans la chevelure d'Eli et l'embrassa. Sur sa langue, il sentit le goût du vin et un quelque chose d'indescriptible qui donnait toujours envie à Ash d'y revenir. Cette fois, Eli ne lui résista pas et ne se déroba pas. Ash entendit le tintement du verre qu'Eli reposa, puis il lui retira sa bière des mains. Eli l'embrassa de nouveau, affamé. Ses lèvres étaient brûlantes tandis qu'il poussait Ash dans les coussins du canapé.

— Qui est censé tenter qui ? demanda Ash, sa main glissant le long du dos d'Eli. Je perds le nord avec toi.

Eli posa sa main sur le membre d'Ash à travers son jean et rit doucement.

— Et le contrôle aussi, on dirait, dit-il en frottant durement sa paume contre Ash, lui arrachant un grognement.

— Nom de Dieu, grommela Ash. Espèce d'allumeur, viens là.

— Moi ?

Eli haussa un sourcil en enfourchant les cuisses d'Ash.

— Moi ? Oh non, mon grand, s'il y en a un qui allume l'autre, c'est bien toi, avec ton foutu pari.

Ash saisit les fesses d'Eli à pleines mains et l'attira plus près de lui. Il n'était pas vraiment venu séduire Eli, pas tout de suite, en tout cas. Ash voulait juste passer un peu de temps avec lui, mais il n'allait pas le virer de là si Eli se proposait. Leur week-end passé ensemble n'avait qu'ajouté à ses fantasmes.

— Tu joues un jeu dangereux, Prof...

— Pour qui ?

Eli se pencha sur lui et effleura la mâchoire et la gorge d'Ash de ses lèvres.

— Toi ou moi ?

— Je ne sais plus très bien.

Ash glissa ses mains sous le tee-shirt d'Eli, la sensation de la peau sous ses doigts lui court-circuitant le cerveau. Ils avaient eu une dispute à un moment, mais il ne s'en souvenait plus. Avec un grognement, il les retourna tous les deux, couchant Eli sur le dos sur le canapé.

— Qu'est-ce qui t'a fait changer d'avis et m'a sauvé de l'enfer de l'abstinence ?

— J'y étais avec toi, dit Eli avant de mordiller la gorge d'Ash. Et je n'avais aucune intention de te laisser gagner le pari en t'invitant ici.

— C'est à cause des fleurs, c'est ça ?

Ash les avait amenées en se disant que ça ferait une petite blague, mais si Eli réagissait comme ça, il allait acheter toute la boutique.

Le rire d'Eli résonna contre sa gorge et quand il leva la tête pour le regarder, ses yeux étincelaient.

— Non. Elles sont belles, mais pas assez pour te laisser gagner un pari.

— Alors quoi ?

Eli prit le visage d'Ash en coupe entre ses mains et l'embrassa encore. Un baiser vif et chaud.

— Parce que tu comptes bien plus qu'un pari.

Ash le fixa, abasourdi. Son cerveau analysait encore les mots quand Eli l'attira à lui pour un autre baiser. Il avait peut-être gagné, mais quelque part, il avait l'impression qu'Eli était le vrai vainqueur. Même s'il ne savait pas vraiment ce qu'Eli avait gagné et qu'il n'arrivait pas à se pencher sur la question à cause de la langue de son amant qui dansait avec la sienne.

— Oh, dit-il quand leurs lèvres se séparèrent et Eli rit de nouveau. D'accord.

Une idée fit son chemin à travers le bazar qu'était son cerveau. Il pouvait à nouveau déshabiller Eli.

— Bon sang !

Il retira le tee-shirt d'Eli et le sien, les jetant par-dessus l'accoudoir du canapé. Il se pencha sur Eli, glissant une main sur son long torse mince et ses côtes.

— Tu me rends fou. Je suis dingue de toi.

Des ongles griffèrent légèrement la peau d'Ash et Eli s'assit, embrassant les plaques militaires suspendues à son cou.

— C'est réciproque. Ça fait des mois que je te veux dans mon lit. Même si j'apprécie les préliminaires dans les canapés, j'aimerais avoir un peu plus de place pour jouer.

Il se releva et prit la main d'Ash, le guidant vers l'escalier.

Ash se dit qu'il rêvait sûrement. C'était un nouveau fantasme et il allait se réveiller avec une érection. L'air à l'étage était assez frais pour lui donner la chair de poule quand il suivit Eli dans le couloir qui menait à sa chambre. Aussitôt le seuil passé, Ash l'attira à lui.

— On ne joue plus, Eli. Ni toi ni moi, d'accord ? Plus d'anticipation, plus d'abstinence. On peut garder le secret à l'université, mais à partir de maintenant, tu es à moi.

Un frisson traversa Eli et il saisit les bras d'Ash pour en entourer sa taille, se laissant aller contre lui.

— Tu me le promets, Géorgie ?

Il y avait un soupçon d'espoir dans la voix d'Eli, à peine présent. Ash repensa alors à ce qu'il lui avait dit, un jour. La façon dont Eli semblait toujours trouver le bon gars au mauvais moment. Est-ce qu'il avait déjà eu le cœur brisé ? Était-ce pour cela qu'il restait sur ses gardes ? Ash embrassa Eli dans le cou, ses bras l'enlaçant plus fermement.

— Je le jure, Eli.

En réponse, il tira Ash vers le lit. Les rayons de la lune filtraient par les fenêtres gelées, baignant la pièce d'une lueur bleue et froide. Le cœur d'Ash s'emballa quand Eli défit sa ceinture. Il embrassa le torse d'Ash, puis s'agenouilla devant lui, déposant des baisers sur son ventre tandis qu'il baissait son jean. Ash emmêla ses doigts dans les cheveux d'Eli avec un doux gémissement et il sentit le souffle chaud de l'autre homme caresser le bout de son sexe.

Eli glissa ses lèvres chaudes sur le membre d'Ash et le prit en bouche. Ash se rendit compte que ses fantasmes n'étaient pas à la hauteur de la réalité. La langue d'Eli titilla sa hampe, et il le prit davantage en bouche à chaque mouvement de tête, jusqu'à l'avaler jusqu'à la garde. Ash gémit, ses doigts se contractant dans les cheveux d'Eli.

— Bordel, Eli, tu as une bouche merveilleuse.

Eli lui répondit avec un petit rire qui vibra en lui avant de commencer à aller et venir sur lui. Ash eut de plus en plus de mal à tenir debout. Des doigts s'insinuèrent entre ses cuisses pour caresser ses testicules et Ash glapit lorsqu'un doigt glissa sournoisement entre ses fesses, cherchant leur entrée.

— Eh, mon beau, tu as l'intention de tirer, ce soir ?

L'air frais glissa sur son sexe quand la bouche d'Eli l'abandonna. Il poussa gentiment Ash vers le lit. Le blanc de ses dents brisa l'obscurité de la pièce lorsqu'il sourit.

— Allonge-toi avant que tes jambes te lâchent.

— Oui, monsieur, murmura Ash, observant Eli se lever pendant que lui s'allongeait sur le lit.

L'édredon frais était agréable contre sa peau, tant son corps lui semblait en feu. Eli se débarrassa rapidement du reste des vêtements d'Ash, le dénudant avant de retirer son propre jean et de le rejoindre sur le lit. Il ouvrit un tiroir près du lit et Ash frissonna lorsqu'une bouteille froide roula contre sa jambe.

— Oups, désolé.

Eli rattrapa le lubrifiant, en versa un peu dans sa paume et frotta ses mains l'une contre l'autre pour le réchauffer, le tout sans jamais quitter Ash des yeux, avec un regard tel que le cœur de celui-ci battait la chamade. Il voulait le toucher partout, embrasser chaque point sensible et savourer la passion qui les dévorerait peu à peu.

Ash sourit et tendit le bras pour l'attraper.

— Tu peux revenir me réchauffer.

— Oh non, cher monsieur, c'est moi qui décide comment ça se passe, maintenant.

Il y avait tant de promesses dans le sourire d'Eli. Le sexe d'Ash tressaillit quand Eli s'écarta pour se mettre hors de portée de ses mains.

— Je vais te mettre le feu, Géorgie.

— C'est déjà le cas, je crois.

Eli s'allongea entre les cuisses d'Ash et reprit son sexe entre ses lèvres. Ouah, il ne plaisantait pas. Ash n'avait pas eu le temps de s'habituer à la chaleur parfaite de la bouche d'Eli qu'un doigt chaud et lubrifié massait déjà l'anneau de muscles entre ses fesses.

Le cœur d'Ash manqua un battement. Cela faisait si longtemps que quelqu'un ne l'avait pas doigté. Il gémit quand le doigt d'Eli entra en lui. Il avait oublié à quel point cela pouvait être bon. La sensation de la bouche d'Eli sur son membre, couplée au lent va-et-vient qu'il sentait en lui le rendait dingue. Il en voulait plus. Ash releva les genoux, posant ses talons sur le lit pour pouvoir onduler des hanches et bouger en cadence avec Eli. Les cheveux d'Eli caressaient sa peau et chatouillaient ses hanches.

Avec un gémissement sourd, Ash y enfouit à nouveau ses doigts.

— Ne laisse jamais personne te convaincre de te couper les cheveux.

Il aimait voir la lumière jouer dedans, et leur masse soyeuse qui ne demandait qu'à être touchée. Ils représentaient si bien la personnalité unique d'Eli, son entêtement. Il adorait ça.

Eli releva la tête et embrassa la cuisse d'Ash.

— Je crois que j'aurai bien plus de problèmes avec toi en coupant mes cheveux qu'avec n'importe qui d'autre en les gardant longs.

Avant qu'Ash ait pu répondre, la bouche d'Eli fut à nouveau sur lui. Un second doigt se fraya un chemin en lui, augmentant légèrement la douleur. Cela faisait longtemps que personne ne l'avait pris. Mais au lieu d'écarter ses doigts pour le détendre comme il s'y était attendu, Eli se contentait d'aller et venir en lui. Sa bouche montait et descendait sur son sexe plus rapidement. Les mains d'Ash se crispèrent dans les cheveux d'Eli, il perdait petit à petit le fil de ses pensées.

— Bon sang, Eli…

Les hanches d'Ash tressaillirent quand les doigts effleurèrent sa prostate et Eli le prit entièrement en bouche. Son corps se tendit. Il jura, Eli le torturait de chaque côté. Les doigts d'Eli massèrent sa prostate plus brusquement tandis que ses va-et-vient se faisaient plus rapides et plus intenses. Le cœur d'Ash résonnait à ses oreilles, son souffle s'entrecoupait de gémissements et de halètements. Eli ne voulait pas le baiser. Cette idée lui grilla le cerveau et Ash menaça de perdre le contrôle.

— Putain… Bon Dieu, Eli… Je vais jouir.

Il relâcha sa prise sur les cheveux d'Eli pour lui permettre de se retirer s'il le voulait.

Eli gémit, léchant l'extrémité de son sexe, sa main en caressant la base en un encouragement silencieux. Encore un peu. Ash jura à nouveau, le souffle court, murmurant parfois le nom d'Eli. Puis le monde explosa quand le bout des doigts d'Eli frotta ce point si sensible. Parfait.

Ash eut un bruit de gorge sourd et releva les hanches, faisant quelques brefs va-et-vient dans la bouche si parfaite d'Eli.

— Oh, putain… Putain Eli.

Son cœur battait assez fort pour qu'il soit pris de vertige pendant l'orgasme. Il releva la tête, gémissant à la vue des lèvres d'Eli qui continuaient de le sucer, sa langue jouant avec lui jusqu'à recueillir la dernière goutte.

Ash relâcha les cheveux d'Eli et ce dernier se redressa lentement, ses yeux brillant dans la faible lumière. Il remonta le long du corps d'Ash, embrassant son ventre et son torse jusqu'à atteindre sa bouche.

— Ça t'a réchauffé ? demanda-t-il avec un rire rauque.

Ash l'attira à lui pour un baiser passionné, se goûtant lui-même sur la langue d'Eli.

— Tu m'as complètement fait oublier que l'enfer de la Nouvelle-Angleterre est sur le point de nous tomber dessus.

Eli se pelotonna contre lui, la tête sur l'épaule d'Ash, une cuisse sur la sienne et un bras autour de sa taille. Ash put sentir le tressautement du membre raide d'Eli contre son flanc.

— Je peux te réchauffer tout l'hiver.

— J'en suis sûr.

Ash captura ses lèvres, l'embrassant longuement jusqu'à ce qu'Eli gémisse.

— Tu n'as rien qui brûle, en bas ?

— J'ai tout mis à feu doux. Reste là. Je ne suis pas prêt à bouger. Pas tout de suite.

Ash enlaça Eli et le serra contre lui. C'est ce qui l'avait toujours attiré chez Eli : la chaleur de son sourire, la proximité qu'il n'accordait qu'à quelques élus, la façon qu'il avait de veiller sur tout le monde et de se négliger. Quand Eli avait utilisé son caractère ombrageux et cette réserve glacée pour tenir Ash à distance, ça l'avait rendu dingue. Parce qu'Ash savait ce qu'était vraiment Eli, à l'intérieur.

— Ne me repousse plus, d'accord, Eli ?

Ash embrassa la mâchoire d'Eli, puis lui mordilla la lèvre. Eli se tendit.

— Laisse-moi rester près de toi. Je ne sais pas pourquoi tu fais ça.

— Parce que…

Le bras d'Eli se resserra autour de la taille d'Ash, levant le visage pour l'embrasser sur les lèvres.

— Tu vas t'en aller et je n'ai pas envie d'y penser.

— Alors n'y pense pas.

Ash l'embrassa jusqu'à ce que la tension quitte le corps d'Eli et que son sexe pulse régulièrement contre la cuisse d'Ash. Il aurait aimé rencontrer le type qui avait blessé Eli au point de le rendre craintif. Il lui mettrait son poing dans la gueule.

— On ne sait jamais de quoi demain est fait. J'ai appris ça à mes dépens. Si on se rend mutuellement heureux maintenant, profitons-en.

Ash glissa sa main sur la courbe de la fesse d'Eli, puis entre ses cuisses pour caresser son sexe raide à travers son boxer.

— Après tout ce temps à imaginer te toucher, maintenant que je suis là avec toi, je ne pense pas que j'arriverai un jour à te sortir de ma tête.

Et ça lui allait très bien.

— Je vois ce que tu veux dire.

Les lèvres d'Eli parcoururent sa peau, l'effleurant de ses dents pendant qu'il donnait des hanches contre la paume d'Ash.

— Ne t'arrête pas. S'il te plaît, ne t'arrête pas.

Le désir envahit Ash aux supplications d'Eli. La satisfaction ne semblait jamais durer très longtemps avant qu'il veuille à nouveau posséder Eli, encore et encore, jusqu'à ce qu'ils ne puissent plus bouger. Il roula pour placer Eli sous lui et s'agenouilla juste le temps de lui retirer son boxer, le glissant le long de ses longues jambes.

— Je ne vais pas m'arrêter. Pas tant que tu ne me le demanderas pas.

— Tu avais dit qu'on ne jouait plus, qu'on ne faisait plus de pari. On est ensemble maintenant, Ash. Je ne vais certainement pas te dire non maintenant.

Eli enlaça Ash, l'attirant contre lui.

Ils gémirent tous deux lorsqu'ils se retrouvèrent peau contre peau. Le sexe d'Ash durcit encore lorsqu'il frotta contre celui d'Eli, gorgé de désir.

Ash l'embrassa, sa langue dansant avec celle d'Eli. Cet homme l'affamait avec ses lèvres chaudes, ses mains impatientes et les petits bruits excitants qui sortaient de sa gorge. Les mains d'Eli agrippèrent ses fesses, forçant Ash à donner du bassin contre lui.

— Ash, haleta Eli en rompant le baiser. Ça me rappelle ce qu'on a fait derrière chez toi.

— C'est un souvenir qui m'a tenu chaud plus d'une nuit, récemment.

Ash frémit quand la bouche d'Eli atteignit son oreille et la mordilla assez fort pour lui faire mal.

— Ça fait au moins deux semaines que je rêve que tu me baises. Et j'ai été à ça de te sauter dessus depuis que tu m'as coincé dans mon bureau.

Ash sourit, envahi par la satisfaction. Eli semblait parfois si détaché que c'était dur de dire si quelque chose l'atteignait ou pas.

— Vraiment ? Raconte-moi, murmura-t-il pendant qu'il débouchait la bouteille de lubrifiant. À quel point étais-je proche de réaliser mon fantasme et de te prendre sur ton bureau ?

— Bien trop proche. Britton m'aurait entendu hurler ton nom.

Ash gémit rien qu'à l'idée d'Eli criant son nom.

— Eh bien, je suis heureux que tu aies résisté parce que j'aurai détesté qu'on se fasse prendre. Même si je veux toujours te mettre en situation très compromettante dans ce bureau.

— Et j'ai toujours envie de t'attirer sur une de ces chaises rembourrées dans la bibliothèque des éditions spéciales et te laisser faire ce que tu veux de moi, dit Eli en enroulant une de ses jambes autour de la hanche d'Ash. Je suppose que certaines choses vont devoir rester des fantasmes.

Ash ricana et lubrifia ses doigts.

— Me dire ça, c'est comme agiter un tissu rouge devant un taureau. Je vais trouver un moyen, sois-en sûr.

Un moyen de réaliser ses fantasmes et ceux Eli. Tout pouvait être fait avec un peu d'organisation.

Eli gémit quand Ash écarta ses doigts en lui, mordillant de nouveau son oreille.

— Dépêche-toi, je t'attends.

C'était dur de se concentrer pour préparer Eli quand il n'arrêtait pas de lui chuchoter de tels encouragements. Comment pouvait-il se concentrer dans ces conditions ?

— Sois sage.

— Ça irait à l'encontre du but recherché. Et c'est toi qui dis ça, après que je t'ai demandé de rester sage pendant tout ce temps ?

Ash entendit qu'il fouillait dans une boîte, un bruit de plastique déchiré et quelques instants plus tard Eli déroulait un préservatif sur le membre d'Ash avant de le caresser brièvement. Ash grogna pendant qu'Eli se dégageait de sous lui et se redressait pour se mettre à quatre pattes. Il lança un sourire espiègle à Ash par-dessus son épaule.

— Ne sois pas sage avec moi, Géorgie.

Ash se redressa derrière lui. Son cœur battait fort tandis qu'il caressait le dos d'Eli du plat de la main, suivant ses muscles de l'épaule à la hanche. Il plaça son membre contre les fesses d'Eli et ce dernier gémit en cambrant le dos.

— Je serais idiot de passer à côté d'une telle invitation.

Il guida son sexe entre les jambes d'Eli et gronda en trouvant l'entrée de son corps. Eli se colla contre lui et Ash poussa. Ils gémirent tous deux quand son membre fut profondément enfoui en Eli.

— Oh putain, oui. Comme ça, souffla Eli.

Ash voulait entendre la voix d'Eli ainsi pendant très longtemps. Ses mains agrippèrent les hanches du professeur quand ce dernier se resserra autour de lui. Ash se pencha en avant, posant ses mains sur le matelas, mordillant l'épaule d'Eli tandis qu'il allait et venait en lui. Il avait cet homme dans la peau et il lui donnait toujours envie de plus. Aucun autre amant ne lui avait fait un tel effet.

— Plus fort, gémit Eli, donnant des hanches contre Ash. Ça fait trop longtemps.

Ash posa son front contre l'épaule d'Eli, haletant, intensifiant ses va-et-vient. Eli continuait de l'encourager entre ses soupirs et ses gémissements. *Plus fort. Plus vite. Baise-moi.* Jusqu'à ce qu'Ash en ait la tête qui tourne. Il se redressa à nouveau, une main sur l'épaule d'Eli, l'autre sur sa hanche, tandis qu'ils venaient à la rencontre l'un de l'autre.

Bon sang, Ash aimait la longue ligne du dos d'Eli, la largeur ses épaules et l'étroitesse de sa taille. Il entoura son ventre d'un bras et l'attira à lui de telle sorte qu'Eli chevauchait maintenant les cuisses d'Ash. Eli gémit et glissa un bras autour du cou d'Ash, se tordant pour venir l'embrasser pendant que le réserviste le pénétrait de nouveau.

— C'est si bon, geignit Eli contre ses lèvres. Encore.

Ash sourit et prit les testicules d'Eli au creux de sa main, les pétrissant gentiment, ses doigts jouant avec la peau fragile et soyeuse.

— Et comme ça ? Tu aimes quand je te touche là aussi, pas vrai ?

Eli frémit et se contracta autour de lui.

— Oh que oui.

— Et comme ça ? le taquina Ash en refermant sa main sur son sexe pour le masturber en rythme. Vous aimez ça, professeur ?

— Oh, putain !

Eli laissa sa tête tomber contre l'épaule d'Ash et sa pomme d'Adam bougea lorsqu'il déglutit.

— Tu es un sale con, Ash. Qu'est-ce que tu veux que je te dise ? *Oh oui, baise-moi fort et je te mettrai un B ?*

— B ? Je suis vexé. Il va falloir que je fasse plus d'efforts, alors.

Ash fit glisser son pouce sur l'extrémité du sexe d'Eli, savourant son humidité. De l'autre main, il caressa le pourtour du mamelon durci d'Eli et le pinça.

Eli sursauta dans ses bras avec un gémissement rauque. Il toucha la main d'Ash sur son membre, l'incitant à le caresser plus vite.

— J'ai… changé d'avis. Tu es le chouchou du… professeur. Continue comme ça.

Malgré l'air frais de la pièce, Ash surchauffait. La gorge d'Eli était humide et avait le goût de sel, ses cheveux collaient à sa peau couverte de sueur. Ash gémit, appuyant son visage contre la courbe de la nuque d'Eli tandis que l'excitation montait. Ses testicules se contractèrent douloureusement et Eli jura entre deux halètements. Puis il se contracta autour de lui et tout explosa.

Ash geint en donnant un dernier coup de reins et jouit, à peine quelques secondes avant qu'Eli jouisse aussi, ses muscles se contractant puissamment autour du sexe d'Ash, augmentant l'intensité de son orgasme. Ils tremblaient tous deux, haletants, et Ash ne se souvenait pas d'avoir été un jour aussi secoué après une partie de jambes en l'air.

Eli se laissa glisser sur le lit comme une poupée de chiffon, avec un gémissement, avant de tirer Ash à côté de lui. Ce dernier fixait le plafond sombre, écoutant son amant respirer près de lui. Il lui fallut de longues minutes avant que son cœur cesse de battre comme celui d'un oiseau affolé et que son souffle s'apaise. Il roula sur le flanc, entourant la taille d'Eli d'un bras et embrassant le sommet de sa tête.

— Le dîner va vraiment brûler maintenant. Je n'ai pas envie de bouger d'ici avant plusieurs jours.

Les épaules d'Eli tremblèrent sous un rire silencieux.

— Quoi, tu t'attends à ce que je te serve au lit, maintenant ?

— Hmm, j'aime assez l'idée. Pas besoin de se lever ni de s'habiller, dit Ash, frottant son nez contre la joue d'Eli. Je pourrais m'y habituer.

— Je refuse d'avoir des miettes dans mon lit, ou de voir Jase nous grimper dessus pour voler ce qu'on mange.

Eli s'assit et récupéra ses vêtements au sol.

— Il ne me ferait pas ça.

Ash caressa la hanche d'Eli. Il ne pouvait pas s'empêcher de le toucher, même avec toute la bonne volonté du monde. Faire semblant de ne rien ressentir en cours allait être impossible d'ici la fin de ce semestre. Il voulait crier au monde entier qu'Eli était à lui, maintenant.

— Il te fait marcher, mon cher. Il n'aura aucun remords à profiter de ta confiance.

Eli sourit au-dessus de son épaule et se pencha pour lui voler un rapide baiser.

— Du ragoût brûlant sur certaines parties du corps délicates, ça n'a rien de marrant.

— Ça sent le vécu.

— C'est une longue histoire, je te la raconterai un jour, dit Eli en se levant et en enfilant son tee-shirt. J'ai d'autres nouvelles pour toi. Je devais te les raconter tout à l'heure, mais tu m'as distrait.

— De bonnes nouvelles ? demanda Ash, ne faisant qu'à moitié attention à ce qu'il disait et reluquant les fesses d'Eli sans vergogne pendant qu'il cherchait son jean.

— Très. J'ai trouvé la carte de base-ball.

Il fallut un moment à Ash pour comprendre et Eli le regarda avec l'air d'attendre sa réaction.

— Attends une seconde. *La* carte de base-ball ? demanda Ash en s'asseyant. Celle pour laquelle cet enfoiré a retourné ta maison ?

— Celle-là même.

— J'espère pour toi que tu ne l'as pas donnée à Wayne.

Ash attrapa ses vêtements sur le sol. Eli garda le silence, alors il releva les yeux, pour le trouver en train de l'observer, les bras croisés. Cette carte était leur atout, et franchement, Wayne n'avait rien fait pour la mériter.

— Pitié, dis-moi que tu ne lui as pas donnée. Eli, je vais t'étrangler.

— C'est une manière de t'adresser à ton amant ?

Eli serra les lèvres de telle façon qu'Ash pensa qu'il se retenait de rire.

— M'étrangler serait un mauvais point sur ton dossier. En plus ça va faire les gros titres.

— Eli, gronda Ash.

— Je ne lui ai pas donnée, tu peux te détendre, répondit Eli en lui lançant un regard exaspéré et en embrassa ses phalanges. Le père de Wayne a la carte et non, ce n'est pas moi qui la lui ai donnée. Même si c'est bien le seul à qui je l'aurais donnée, si j'avais pu. Elle lui appartient.

— Comment M. Grayson l'a-t-il obtenue ?

— Je suppose qu'après m'avoir entendu dire que M. Grayson avait eu une attaque, mon père s'est senti coupable. Il m'a envoyé le voir à l'hôpital cet été avec une enveloppe. Ironiquement, M. Grayson avait la carte pendant tout ce temps et Wayne n'en sait rien.

— Qu'est-ce que tu vas faire ? demanda Ash en se rhabillant.

— Je ne sais pas trop. J'ai parlé avec son infirmière et ai mis mon nez dans leurs affaires. L'argent manque un peu, mais pas autant que Wayne semble le craindre. Je ne veux pas que M. Grayson soit forcé de la vendre si ce n'est pas nécessaire. Cette carte le fait sourire à chaque fois qu'il pose les yeux dessus. Ce serait cruel de la lui enlever maintenant.

Ash fronça les sourcils, mais il n'y avait pas de raison de contredire Eli là-dessus. Il avait décidé en venant ici qu'il ne tenterait pas de le forcer à aller voir Cooper. Pas alors que Wayne avait décidé de se tenir tranquille, du moins pour le moment. Peut-être les preuves qu'il disait avoir n'étaient qu'un bluff ou peut-être que sa confrontation avec Eli l'avait assez effrayé pour lui rendre la raison.

— Okay alors. On en reste là pour le moment. Pour être honnête, je n'ai pas envie de perdre mon temps à ne serait-ce que penser à ce type ce week-end. S'il la boucle et qu'il fait profil bas, ça me va.

— J'espérais que tu dirais quelque chose comme ça, dit Eli en faisant courir ses doigts dans les cheveux courts d'Ash tandis que son regard se faisait fragile. Je peux te convaincre de rester ici ce soir ?

— Je pense qu'il y a moyen de me persuader, le taquina Ash.

Il fut récompensé par un sourire qui éclaira les yeux d'Eli tandis qu'ils se dirigeaient vers l'escalier. Il avait une énorme pile de devoirs à faire ce week-end et il aimait l'idée de les faire ici, dans cette maison confortable, plutôt que dans son appartement plein de courants d'air. Connaissant Eli, celui-ci avancerait sûrement dans ses recherches ou lirait un livre avec ses lunettes si sexy sur le nez, et cela distrairait Ash souvent. Au moins, dans cette maison il pourrait mettre en pratique plusieurs de ces fantasmes qu'il avait sur son professeur.

— Tu as une lueur lubrique dans les yeux, d'un coup, remarqua Eli en réprimant un sourire tandis qu'il se dirigeait vers le four.

Les tartines qu'Eli en sortit avec un grognement étaient brûlées.

— Mince. Bah, elle m'en a laissé pas mal, je peux en réchauffer d'autres.

Il lança un regard rapide à Ash, complice.

— Elles ont été sacrifiées pour une bonne raison.

Bon sang, Ash était fou de lui.

220

XVII

ELI SE frotta les yeux en notant les derniers commentaires sur la dissertation d'un de ses étudiants. Il avait un bon groupe de premières années, pour la plupart. Mais la façon dont certains posaient un argument lui donnait des maux de tête. Au moins, cette pile était presque finie. Encore un devoir pour cette classe, et ensuite ses souffrances prendraient fin. Il était presque sûr que ses étudiants diraient la même chose, lorsque ce cours de lettres obligatoire serait fini. Et ils allaient probablement tous valider sa matière, ce qui ferait plaisir à Britton.

Il n'aurait pas dû penser au loup, car à cet instant sa porte s'ouvrit et Britton entra, comme d'habitude sans frapper. Eli retint un soupir d'exaspération. L'homme n'allait pas changer, pas plus que lui-même ne changerait pour Britton. Ils allaient tous les deux devoir se faire une raison et s'habituer aux petites excentricités de l'autre. Même si les tics de Britton donnaient envie à Eli de grincer des dents.

— Je peux vous aider ? demanda Eli en empilant les dissertations avant de les glisser dans son porte-document.

Au moins, Eli se réjouissait de lire les devoirs de son cours de correspondance historique. Il avait confiance en Ash et ses camarades.

Les sourcils de Britton se rapprochèrent tandis qu'il regardait Eli d'un air soupçonneux et Eli lui fit un grand sourire en réponse.

— Je vous en prie, asseyez-vous.

N'était-ce pas ce que Lu lui disait toujours ? Assomme-les à coup de gentillesse. Et si ça ne marche pas, utilise un gourdin.

— J'ai regardé les devoirs de cet étudiant et je dois bien avouer que ses réclamations sont ineptes.

Eli dut se retenir de sourire en entendant la note de déception dans la voix de Britton. Il n'allait certainement pas lui offrir la réponse sarcastique qu'il méritait.

— Vous voulez lui annoncer la mauvaise nouvelle vous-même ?

— Je m'en suis déjà occupé.

Britton ignora la chaise et continua à fixer Eli comme s'il pouvait voir à travers lui et découvrir ses moindres secrets. Eli lui rendit son regard avec calme.

— Je sais que vous cachez quelque chose, Hollister. Vous êtes un très mauvais menteur, et je vais trouver ce dont il s'agit.

Parfois, Eli en avait vraiment assez de ces idioties de cour de récré. C'en était presque du harcèlement. Britton allait continuer d'être sur son dos jusqu'à ce qu'il se débarrasse de lui ou qu'Eli soit titularisé. Ou peut-être que Britton lui ficherait la paix s'il découvrait un soi-disant secret d'Eli ? Il pourrait lui dire qu'il était gay... L'estomac d'Eli se retourna à cette idée.

Sa vie privée n'était pas un sujet qu'il avait envie d'aborder avec quelqu'un à l'esprit si étroit qu'on pourrait lobotomiser avec une aiguille à coudre. Britton avait déjà assez de raisons de mépriser Eli sans qu'il ait besoin de l'encourager. L'affronter sur le plan professionnel était une chose. Mais à l'idée de devoir discuter de choses intimes avec lui, Eli se sentait comme l'adolescent terrifié qu'il avait été en voyant le regard de dégoût de son père.

Non, il ne dirait pas à Britton qu'il était gay. Il ne parlait pas de sa sexualité au travail. Si quelqu'un lui demandait, il ne niait pas, mais il n'avait partagé cette information personnelle qu'avec quelques personnes. Britton répondrait de deux façons au choix : soit il sortirait en claquant la porte et éviterait Eli à l'avenir parce qu'il ne voudrait pas risquer d'être 'contaminé', soit il croirait qu'il s'agissait d'une plaisanterie et accuserait Eli de mentir.

Eli n'avait aucune envie de devoir gérer l'un ou l'autre de ces scénarios. Sa patience arrivait rapidement à bout.

— Est-ce qu'on ne pourrait pas déclarer une trêve ? Parce que pour tout vous dire, cette guéguerre constante commence à me fatiguer. On ne pourrait pas se concentrer sur ce qu'on a à faire au lieu de chercher à marquer des points contre l'autre en permanence ? Quand allez-vous comprendre que je ne passe pas mon temps à inventer des moyens de briser les règles juste pour vous ennuyer ? J'aime enseigner, et je suis un bon professeur. J'aime m'installer avec des livres et écrire des articles, comme vous.

Les yeux de Britton s'allumèrent d'une lueur malsaine et il s'assit en face d'Eli.

— Je le savais. Vous plagiez vos articles, n'est-ce pas ?

La mâchoire d'Eli se décrocha sous l'effet de la surprise. Mais où trouvait-il toutes ces idées farfelues ?

— Non. Pour le meilleur comme pour le pire, tout ce que j'ai publié était de moi. Désolé.

— Alors qu'est-ce que c'est ?

— Mais rien ! Enfin, Britton, qu'est-ce qui ne va pas chez vous ? répondit sèchement Eli, prêt à traîner le vieux con hors de son bureau par ses sourcils broussailleux. En fait, laissez tomber. Rien de ce que je pourrais dire ne vous convaincra que je n'ai rien à cacher.

Dès que les mots s'échappèrent de ses lèvres, Eli pensa à Ash. Peut-être devrait-il signaler cette relation au Doyen dès maintenant, au cas où. Il n'allait pas réussir à garder ses distances avec Ash et, même s'il n'existait pas de règle stricte concernant les relations entre un professeur et un élève, c'était tout de même très mal vu. Il voulait ne rien avoir à se reprocher si jamais leur relation éclatait au grand jour.

Eli jeta un coup d'œil à la pendule, s'en voulant déjà d'avoir perdu son sang-froid.

— Si cela ne vous ennuie pas, j'ai classe dans trente minutes et je dois me préparer. Et pas la peine de me menacer encore une fois avant de partir. Cela vous donne l'air d'un méchant de série Z.

Le visage de Britton se colora furieusement, mais les dernières paroles d'Eli eurent l'effet escompté et l'homme n'ajouta rien de plus avant de sortir de la pièce avec colère. Eli laissa sa tête retomber sur son bureau avec un grognement. Un jour, il arriverait à ne pas laisser Britton lui faire perdre son calme. Mais jusque-là, l'autre homme gagnerait toujours, qu'il le sache ou pas. Peut-être devrait-il en parler au Doyen Newton ? L'attitude de Britton devenait plus imprévisible de semaine en semaine.

WAYNE SE tenait à l'extérieur du bureau d'Eli, sidéré par les paroles agressives qu'il entendait à l'intérieur. Il avait entendu Eli se plaindre de Britton, mais il n'avait jamais réalisé que l'homme était si dur avec Eli. Rougissant de honte, il enfonça l'enveloppe plus profondément dans sa poche de manteau. Il ne pouvait pas, en toute bonne conscience, glisser cette note sous la porte de Britton.

Même si Eli l'avait mis en colère pendant leur confrontation au *Dingers*, il était temps de tout avouer et d'espérer qu'Eli serait plus indulgent que Wayne ne l'avait été. Il se poussa lorsque Britton sortit du bureau au pas de charge. L'homme ne le vit même pas. Wayne retira sa casquette et la tordit entre ses doigts en jetant un regard à l'intérieur.

Eli était assis à son bureau, le regard perdu dans le vide. Wayne voyait son profil, car il était tourné vers la fenêtre. Il avait l'air si abattu que Wayne eut encore plus honte de ses récentes actions. Il toqua à la porte et Eli tourna violemment la tête. Ses yeux s'écarquillèrent avant qu'une expression de méfiance s'affiche sur ses traits. Il n'avait jamais regardé Wayne comme ça avant. Il n'y avait même pas l'ombre d'un sourire.

Eli soupira et leva la main.

— Entre, Wayne.

Wayne fit un pas en avant et tordit à nouveau sa casquette entre ses mains. Il hésita un instant à l'entrée de la pièce avant de rentrer franchement et de fermer la porte.

— J'ai quelques choses que je voudrais te dire.

— J'écoute.

Eli s'appuya sur le dossier de sa chaise et tourna toute son attention vers Wayne.

L'estomac de Wayne fit un bond. Il inspira profondément. Il fallait qu'il vide son sac.

— Je ne voulais pas que Jase soit blessé. C'était un accident. Je jure que je n'ai pas mis ce pécan dans le cabanon.

— Je n'ai jamais pensé que c'était le cas.

L'expression d'Eli s'adoucit.

— Tu n'as jamais été délibérément cruel.

Wayne poussa un soupir de soulagement et s'assit sur la chaise. Ses genoux tremblaient tellement qu'il avait l'impression qu'il allait tomber.

— Alors tu ne vas pas aller voir Cooper ? Je t'assure, ça fait des semaines que je sursaute dès que j'entends une sirène. J'ai les nerfs en pelote.

— Non, je n'irai pas voir Cooper, même si on me conseille de le faire. Je ne veux pas que tu perdes tout ou que ton père finisse à l'hospice. C'est ce qui se passerait si tu allais en prison. Et j'ai un ami qui n'arrête pas de me rappeler que le chantage est un délit, sans compter qu'il est outré que tu te sois introduit chez moi.

Wayne tressaillit et pâlit violemment. Un délit ? Son père se serait retrouvé à l'hospice, c'est sûr. Heureusement qu'Eli était quelqu'un de bien. Les choses auraient pu se passer de bien d'autres façons, toutes pires que ça.

224

Le regard d'Eli se fit sévère.

— Mais je ne vais pas supporter qu'on viole mon intimité, qu'on vandalise mes affaires ou que mon chien se fasse blesser. Si tu vas trop loin, j'irai voir Cooper.

Wayne baissa les yeux vers sa casquette, incapable de soutenir le regard d'Eli.

— Toi et moi, ça remonte à loin. Je n'aurais pas dû te traiter comme ça, ce n'est pas comme si tu étais un étranger.

— Tu n'aurais pas dû le faire tout court. Que je sois un étranger ou pas. Il y a de meilleures façons de gagner de l'argent.

Eli savait vraiment comment faire se tortiller quelqu'un. Wayne avait envie de disparaître, jusqu'à ce qu'il entende les paroles suivantes d'Eli.

— Je sais que tu as l'impression d'avoir été trahi par ma famille, alors j'ai parlé à mon père.

Wayne releva brusquement la tête.

— Qu'est-ce qu'il a dit ? Est-ce qu'il a admis qu'il avait la carte ?

— Mon père n'est pas du genre à parler de choses qu'il considère comme privées. Surtout avec moi. Mais il a admis qu'il n'avait plus la carte. Et elle n'est pas non plus chez moi.

Wayne s'effondra dans sa chaise lorsque son dernier espoir s'envola.

— J'ai pensé qu'il avait dû la vendre. J'ai trouvé des demandes d'estimation dans une boîte dans ton bureau à l'Ermitage. J'étais tellement en colère, parce que je pensais que tu m'avais menti et fait le contraire derrière mon dos. J'espérais que la carte était toujours là, parce que l'estimation était pour une autre, mais c'est fichu maintenant.

— Je suis désolé, Wayne. Pourquoi tu ne parles pas avec ton père ? Je l'ai vu l'autre jour et il était aussi vif que d'habitude. Mme Parisot pense qu'il se remet bien plus vite que tu le penses. Je parie qu'à vous trois, vous pourrez trouver une solution pour payer les factures sans commettre d'actes criminels ou vendre de précieuses possessions.

— Je crois qu'il veut vendre l'entreprise, répondit Wayne, l'air pitoyable. Il était censé me la donner. Toute ma vie, j'ai su qu'il voulait que je reprenne la boutique un jour, et quand c'est arrivé, je n'ai pas été à la hauteur.

Eli plaignait Wayne, vraiment. Et pas seulement lui, mais aussi Tilly et les autres qui travaillaient au magasin. Et Jonas, pour qui avoir une quincaillerie à disposition était très pratique en cas de besoin inattendu sur un chantier. Mais la vérité, c'était que Wayne n'était pas un homme d'affaires comme son père. Il

225

n'avait pas la patience ou le jugement nécessaire pour gérer le magasin, et l'entreprise se cassait lentement la figure depuis six mois.

— Le magasin a besoin d'un gérant et ce n'est pas un boulot pour toi, Wayne. Toi tu aimes être dehors, à bidouiller et à travailler avec tes mains, pas à gérer des factures et des employés. Et Tilly déteste la paperasse encore plus que toi. As-tu pensé à embaucher un gérant ? Je suis sûr que Jonas connaîtrait quelqu'un de parfait pour ce poste. Tu devrais demander un coup de main, déléguer.

— Peut-être, répondit Wayne d'une voix dubitative.

Eli décida de ne pas le pousser davantage. Il avait lancé l'idée. C'était à Wayne de voir s'il en faisait quelque chose.

— Je suis heureux que tu sois passé, Wayne, mais j'ai un cours qui commence bientôt et je dois vraiment y aller.

Eli pensa avec envie à sa classe suivante, où il pourrait voir Ash pendant soixante-quinze minutes, et au week-end qu'il allait passer caché chez lui avec son amant.

— Comment t'as su ? demanda Wayne en se levant, les sourcils froncés. Comment t'as su que c'était moi ? Tu m'as jamais traité comme si tu me soupçonnais. Comment t'as deviné ?

— Je n'ai pas deviné. Je t'ai fait confiance même quand d'autres gens m'ont dit que je ne devrais pas. Un ami a deviné après que tu te sois introduit dans mon bureau, mais pendant longtemps je ne l'ai pas cru.

Eli secoua la tête. Ash avait un bien meilleur instinct que lui. Il avait cru que Wayne était plus honnête que ça. Il aurait pu être franc avec Eli dès le départ et leur éviter à tous les deux bien des angoisses.

— Eh bien, je suppose que je dois te remercier de ne pas être allé voir Cooper.

Wayne se leva, tortillant à nouveau sa casquette entre ses doigts et refusant de croiser le regard d'Eli.

— Ton ami ne va pas le faire non plus, hein ?

— Il m'a promis que non si tu me laisses tranquille.

Eli se leva pour aller prendre son manteau.

— Et tu n'as pas idée de ce que j'ai dû faire pour le convaincre de laisser tomber. Il est un peu nerveux à cause de cette situation. Il pense même que tu m'as suivi sur le campus, et ça l'a vraiment perturbé. Donc tu es prévenu.

— Clair comme de l'eau de roche. Je ne comprends pas pourquoi il pense que je te suivais, par contre. Je jure que je ne l'ai pas fait.

Eli fronça les sourcils. La perplexité sur le visage de Wayne n'était pas feinte.

— Je trouvais aussi que c'était aller un peu loin dans les théories. Tu as autre chose à faire que de me suivre. Traîner sur le campus et me regarder faire cours ne t'apportera pas d'argent.

— Tu peux dire à ton ami que je ne te suivais pas. Et je n'ai pas de preuves ou de photos...

Wayne rougit violemment.

— C'est bien la dernière chose que j'aurais envie d'espionner, crois-moi. Je n'ai jamais pensé aller si loin.

Eli lui jeta un regard amusé, sentant un autre nœud de tension se défaire dans son corps. Des photos pourraient faire beaucoup plus de mal à Ash qu'à lui. Il y avait encore des discussions sur DADT et il semblerait que l'abrogation soit bloquée dans une boucle sans fin. Il ne voulait pas que cela revienne hanter Ash alors qu'il était si proche de la fin.

— Heureux de le savoir. Je serais vraiment énervé si mon ami avait des problèmes à cause de ça.

— Ouais, ouais.

Wayne enfonça sa casquette sur sa tête et sortit une enveloppe de sa poche, qu'il jeta dans la poubelle d'Eli.

— J'ai honte de le dire, mais j'ai pensé te forcer la main. C'est fini. Je ne t'embêterai plus, je le jure.

— C'est ce que je pense ?

Wayne hocha la tête et Eli poussa un grognement.

— J'aurais préféré que tu la brûles et que tu ne me dises rien.

Ash allait piquer une crise s'il l'apprenait et Eli détestait lui cacher des choses. Au moins, il pourrait dire que l'aveu de Wayne et le fait qu'il ait jeté la lettre étaient un pas dans la bonne direction. Il espérait juste qu'Ash se focaliserait plus sur le fait qu'il l'avait jetée que sur l'existence d'une seconde lettre.

— Ouais, mais j'avais vraiment besoin de vider mon sac. Ça m'embêtait depuis des mois, dit Wayne en haussant les épaules. Je suppose que je ne suis pas fait pour être un criminel. Ma conscience n'arrêtait pas de me harceler, et quand tu m'as dit que Jase avait été blessé, ça m'a pesé encore plus. C'est un bon chien, il est toujours gentil.

— Pourquoi as-tu fait ça ? Je sais que tu étais en colère pour ce que mon père avait fait au tien, mais bon sang, Wayne, je croyais qu'on était amis.

L'autre homme eut l'air encore plus honteux, si c'était possible.

— On l'est. Ou je suppose qu'on l'était. Je comprendrais si tu ne voulais plus jamais avoir affaire à moi. Après que tu as offert de m'aider l'été dernier, mon père m'a raconté ce qui était arrivé à l'époque et ça m'a mis en colère. J'avais l'impression que tu te moquais délibérément de moi. Je crois que j'ai un peu pété les plombs, et papa s'est fermé et a refusé d'en parler plus. Alors je me suis mis en tête que si je retrouvais la carte, je ne faisais que récupérer ce qui nous revenait de droit.

Eli ne voulait pas donner à Wayne une solution de facilité en lui disant où était la carte et briser le cœur de son père du même coup. Bon sang, comment faisait-il pour se retrouver toujours dans ce genre de situations ? Eli voulait seulement une petite vie tranquille et un homme sexy pour la partager. Ce n'était pas trop demander, non ?

— Je peux comprendre ce raisonnement, mais j'aurais vraiment préféré que tu me dises tout au lieu de fouiller chez moi et de saccager mon bureau.

Eli était toujours contrarié que son livre soit abîmé.

— Je commençais à être désespéré. Les factures des soins s'accumulaient et j'étais arrivé à la conclusion qu'il n'y avait pas de boîte de carte d'enfouie dans ce bazar que tu appelles un grenier. D'ailleurs, tu devrais vraiment vider tout ça. Il y a un risque d'incendie.

Les lèvres d'Eli frémirent.

— J'y penserai.

— Et puis papa m'a dit qu'il pensait à vendre le magasin. Je me suis dit que si je te mettais un peu la pression, tu me donnerais la carte immédiatement. Après avoir laissé la note, j'ai compris que j'avais fait une bêtise. Alors je suis allée la chercher, et c'est là que j'ai laissé sortir Jase accidentellement. Je ne l'ai pas fait exprès, je te le jure. Tu ne reviens jamais du chalet en avance d'habitude.

Eli tira l'enveloppe de la corbeille et l'agita devant Wayne avant de la jeter furieusement sur son bureau, maintenant complètement exaspéré.

— Alors pourquoi est-ce que tu as écrit une autre lettre ? Bon Dieu, Wayne ! Si tu te sentais si mal.

— J'étais en colère que tu m'aies parlé comme ça, et encore plus en colère parce que maintenant je ne peux plus aller au *Dingers* sans que Neil me jette des sales regards ou que Lu me dise quelque chose de vache. J'allais te forcer à me donner la carte, ou alors j'aurais mis la lettre sous la porte de Britton. Mais quand j'ai entendu comment ce vieux salaud te parlait… C'était pas bien. Et puisque j'ai avoué tout le reste, il fallait que je te dise pour la note.

— Tu vois, j'avais bien dit à mon ami que tu n'étais pas un criminel endurci. C'est bon de savoir que mon instinct n'est pas complètement à côté de la plaque.

Eli déchira l'enveloppe en morceaux et les jeta à la corbeille.

— Merci Eli. Pour les conseils, et de me donner une seconde chance.

Eli sourit à Wayne et lui donna une claque sur l'épaule.

— Tu vas trouver une solution, et sinon, on trouvera cette fichue carte ensemble.

Ils sortirent ensemble du bureau, et Eli ferma la porte derrière lui. Il voulait s'enfuir avant qu'une autre de ses Némésis débarque. C'était comme un festival des méchants ce matin. Il ne manquait plus que Whitney arrive avec un bâillon et des menottes.

Au moins, il y avait maintenant une inquiétude qui n'avait plus lieu d'être. Sa confrontation avec Britton continuait de l'irriter, mais au moins sa discussion avec Wayne s'était bien mieux déroulée qu'il l'avait espéré. Cette histoire était terminée et il avait hâte de pouvoir le dire à Ash.

Mais Ash ne vint pas en cours.

JASE SE précipita en haut des marches menant à l'appartement d'Ash, la queue frémissante d'anticipation à l'idée de voir son copain préféré. Ash n'était pas venu en cours de la journée et il n'avait répondu à aucun des messages ou appels d'Eli. Peut-être qu'il avait une bonne raison pour manquer les cours et pour ne pas décrocher le téléphone, et voilà qu'Eli débarquait chez lui parce qu'il s'inquiétait pour rien. Mais ce n'était pas son style d'être absent à l'université. Il prenait son cursus bien plus au sérieux qu'Eli à son âge. Il fallait qu'il suive son instinct. Et son instinct lui criait que quelque chose n'allait pas.

Eli frappa à la porte, puis recommença, plus fort, lorsqu'il n'eut pas de réponse. Le pick-up d'Ash était garé à l'arrière. Avec le vent froid qui soufflait, Eli ne l'imaginait pas s'être rendu à pied où que ce soit, donc il devait être chez lui.

— Dégagez, grogna Ash derrière la porte.

Eli écarquilla les yeux. Un homme prudent aurait pris au sérieux le ton agressif d'Ash et serait parti. Eli n'était pas un homme prudent. Il cogna encore une fois sur la porte, plus fort.

— Je n'irai nulle part tant qu'on n'aura pas discuté.

Il entendit des jurons, suivis du son d'un verre brisé. Jase s'assit devant la porte et gratta le bois avec un petit geignement. De plus en plus inquiet, Eli essaya d'ouvrir la porte et la trouva déverrouillée. L'odeur du bourbon lui vint aux narines dès le seuil.

Ash leva les yeux vers lui depuis le canapé. Son visage était rouge et gonflé, ses yeux injectés de sang.

— Putain, tu m'as fait casser mon verre.

Il se frotta une main sur la figure, la colère dans sa voix tournant à la tristesse.

— Va-t'en, Eli. J'veux voir personne, là.

Eli referma la porte derrière lui, absolument abasourdi. De tout ce qu'il avait pu imaginer, trouver Ash ivre mort en fin d'après-midi était bien la dernière chose.

— Bon sang, Ash, qu'est-ce qui s'est passé ?

Son cœur se serra quand il s'approcha et vit que les yeux d'Ash étaient pleins de larmes contenues.

— Qu'est-ce que ça peut te foutre ? Laiss'moi tranquille.

Ash tenta d'attraper une bouteille sur la table, où il ne devait pas rester plus d'un doigt de bourbon et Eli se jeta sur lui pour la lui retirer des mains.

— Jase, reste là-bas ! lança sèchement Eli lorsque le beagle voulut s'avancer en direction du verre brisé qui couvrait le sol d'un côté de la table basse.

Jase s'assit et laissa échapper un aboiement éploré.

— Et arrête ça.

— Putain… murmura Ash en essayant de reprendre la bouteille, sans succès. Ce son me transperce le crâne… Putain, rends-moi ça et va-t'en.

— Non. Tu ne touches plus à ça.

Ignorant les protestations d'Ash, Eli se rendit dans la cuisine et versa le bourbon dans l'évier. Qu'est-ce qui était arrivé à Ash ? Est-ce que ses supérieurs avaient découvert leur relation et il allait être renvoyé pour manquement à l'honneur ? À cette idée, Eli vit rouge.

Le son de vomissements interrompit ses pensées, et Jase recommença à aboyer. Eli jura et courut dans le salon. Ash avait réussi à tituber jusqu'à la salle de bain, le beagle trépignant à côté de lui avec de petits couinements entre ses aboiements. Un mal de crâne commença à se faire sentir derrière ses yeux lorsque l'odeur âcre du vomi se mêla à la senteur sucrée du bourbon. Il n'avait jamais été aussi heureux d'avoir l'estomac bien accroché.

— Dehors, Jase. Maintenant, dit-il fermement.

Il souhaita avoir laissé le beagle chez lui. Jase s'éloigna, queue basse, tout son corps exprimant la tristesse. Il était très doué pour être triste aux pires moments. Eli attrapa une serviette et l'humidifia, puis la posa sur la nuque d'Ash pendant que celui-ci continuait à avoir des hauts le cœur.

Eli pinça les lèvres et ouvrit l'eau dans la douche. Lorsqu'il eut réussi à trouver des serviettes pour eux deux, Ash avait fini de vomir et s'était effondré sur le lavabo, tête enfouie entre ses mains.

— Viens, Géorgie, murmura Eli en l'aidant à se relever.

Ash n'avait pas l'air frais. Ses taches de rousseur semblaient foncées sur la pâleur de sa peau.

— On va te nettoyer un peu.

Il força Ash à avaler un verre d'eau, puis le déshabilla, retira ses propres vêtements et l'attira dans la douche, laissant l'eau chaude leur couler dessus. Un tout autre jour, il n'aurait pas été capable de forcer Ash à faire quoi que ce soit qu'il ne souhaitait pas. Aujourd'hui n'était clairement pas un jour normal.

— Ai pas b'soin de ton aide, gronda ce dernier en s'écartant et en s'appuyant avec ses bras sur les carreaux de carrelage.

Eli refusa de se laisser entamer par ce rejet. Pas alors qu'Ash avait besoin de lui.

— C'est dommage, parce que je n'irai nulle part.

Un long gémissement animal s'échappa de la gorge d'Ash et Eli sentit son cœur se briser. Il passa une main dans les courts cheveux de son amant. Il voulait lui demander ce qui s'était passé, mais Ash était si secret. Il ne parlait que très rarement de lui-même. Eli ne voulait pas qu'il lui avoue des choses puis le regrette le lendemain. Si Ash voulait lui dire ce qui avait causé ce craquage, il le lui dirait quand il serait sobre.

Ash secoua violemment la tête. Cela sembla être une erreur, car il se remit aussitôt à avoir des hauts le cœur. Eli passa doucement un gant de toilette sur le visage d'Ash et le tint contre lui pendant qu'il tremblait. Il n'avait jamais vu Ash désarmé. Ou plutôt, complètement à nu.

— Viens Ash, on va te faire boire encore un peu d'eau, t'enfiler un boxer et hop, au lit. Il faut que tu dormes pour évacuer tout ça.

Ash s'accrocha à son bras avec une force étonnante et le regarda de ses yeux rougis. La vulnérabilité qu'Eli y vit lui noua la gorge.

— Me laisse pas tout seul, Eli, s'il te plaît. Suis désolé de t'avoir crié dessus. Pars pas.

— Ne t'inquiète pas pour ça.

Eli le fit sortir de la douche et l'enroula dans une serviette avant de le conduire vers la chambre.

— Je serai là demain matin quand tu te réveilleras en jurant parce que ta tête et ton ventre te feront un mal de chien.

Il n'irait nulle part. Que Dieu lui pardonne, il était amoureux de ce type.

— T'es trop gentil. On t'a déjà dit ? marmonna Ash tandis que Jase s'extirpait de sous le lit pour les regarder.

— Je suis soupe au lait et je me suis mis en colère avec toi plus de fois que je ne voudrais, répondit Eli en poussant légèrement Ash.

Celui-ci trébucha et s'étala sur le matelas avec un léger grognement, entourant immédiatement un oreiller de ses bras.

— C'est pas méchant, marmonna-t-il. T'arrêtes pas de laisser des chances aux gens, même quand ça fait longtemps qu'ils les méritent plus. Waouh, j'crois que le lit tourne. Fais-le s'arrêter.

Eli tira sur la serviette humide autour des hanches d'Ash pour la lui retirer et remonta les couvertures sur lui. Ce serait trop compliqué d'essayer de lui faire enfiler un boxer.

— Je crois que tu vas devoir le supporter pendant un petit moment, mon cœur. Tu es complètement ivre.

Il tapota la tête de Jase lorsque le beagle sauta sur le lit et s'allongea en travers des jambes d'Ash.

— Ooooh. Mieuuux.

Les lèvres d'Eli réprimèrent un sourire lorsqu'il vit les orteils d'Ash se tortiller pour sortir des couvertures. Qu'est-ce qu'il allait bien pouvoir faire d'Ash ? Il ne servait plus à rien de se voiler la face. Rien qu'à l'idée de le voir partir au printemps, Eli avait envie de piquer une crise. Mais il avait décidé de prendre cette relation au jour le jour. Comme Ash l'avait dit, ils ne savaient pas ce que leur réservait l'avenir. Eli n'allait plus s'inquiéter du lendemain. Il allait profiter de chaque moment.

Il ferma les stores, plongeant la pièce dans la pénombre. La nuit était sur le point de tomber et bientôt il n'y aurait plus rien pour déranger Ash pendant qu'il cuvait.

— Tu vas me laisser une autre chance ?

— Je ne savais pas qu'il te fallait une autre chance.

Eli retourna vers le lit et s'assit le bord. Les yeux d'Ash étaient à moitié fermés, mais le fixaient.

— Mais si ça peut te faire te sentir mieux, tu peux avoir autant de chances que tu veux.

Ash se crispa et une terrible expression de douleur s'afficha sur son visage.

— J'les ai abandonnés. Tous, j'les ai tous laissés… Mike et Kurtis et…

Eli fronça les sourcils et posa un doigt sur les lèvres d'Ash, son cœur se serrant.

— Chacun doit décider, pour soi, quand rester et quand partir. Ce n'est pas ce que tu m'avais dit ?

Il avait dû arriver quelque chose à l'un d'entre eux. Ne devaient-ils pas tous rentrer d'un jour à l'autre ? Il détestait voir Ash comme ça, et ne rien pouvoir faire pour apaiser sa douleur.

— Tu ne peux pas t'en vouloir d'avoir su qu'il était temps de trouver quelque chose d'autre à faire de ta vie.

— J'peux pas dormir. J'veux un autre verre.

Ash essaya de se lever, et Eli le repoussa.

— Si tu essaies encore de te lever, je vais t'attacher.

Ash renifla et s'emmêla dans les draps.

— J'voudrais bien voir ça.

— Je suis plus près du tiroir pervers que toi, et ta coordination est fichue.

Eli repoussa encore une fois Ash et Jase se lança dans la mêlée, les léchant tous les deux sans discrimination. Ash jura et se protégea le visage de ses bras en grognant.

— Pourquoi tu as amené ce clébard démoniaque ? marmonna-t-il en attrapant la couverture pour la remonter.

— Parce qu'il t'aime aussi et qu'il était aussi très inquiet.

Eli se tendit mais Ash ne sembla pas remarquer ce lapsus révélateur. Ce n'était pas le moment d'avouer ses sentiments, ou de se demander s'ils lui étaient retournés.

Au moins, Ash avait l'air d'avoir été distrait de son chagrin. Kurtis et Mike… Eli reconnaissait ces noms. Ash avait servi avec eux dans les Marines et les considérait comme sa famille. Il y en avait deux autres à qui Ash envoyait des colis, mais Eli n'arrivait pas à se rappeler leurs noms. Quelque chose avait dû arriver à l'un d'entre eux. Enfin, il espérait que c'était l'un d'entre eux et pas tous. C'était la seule raison valable pour qu'Ash se soit soûlé comme ça.

— Maintenant, ferme les yeux. On parlera de ça quand tu te réveilleras.

— Besoin du téléphone. Cas où Jamie appelle.

233

Eli eut peur qu'Ash ne tente encore une fois de se lever, mais les quelques réserves qui lui restaient semblaient épuisées. Ses yeux étaient fermés et ses mots étaient prononcés de plus en plus doucement tandis qu'Eli lui tapotait le dos.

— Pars pas.

— Géorgie, tu vas avoir beaucoup de mal à te débarrasser de moi. Je te réveillerai si Jamie ou une de tes sœurs appelle.

Il ne pensait pas qu'Ash avait entendu la dernière partie de sa phrase. Le son régulier de sa respiration lui indiqua qu'il s'était endormi.

— Tu restes ici pour moi ? demanda-t-il à Jase, qui s'était retranché aux pieds d'Ash, et le beagle donna un coup de queue sur le lit.

Jase ne quittait jamais Eli lorsqu'il était malade, alors il lui faisait confiance pour rester avec Ash et aboyer si jamais celui-ci vomissait à nouveau.

Eli commença à ramasser le verre cassé dans le salon, puis épongea le bourbon renversé. Ash n'apprécierait pas de sentir ça en se levant. Une boîte noire était tombée par terre et avait été à moitié poussée sous le canapé. Curieux, Eli la ramassa. Nichée à l'intérieur se trouvait une Purple Heart[9].

Il soupira et la posa sur la table basse, où Ash pourrait la trouver le lendemain. Le nettoyage terminé, Eli s'assit sur le canapé avec l'ordinateur portable qu'il avait récupéré dans sa jeep et pria pour que le téléphone ne sonne pas pour annoncer d'autres mauvaises nouvelles.

---

[9] Médaille militaire américaine décernée aux soldats ayant été blessés ou tués en service. (NDT)

XVIII

ASH GROGNA lorsqu'il se réveilla avec un violent mal de tête et l'estomac retourné. Il se mit un oreiller sur la tête en jurant lorsqu'il sentit l'arrière-goût de bourbon dans sa bouche. Qu'est-ce qui lui était arrivé ? Il ne s'enivrait jamais, et il n'arrivait pas, malgré tous ses efforts, à se souvenir d'être allé à une fête la nuit précédente. Il n'avait pas fait la fête depuis des années.

Puis il se souvint du coup de téléphone de Mélanie, dans tous ses états. Son estomac se retourna et il vomit presque dans le lit avant de réussir à maîtriser sa réaction. Serrant les dents, Ash se retourna et enfonça son visage dans les oreillers.

Mike était mort et Kurtis blessé. Mélanie ne savait pas à quel point, seulement qu'il revenait au pays pour aller à l'hôpital Walter Reed. Cela devait être bon signe : son état était assez stable pour voyager.

Oh mon dieu, s'il vous plaît, faites que cela soit bon signe.

Ash roula sur le dos et jeta un bras sur ses yeux pour bloquer le rayon de lumière qui traversait les stores. Mike. Les doigts d'Ash se contractèrent. Il toucha les cicatrices qu'il avait au côté et les souvenirs affluèrent. La douleur étonnante, la panique absolue lorsqu'il avait compris qu'il était immobilisé et que l'incendie se rapprochait... Il ne pouvait pas bouger, pouvait à peine respirer à travers la fumée et les émanations.

Il avait su qu'il était condamné, puis Mike était apparu. C'était la plus belle chose qu'Ash avait jamais vue, même avec la sueur qui traçait des lignes à travers la suie et la poussière sur son visage. Le souvenir de cet instant, où il avait compris qu'il avait une chance de s'en sortir parce que Mike avait risqué sa propre peau pour venir le tirer de là, lui donna l'impression que sa poitrine était prise dans un étau.

Maintenant Mike était mort. L'étau se propagea à sa gorge et il s'autorisa quelque souvenirs supplémentaires : à quel point Mike adorait les jeux vidéo et bidouiller n'importe quoi d'électronique en jurant ses grands dieux qu'il pouvait l'améliorer – et la plupart du temps, c'était vrai ; le fait qu'il ne parlait jamais de ses parents, mais idolâtrait son grand frère ; la façon qu'il avait de remonter ses lunettes sur son nez avec son majeur lorsque les autres le taquinaient un peu trop.

Bon sang, il allait lui manquer

Mike lui avait sauvé la vie. Kurtis avait sauvé sa santé mentale lorsqu'Ash était prêt à s'enfoncer dans la culpabilité et le souvenir de la terreur qu'il avait ressentie, après avoir été blessé par sa propre faute, parce qu'il avait merdé... Bordel. Il fallait qu'il soit là pour lui lorsqu'il rentrerait aux États-Unis. Il fallait qu'il appelle Jamie pour voir comment elle allait, et les jumeaux aussi.

Qu'est-ce qui lui était passé par la tête la veille ? Ses souvenirs étaient vagues et brumeux après le coup de téléphone. Il avait juste voulu boire un verre pour se calmer. Ce verre avait dû se transformer en plusieurs verres, vu comment il se sentait aujourd'hui. Quel crétin...

Ash s'assit et posa les pieds par terre. Il entendit un drôle de bruit de l'autre côté de la porte de sa chambre, et avant qu'il puisse comprendre de quoi il s'agissait, le battant s'ouvrit brusquement et une ombre blanche, brune et noire se jeta sur lui avec un aboiement joyeux qui lui transperça le crâne.

— Jase, qu'est-ce que tu fais là ?

Ash enfila un bas de jogging et caressa les oreilles du beagle pendant que Jase essayait de le lécher partout. Malgré sa gueule de bois et la tristesse et l'inquiétude qu'il ressentait, Ash se surprit à sourire devant son enthousiasme.

— Alors c'est toi qui m'as léché les orteils cette nuit. Je pensais que ce n'était qu'un rêve, le gronda-t-il pour rire. Ton papa est là aussi ?

Il pensait bien se souvenir d'Eli tapant à la porte, à travers le brouillard du bourbon, et il se rappelait lui avoir crié de s'en aller. Il fronça les sourcils, essayant de se rappeler plus de détails. Tout ce dont il se souvenait était fragmenté : Eli à côté de lui pendant qu'il vomissait, puis le poussant dans la douche.

— Ce n'était pas mon heure de gloire, hein ? demanda-t-il à Jase tandis que le chien roulait sur le dos pour qu'il lui frotte le ventre.

— Ne t'inquiète pas pour ça. Comment tu te sens ?

Ash leva les yeux pour voir Eli dans l'embrasure de la porte, cette vision l'apaisa encore mieux que les léchouilles enthousiastes du beagle. Eli ne portait que son jean fatigué et ses cheveux étaient détachés et emmêlés sur ses épaules. Ash suivit du regard son torse fin et son ventre plat jusqu'à arriver aux deux tasses fumantes qu'il avait dans les mains.

— Bon Dieu, c'est du café ?

Ash tendit la main et poussa légèrement Jase pour qu'Eli puisse s'asseoir à côté de lui sur le lit.

— Je crois que tu es mon ange gardien.

— Si tu crois que je suis un ange, tu dois encore être bourré.

Eli lui tendit la tasse, ses yeux bleus-gris plein d'inquiétude. Il ne lui demanda pas à quoi il pensait et s'assit seulement pour siroter sa tasse en silence. C'était une des nombreuses raisons pour lesquelles Ash avait compris qu'il ne voulait pas que leur relation ne soit qu'une passade.

— Je peux te faire quelque chose de léger à manger, si tu veux.

Ash grimace à l'idée d'ingérer quoi que ce soit, léger ou non.

— Non merci, du moins pas maintenant. Je crois que mon estomac se rebellerait, et tu m'as déjà assez vu vomir.

Ash se pencha et déposa un léger baiser sur les lèvres d'Eli.

— Merci, tu n'avais pas à te sentir obligé de faire ça, ou de rester.

— Je t'avais promis que je resterais.

Et Eli tenait ses promesses ; du moins, Ash ne l'avait encore jamais vu manquer à sa parole, même si cela lui coûtait beaucoup. Il prit une gorgée de café, se sentant à nouveau honteux, mais ayant besoin de vider son sac.

— Tu dois aller travailler bientôt ?

— Je peux rester aussi longtemps que tu veux, répondit doucement Eli. Tu veux que je reste ?

Ash hocha la tête, la gorge nouée.

— Si ça ne te dérange pas. J'ai besoin de parler à quelqu'un. Mélanie n'a pas appelé, n'est-ce pas ?

— Non, mais il est encore très tôt. Tu t'es effondré avant qu'il fasse nuit et tu ne t'es réveillé qu'une fois.

Ash ne se souvenait pas du tout de ça, mais croyait bien avoir rêvé d'Eli serré contre lui, un bras autour de sa taille. Peut-être que cela n'avait pas été un rêve.

— Je vais aller prendre une petite douche pour me sentir à peu près humain, et puis je vais te raconter ce qui s'est passé.

— Je vais te concocter mon remède contre la gueule de bois. J'ai l'impression que tu vas avoir besoin de toute l'énergie possible.

Eli se leva, puis s'arrêta à la porte.

— Tu te souviens de ce que l'on s'est dit la nuit dernière ?

Ash fronça les sourcils et frotta une main sur son front, qu'est-ce qu'il avait bien pu dire ? Cela l'avait énervé qu'Eli entre et lui prenne ce qu'il restait d'alcool. Il était sûr de se souvenir d'un verre cassé au milieu de tout ça… il espérait vraiment qu'il ne lui avait pas jeté à la tête.

— Quoi que j'aie pu dire, oublie. En fait, j'ai sans doute dit un tas de choses que je ne pensais pas, alors je te demande pardon.

Ash chercha sur le visage d'Eli un indice qu'il l'avait blessé, mais il n'arrivait pas à déchiffrer son expression.

— Tu as juste beaucoup juré et tu m'as dit plusieurs fois de m'en aller, répondit Eli avec un petit rire. Et puis quand tu as compris que je n'irais nulle part, tu t'es calmé. Rien de bien méchant.

Ash se gratta la tête lorsqu'Eli sortit de la pièce. Peut-être qu'il lui manquait un élément. Son cerveau n'avait pas suivi le mouvement de son corps : il voulait encore qu'Ash se remette au lit, avec un oreiller sur la tête et oublie l'existence du reste du monde pour quelques heures de plus. Il avala le reste de son café et alla plutôt se noyer sous la douche. Il avait choisi de boire la veille, et maintenant il allait assumer les conséquences.

Lorsqu'il émergea de la salle de bain, il se sentait au moins paré à encaisser ce qu'Eli aurait décidé de faire pour le petit déjeuner. Celui-ci lui indiqua un verre de jus d'orange et une banane, et prit sa tasse pour la remplir à nouveau.

— Commence par ça, les toasts au beurre de cacahouète arrivent.

— Merci d'avoir fait simple. J'avais peur que tu en fasses trop en voulant me chouchouter.

— Un autre jour peut-être.

Eli fit glisser deux toasts sur une assiette et la tendit à Ash.

— En plus, tu sais que j'essaie de cuisiner le moins possible. Le problème, c'est que j'aime manger donc je suis obligé de m'y coller parfois.

Ash écouta Eli parler de tout et de rien, profitant seulement de sa voix douce pendant que son estomac se rebellait au fur et à mesure qu'il mangeait. C'était sans doute dû autant à sa gueule de bois qu'aux nouvelles de ses amis. Il finit par reposer le reste du petit déjeuner, incapable de prendre une bouchée de plus.

— Je te remercie d'être resté avec moi, et d'avoir pris soin de moi. Je sais que j'ai dû t'inquiéter lorsque j'ai raté les cours et que je n'ai pas répondu à tes messages.

Eli se carra dans sa chaise avec sa tasse de café.

— Qu'est-ce qui s'est passé ? demanda-t-il doucement, une expression compatissante sur le visage qui n'était pas de la pitié.

Ash n'aurait pas supporté de la pitié à cet instant.

Il tripota ce qui restait dans son assiette.

— Je t'ai déjà parlé de Kurtis et de Mike, non ?

Eli hocha la tête et tendit le bras pour poser sa main sur celle d'Ash.

— Et du reste de l'équipe. Tu leur parles avec ta webcam.

Ash finit son verre de jus d'orange, même si cela ne fit rien pour alléger la boule qu'il avait dans la gorge.

— Leur convoi est tombé dans une embuscade. Kurtis a été blessé, Mélanie ne sait pas si c'est grave. Il va peut-être perdre une jambe, annonça Ash d'une voix cassée. Mike a été tué. Par un tir ami, ils ont dit. Bon sang, Eli… Il s'est pris une balle dans le ventre et les gars ne pouvaient rien faire là où ils se trouvaient. Il a souffert pendant des heures.

La boule dans sa gorge grandit encore, menaçant de l'étouffer lorsqu'il repensa aux derniers instants de Mike. La seule consolation d'Ash était que Kurtis et Mike n'étaient pas seuls. Lewis et Jamison étaient sûrement restés avec eux jusqu'à ce que de l'aide arrive.

Eli serra la main d'Ash, la sympathie emplissant ses yeux gris.

— Je suis désolé.

— Mike m'a sauvé la vie.

Ash sentit ses yeux picoter à nouveau, comme la veille lorsqu'il avait tenté de noyer cette sensation dans le bourbon. Il cligna des paupières pour la repousser et se concentra sur son café. Il ne pouvait pas croire qu'il ne le reverrait jamais. C'est comme s'il s'était réveillé avec un morceau de lui-même amputé.

— S'il n'avait pas risqué sa peau pour me tirer des décombres… je n'arrive juste pas à y croire ; ils allaient rentrer la semaine prochaine.

— Est-ce qu'ils vont ramener Mike au pays ?

— Oui, et Kurtis va aller à Walter Reed à Washington. Mélanie est censée m'appeler lorsqu'elle aura tous les détails.

Il aurait déjà dû appeler Jamie. Il aurait dû partir la veille pour être là-bas avec elle. C'était son devoir en tant que meilleur ami de Kurtis.

La culpabilité lui tomba dessus. Culpabilité d'avoir été en sécurité dans le New Hampshire pendant que ses frères étaient coincés dans cet enfer. Culpabilité d'avoir pensé pendant une courte et atroce seconde qu'il était soulagé que ce ne soit pas Kurtis qui soit mort. Comment avait-il pu ?

Il ne pourrait jamais l'avouer à qui que ce soit, surtout pas à son meilleur ami ou à l'homme qui se trouvait en face de lui, les doigts entremêlés aux siens et une expression calme et ferme sur son visage qui donnait encore plus envie de s'appuyer sur lui.

— Dis-moi ce que tu veux faire, et je m'arrangerai avec les professeurs. On peut partir pour la Géorgie ce soir, ou pour Washington, selon ce que dira ta sœur.

Il lui fallut un moment pour comprendre ce qu'Eli avait dit. Il le fixa, incapable de croire ce qu'il venait d'entendre, ce qu'Eli proposait. La gratitude monta en lui. Cela le touchait profondément, à un endroit secret qu'il avait toujours protégé jusqu'à maintenant.

— Tu veux venir avec moi ?

— Si tu me laisses venir, oui. Je n'aime pas l'idée d'être loin de toi quand tu as mal, que tu l'admettes ou non.

Ash ne devrait pas accepter son offre. C'était très égoïste, avec tout ce qu'Eli avait en jeu avec son travail, mais il n'arrivait pas à se forcer à refuser. Il avait l'impression d'être en train de s'effondrer à l'intérieur et il ne pouvait pas se le permettre. Il devait être fort pour Kurtis, Jamie et leurs jumeaux, exactement comme Kurtis l'avait été pour lui.

— Merci, j'apprécie vraiment.

Il tira sur la main d'Eli et l'autre homme se leva, contournant la table pour venir près de lui. La lumière dans le regard d'Eli, cette expression qu'il réservait uniquement à Ash, lui serra la poitrine. Il se leva et plongea ses doigts dans les cheveux emmêlés d'Eli. Il avait envie de lui dire tant de choses, mais les mots s'empêtraient dans son cerveau sans aucun sens et n'arrivaient pas à passer ses lèvres.

Alors à la place, Ash l'embrassa et espéra que, peut-être, ce qu'il voulait dire serait magiquement transmis à Eli. Celui-ci glissa ses bras autour d'Ash, l'attirant plus près. Et même s'il se sentait toujours mal, il était sûr d'une chose : il ne voulait pas boire pour oublier aujourd'hui. Il voulait plutôt se noyer en Eli.

La sonnerie du téléphone les sépara. Eli sourit et caressa la bouche d'Ash avant de le relâcher.

— Va décrocher.

Ash inspira profondément et hocha la tête, se sentant nettement plus stable. Il décrocha pour consoler Jamie.

— Bonjour ma chérie, comment tu te sens ? Comment va Kurtis ?

— Ash, qu'est-ce que je vais faire ? Il va le prendre tellement mal.

Elle avait l'air si désemparée que cela lui brisa le cœur. Il aurait déjà dû être dans un avion en direction du Sud. Eli lui serra l'épaule avant de s'éloigner pour nettoyer la cuisine.

— Dis-moi ce qui se passe, Jamie. Tout ira bien. Kurtis est le mec le plus fort que je connaisse, répondit Ash d'une voix douce, même si l'angoisse pour son ami lui déchirait les tripes. Est-ce qu'ils ont dû lui couper la jambe ?

Elle explosa en sanglots et Ash leva les yeux vers le plafond, sentant les larmes monter. C'était une réponse. Il n'avait jamais entendu Jamie pleurer auparavant, même pas lorsque Kurtis avait été renvoyé sur le front.

— Pas encore mais c'est une possibilité. Je-Je suis désolée. Je ne t'ai pas appelé pour te pleurer dans les oreilles.

Ash ferma les yeux tandis que le soulagement l'emplissait. Il y avait encore un espoir.

— Ce n'est pas grave. Tu es encore chez toi ? Je peux attraper un avion à Manchester et être là dès ce soir.

— Je ne peux pas te demander de faire ça.

Jamie l'empêcha de protester.

— Mélanie est là, et ta mère va monter en voiture. En plus, j'aimerais vraiment que tu sois présent quand il arrivera à Walter Reed. Tu prendras des jours de congé à ce moment-là. Kurtis va avoir besoin de toi.

— Tu sais quand ils vont le rapatrier ? Est-ce qu'il est stabilisé ?

Et Mike ? Il avait des parents avec qui il n'avait plus de contacts, et un grand frère qu'il admirait beaucoup, mais n'avait pas vu depuis des années. Un docteur, ou quelque chose comme ça. Ash ne savait pas à quel point la séparation était consommée avec ses parents. Mike n'avait jamais beaucoup voulu en parler. Ash devait s'assurer que son frère était prévenu pour qu'il puisse venir à l'enterrement. Mike devait avoir au moins un de ses proches à la cérémonie, même si ses parents continuaient à faire comme s'il n'avait pas un Marine pour fils.

— Je t'appellerai dès que j'en saurai plus, promis.

Ash parla avec elle quelques minutes de plus. Elle avait l'air plus calme lorsqu'ils raccrochèrent. Kurtis avait de la chance de l'avoir. Toutes les femmes n'étaient pas de taille à être l'épouse d'un Marine. Il se tourna pour voir Eli le regarder, une tasse de café entre les mains. Lui aussi avait de la chance d'avoir Eli. Il voulait que ces yeux bleu-gris, parfois calmes, parfois ombrageux, parfois rieurs, ne lâchent jamais les siens. Il les prendrait quelle que soit leur humeur.

Ash jeta son téléphone sur la table et caressa Jase d'un air absent.

— Je dois parler au shérif Cooper.

Eli cligna des yeux et fronça les sourcils.

— Pour quoi faire ? Wayne est venu à mon bureau pour s'excuser.

— Ah bon ? Quand ?

Ash enfila ses baskets.

— Attends, tu me raconteras sur le chemin.

— D'accord.

Eli disparut dans la chambre et ressortit quelques instants plus tard en enfilant un tee-shirt.

— J'aimerais quand même savoir pourquoi nous allons voir le shérif.

— J'ai besoin de lui pour retrouver quelqu'un rapidement. Je ne sais pas si Mike avait donné le nom de son frère comme plus proche parent ou pas, mais je ne vais pas prendre le risque qu'il ne l'ait pas fait. Mike aurait voulu qu'il sache ce qui lui était arrivé.

Ash jeta son manteau à Eli, et lui tint la porte.

— Maintenant, raconte-moi ce qui s'est passé avec Wayne.

ELI OBSERVAIT Ash tandis que le taxi rampait à travers les embouteillages de Washington en direction de l'hôpital Walter Reed. Ash était quelqu'un qui agissait, et l'inactivité des dernières heures commençait à venir à bout de sa patience. Ash fusillait du regard les voitures autour d'eux, lèvres pincées, et tambourinait ses doigts sur ses genoux.

— C'est toujours l'horreur quand il pleut, déclara le chauffeur avec une grimace en appuyant sur son klaxon et en coupant le passage un autre véhicule.

— Et une fois de plus, je me rappelle pourquoi je n'habiterai jamais en ville, murmura Eli dans sa barbe.

Ash cessa de tambouriner des doigts sur son jean et se tourna vers lui.

— Même pas à Boston ? Tu adores cette ville.

— Si tu trouves que c'est horrible aujourd'hui, imagine supporter ça tous les jours pour aller au boulot, dit Eli en effleurant brièvement le dos de la main d'Ash. Nous sommes presque arrivés.

— Je suis si horrible ?

— Je m'attendrais presque à te voir sortir du taxi pour commencer à faire la circulation, se moqua gentiment Eli, même si au fond il était inquiet.

Ash n'avait pas laissé paraître une seule faiblesse depuis ce matin-là. Il s'était lancé dans une liste de tâches qu'il s'était attribuée : trouver le frère de Mike, s'avancer dans ses devoirs, coordonner avec Jamie. Il était à Washington pour enterrer un ami et en soutenir un autre. Eli ne savait pas comment il faisait pour supporter la pression parce qu'Ash refusait d'en parler.

— Ne me tente pas. Il se pourrait que je le fasse.

Ash se pencha vers l'avant en soupirant violemment lorsque l'hôpital apparut devant eux.

— Il était temps, gronda-t-il. Heureusement qu'on n'est pas passé à l'hôtel avant.

Eli réprima une pointe d'anxiété lorsqu'ils sortirent du taxi et récupérèrent leurs sacs. Il allait rencontrer quelques membres de la famille d'Ash, ainsi que d'autres personnes que celui-ci considérait comme sa famille. Au moins, Ash n'avait donné aucune indication qu'il se souvenait qu'Eli avait mentionné le mot interdit le soir où il était ivre. Et ce n'était pas qu'Eli ne voulait pas lui dire, mais Ash avait assez de choses à gérer en ce moment. S'il ne retournait pas ses sentiments, cela serait une chose supplémentaire qui lui mettrait de la pression. Encore plus de culpabilité, alors qu'il en avait déjà bien assez.

— Est-ce que tu es prêt ? demanda-t-il tandis qu'il se tenait devant l'hôpital, une bruine froide descendant du ciel plombé.

— Aussi prêt que possible, répondit Ash avec un soupir en passant la bandoulière de son sac sur son épaule. Allez, ils nous attendent.

Eli soupçonnait qu'il y avait autre chose qui pesait sur Ash. Quelque chose de plus que les circonstances actuelles, quelque chose qui l'avait fait plonger dans cette bouteille de bourbon pour oublier. Cela ennuyait Eli. Il aurait voulu lui faire vider son sac avant que ça commence à le miner. Il espérait simplement qu'Ash ne s'en voulait pas de ne pas avoir été avec ses frères d'armes lorsque le convoi avait été attaqué.

Ils traversèrent les couloirs assourdis, l'expression d'Ash impénétrable, jusqu'à atteindre la chambre de Kurtis. Les yeux verts croisèrent les siens et Eli sourit en touchant son épaule.

— Je suis juste derrière toi, Géorgie.

La chambre entra en éruption dès qu'Ash ouvrit la porte. Eli resta en arrière tandis qu'Ash était englouti par une nuée de femmes et d'enfants. Une petite brunette aux cheveux courts l'attrapa en premier et le serra férocement, tandis qu'une rousse plus grande et légèrement dodue attendait derrière elle, trépignant d'impatience. Deux enfants tout aussi bruns se collaient à ses jambes en babillant pour attirer son attention.

— Dégage le passage, Jamie, déclara la seconde femme avec un sourire chaleureux. À mon tour d'étouffer mon frère.

Le lit de la pièce était vide, mais l'on voyait qu'il avait été occupé. Un des bambins jeta un œil derrière les jambes d'Ash et fit un signe de la main à Eli. Celui-ci s'accroupit et lui rendit.

— Tu dois être Brandon.

Le petit hocha la tête cessa d'essayer de grimper le long de la jambe d'Ash pour se coller à Eli à la place.

— Tonton ?

— Euh, non, petit père, j'ai bien peur que non, répondit Eli avec un début de panique.

Il n'avait jamais eu à gérer un enfant aussi jeune auparavant. Que se passerait-il si l'il lui faisait du mal accidentellement ?

— Je suis un ami d'Ash.

— Je suis désolée, déclara Jamie en avançant et en prenant Brandon dans ses bras. Il n'a pas du tout peur des inconnus. Je m'appelle Jamie.

— Je m'appelle Eli. J'ai beaucoup entendu parler de vous.

À la surprise d'Eli, il se vit ensuite serré dans les bras de la rousse.

— Je suis Mélanie, la sœur aînée d'Ash.

Les salutations continuèrent encore quelques minutes et cela rappela un peu à Eli la maison de ses cousins dans le Tennessee : de la famille partout et tout le monde qui parle en même temps.

— Où est-il ? demanda Ash jetant un œil vers le lit. Il va comment ?

— Ils font encore quelques tests. Il devrait revenir bientôt.

Jamie se mordilla les lèvres.

— Physiquement, je crois qu'il va s'en remettre et s'adapter. Mais je ne sais pas, il a l'air si fatigué.

— Il a juste besoin de temps, lui murmura Ash en lui frottant le dos. Je crois qu'il était un peu fatigué avant d'être blessé. La meilleure chose à faire maintenant, c'est de le remettre sur pied et qu'il puisse quitter l'hôpital et rentrer à la maison. Brandon et Danielle seront le meilleur traitement possible. Et il pourra faire toute la rééducation nécessaire à Atlanta.

— J'espère que tu as raison.

Et voilà, encore une fois la tendance d'Ash à prendre les choses en main ressortait. Il ne pouvait pas ne pas le faire lorsqu'il y avait une situation à gérer. Eli le regarda consoler Jamie tout en tenant Danielle dans ses bras, exactement comme Eli aurait voulu qu'Ash le laisse le consoler. Eli mourrait d'envie de prendre Ash dans ses bras et de le serrer contre lui jusqu'à ce que ses barrières s'effondrent et qu'il laisse sortir sa douleur. Cela lui faisait mal de le voir si fort et de savoir qu'Ash souffrait à l'intérieur.

— Alors c'est toi qui as finalement volé le cœur de mon frère, déclara Mélanie à mi-voix en se laissant tomber sur une chaise près d'Eli.

— Oh, je ne sais pas si on peut aller si loin, répondit Eli tout aussi bas. Mais j'y travaille.

Les cheveux de Mélanie étaient d'un roux plus brillant que ceux d'Ash et ses yeux étaient d'un bleu vif, mais elle avait les mêmes taches de rousseur saupoudrées sur le nez et son sourire était tout aussi chaleureux.

— Il t'a amené avec lui, non ?

Elle pencha la tête et le regarda d'un air inquisiteur.

— N'es-tu pas aussi son professeur ?

Eli sentit ses joues le brûler tandis qu'elle l'examinait et il résista à l'envie de se tortiller sur son siège comme un adolescent.

— J'ai ce privilège, mais… notre relation a commencé avant que l'on comprenne qu'il allait être dans ma classe.

— Il t'a sauté dessus, n'est-ce pas ?

Mélanie secoua la tête tandis qu'Eli s'étouffait à moitié de surprise devant sa franchise.

— Le cochon.

— En fait c'était mutuel. On pourrait dire que j'ai commencé en lui faisant les yeux doux lorsque je l'ai vu pour la première fois, mais… euh, oui, c'était une séduction mutuelle, très mutuelle.

Eli se tortillait maintenant pour de bon et jeta un regard implorant à Ash.

— Mélanie, arrête de lui extorquer des détails obscènes, dit Ash en lui jetant un regard perçant. Laisse-lui au moins une chance de s'habituer à toi avant de le tuer à force d'embarras.

Mélanie gloussa et tapota la main d'Eli.

— C'est si amusant de te voir protecteur avec un petit ami.

Elle jeta un coup d'œil à sa montre et se leva pour prendre Brandon dans ses bras.

— Ils seront de retour d'un instant à l'autre, et le docteur ne va pas vouloir qu'il y ait beaucoup de monde lorsqu'ils remettront Kurtis dans le lit. Je vais emmener les jumeaux et Eli à la cafétéria et vous nous enverrez un message quand on pourra remonter.

Eli se leva aussi, voyant la logique de la situation même s'il détestait l'idée de quitter Ash, et jeta un regard interrogateur à son amant. Celui-ci hocha la tête en lui passant Danielle.

— Tout va bien, Prof. Je le jure.

— J'espère bien.

Eli ajusta avec précaution sa prise sur Danielle, et celle-ci fronça les sourcils en le regardant. Il espérait ne pas l'avoir contrariée ; il ne connaissait rien aux tous petits.

— Je promets de ne pas te laisser tomber si tu promets de ne pas te mettre à hurler, d'accord ma belle ?

Mélanie rit en sortant de la chambre.

— À ta place, je ne montrerais aucune faiblesse à ces deux-là, Eli. Ce sont des manipulateurs hors pair.

— J'essaierai de m'en souvenir.

Eli attendit qu'ils se soient éloignés un peu dans le couloir pour demander :

— Comment va vraiment Kurtis ? Ash est extrêmement inquiet.

— Il va aussi bien que faire se peut dans de telles circonstances. Il a besoin de temps. De temps et de soins.

Elle leva des yeux sérieux sur lui lorsqu'ils montèrent dans l'ascenseur.

— Et comment est-ce que mon frère gère la situation ? Il avait l'air de se sentir comme une merde la première fois que j'ai parlé avec lui.

Eli étouffa un rire et Mélanie le regarda d'un air interrogateur.

— Pardon. Ash m'a dit d'où viennent vos prénoms, et à l'idée d'entendre Mélanie Wilkes dire merde ou poser des questions sur la vie sexuelle de son frère…

— Oui, eh bien, maman s'est complètement plantée. Nos personnalités ne pourraient pas être plus différentes de celles des personnages si c'était fait exprès.

La cafétéria était calme à cette heure-ci et ils trouvèrent une table dans un coin. Mélanie resserra sa prise sur Brandon lorsqu'il essaya de descendre de ses genoux.

— Oh non, mon gars, c'est l'heure de ta sieste. Regarde ta sœur, elle est déjà à moitié endormie.

Eli baissa les yeux sur Danielle. Effectivement elle avait les paupières à moitié fermées et la joue posée sur sa poitrine.

— Pauvre petite. Ils doivent être épuisés tous les deux avec tout ce qui se passe.

— Tout le monde est épuisé, dit Mélanie en le regardant tout en se balançant avec Brandon dans ses bras. Alors ? Tu n'as pas répondu à ma question. Comment va Ash ?

Eli hésita, pensant à la tendance d'Ash à garder sa vie privée, mais aussi à la relation très proche qu'il semblait entretenir avec sa famille.

— Il l'a très mal pris au début, mais je crois qu'être ici et pouvoir faire quelque chose, quoi que ça puisse être, ça lui fait du bien. Il n'est pas du genre à rester tranquille à attendre des nouvelles.

— Non, pas quand il peut se jeter dans la mêlée, répondit Mélanie en tapotant le dos de Brandon. Alors comme ça, c'est à cause de toi que mon frère hésite à accepter le poste qu'on lui offre à Atlanta.

Le cœur d'Eli bondit et il baissa les yeux vers Danielle pour cacher sa consternation. Ash s'était vu offrir un poste à Atlanta ? C'était nouveau pour lui.

— Je ne crois pas qu'Ash ait pris la moindre décision concernant sa carrière après l'université.

— Je ne crois pas non plus qu'il ait décidé. Mais je sais qu'il est tombé amoureux de la petite ville où il a emménagé. Il n'arrête pas d'en parler. On dirait qu'il s'est fait beaucoup d'amis là-bas. Je pensais que la plupart des petites villes traitaient les nouveaux arrivants comme s'ils avaient la peste.

— Amwich est une ville universitaire, alors ils ont l'habitude de voir des gens aller et venir.

Ash s'était bien installé là-bas, et il s'était rapproché de Jonas, de Cooper et d'autres personnes.

— Je ne crois pas qu'il s'agisse de moi, mais plutôt qu'il se sent bien là-bas.

Il n'osait pas croire qu'Ash pourrait rester pour lui.

— Ça, c'est ce que tu crois, dit Mélanie avec un sourire amusé. Eli, mon frère ne t'aurait jamais emmené avec lui s'il n'était pas complètement fou de toi. Et je voudrais juste m'assurer qu'Ash ne va pas au-devant d'une énorme déception s'il décide de rester.

— Tu sais, toi et ma cousine vous vous entendriez très bien.

Eli détestait être questionné ainsi, mais maintenant qu'il y réfléchissait, il était sûr qu'Ash avait subi la même chose de la part de Lu.

— Je vais te dire une chose, et rien d'autre : Ash compte beaucoup pour moi, comme personne n'a compté depuis très longtemps. En tant qu'ami et… eh bien, tu sais.

Eli refusait de dire à la sœur d'Ash qu'il était amoureux de lui avant d'avoir pu le dire à Ash lui-même.

Mélanie rit et positionna mieux l'enfant maintenant endormi qu'elle tenait dans ses bras.

— Okay, je te laisse tranquille. J'ai ce que je voulais.

Les lèvres d'Eli réprimèrent un sourire, malgré sa gêne devant l'interrogatoire.

— Rappelle-moi de ne jamais te contrarier.

— Tu ferais bien.

XIX

L'ESTOMAC D'ASH se retourna lorsqu'il entendit la voix de Kurtis dans le couloir. Il se prépara mentalement à apercevoir son meilleur ami pour la première fois. Son estomac se contracta encore une fois lorsque la porte s'ouvrit et que l'autre homme apparut. Le regard d'Ash descendit jusqu'à une jambe bandée, et son espoir fou que la situation ne soit qu'un cauchemar disparut. Il eut du mal à se souvenir des bons côtés. Puis Kurtis le vit, et ses yeux se mirent à briller.

— Qui t'a laissé entrer ici ? Bon sang, Ash, c'est bon de voir ta sale tête.

Ash sourit à son tour, et sa gorge se desserra légèrement.

— Tu te plantes encore, mon pote. C'est toi qui as une tête de cul.

Il résista à l'envie d'aider Kurtis à s'asseoir sur le lit en enfonçant ses mains dans ses poches. Kurtis n'apprécierait pas du tout d'être traité comme un invalide, quelles que soient les circonstances. Ash posa sa main sur le bras de Jamie lorsque celle-ci s'avança légèrement. Kurtis grimpa sur le lit avec difficulté et tira les draps jusqu'à sa taille, grimaçant de douleur, jusqu'à être bien installé.

— Heureusement que j'ai une grosse queue. Ça m'équilibre.

Ash éclata de rire et frappa son poing contre celui de Kurtis, qui lui fit un clin d'œil.

— C'est toi la grosse queue, macaque.

Jamie fit un bruit exaspéré et donna un coup de coude dans le bras d'Ash avant de déposer un baiser sur les lèvres de Kurtis.

— Et sur ce, je vais aller coucher les jumeaux à l'hôtel avant qu'ils commencent à terroriser les gens. Tout ira bien ?

— Pas besoin de faire ta mère poule, maintenant qu'Ash est là. Il le fera bien assez pour vous deux.

— N'importe quoi. Je ne fais pas la mère poule.

249

— Tu en meurs d'envie. Tu en trembles presque.

Kurtis fit signe à sa femme de s'en aller d'un geste de la main, adouci d'un sourire.

— Va-t'en, mais reviens vite.

Il n'alla pas jusqu'à dire les mots. Il n'en avait pas besoin. Ses yeux disaient clairement combien elle lui avait manqué.

— Et profites-en pour dormir un peu toi-même, pendant que tu y es, ajouta Ash lorsque Jamie se dirigea vers la porte.

Kurtis reposa sa tête sur l'oreiller et son masque de bonne humeur disparut. Les lignes de tension sur son visage se firent plus marquées. Ash avait trouvé que Kurtis avait maigri avant que tout cela arrive, mais c'était difficile à dire à travers un écran. À en juger par son apparence, il avait perdu encore plus de poids depuis la dernière fois qu'ils s'étaient parlé.

— Bon sang, Kurtis.

Ash attrapa une chaise et s'assit, cherchant désespérément une plaisanterie qui réussirait à dénouer sa gorge et à alléger l'atmosphère brusquement sérieuse.

— Je sais que les rations sont dégueulasses, mais tu aurais pu en avaler quelques-unes de plus. Tu ressembles à un squelette.

— Et toi, mec, tu n'es pas non plus le Hulk.

Kurtis toucha sa cuisse et grimaça.

— Je suis plus léger à cause de ça, surtout. Il manque un gros bout de viande sur mon mollet.

Un silence gênant tomba entre eux, et Kurtis ferma les yeux.

— Le pire dans tout ça, c'est qu'une partie de moi est soulagée, murmura-t-il.

Ash bougea sur sa chaise, mal à l'aise en se rappelant ses propres pensées lorsqu'il avait entendu la nouvelle pour la première fois.

— Comment ça ?

— Pas parce que je suis blessé et que je vais bien galérer avant de pouvoir remarcher, mais parce que maintenant je ne peux pas me réengager. J'avais hésité à prendre la décision pendant des mois. Ça me tuait. Je voulais être à la maison avec Jamie et les enfants sans avoir à m'inquiéter de savoir quand j'allais être renvoyé au front. Mais je ne pouvais quand même pas abandonner, parce que je savais ce à quoi je m'engageais quand j'ai commencé, et j'y crois toujours.

Ash baissa les yeux sur ses mains, se souvenant d'une autre chambre d'hôpital. Cette fois-là, c'était lui qui avait été dans le lit et Kurtis sur une chaise à ses côtés.

— Tu ne peux pas laisser la culpabilité te bouffer, mec. Ça va te détruire si tu te laisses faire.

— C'est ce qui se passe depuis l'accident, dit Kurtis en tripotant la couverture qui recouvrait son membre abîmé. Et je n'arrête pas de me dire que ça ne fait pas de moi un fardeau, mais ça semble si vide de sens quand Jamie me regarde. Je ne vais pas pouvoir me tenir debout avant très longtemps.

Ash ne savait pas s'il devait plutôt se détendre de voir que Kurtis ne se demandait pas s'il allait remarcher, juste quand, ou s'inquiéter parce que les docteurs réfléchissaient encore à l'amputation à cause de problèmes de circulation dans les tissus. Cela serait un autre coup terrible.

— Elle est juste tellement heureuse que tu sois rentré vivant. On l'est tous.

— Je sais bien. Mais putain, savoir et croire sont deux choses différentes. Et si je perds ma jambe ? Comment est-ce qu'elle pourrait me regarder et ne pas penser qu'elle est liée à…

— Ne le dis même pas. Ça vous rabaisserait tous les deux. Je ne vais pas te dire qu'elle ne va pas remarquer ta jambe quand elle te regardera. Pendant un moment, ce sera sans doute la première chose qu'elle verra. Ça lui rappellera qu'elle t'a presque perdu. Elle ne va pas arrêter de t'aimer à cause de ça. Elle n'est pas comme ça, tu le sais bien.

— Et Brandon et Danielle ?

Kurtis avait l'air si perdu qu'Ash aurait voulu qu'Eli soit là. Lui saurait quoi dire. Ash n'était pas aussi doué pour s'exprimer. Les mots semblaient toujours s'emmêler à l'intérieur de lui au pire moment.

— Tu n'as jamais échoué à faire quelque chose quand tu décidais de le faire. Tu dois te mettre en tête le genre d'attitude que tu veux avoir par rapport à cette situation. Si tu te laisses aigrir, alors ils grandiront avec ce genre d'homme.

Et Kurtis n'était pas ce genre d'homme. C'était un battant, mais Ash n'était pas sûr de savoir comment le lui rappeler.

— Ou alors, ils te verront comme un homme qui a réussi à dépasser un revers énorme tout en restant celui dont Jamie est tombée amoureuse.

Le silence tomba encore une fois entre eux et Ash chercha désespérément quelque chose à dire. Est-ce que cela avait été la même chose

251

pour Kurtis quand Ash avait été blessé ? Tout ce dont il se souvenait, c'était que la douleur et les médicaments embrouillaient son esprit, mais qu'il savait que Kurtis était là.

— Tu dois trouver un moyen de continuer à aller de l'avant, même si tu es en colère pour l'instant, ou terrifié, tu sais ? Et il faut que tu te laisses du temps. Ça ne va pas s'éclaircir dans ta tête du jour au lendemain.

Kurtis lui lança un regard en coin, comme s'il ne savait pas s'il devait dire quelque chose. Il se lança :

— Je sais à quel point tu étais paniqué quand ton unité de réservistes a été activée et que tu as dû rater le semestre d'été pour t'entraîner. Je n'ai jamais rien dit, mais je le savais. Et tu es quand même retourné en Irak sans te plaindre à qui que ce soit pendant les sept mois que ça a duré.

Ça avait été une période très difficile. Il avait su que c'était une possibilité, mais n'avait pas été aussi préparé qu'il le pensait lorsque c'était arrivé. Pendant un moment, il avait cru ne plus jamais faire une bonne nuit de sommeil sans revivre en rêve le jour où il avait été blessé. Mais petit à petit, cela s'était estompé.

— J'ai prêté serment.

— Ouais.

Kurtis se frotta la cuisse avec une grimace.

— À quoi tu pensais quand tu as décidé de te désengager ?

Ash se souvenait parfaitement de ce dilemme : rester ou partir ? Mais cela n'avait pas été aussi compliqué pour lui que cela semblait l'être pour Kurtis.

— J'étais désabusé, répondit-il en fixant les cicatrices sur son bras. Par l'armée en général, pas par les hommes avec qui j'ai servi. Ça a rendu la décision plus facile.

— Mais ça t'a quand même perturbé. Je m'en souviens.

Kurtis se rallongea et regarda le plafond.

— Le fait que tu aies choisi de partir quand tu l'as fait n'a jamais changé mon opinion de toi. Je ne sais pas si je te l'avais déjà dit.

Ash baissa les yeux sur ses mains et hocha la tête.

— Merci, ça me touche. Ça ne changera pas mon opinion de toi non plus, tu le sais, n'est-ce pas ? Je peux comprendre que tu sois tiraillé entre deux devoirs que tu prends au sérieux tous les deux.

Kurtis hocha la tête, mais n'ajouta rien de plus et continua à regarder le plafond.

— Tout ira bien.

— Ouais.

Le silence tomba sur la chambre tandis qu'ils se perdaient tous les deux dans leurs pensées. Ash s'inquiétait toujours pour Kurtis. Son rétablissement allait être long et difficile, mais au moins il ne semblait pas se refermer sur lui-même comme Ash l'avait déjà vu chez d'autres hommes – et comme il avait failli le faire lui-même. Même si Kurtis était plus silencieux que d'habitude, il y avait toujours des instants de complicité, des blagues et des moqueries qui donnaient espoir à Ash.

— Tu te sens d'attaque pour un peu de compagnie ? demanda Ash en brisant le silence. J'aimerais te présenter quelqu'un.

La surprise passa sur le visage de Kurtis.

— Tu as amené quelqu'un avec toi ?

— Oui. J'espère que cela ne t'embête pas, déclara Ash en sortant son téléphone pour envoyer un message à Eli. Je peux lui dire de retourner à l'hôtel.

— Attends un peu. Tu as amené ce prof après qui tu courais ? Bon sang, Ash, je savais que tu étais amoureux de lui.

Ash se trémoussa sur sa chaise lorsque le visage de Kurtis s'anima.

— Je n'irai pas jusqu'à dire ça. On va doucement.

L'énergie de Kurtis retomba, et il soupira.

— J'aimerais beaucoup le rencontrer, mais pas aujourd'hui. J'ai rééducation dans une heure, et ça me crève complètement. Après ça, je dois voir un putain de psy. Là je veux juste des visages connus. Il comprendra, non ?

Ash envoya rapidement un message à Eli et hocha la tête.

— Bien sûr qu'il comprendra. Tu verras quand tu le rencontreras. Il est vraiment… je ne sais pas… spécial.

— Oh mon Dieu, tu es vraiment atteint, mec. Je peux voir la guimauve te couler par les pores.

— La ferme. Je ne suis pas si grave, répondit Ash en se tortillant à nouveau sur sa chaise.

Kurtis gloussa, et Ash essaya de se convaincre que les moqueries de son ami étaient bon signe.

— Oh que si ! Tu devrais voir ta tête, là tout de suite.

C'était difficile de trouver quelque chose à rétorquer quand Ash avait vraiment envie qu'Eli soit là avec lui.

— Ne crois pas que je ne vais pas te botter le cul juste parce que tu es à l'hôpital.

Kurtis renifla, les yeux brillants de défi.

— Et ne crois pas que je ne peux pas te mettre la pâtée même avec une jambe foutue.

ASH PASSA la porte de la chambre d'hôtel et s'y adossa, la lassitude visible sur son visage. Cela faisait mal à Eli de voir son masque de stabilité se fissurer. Ces derniers jours avaient été très difficiles pour Ash et il espérait que l'enterrement de Mike ce matin avait permis à son amant de tourner la page.

— À quelle heure est-ce que tu vas rendre visite à Kurtis ? demanda Eli en ôtant son manteau avant de le jeter sur le dossier d'une chaise.

— Dans quelques heures. Il a rééducation et généralement après il a besoin d'être un peu seul.

Eli effleura des doigts les médailles sur la poitrine d'Ash. La veste bleu nuit était tendue sur ses larges épaules et était coupée pour épouser les lignes de sa poitrine. La ceinture accentuait sa taille fine. Mais même si l'autre homme était magnifique dans son uniforme de parade, il serait bien plus à l'aise sans.

— Viens, Géorgie, je crois que tu as besoin d'une permission.

Un sourire fatigué effleura les lèvres d'Ash.

— Tu sais, depuis que je t'ai rencontré, tu n'as fait que prendre soin de moi.

— Je crois que tu as des visions.

Eli prit la main d'Ash dans la sienne et l'attira à travers leur chambre.

— Alors ce n'est pas toi qui m'as fait un massage la première nuit ? Ou qui m'as jeté dans la douche quand tu m'as trouvé ivre mort et traîné au lit après ?

— Peut-être que tu n'as pas tort, répondit Eli tandis qu'Ash commençait à se déshabiller, accrochant son uniforme dans l'armoire au fur et à mesure. Je pense qu'une répétition des deux s'impose.

Il glissa ses bras autour de la taille d'Ash et embrassa son épaule tandis que l'autre homme s'appuyait sur lui.

— Une douche brûlante suivie d'un massage.

Et une bonne sieste. Ash ne dormait pas bien, et ils allaient tous deux devoir retourner à Amwich et à l'université très vite. Il ne voulait pas qu'Ash rentre épuisé et stressé alors que ses derniers examens arrivaient.

— Ça semble pas mal, répondit Ash avant de tourner la tête et d'embrasser Eli avec hésitation. Mais seulement si j'ai le droit de m'occuper de toi ensuite.

Eli sourit, effleurant de ses doigts les muscles fermes du ventre d'Ash. Même si ces derniers jours avaient été très difficiles, il adorait s'endormir avec Ash et se réveiller à côté de lui. Une fois le semestre terminé, et si Ash ressentait toujours la même chose, Eli voulait essayer de le convaincre d'emménager avec lui.

Et si Ash déménageait à Atlanta au printemps, Eli verrait à ce moment-là. Il avait posé d'autres questions à Mélanie concernant cette offre d'embauche et il semblait que le poste réunissait tout ce qu'Ash aurait pu vouloir. Il serait près de sa famille et de son meilleur ami, qui aurait bien besoin de son soutien. Et il travaillerait à défendre son pays et à protéger les soldats américains.

Penser à inviter Ash à venir vivre avec lui devait être le plus gros risque qu'Eli ait jamais pris. La maison de ses grands-parents avait toujours été son refuge, et il n'aurait pas dû être si facile d'en ouvrir les portes à quelqu'un d'autre, mais avec Ash ça l'était. Cela en lui-même était terrifiant. Dans un coin de sa tête, Eli n'arrêtait pas de se dire qu'Ash allait partir, comme tous les autres. Et son cœur idiot n'arrêtait pas de lui répondre qu'Ash était différent, et que même s'il partait, le temps passé avec lui en valait la peine.

— J'aime cette idée.

Le cœur d'Eli manqua un battement lorsqu'il se déshabilla et suivit Ash dans la douche. Il n'y avait pas beaucoup de place, mais de toute façon il n'avait pas besoin d'excuse pour se coller contre Ash. L'eau brûlante glissait le long de leurs corps. La vapeur d'eau emplissait la cabine. Ash se tourna dans ses bras pour lui faire face.

— Je suis désolé que tu sois resté bloqué à l'hôtel pendant que je rendais visite à Kurtis, murmura-t-il en pressant son front contre celui d'Eli.

— Je ne suis pas venu pour lui, répondit Eli en posant une main sur la nuque d'Ash. Je suis venu pour toi.

Le regard d'Ash se fit chaleureux et il pressa Eli contre le carrelage.

— Et c'est grâce à ça que je n'ai pas craqué, alors laisse-moi te remercier.

Le cœur d'Eli battit à nouveau lorsqu'Ash l'embrassa lentement et profondément. Bon sang, il aimait Ash. Il était sur le point de lui dire lorsque le baiser se termina. Il se retint. Non, ce n'était pas le moment. Plus tard, quand Kurtis irait mieux et qu'Ash ne serait pas aussi vulnérable.

Puis Ash s'agenouilla et Eli grogna lorsqu'il prit son sexe dans sa bouche jusqu'à la racine. Eli voulait encore plus de la bouche d'Ash, et l'expression dans ses yeux brisait toutes ses défenses. Il soupira, appuyant sa tête en arrière contre le mur.

— Bon sang… Je t'aime.

Son estomac se contracta. Oh mon Dieu, il n'arrivait pas à croire qu'il avait juste sorti ça comme ça. Il était complètement idiot. Il avait déjà chaud à cause de l'eau de la douche, mais ses joues rougirent encore plus. Son cœur battit à tout rompre et son estomac se contracta désespérément tandis qu'il attendait qu'Ash le repousse. Eli baissa les yeux vers lui, et son embarras s'estompa envoyant les étincelles dans les yeux d'Ash. Il était tellement sexy avec sa bouche autour de son sexe.

— Je suis si doué que ça ? le taquina Ash après l'avoir relâché et avoir léché l'extrémité de son sexe.

— On peut dire ça, répondit Eli, soulagé, mais déçu qu'Ash pense qu'il blaguait.

Puis Ash le reprit dans sa bouche, et il eut beaucoup de mal à se sentir déçu par quoi que ce soit. Pas quand Ash le suçait comme si son sexe était sacré.

— Oh mon dieu.

Eli glissa ses doigts dans les courts cheveux d'Ash. La succion de sa bouche, la vapeur dans la pièce et l'éclat dans les yeux d'Ash, qui regardait Eli comme s'il était la seule personne au monde qui avait de l'importance, lui coupèrent le souffle. Ses mains glissèrent le long des cuisses d'Eli, attrapèrent ses hanches et le plaquèrent au mur tandis que sa bouche continuait à le caresser.

— Bon sang, Ash.

Celui-ci bougea la tête plus vite, sa langue alternant fureur et délicatesse, tandis qu'Eli haletait des jurons et des supplications. Il était pris dans ses filets. Un doigt s'enfonça en lui et ses cuisses tremblèrent.

— Oh mon Dieu, continue à faire ça et je serai à toi pour toujours.

256

Ash répondit en suçant plus fort et en faisant glisser sa langue d'une manière qui laissa Eli pantois. Ses testicules remontèrent. Il grogna et se jura que dans quelques minutes il donnerait à Ash un exemple de la même torture.

— L'expression de ton visage est si excitante, déclara Ash en arrêtant de sucer pour caresser du nez les testicules d'Eli.

Un autre doigt glissa en lui, tournant, titillant, pendant qu'il mordillait la peau fine.

— À mon tour, haleta Eli.

Mais Ash secoua la tête, enfonçant ses doigts plus forts.

— Pas tant que je n'en aurai pas fini avec toi.

Il continua à bouger ses doigts et reprit le sexe d'Eli dans sa bouche. Il savait vraiment comment lui faire perdre la tête. Il trouva très vite un rythme entre ses doigts et sa bouche et Eli arriva au bord du gouffre. Il était prêt à le supplier. C'est l'étincelle de joie dans les yeux d'Ash qui le fit basculer. Il était si amoureux que c'en devenait ridicule.

L'orgasme d'Eli le laissa pantelant, appuyé sur le carrelage du mur. Agenouillé devant lui, Ash lui fit un grand sourire, la fatigue sur ses traits ayant magiquement disparu.

— Tu as une expression tellement sexy sur le visage quand tu jouis.

— Et toi tu dis des choses si romantiques.

Eli lui tendit la main pour l'aider à se relever, mais Ash secoua la tête et attrapa le savon.

— Je n'ai pas encore fini, répondit-il en faisant mousser un gant de toilette. On est censés prendre soin l'un de l'autre, n'est-ce pas ? Alors je commence.

Le gant remonta le long des jambes d'Eli, le nettoyant des orteils jusqu'en haut des cuisses.

— J'aime vraiment beaucoup tes jambes.

Ash n'était pas si mal non plus, à genoux et la peau rougie par la chaleur, le corps ciselé par l'exercice. Et même si Eli ne souhaitait qu'une chose : pouvoir le toucher, Ash ne le laissa pas bouger d'un pouce tant qu'il n'eut pas nettoyé chaque centimètre carré de sa peau.

— À mon tour, réussit à balbutier Eli, le souffle court, en attrapant le gant.

Il fit se tourner Ash vers le mur et commença par son dos, admirant la façon dont l'eau cascadait sur sa peau et en ôtait le savon presque immédiatement. La brûlure sur son côté s'étendait légèrement sur ses reins et sa peau arborait quelques autres marques blanchies par le temps, mais celles-ci ne gâchaient en rien sa beauté, au contraire. Eli avait presque mal en le regardant, mal d'amour et de désir, et mal à cause de son envie lancinante qu'Ash reste avec lui pour le reste de leur vie.

Il s'agenouilla derrière Ash et eut devant le nez la paire de fesses les plus fermes qu'il avait jamais eu le plaisir d'admirer. Elles étaient parfaites, tout juste de la bonne taille pour qu'il les prenne en main. Il laissa tomber le gant et se savonna les paumes avant de les faire glisser sur la peau fine, effleurant de ses doigts la raie. Ash retint son souffle.

Eli sourit et écarta ses fesses, regardant l'eau glisser jusqu'à son anus.

— Je ne voudrais pas oublier cet endroit, murmura-t-il avant de se pencher, effleurant de sa langue ce repli secret.

Ash grogna, posant sa joue contre le carrelage.

— Bon sang, Eli.

Eli sourit en entendant que sa voix s'était cassée et déposa un baiser au même emplacement. Il pouvait sentir le muscle se contracter et donna un autre petit coup de langue, titillant et testant les réactions d'Ash. Celui-ci frémit et le supplia d'un son de gorge terriblement sexy. Eli ne l'avait jamais entendu faire une chose pareille, et il en voulait plus.

— Écarte plus les jambes, Géorgie.

Il fit bouger Ash jusqu'à ce que celui-ci soit appuyé de ses bras sur le mur carrelé, jambes écartées. Il n'y avait pas beaucoup de place dans la douche mais Eli s'en moquait. Il se remit immédiatement à tourmenter Ash. Il glissa la main entre ses cuisses et prit ses testicules en main, puis glissa sa langue à l'intérieur de lui.

Ash grogna et eut un soubresaut. Eli aurait souri s'il n'avait pas été occupé à autre chose. Il fit bouger sa langue, alternant mouvements concentriques et pénétrations.

— Je n'aurais pas cru que tu étais du genre à te tortiller comme ça, taquina-t-il avant de mordiller une fesse.

— Tu ne m'as jamais vu avec un démon à genoux derrière moi, répondit Ash en le regardant par-dessus son épaule. Tu rendrais n'importe qui fou.

— Je ne fais que commencer.

Eli repoussa ses cheveux en arrière et fit courir ses mains sur les jambes d'Ash. Il n'allait pas s'arrêter avant qu'Ash soit aussi fou de lui qu'il l'était d'Ash, puisqu'il était condamné à l'avoir dans la peau. D'une façon ou d'une autre, il allait faire comprendre à Ash qu'ils étaient parfaits ensemble.

ASH REGARDAIT le plafond, jouant avec les cheveux d'Eli tandis que ses pensées tournaient en rond. Eli ne remuait pas quand il dormait et sa tête était lourde sur son épaule. Il appréciait de sentir ce poids à cet instant, de sentir le souffle d'Eli sur sa peau. Ça l'ancrait.

Ses pensées se retournèrent vers Kurtis, qui avait du mal à gérer les changements brutaux qui avaient eu lieu dans sa vie. De la culpabilité. C'était ça que ressentait son ami. Il se sentait coupable pour avoir ressenti un bref instant de soulagement, pour n'avoir pas été celui que l'on avait enterré à Arlington. Ash brûlait intérieurement pour les mêmes raisons.

Qu'est-ce qui n'allait pas chez lui ? Ce moment de soulagement l'empoisonnait. Il savait que s'en vouloir ne ferait pas revenir Mike, mais cela ne l'aidait pas. Voir le frère de celui-ci à l'enterrement avait un peu aidé, parce qu'évidemment ses parents n'étaient pas venus.

Cela ne l'avait tout de même pas réconforté autant que la présence calme et solide d'Eli près de lui lorsqu'ils avaient descendu Mike dans le trou. Sans Mike, Ash n'aurait jamais rencontré Eli. Sans Mike, il n'aurait pas eu l'occasion de tenir les enfants de Kurtis dans ses bras ou d'aider son ami à accepter sa blessure. Tant pis pour cet instant de soulagement. Ash ferma les yeux de toutes ses forces contre les larmes qui montaient. Si seulement il pouvait effacer cette pensée. Le souvenir de cet instant lui donnait envie de boire à nouveau.

Mais il n'allait pas s'engager sur cette voie.

Il tourna la tête et effleura de ses lèvres le front d'Eli, respirant l'odeur de ses cheveux. Ses pensées revinrent à Mike et il sentit un pic de terreur le traverser au souvenir de ce jour où il avait failli mourir. Il se souvenait encore des yeux de cette femme, grands et sombres, bordés de cils longs et noirs. C'était des yeux magnifiques qui n'auraient pas dû appartenir à un tueur. Il n'arriverait jamais à les oublier.

À chaque fois qu'Ash pensait avoir laissé tout ça derrière lui, quelque chose lui rappelait ce jour-là comme si c'était hier. Comme lorsque son unité de réservistes avait été activée, ou qu'il avait reçu le coup de téléphone à propos de Kurtis et de Mike. Il se retrouvait là-bas, se souvenait de ces yeux et de l'expression glaciale qu'il n'avait pas remarquée. Il avait vu ce qu'elle avait voulu qu'il voie, jusqu'à ce qu'il soit trop tard.

Pris entre la veille et le sommeil, Ash était englouti par les souvenirs. Il se força à s'y arracher. Il tressaillit, puis se figea, la respiration saccadée, tandis qu'Eli s'éveillait près de lui. Ce dernier glissa doucement une main sur ses côtes et tourna la tête pour le regarder d'un air endormi.

— Ton cœur bat à cent à l'heure.

— Ce n'est rien, répondit Ash en déposant un baiser sur ses lèvres. Rendors-toi.

L'inquiétude fonça les yeux bleus-gris d'Eli, qui hésita avant de parler.

— Tu sais, tu peux tout me dire, je ne vais pas d'un seul coup te trouver horrible si tu me dis ce qui te perturbe. C'est autre chose que Kurtis et Mike, n'est-ce pas ?

La main d'Ash se figea sur le dos d'Eli, les mèches de l'autre homme encore enroulées autour de ses doigts.

— Ce n'est pas suffisant ? En rajouter serait un peu égoïste de ma part, n'est-ce pas ? répondit-il à la légère, relevant les yeux vers le plafond tandis que son cœur se remettait à battre la chamade.

— Tu n'es pas égoïste.

— Tu ne me connais que depuis quelques mois et tu peux déjà dire quel genre d'homme je suis ? répondit Ash en sentant son ventre se tordre comme un nid de serpents. Tu n'es pas bon juge en la matière.

Eli avait parlé d'amour pendant qu'ils couchaient ensemble, mais il n'avait jamais dit des choses comme ça en dehors. Qu'est-ce qu'il ressentait vraiment pour Ash ? Et est-ce que cela changerait si Ash lui racontait toutes les choses horribles que contenait son passé ? S'il lui racontait sa première réaction lorsqu'il avait su pour Kurtis et Mike ? Eli était férocement indépendant, et Ash avait du mal à l'imaginer rester avec le même homme très longtemps. Il valait mieux pour Ash qu'il ne s'habitue pas trop au fait qu'il se sentait si bien avec lui.

Eli se raidit, puis se dressa sur un coude pour fixer Ash intensément.

— N'essaie pas de provoquer une dispute. Si tu veux parler de Wayne, c'est un homme bien qui a fait des choses stupides. Je crois qu'on a tous vécu ça à un moment ou un autre.

— Ça ne t'a pas empêché de ne rien voir même quand ses intentions étaient claires.

Eli fronça les sourcils et sa mâchoire se raidit.

— Et là tout de suite, où est le problème, Ash ? Chez moi ou chez toi ?

Ash ferma les yeux, ignorant un regard bleu-gris pour être confronté par un autre, noir de geai. Des yeux qu'il avait mal jugés. Des doigts coururent sur sa peau, et la main d'Eli se posa sur son ventre.

— Qu'est-ce qui se passe ? demanda doucement Eli

Ash aimait vraiment le son de la voix d'Eli, chaleureux et attirant, tout comme lui. Il aimait cet homme. Ash ouvrit les yeux et vit le visage d'Eli, penché sur lui, et tous les sentiments qu'il n'avait même pas réalisé avoir repoussés déferlèrent sur lui.

Il était amoureux d'Eli.

— C'est moche, comme histoire.

— Peut-être qu'il est temps que tu me la racontes. Peut-être que je ne suis pas doué pour juger les gens, mais je suis doué pour écouter.

Eli ne le forcerait pas si Ash lui disait qu'il n'était pas prêt ou qu'il n'avait pas envie de parler, et c'est ce qui le décida. Son amant lui laisserait tout le temps nécessaire. Le savoir était suffisant.

— On était en Irak, et c'était une telle horreur cette année-là. Attaques suicides, attentats à la voiture piégée, kidnappings dans tous les coins. La tension était si insupportable.

Ce chaos était suffisant pour rendre n'importe qui cinglé. Certains jours, il leur semblait que le monde entier était devenu fou, ou que la réalité avait cessé d'exister et que tout ce qui restait c'était cet enfer brûlant dont ils ne pouvaient s'échapper. En parler le fit replonger dans ses souvenirs. Il sentait la puanteur de sa propre sueur et la peur qui imprégnait chaque recoin, jusqu'à ce qu'Eli commence à frotter sa peau du pouce.

— On essayait d'aider les forces de police à gérer la situation, et c'était tellement difficile parce qu'on ne pouvait faire confiance à personne. C'était tellement dingue, tu n'as pas idée. Ils utilisaient des enfants pour faire sauter certaines de ces bombes. Qui fait ce genre de choses ?

Ils le hantaient encore, ces petits corps et leurs yeux vides.

— Je ne peux même pas imaginer ce que c'était.

Les doigts d'Eli continuaient à l'apaiser, à caresser son estomac.

— Ni à quel point tu dois être proche de Kurtis. Il était là-bas avec toi, n'est-ce pas ?

— Ouais.

Il n'y avait pas de jalousie dans le ton d'Eli. Certaines personnes n'auraient peut-être pas compris, auraient jalousé leur relation, mais pas lui. Ash en ressentit un profond soulagement. Il avait eu trop d'amants qui s'étaient sentis menacés et lui avait rendu la vie impossible. S'il n'y avait pas de confiance entre deux personnes, alors quel était l'intérêt ?

— Il m'a empêché de devenir fou dans l'unité des soins aux brûlés, quand j'ai été blessé.

— Et tu l'empêches de devenir fou à son tour. Et d'après ce que tu m'as dit de lui, il ne semble pas du genre à se refermer sur lui-même ni à abandonner sa famille.

— Non, c'est vrai.

Ash ne devait pas oublier cela, devait y croire pour que Kurtis le voie dans ses yeux lorsqu'il lui parlait.

Il resserra son bras autour d'Eli, déterminé à lui raconter le reste de l'histoire.

— On était en patrouille pour que les gens puissent sortir de chez eux sans se demander s'ils allaient se faire assassiner. Cette femme a couru vers moi, en titubant comme si elle était en état de choc. Elle avait un gros ventre, et je n'ai rien vu venir. J'ai vu ce qu'elle voulait que je voie.

Une femme enceinte en danger.

— Tout s'est passé si vite. Ses yeux sont marqués au fer rouge dans mon cerveau. Je crois que je ne les oublierai jamais, jusqu'à ma mort. Elle a commencé à crier, tout le monde a crié. J'aurais dû lui tirer dessus mais je me suis figé. Bon sang, Eli, j'ai hésité. Mon instinct me hurlait que c'était un attentat suicide, mais je n'ai quand même pas pu appuyer sur la détente. C'est ce qu'on m'avait entraîné à faire et je n'ai pas pu.

— Tu n'as pas été entraîné à tuer des mères et des enfants, Ash. Et malgré ce que tu sais maintenant, quand tu l'as regardée à ce moment-là, c'est ce que tu as vu. Avec des si, c'est beaucoup trop facile de dire 'j'aurais dû faire ça' sans prendre en compte ce qui s'est vraiment passé à l'époque.

— Oui, eh bien, cette hésitation m'a coûté bien trop cher. Domingo m'a poussé, et l'instant d'après je me suis réveillé au milieu d'un incendie. J'étais bloqué sous les gravats. Un camion a pris feu. Quand le réservoir exploserait, je savais que j'exploserais avec. Domingo était mort et me regardait de ses yeux vides à dix centimètres de là. Et le feu n'arrêtait pas de se rapprocher. Il se répandait si rapidement. Je ne pouvais rien faire pour l'arrêter, même quand il est arrivé jusqu'à moi.

Il serra les dents.

— Je ne pouvais pas bouger.

Les yeux d'Eli s'assombrirent et ses doigts effleurèrent la cicatrice sur le côté d'Ash.

— Mon Dieu.

— Je crois que c'est l'attente qui était pire. Dès que le feu m'a atteint, Mike est apparu et m'a tiré de sous les gravats. Il m'a porté et il a atterri à l'hôpital avec moi. On avait tous les deux des éclats de métal dans le corps et des brûlures. Mike m'a sauvé la peau.

La gorge d'Ash se serra.

— Bon sang, Eli, tu vas croire que je suis le pire salaud de tout l'univers, mais quand j'ai entendu la nouvelle pour Mike et Kurtis…

Il s'arrêta, incapable d'en dire plus.

Eli pencha la tête sur le côté, sourcils froncés, et ses doigts s'arrêtèrent.

— Qu'est-ce qui s'est passé, Ash ? Tu as remercié le ciel ? Que ce ne soit pas Kurtis qui soit mort ?

— Comment as-tu deviné ?

— Tu es humain, Ash. Ce n'est pas parce que tu as eu cette pensée pendant un instant que tu voulais la mort de Mike ou que tu n'es pas reconnaissant de ce qu'il a fait pour toi. Ça ne fait pas de toi ce dont tu te traites. Est-ce que c'est pour ça que tu as bu ?

Ash hocha la tête et Eli glissa sa main sur sa nuque et pressa leurs fronts l'un contre l'autre.

— Tu es un homme, qui a reçu la terrible nouvelle qu'un de ses amis était mort et un autre blessé. Te flageller ne ramènera pas Mike.

— C'est plus facile à dire qu'à faire, de ne pas m'en vouloir, murmura Ash en clignant des yeux pour éloigner les picotements. Il méritait mieux.

— On pourrait en dire autant de beaucoup de gens.

Eli se détendit contre lui, passant ses bras autour de sa taille. Ash ne pouvait pas comprendre pourquoi il n'y avait pas de condamnation dans ses yeux, pas de dégoût. Il se demanda si peut-être les mots qu'Eli avait dits sous le coup de la passion étaient vrais. Peut-être qu'Eli l'aimait aussi, mais Ash n'était pas sûr.

— Et tu as réussi à contacter son frère alors qu'il n'aurait jamais su que Mike était mort. Peut-être que cela va équilibrer ton sens du karma.

— Peut-être.

Ash glissa ses doigts dans les cheveux d'Eli puis se tourna pour le plaquer sur le matelas.

— Je crois que tu m'équilibres plus.

— Tu es bien assez équilibré tout seul, Ash. Tu n'as pas besoin de moi.

— N'importe quoi. J'ai besoin de toi. Tellement besoin de toi.

Ash jeta un coup d'œil à l'horloge et décida qu'ils avaient encore un peu de temps devant eux avant qu'il doive aller à l'hôpital.

— Laisse-moi te montrer.

XX

PLUS QUE deux semaines avant la fin du semestre. Eli jeta un regard à Ash, qui était penché avec Nori sur les derniers points de leur présentation conjointe. Ash l'empêcherait de s'autocensurer à cause de sa timidité. N'importe qui d'autre dans la classe l'aurait écrasée de sa personnalité, même involontairement.

Ash leva les yeux et fit un clin d'œil et un rapide sourire à Eli, lui donnant un sentiment de chaleur. Encore deux semaines, et il pourrait sortir ouvertement avec cet homme. Il avait vraiment hâte. Il n'allait pas pouvoir se retenir… Enfin, peut-être qu'il allait tout de même se retenir jusqu'à ce que les notes soient postées, mais ce n'était jamais qu'une semaine de plus. Trois semaines, cela semblait un temps infini.

Son impatience était due au fait qu'il essayait encore de savoir ce qu'Ash ressentait pour lui. L'autre homme s'était ouvert un peu plus depuis leur séjour à Washington. Il n'était pas du genre à parler beaucoup de lui, et Eli ne s'était jamais rendu compte à quel point Ash avait gardé ses distances jusqu'à ce qu'il commence à s'ouvrir. Ce n'était pas grand-chose, juste des petites informations sur lui qu'il n'avait jamais confiées auparavant. Il parlait plus de son admiration pour le shérif Cooper, par exemple. Rien sur ses projets d'avenir, par contre.

Maintenant que Kurtis faisait des progrès en rééducation et qu'il avait pu garder sa jambe, Eli n'hésitait plus autant à parler de leur avenir. Il allait demander à Ash de lui parler de cette offre d'emploi ce soir au dîner. Et ce n'était pas la seule bonne nouvelle. Il n'y avait pas eu un seul cambriolage supplémentaire, ni de lettre anonyme. Britton avait même gardé ses distances. C'était presque la vie de rêve qu'Eli s'était imaginée. Son regard glissa à nouveau vers Ash. Il était pire qu'un adolescent languissant dans la cour de récré. Au moins, personne ne prêtait attention à lui.

— On rêve, Prof ?

Eli tripota l'anneau sur un de ces bracelets tout en soutenant le regard d'Ash.

— Je prends juste des notes pour plus tard.

Ash reporta son attention sur Nori après un dernier sourire en coin. Eli baissa les yeux sur les devoirs qu'il avait sur les genoux, réprimant un soupir. Une fois le semestre terminé, il pourrait tenter de savoir ce que pensait Ash. Et il espérait que l'autre homme partageait ses sentiments et souhaitait passer à l'étape supérieure. Eli voulait Ash chez lui tout le temps, pas juste pour un week-end par-ci par-là.

Il se força à revenir à la tâche qui l'attendait et griffonna quelques commentaires supplémentaires. Le soudain silence de ses étudiants lui fit lever la tête et il cligna des yeux en voyant Britton debout à deux pas de lui avec une expression satisfaite sur le visage.

— Le doyen veut vous parler tout de suite.

La poitrine d'Eli se serra. Qu'est-ce que c'était encore cette fois ?

— Est-ce que ça peut attendre la fin du cours ? Il ne reste que dix minutes.

— Non, il a bien dit tout de suite, répondit Britton sur un ton agacé, une note boudeuse se laissant entendre dans sa voix.

Eli n'était pas sûr de savoir ce qui n'allait pas chez cet homme, mais à certains moments il semblait perdre le sens des réalités. Et ce ton grognon ne lui allait pas du tout.

— Bien sûr.

Eli se leva et se tourna pour faire face à huit paires d'yeux curieux et une paire en colère.

— Je peux vous faire confiance pour continuer sans moi ? Nous commencerons les dernières présentations mercredi.

— Bien sûr, Prof, déclara Ash en jetant un regard dur à Britton. Nous serons prêts.

Eli suivit Britton et, en s'éloignant, entendit les chuchotements qui s'élevaient derrière lui. Comme toujours, le sens du timing de Britton était idéal. Il aurait pu attendre dix minutes de plus, mais pourquoi faire ça quand il pouvait rendre la situation aussi inconfortable que possible pour Eli ?

Eli ne s'embêta pas à essayer de faire la conversation ou de deviner ce qui se passait tandis qu'ils marchaient vers le bureau du doyen. Ce n'était pas la peine, et il était trop occupé à essayer d'empêcher son estomac de se retourner. Eli ne voyait qu'une seule raison pour que l'on interrompe sa classe, et c'était en cas d'urgence familiale. Sa gorge se serra. S'il vous plaît, faites que Lu aille bien. Eli n'allait pas demander à Britton. Si c'était une mauvaise nouvelle, il préférait l'entendre de la bouche d'un ami.

La secrétaire du doyen Newton les fit entrer et un seul regard à l'expression sérieuse de l'autre homme fit remonter un frisson de terreur le long de la colonne vertébrale d'Eli. Cela sentait mauvais. Le doyen arborait toujours un sourire sincère sur son visage brun.

— Ça doit être quelque chose d'important pour qu'on me convoque pendant un court, déclara Eli dès que la porte se referma derrière eux. Est-ce que je peux savoir ce qui se passe ?

L'expression du doyen se fit encore plus sévère et il regarda Britton.

— Vous avez interrompu un cours ?

— Il était presque fini.

Britton fit un signe de main dédaigneux.

Eli serra les dents. Il pouvait presque entendre ce qui se passait dans la tête de l'autre homme : *c'était un cours d'études culturelles, alors ce n'est pas grave.* Cela n'avait certainement pas le même prestige que le propre cours de Britton sur la littérature du XVIIIe siècle.

— Les présentations finales commencent mercredi. J'aurais dû être là au cas où l'un d'entre eux avait une question ou une inquiétude. Mais puisque nous sommes ici et qu'il est trop tard pour y retourner, autant en venir au fait.

— Je vous en prie, asseyez-vous, tous les deux. Eli, je suis désolé que ton cours ait été interrompu. Ça n'aurait pas dû arriver.

Le doyen fit un signe en direction des chaises devant son bureau. Eli réprima son malaise et s'assit, cachant sa répugnance lorsqu'il vit que Britton avait choisi de rester debout, sans doute pour pouvoir en imposer à Eli. L'enfoiré.

Le doyen n'arrêtait pas de regarder Eli avec un air qui lui fit comprendre que, quel que soit le bazar que Britton avait mis cette fois-ci, c'était quelque chose que le doyen prenait au sérieux, alors Eli ferait sans doute bien de faire de même.

— Une très grave accusation a été portée contre toi, Eli. Une accusation que je me dois d'examiner, en particulier car Britton prétend avoir des preuves.

Eli eut l'impression d'avoir avalé de l'acier. Il savait qu'il aurait dû parler au doyen de son histoire avec Ash ; il avait prévu de le faire, puis il avait oublié avec tout le chaos qui avait suivi, puis avec les amis d'Ash. Merde, quel genre de preuves est-ce que Britton pouvait avoir ? Ash n'était pas chez lui toutes les nuits et sa maison était extrêmement isolée. Eli n'imaginait pas que qui que ce soit en ville raconte des choses à Britton, pas alors qu'il traitait la plupart des gens d'Amwich comme des êtres inférieurs.

— Quelle est cette accusation, Monsieur ?

— Que tu as une liaison avec un étudiant et que tu fausses ses notes.

La culpabilité qui avait assailli Eli lorsque le doyen avait commencé à parler fut immédiatement engloutie sous la rage.

— Britton a déjà enquêté sur une plainte pour notation injuste.

Eli jeta un œil à celui-ci, qui avait l'air bien trop satisfait pour le bien d'Eli.

— Et il a estimé que ces accusations étaient infondées.

— Je me souviens de ça. Mais cette histoire de liaison change tout.

Le doyen se tourna vers Britton.

— Randall, vous dites que vous avez une preuve ? J'aimerais la voir et je suis sûr qu'Eli aussi. Est-ce suffisant pour organiser une audition ?

Britton plongea la main dans sa poche de poitrine et en retira une enveloppe qu'il tendit au doyen. Elle ne semble pas contenir de photos et Eli poussa intérieurement un soupir de soulagement. Il ne voulait pas qu'Ash soit mêlé à cette histoire s'il pouvait l'éviter.

— Je l'ai trouvée dans le bureau d'Eli.

Eli n'arrivait pas à deviner ce qu'il pouvait bien y avoir dans cette enveloppe, mais quoi que ce soit, cela fit hausser les sourcils au doyen. Il passa la lettre à Eli sans un mot, et Eli réprima un grognement en reconnaissant l'écriture désastreuse de Wayne sur la page déchirée et recollée. Il manquait des morceaux, mais ce qui restait était suffisant pour le faire tomber.

> *Dernière chance, Eli. Tu as ma carte. Donne-la-moi ou j'irai voir le directeur de l'université à propos de ta liaison avec ton élève.*

Mais quel enfoiré. Britton était allé fouiller dans sa poubelle. Quel genre d'ordure farfouillait dans les poubelles des autres à la recherche de ragots ? La violation de son espace privé par Wayne avait déjà été assez dure à supporter, mais au moins celui-ci avait cherché à protéger son père. De la part de Britton, cela le rendait malade, car il n'y avait absolument pas de raison cohérente à cela.

Son visage dut montrer qu'il reconnaissait la lettre, car lorsqu'il leva les yeux vers le doyen, celui-ci avait l'air profondément déçu. Comment pouvait-il expliquer la lettre tout en cachant le nom d'Ash à Britton ? Il faisait confiance au doyen, mais ils ne faisaient pas confiance à Britton. Il ne croyait pas un seul instant que celui-ci ne mentionnerait pas le nom d'Ash lors d'une audition. Et mince, comment pourrait-il expliquer cela sans avoir l'air d'un cinglé ou causer des ennuis à Wayne ? Britton et le doyen étaient tous les deux encore très en colère à propos du cambriolage de son bureau.

— Je peux expliquer cette note, déclara Eli avec un calme qu'il était loin de ressentir.

— Je crois qu'elle parle d'elle-même, commença Britton, mais le doyen interrompit d'un geste de la main.

— J'aimerais entendre ce qu'Eli a à dire.

L'esprit d'Eli fonctionnait à toute allure et il rendit la note au doyen.

— J'ai eu un problème personnel à propos de certains objets qui appartenaient à l'homme qui a écrit cette lettre. Il croyait que je les avais. Il s'est laissé emporter par ses émotions et a eu recours à des tactiques peu sympathiques, mais nous avons réglé les choses.

— Eli, ce n'est pas suffisant, répondit le doyen avec un soupçon d'exaspération.

Il fronça les sourcils en lisant à nouveau la lettre.

— Comment pouvait-il te faire chanter s'il ne se pensait pas que c'était vrai ?

— Ce n'était pas du chantage. Je ne lui ai jamais donné un centime, il m'a avoué qu'il n'avait rien pour prouver ses accusations. Il traversait juste une période difficile et il ne réfléchissait pas clairement. Et nous avons tout réglé entre nous.

— Est-ce que tu serais prêt à nous dire qui a écrit cette lettre ? demanda le doyen en se penchant en avant sur sa chaise, le regard braqué sur Eli. Est-ce qu'il pourrait confirmer cette histoire ?

Eli fronça les sourcils, tripotant l'un des anneaux de ses bracelets. Il ne voulait pas mentir. Mentir maintenant rendrait encore plus difficile pour le doyen de lui faire confiance lorsqu'Eli lui parlerait en privé, et il ne voulait absolument pas dire à Britton qui avait écrit la lettre. Quel bazar indescriptible. Depuis quand tout était aussi compliqué ?

— S'il dit la vérité, nous verrons tout cela pendant l'audition, déclara Britton. Je sais à qui Hollister parlait et je suis sûr que je peux l'amener à témoigner devant le comité. J'amènerai aussi l'élève en question. Je les ai vus ensemble à plusieurs reprises. Il s'agit de quelqu'un qui, je dois l'ajouter, possède un historique de problèmes avec l'université.

Eli tira plus fort sur ses bracelets à l'idée de Britton en train de les espionner. Il parierait que c'était lui qui s'était caché dans les bois, ce jour-là. Et l'idée qu'Ash avait une mauvaise réputation à Amwich était ridicule.

— D'ici là, je suggère qu'Eli soit suspendu de ses cours jusqu'à la fin de l'audition.

— Non, mais vous rigolez ? explosa Eli en sautant sur ses pieds. Les présentations sont cette semaine, et je dois préparer les examens de fin d'année. Je pense que vous avez assez perturbé mes élèves pendant ce semestre avec vos élucubrations hystériques et paranoïaques.

Britton rougit violemment et ses bajoues tremblèrent.

— Vous êtes fini, Hollister. Vous feriez aussi bien de faire vos cartons tout de suite avant de causer encore plus de honte à cet établissement.

— N'importe quoi !

Eli ouvrit la bouche pour dire à Britton tout ce qu'il mourrait d'envie de lui asséner depuis longtemps. Mais il se força à se contrôler. Cela ne résoudrait rien. Cela ne changerait pas l'opinion de Britton d'un iota et Eli était déjà au milieu d'un champ de mines. Il ne voulait pas s'aliéner encore plus le doyen en s'abaissant au niveau de Britton.

Il desserra les mains, se tourna vers le doyen, et ignora Britton.

— Avec tout mon respect, Monsieur. Organisez mon audition demain pour que je puisse retourner en cours mercredi ou demandez à quelqu'un de non perturbateur de m'observer pour le reste du semestre, si cela peut vous rassurer. Mais s'il vous plaît, ne bouleversez pas mes cours plus qu'ils ne l'ont déjà été.

— Ne...

Le doyen coupa une fois de plus la parole à Britton d'un geste.

— Je pense qu'il sera difficile à Randall de rassembler toutes les personnes dont il a besoin d'ici demain. Nous tiendrons l'audition vendredi. J'aimerais résoudre cette question rapidement et sans faire de vagues. Et je ne vais pas te suspendre, Eli. Pas encore. Cependant, je suis d'accord pour que quelqu'un observe tes cours.

Eli hocha la tête, contrarié à l'idée d'avoir quelqu'un sur le dos, mais cette alternative était meilleure que de se voir complètement interdit de cours. S'il ne s'était pas dit que donner sa démission laissait gagner Britton, il l'aurait fait sur-le-champ. Il en avait plus que marre de la suspicion constante qui pesait sur lui... même si, dans ce cas précis, certaines allégations étaient vraies.

— Oui monsieur.

— Dans ce cas, c'est moi qui observerai ses cours.

Eli se retint de laisser échapper une bordée de jurons et se tourna vers Britton.

— J'ai dit quelqu'un de non perturbateur. Vous seriez la pire des perturbations. En plus, est-ce que vous ne serez pas occupés à rassembler vos soi-disant preuves et vos témoins contre moi ?

— Vous avez aussi vos propres cours à donner et, pour être honnête, Randall, vous n'êtes pas objectif quand il s'agit d'Eli. J'avais espéré que vous pourriez venir à bout de vos différents par vous-même, mais il est clair que je vais devoir m'en occuper. Et je ne suis pas ravi que cela soit le cas.

Le doyen s'interrompit et les transperça tous les deux de son regard sombre.

— Vous pouvez y aller, tous les deux. Randall, nous nous verrons vendredi. Eli, quand a lieu ton prochain cours ?

Eli attrapa un stylo et un bloc-notes pour écrire son emploi du temps pour le doyen et le cliquetis de la porte qui se fermait lui indiqua qu'ils étaient seuls. Il pouvait sentir les yeux de l'autre homme sur lui, et un sentiment de malaise lui retourna l'estomac à nouveau, pire cette fois. Il n'en avait peut-être rien à faire de la bonne opinion de Britton, mais il respectait le doyen Newton.

— Monsieur, je voulais vous en parler plutôt mais je ne l'ai pas fait. Je pensais que je pouvais endurer les années qui restaient à Britton comme directeur, et peut-être que ma fierté m'a joué un tour.

Eli reposa le bloc-notes sur le bureau et croisa le regard du doyen.

— Mais il y a certaines choses que vous devriez savoir.

Le doyen Newton se rassit sur sa chaise et croisa les mains sur son ventre en étudiant Eli.

— Je t'écoute.

— L'attitude de Britton s'est rapidement détériorée au cours de ce semestre. Débarquer dans mon bureau est une chose, mais parler des plaintes d'étudiants devant d'autres étudiants, ce qu'il a fait, est une violation éthique.

Tout comme pénétrer dans mon bureau sans ma permission pour obtenir cette lettre. Je me moque qu'il soit ami avec la secrétaire de département. J'ai déchiré cette lettre sans la lire et je l'ai jetée à la poubelle devant l'homme qui me l'a donnée. Sans parler du fait qu'il a interrompu mon cours aujourd'hui. Parfois il semble oublier des choses que j'ai dites d'un instant à l'autre, et son humeur est de plus en plus incontrôlable.

Le doyen soupira et se pencha en avant.

— Mais il s'agit d'accusations très sérieuses tout de même. Ce témoin, que Randall prévoit d'amener, est-ce qu'il pourra confirmer que tu as jeté la lettre ?

Eli espérait que Wayne le ferait, mais il aurait préféré ne pas le mêler à tout ça. Et si Britton lui offrait de l'argent ? Wayne sauterait sur l'occasion et se moquerait comme d'une guigne faire tomber Eli au passage. Il détestait réfléchir comme ça, surtout après que Wayne lui ait présenté ses excuses, mais il ne lui faisait plus confiance.

— Pour être honnête, je ne sais pas. J'aimerais croire qu'il dirait la vérité, mais je ne sais plus vraiment.

Il ferma les yeux. Il était si fatigué de tout ça. Il ne savait même pas, à cet instant, s'il en avait encore quelque chose à faire. Une pensée lui traversa l'esprit et fit ressurgir toute sa rage.

— Autre chose, Monsieur. Comment saurait-il si j'ai changé la moindre note de n'importe lequel de mes étudiants ? Il n'a pas accès à mon livre de notes. Il ne saurait pas qui a obtenu quelle note à moins de s'être introduit dans mon bureau.

— Très bonne question. Je vais me pencher sur le sujet.

Le doyen tendit la main pour lui prendre son emploi du temps et le regarda, lèvres pincées.

— Je suis sûr que d'autres personnes du département auront remarqué son attitude si elle est aussi imprévisible que tu le dis. S'il te harcèle tant que ça, et s'il s'introduit dans les bureaux et révèle des informations sur les étudiants, je lui retirerai son poste de directeur de faculté. Mais s'il a vraiment la preuve que tu couches avec un de tes élèves de premier cycle, tu es viré aussi. Compris ?

— Compris.

Eli serra les dents, et essaya de se consoler en se disant qu'il ne s'agissait que de sa tête et pas de celles d'Ash. Il supposait qu'il pouvait faire quelques recherches pendant les vacances et utiliser le reste de l'année pour décrocher un autre boulot, avec un peu de chance.

— Qui va surveiller mes cours ?

— C'est moi qui observerai, et ce ne sera que ton cours de correspondance historique, puisque Britton prétend que l'élève s'y trouve. Je ne m'inquiète pas pour les autres. Tu peux y aller.

Le ton du doyen était ferme, et Eli comprit qu'il ne servait à rien d'essayer de plaider son cas plus avant. Il rassembla ses affaires, et dès qu'il fut de retour dans le couloir, envoya un rapide message à Ash pour s'assurer que celui-ci ne l'attendait pas dans son bureau. Pas besoin de faciliter les choses à Britton. Il allait déjà être difficile de limiter l'ampleur des dégâts.

ASH SE souvint à la dernière minute que le père de Wayne habitait avec lui, et qu'il ne s'était pas encore complètement remis de son infarctus. Il se contenta donc de toquer à la porte, même s'il avait envie de tambouriner dessus comme un sauvage. Une expression terrifiée passa sur le visage de Wayne lorsqu'il ouvrit et vit Ash sur le porche.

— Je n'ai rien à te dire, alors tu peux faire demi-tour et rentrer en ville.

Ash glissa son pied dans la porte avant que Wayne puisse la refermer, son humeur s'assombrissant encore.

— Crois-moi, Wayne, tu ne veux pas que je retourne en ville.

Il avait songé à asséner un ou deux bons coups de poing sur la mâchoire de Wayne pour faire bonne mesure. Mais à la pensée de devoir raconter Eli ce qu'il avait fait, il avait réussi à se contenir. Il fallait aussi qu'il se souvienne qu'il s'agirait d'une agression et que cela ne ferait pas très beau sur son dossier.

— Britton m'a déjà appelé pour me demander de témoigner. Je suppose que j'aurais dû savoir que tu viendrais. Entre.

Wayne fit un pas en arrière et tint la porte ouverte pour Ash.

— Tu vas me faire arrêter maintenant, comme Eli a dit ? Je jure que je n'ai pas donné cette lettre à Britton. Je ne sais pas comment il l'a eue.

— Crois-moi, ça m'a traversé l'esprit. Eli a réussi à me convaincre que ce n'était pas de ta faute. Il semble croire que Britton a écouté à la porte. Je suppose que je ne devrais pas être surpris que tu saches déjà ce qui s'est passé. Ça ne fait pas le tour de la ville, au moins ?

Ash fit un signe en direction de son pick-up.

— Il faut qu'on parle, mais pas ici. Je ne veux pas que ton père s'énerve ; alors allons faire un petit tour.

Wayne pâlit et ses yeux s'écarquillèrent.

— C'était un accident. Ne me dénonce pas à Cooper.

Ash attrapa Wayne par le devant de sa combinaison et le tira à l'extérieur.

— Tu sais quoi, je me contrefous vraiment de ce que tu ressens, là tout de suite, Wayne. Tout ce que tu as fait, c'était de ta propre faute. La seule personne qui pour qui je m'inquiète, c'est Eli, qui est dans une belle merde entre tes conneries et la vendetta de Britton. Monte dans le pick-up.

D'après ce qu'Eli lui avait dit, il semblait que Wayne était le joker de Britton. Toute l'audition devait se baser sur ce que Wayne leur dirait. Ash avait reçu une demande de présence à l'audition, et quelques coups de téléphone lui avaient suffi pour savoir que tout le monde dans leur classe avait reçu le même e-mail. Ash était certain que Britton ne savait pas exactement de quel élève il s'agissait, ou alors il aurait cherché à le voir personnellement. Britton voulait que Wayne révèle leur liaison devant tout le monde.

Ash avait haï l'expression d'impuissance absolue qu'il avait vue sur le visage d'Eli, et de le voir essayer de la cacher en croyant bêtement qu'Ash penserait qu'Eli regrettait leur liaison. Il n'aimait pas entendre Eli parler des autres universités de la région alors qu'Ash savait très bien qu'il serait déchiré de devoir déménager. Ash ne l'accepterait pas, ce qui voulait dire que Britton devait être discrédité au-delà de tout espoir de retour.

— Je ne peux pas laisser mon père.

Wayne jeta un œil vers la maison, et Ash savait que s'il lui laissait une opportunité de rentrer chez lui, il n'aurait plus jamais l'occasion de le surprendre. Wayne avait trop peur des conséquences de ses actes pour prendre la parole pour défendre Eli. Il n'allait pas réussir à cacher ce qu'il avait fait, et quand le reste de la ville le découvrirait, sa réputation serait fichue, et peut-être même ce qui restait de son entreprise.

Une femme âgée aux cheveux grisonnants sortit sur le porche en s'essuyant les mains sur une serviette en papier.

— Tout va bien ?

— Tout va très bien, Madame. Je dois juste parler de quelque chose à Wayne.

Cela devait être l'infirmière de M. Grayson. La façon dont Wayne évita son regard lui apprit que ce qu'il avait dit sur son père n'était qu'une excuse pour éviter la confrontation.

— Wayne et moi allons y aller. Il sera de retour bientôt.

Ash jeta un regard dur à l'autre homme, défiant Wayne de le contredire. Celui-ci marmonna quelque chose dans sa barbe qu'Ash ne comprit pas, puis se dirigea lourdement vers le pick-up. Ash salua l'infirmière de la tête.

— Madame.

Puis il se tourna pour le suivre. Parfait. Maintenant il ne restait plus qu'à convaincre Wayne que témoigner pour Britton serait une très mauvaise idée. Il n'allait certainement pas laisser cet enfoiré chasser Eli d'un endroit qu'il aimait.

XXI

ELI ESSAYA de réprimer sa nervosité, sans grand succès. Il était presque sûr qu'Ash avait quelque chose de prévu, ce qui ne l'aidait pas à se calmer, même si c'était difficile d'en être certain car, après qu'il eut tout raconté à Ash, il ne l'avait pas vu une seule fois en dehors de leur cour. Et pendant ce cours, le doyen était resté assis dans son fauteuil. Heureusement, il avait participé à la conversation au lieu de rester silencieux en prenant des notes.

Avant la fin du cours, ses étudiants étaient passés de renfermés et maussades à ouverts et animés. Le seul qui n'avait pas semblé affecté du tout était Ash, ce qui n'avait fait que renforcer les suspicions d'Eli. Comment les étudiants avaient découvert toute l'histoire était un mystère pour lui. Si Ash leur avait raconté... Il n'arrivait pas à imaginer quelque chose d'assez douloureux, mais il trouverait bien.

Eli entrelaça ses doigts tandis que le comité s'asseyait, ainsi que le doyen Newton et Britton. Aujourd'hui, le fait qu'il les connaissait depuis longtemps ou qu'il avait une excellente réputation comme professeur n'avait aucune importance. Tout dépendrait de comment Britton allait tordre la vérité pour qu'elle s'adapte à sa propre vision des choses. Eli ne savait toujours pas comment il allait bien pouvoir se défendre.

Son humeur s'assombrit encore lorsque la porte se rouvrit pour laisser entrer ses élèves un par un. Nori et Whitney avaient l'air aussi malades que lui. L'expression d'Ash était indéchiffrable et Kerry, Dieu soit loué, avait l'air carrément remontée. Eli était heureux qu'Elsa et Anna s'assoient de chaque côté d'elle ; peut-être qu'elles arriveraient à l'empêcher de faire un scandale. Eli serra les dents et fusilla Britton du regard.

— Vous ne pensez pas que les impliquer, c'est aller un peu trop loin ? Est-ce que ce n'est pas une violation de la vie privée des élèves ?

— Mais cela les concerne tous. Le reste du groupe a le droit de savoir qu'ils n'obtiennent pas les mêmes avantages que votre chouchou, rétorqua Britton avec un regard en direction d'Ash.

— On veut être là, Dr Hollister, déclara Bron en lui faisant un petit sourire avant de se tourner vers le doyen. S'il vous plaît, M. Newton, nous savons déjà que ce qui sera dit ici restera ici. Nous sommes prêts à prêter serment si vous voulez.

Tous les élèves hochèrent la tête, l'expression déterminée. Le doyen les regarda tous avant de déclarer :

— D'accord, je l'autorise.

Britton remua ses papiers et regarda encore une fois sa montre.

— Mon témoin devrait arriver d'une minute à l'autre.

— Il ferait bien. Je n'ai pas envie de perdre mon temps, déclara l'un des autres membres du comité en s'installant confortablement dans sa chaise. Tout ceci est absurde.

Britton eut l'air d'être sur le point de se vexer, mais à cet instant la porte s'ouvrit une dernière fois. Le moral d'Eli s'assombrit et le désespoir l'envahit quand Wayne entra en tripotant sa casquette entre ses doigts. Son regard se posa rapidement sur Eli avant de dévier tout aussi rapidement. Et mince, il était vraiment fichu, et Ash serait peut-être pris dans la tempête avec lui. C'était cela qui rongeait vraiment Eli.

Lorsqu'il regarda à nouveau son amant, Ash était assis confortablement, jambes étendues devant lui, entouré par le reste des étudiants. Il avait l'air aussi à l'aise que s'il était dans son canapé. Quel salaud.

— Très bien, vous êtes là, M. Grayson. Nous pouvons commencer maintenant.

Britton n'aurait pas pu avoir l'air plus satisfait s'il avait essayé. Eli grinça des dents.

— Je ne vois aucune raison de faire traîner les choses. C'est assez simple. Le Dr Hollister a non seulement eu une liaison avec un élève, mais il a aussi omis de respecter ses propres règles quand il s'agissait d'assiduité et de notes. Voici une copie de son plan de cours, qui souligne clairement ses règles.

Eli pinça les lèvres, s'étranglant presque tant son envie de rétorquer était grande. Il y avait une marge de tolérance pour les élèves qui avaient des urgences ou des enterrements, bon sang. Ash n'avait raté aucun autre jour. Britton ne devrait pas pouvoir tordre la vérité comme cela. La seule chose qui le retenait de faire ravaler ses paroles à Britton, c'était la promesse qu'Ash lui avait extorquée le matin même au téléphone.

Ash ne voulait pas qu'il parle ou interrompe la discussion jusqu'à ce que ce soit à son tour de plaider sa cause. Il serait le dernier, et il allait sans doute avaler sa langue d'ici là. Plusieurs membres du comité, ceux qui le connaissaient le mieux, le regardaient avec curiosité, comme s'ils se demandaient pourquoi il n'avait pas encore réagi. Eli commença à taper du pied sur le sol.

— Quelles preuves avez-vous ? demanda John Sanmarina. Eli est ici depuis des années, et je n'ai jamais entendu qu'aucune rumeur de ce genre auparavant. Et nous savons tous quels collègues ont des liaisons avec les étudiants. Le nom d'Eli n'a jamais été mentionné une seule fois.

Les narines d'Eli se pincèrent lorsque Britton sortit cette fichue lettre. Si quelqu'un devait avoir des ennuis, ç'aurait dû être Britton pour être allé fouiller dans les poubelles des autres. Ce n'était pas interdit par la loi, ça ?

Britton fit passer la lettre aux membres du comité, leur laissant à tous une chance de la lire. Un par un, ils regardèrent Eli avec des expressions curieuses.

— M. Grayson a envoyé cette lettre à Eli. N'est-il pas vrai ? demanda Britton en se tournant vers Wayne.

— Je ne l'ai pas envoyée.

Eli écarquilla les yeux de surprise tandis que Wayne rougissait.

— Je veux dire, je l'ai écrite, mais je l'ai donnée à Eli pour lui prouver que je n'allais plus jouer à ce genre de choses.

Wayne tordit sa casquette entre ses doigts durcis par le travail.

— Je n'arrive pas à expliquer tout ça très bien. C'est assez compliqué.

— Non, c'est très simple, répliqua Britton. Est-ce que vous faisiez chanter le Dr Hollister ?

— Non. J'ai essayé, mais c'est assez difficile de faire chanter quelqu'un qui ne coopère pas.

Un éclat de rire se fit entendre, et un éclair d'irritation passa sur le visage de Britton. On aurait dit la voix d'Isaac mais lorsqu'Eli regarda ses élèves, il ne sut pas dire qui était le coupable.

— J'ai essayé de faire peur à Eli pour qu'il me paie parce que je savais qu'il avait des problèmes avec vous, alors j'ai pensé qu'il me donnerait peut-être de l'argent si je le menaçais d'aller vous voir.

Eli se détendit légèrement, moins inquiet pour lui-même, mais de plus en plus inquiet pour Wayne.

— Tu n'as pas à dire quoi que ce soit d'autre, Wayne, dit-il doucement.

Pas besoin de causer des ennuis à Wayne pour quelque chose qui avait été réglé. Ash lui envoya un regard si courroucé qu'Eli ferma la bouche et se mit à tambouriner des doigts sur sa cuisse.

— Je peux comprendre pourquoi vous ne voulez pas qu'il vous incrimine davantage, déclara Britton avec un sourire narquois. Mais je n'en ai pas fini avec mes questions. M. Grayson, est-il vrai que vous faisiez chanter Hollister à cause de sa liaison avec son élève ?

L'expression de Wayne se fit encore plus misérable et il baissa les yeux sur ses mains.

— Non, monsieur. Ce n'est pas pour ça. Je le faisais chanter à cause d'une carte de base-ball. Je croyais que sa famille l'avait volée à ma famille il y a longtemps. Quand mon père est tombé malade, j'avais besoin de cet argent et j'ai passé ma colère et ma frustration sur Eli. Je me suis dit que j'obtiendrais ce qu'il me devait en le menaçant avec vous. Tout le monde sait que vous lui pourrissiez la vie. Je me suis dit qu'il me donnerait tout ce que je voulais pour que vous ne l'ennuyiez pas plus.

Britton attrapa la lettre et l'agita dans les airs.

— Mais et la preuve ? Où sont les photos d'Hollister avec un élève ? Arrêtez de plaisanter, M. Grayson. C'est très sérieux.

— Il n'y a jamais eu de photos. J'ai menti. Bon sang, c'était idiot, mais vous n'avez jamais été désespéré ?

Britton lui jeta un regard assassin.

— Non.

Wayne plissa les yeux et le fusilla du regard à son tour.

— Moi, je dirais que si, pour être allé fouiller dans les poubelles de quelqu'un.

Britton se hérissa, mais Wayne s'était déjà tourné vers le comité.

— J'ai jeté cette lettre devant Eli pour lui montrer que je n'allais vraiment pas continuer à l'embêter. Il aurait pu tout raconter au shérif Cooper, à propos de ce que j'avais essayé de faire, mais il ne l'a pas fait. Il m'a donné une seconde chance. Il m'a même donné des idées pour aider la boutique à fonctionner mieux. Ça ressemble à quelqu'un qui changerait les notes d'un élève pour son propre bénéfice ?

279

— Je crois que vous en avez dit plus qu'il n'en fallait, déclara le doyen. Merci d'avoir éclairci la question pour nous.

— Alors je peux y aller ?

Le visage de Wayne s'éclaira lorsque le doyen hocha la tête, et la tension de son corps disparu.

— Bon sang. Alors, vous allez garder ça juste entre vous ? Comme ça personne ne saura que j'ai été un vrai connard ?

Le comité le rassura et Eli lui fit un sourire lorsqu'il enfonça sa casquette sur sa tête. C'était fini. Eli était surpris de ne pas avoir transpiré comme un perdu. Il attrapa le bras de Wayne lorsque celui-ci le dépassa en se dirigeant vers la porte.

— Merci d'être venu. Tu n'étais pas obligé.

— Si, je crois que j'étais obligé. Peut-être que ça compense le livre que j'ai abîmé au moins ?

— Ça compense tout, assura Eli avec un sourire.

Wayne avait probablement été terrifié à l'idée d'être jeté en prison après avoir admis son chantage, mais il était tout de même venu pour disculper Eli. Même si les choses ne se terminent pas bien pour lui aujourd'hui, aux yeux d'Eli, cela effaçait toutes les dettes.

— Si j'avais su que le Dr Hollister allait influencer mon témoin, je ne lui aurais pas demandé d'être présent, déclara Britton d'un ton acerbe.

— Laissez tomber.

John regarda à nouveau sa montre.

— Personne n'admettrait un délit si ce n'était pas vrai. Je ne vois pas pourquoi Wayne mentirait pour Eli, surtout si vos allégations étaient vraies. Il aurait eu le dessus.

— Je ne voulais pas devoir en venir à ça, commença Britton.

Eli se mordit la langue pour se retenir de ne pas le traiter de menteur. La seule chose qui ferait plus plaisir à Britton serait de gagner. Il semblait se nourrir du malaise et du malheur des autres.

— Mais ses étudiants témoigneront de son favoritisme envers cet élève.

— Vous rêvez, Britton, l'interrompit Kerry. On n'a rien vu de ce genre. C'est vous qui avez l'esprit mal tourné pour imaginer des trucs pareils.

— Il suffit. Dr Britton, soit vous nous dites avec qui Eli est supposé coucher et vous réussissez à convaincre cette personne de confirmer votre accusation, soit vous mettez fin à cette farce. J'ai une autre réunion cet après-midi, et j'aimerais avoir le temps de déjeuner entre les deux, déclara John.

— Très bien. Comme je l'ai dit, cet élève a un passif de relations inappropriées avec ses professeurs. Comme vous pouvez le voir dans ce dossier, elle a raté plus de cours qu'elle n'en avait le droit pour cette classe sans être automatiquement recalée. Et ses notes se sont améliorées de manière significative ces dernières semaines.

Le cœur d'Eli se serra lorsqu'il se souvint du moment où il s'était retourné pour trouver Whitney ne portant rien d'autre qu'un minuscule bout de tissus. Non, c'était impossible que Britton ait su pour cet incident ou il n'aurait pas attendu aussi longtemps. Il serait allé voir le doyen directement. Eli aurait dû le faire lui-même après cet incident pour les protéger tous les deux, au lieu de s'enfuir de la ville. Il n'avait que lui-même à blâmer pour ce fiasco.

Ses yeux se dirigèrent immédiatement vers Whitney, qui était devenu écarlate et essayait de s'enfoncer autant que possible dans sa chaise. Quel salaud aveugle et stupide. La rage d'Eli réapparut. Il se redressa sur sa chaise. Il savait qu'Ash était probablement en train de le fusiller du regard, alors il évita de le regarder et ouvrit la bouche.

— Elle ? demanda le doyen d'une voix neutre.

— Oui, Whitney Grenier, avancez-vous s'il vous plaît. Le comité a quelques questions à vous poser.

Les cheveux de Whitney volèrent lorsqu'elle secoua la tête violemment.

— Je… Je veux sortir, dit-elle dans un murmure. S'il vous plaît.

— Mademoiselle, vous êtes déjà dans de beaux draps sans en plus…

— Arrêtez ça, craqua Eli en se levant.

Bon sang, Ash allait le tuer, mais il ne pouvait pas laisser Britton humilier Whitney en public. C'était à son tour de dire le fond de sa pensée.

— Je ne vais pas vous laisser continuer à humilier ou harceler mes étudiants. Il n'y a aucune liaison entre Mademoiselle Grenier et moi. Oui, elle a raté plusieurs cours au début, assez pour la recaler, techniquement. Mais nous avons planifié ensemble comment elle pouvait remédier à la situation. Depuis, elle n'a pas raté une seule leçon ou été en retard une seule fois. Elle a rendu tous ses devoirs et fait toutes ses présentations. Si elle se débrouille bien à son examen final, elle obtiendra probablement un faible C. Peut-être que ce n'est pas très orthodoxe, mais je ne suis pas du genre à jeter les élèves hors de mon cours si je peux l'éviter. Elle a eu une chance et en a profité au lieu de continuer à se laisser aller.

— Bien sûr, vous allez essayer de trouver une excuse comme ça, ricana Britton. Je ne crois pas que les autres étudiants de votre classe apprécient que

281

vous fassiez des concessions spéciales pour une élève alors qu'ils ont fait tout ce qui était attendu d'eux, et ont assisté à tous les cours.

— Et leurs notes supérieures refléteront leur travail, le coupa Eli. Laissez-moi vous dire ceci très simplement, pour que même vous puissiez comprendre : je suis gay. Je vous jure que je n'ai jamais eu de liaison avec une femme.

Le visage de Britton perdit toute expression, et son regard alla d'Eli aux étudiants et au comité, tandis que sa bouche s'ouvrait et se fermait comme un poisson hors de l'eau.

— Quoi ?

— Mec il est, genre, complètement gay, répondit Isaac. On a évoqué le sujet une fois, en cours, en parlant d'Oscar Wilde, et Kerry lui a posé plein de questions sur ça.

La bouche de Britton se ferma avec un claquement et tout son corps se tendit.

— Vous mentez.

— Randall, je peux attester de la bonne foi d'Eli. Cela fait des années que je suis au courant, déclara le doyen. Il est temps de laisser tomber tout ça. Je vais demander aux étudiants de sortir. Toi aussi, Eli, même si j'aimerais te parler plus tard. Randall, veuillez venir me voir dans mon bureau.

— Attendez, déclara Britton avec une note de désespoir dans la voix.

Pendant un instant, Eli se sentit presque désolé pour lui. L'expression sur le visage de l'autre homme était celle de quelqu'un qui voyait tous ces rêves s'effondrer. Mais la honte qui persistait sur celui de Whitney tandis qu'elle sortait de la salle suffit à le blinder.

— Il doit y avoir une erreur.

Ash se leva pour suivre le reste des étudiants et les yeux de Britton s'écarquillèrent. Il pointa violemment un doigt en direction d'Ash.

— C'est avec lui qu'Eli couche. Je les ai surpris ensemble plusieurs fois dans son bureau.

— Oh, pour l'amour de…

John leva les mains en l'air et se leva.

— Si vous les avez surpris, alors pourquoi croyiez-vous qu'Eli sortait avec Whitney ? Vous ne savez clairement pas ce qui se passe dans votre propre département.

— Mais j'ai vu…

— M. Newton, le coupa Eli.

L'autre homme rendait malade.

— Il y a une dernière chose que j'aimerais résoudre avant que le comité se dissolve. Je serai bref.

— Vas-y.

— Je vous demande de ne pas interférer dans ma décision concernant Mademoiselle Grenier, même avec les cours manqués.

Il lança un regard dur à Britton.

— Je sais ce qui était noté dans mon programme concernant les absences, mais je pense que l'humiliation qu'elle a subie inutilement aujourd'hui devrait compter pour quelque chose, sans parler du travail qu'elle a fourni depuis que je lui ai clairement fait comprendre qu'elle serait recalée si elle continuait comme cela.

Les membres du comité s'entre-regardèrent, puis John haussa les épaules.

— Si elle a fait tout son travail et n'a pas manqué un seul cours après votre accord, je ne vois pas pourquoi nous nous en mêlerions. Je fais confiance à ton jugement.

— Je suis d'accord.

Le doyen se leva et regarda Britton.

— Randall, puis-je te voir un instant ?

Eli se détourna, son estomac faisant des saltos. Il ne pouvait pas croire que tout cela était réellement fini. Plus de Britton comme une épée de Damoclès au-dessus de sa tête, à scruter chacun de ses actes. Le soulagement était palpable. Il n'avait pas réalisé à quel point cela lui pesait jusqu'à ce qu'il ne le sente plus.

Il leva les yeux pour tenter de croiser le regard d'Ash, mais se rendit compte qu'il avait disparu avec le reste de la classe. C'était avec lui qu'Eli voulait célébrer ça, mais cela devrait attendre. Peut-être qu'ils pourraient aller au chalet pour le week-end ? Non, c'était un week-end d'entraînement pour Ash, ce qui voulait dire qu'Eli ne le verrait probablement pas avant qu'il parte.

C'était vraiment déprimant. Eli sentit son cœur se serrer à nouveau et sa victoire lui sembla amère. Pour être honnête, rester à Amwich si Ash s'en allait serait douloureux. Eli était un gamin de militaire. Il était habitué à bouger d'un bout à l'autre du pays. Ash allait peut-être devoir déménager souvent avec le travail qu'il choisirait, et Eli se disait qu'il pourrait peut-être le supporter, s'il était avec lui.

Au moins, la semaine prochaine était la dernière semaine de cours. Dès que la dernière note serait postée, il allait révéler à Ash ce qu'il ressentait pour lui et lui demander d'emménager avec lui. Ils pourraient réfléchir à leur avenir ensemble après ça. Son téléphone vibra tandis qu'il disait au revoir à ses collègues, et le message qu'il découvrit le fit sourire comme un idiot.

Félicitations, Prof. Prêt pour un nouveau pari ? Le gagnant aura accès au tiroir pervers. Réfléchis à ça pendant le week-end.

ASH AVAIT l'impression que le cours ne se terminerait jamais. Ce n'était pas qu'ils avaient trop travaillé, au contraire. Les autres étudiants avaient été trop surexcités par l'audition de vendredi et pouvaient enfin dire ce qu'ils voulaient à Eli. Sans compter qu'ils voulaient célébrer le fait que Britton renonçait à son poste de directeur du département. Il y avait même des rumeurs qui disaient qu'il ne reviendrait pas du tout au printemps.

Non, ce qui faisait bouillir le sang d'Ash, c'était ces petits regards que n'arrêtait pas de lui envoyer Eli. Des regards fiévreux et amoureux, même s'il essayait désespérément de rester concentré sur toute la classe. Après une longue semaine sans satisfaction, ces regards chamboulaient complètement Ash.

Lorsqu'Eli se dirigea vers son bureau après la classe, Ash lui emboîta le pas mais un gloussement de Kerry l'arrêta.

— Heureusement que le doyen n'était pas là aujourd'hui, à prendre des notes. Vous auriez été grillés.

— Tu le vois simplement parce que tu avais déjà compris avant aujourd'hui.

Ils auraient sans doute pu être plus prudents. Il ne restait plus qu'un cours à supporter.

— En plus, tu es programmée pour voir des romances et des liaisons interdites partout. C'est bien toi qui as appelé ton chat Lancelot et as fait ta présentation sur Abélard et Héloïse, non ?

Kerry rougit.

— Peut-être. Mais quand même, tu aurais dû faire quelque chose pour aider le Dr Hollister vendredi, au lieu de rester muet.

— Tu crois que si j'avais déclaré ma flamme devant tout le comité, ça l'aurait aidé ? Ça nous aurait plutôt causé des ennuis à tous les deux, et en plus

284

il m'en aurait voulu. Ça aurait peut-être été romantique, ma chère fleur bleue, mais ce n'était pas une bonne idée.

— Peut-être, admit Kerry d'un air dubitatif. Je trouve quand même que tu devrais faire quelque chose. Quelque chose de grandiose.

— Je crois que tu aimerais ça plus que lui, répondit Ash en riant. Et je vais mettre un terme à cette conversation avant que tu essaies de me convaincre d'ouvrir le dernier cours avec une sérénade ou quelque chose comme ça. Je ne vais pas en rajouter au conte de fées que tu t'inventes à propos de nous

— Haha. Moque-toi de moi autant que tu veux, Monsieur Ashley-je-suis-un-gentleman-du-Sud ! lui cria Kerry lorsqu'il entama une retraite stratégique. Je sais voir quand tout est bien qui finit bien !

Ash ne put s'empêcher de penser aux derniers mots de Kerry tandis qu'il se dirigeait vers le bureau d'Eli. *Tout est bien qui finit bien.* Il aimait cette idée. L'Ermitage n'était peut-être pas un château, et Amwich était sans doute plus proche du village que de la capitale royale, mais c'était à ces deux endroits qu'Ash pensait quand il entendait le mot 'foyer'. Et à Eli lui-même. Il avait cherché un endroit à appeler chez lui pendant bien trop longtemps.

Son amant avait les pieds sur la table et les yeux fermés lorsqu'Ash se glissa dans son bureau et verrouilla la porte derrière lui. Un petit sourire joua sur les lèvres d'Eli, mais il n'ouvrit pas les yeux.

— Je n'ai pas de permanence aujourd'hui. Vous allez devoir attendre jusqu'à demain.

— Et si j'ai un problème qui ne peut pas attendre ?

Les yeux d'Eli s'entrouvrirent et il fut frappé par la passion et l'amour qui s'y lisaient.

— Je suppose que je peux faire une exception pour vous, alors. Viens là, Géorgie. Tu m'as énormément manqué ce week-end.

Ash se dirigea vers lui, le cœur battant à tout rompre. Il eut même un soubresaut lorsqu'Eli attrapa le devant de son tee-shirt et le tira vers lui pour lui infliger un baiser qui lui fit perdre la tête.

— Tu m'as manqué aussi, répondit-il lorsqu'Eli le relâcha enfin. Le dragon a disparu, alors, d'après ce que j'entends ? Ton entrevue avec le doyen a dû bien se passer.

— Britton renonce à son poste de directeur du département, et il partira en retraite à la fin de l'année. D'après les rumeurs, on lui a diagnostiqué un début de démence, même s'il est sans doute trop tôt pour le savoir avec certitude. Ma titularisation est à peu près garantie, maintenant qu'il n'est plus là pour la menacer.

Une légère ride apparut entre les sourcils d'Eli, mais disparut tout aussi vite.

— C'est une bonne nouvelle. C'est ce que tu as toujours voulu, non ?

— Parfois les plans changent. Ce semestre a été le plus cinglé de toute ma vie. Je crois que je vais émigrer au Tibet et devenir moine.

— Menteur. Tu aimes trop cet endroit pour partir.

Ash rit et lui vola un autre baiser.

— Kerry vient de me crier dessus. Apparemment, elle pense qu'un chevalier blanc aurait dû apparaître pour te sauver vendredi.

— Je crois qu'il y en a eu un. Je ne m'attendais pas à ce que Wayne soit là. Il m'avait dit qu'il avait repoussé l'offre de Britton. Je soupçonne que tu as quelque chose à voir avec son revirement.

— Il se peut que j'aie dit quelques mots.

Ash sourit en relevant la tête. Les lignes de stress qui avaient toujours été présentes près de la bouche et des yeux d'Eli lorsqu'il était dans cette pièce avaient disparu.

— Je dois dire que l'opinion que j'avais de Wayne est légèrement remontée. À l'origine, il avait dit à Britton qu'il ne voulait pas lui parler. Je l'ai convaincu que témoigner pour toi serait une bien meilleure idée. J'ai même promis de plaider en sa faveur auprès de Cooper.

— Tu aurais pu me parler de ton plan.

Eli enfonça son index dans la poitrine d'Ash.

— Ça m'aurait évité de devenir dingue.

— Je ne pouvais pas faire ça, Prof, désolé. Tu es le pire joueur de poker que j'ai jamais vu. Tu es trop expressif, et le doyen te surveillait. Plus tes émotions étaient authentiques, plus tu avais l'air crédible. Ton inquiétude quand tu as vu Wayne a été prise pour de l'inquiétude pour un ami dès que tu as ouvert la bouche, pas pour de l'inquiétude sur ce que Wayne aurait pu dire au comité.

— Tu as un côté sournois que je n'aurais jamais imaginé, remarqua Eli avant de l'agripper pour un autre long baiser. Merci.

Ash lui fit un grand sourire et, fort de son succès, n'essaya même pas d'être subtil.

— Alors, ça fait longtemps que tu es amoureux de moi ?

286

ELI CLIGNA des yeux, avant d'ouvrir la bouche tandis que son cœur manquait un battement.

— Quoi ?

Ash retira l'élastique qui maintenait bout de la tresse de son compagnon et passa ses doigts dans ses cheveux pour la défaire. La tension augmenta, et Eli eut brusquement du mal à respirer.

— C'est une question simple et je meurs d'envie de connaître la réponse, mais si ça peut te rassurer, je passe en premier.

Ash enroula les cheveux d'Eli autour de son poing. Les battements cardiaques d'Eli accélérèrent jusqu'à n'être plus qu'une salve de mitraillettes dans sa poitrine.

— Je veux rester à Amwich avec toi, déclara Ash d'une voix rauque.

Il fallut un moment pour qu'Eli comprenne, puis une onde de chaleur et de plaisir le traversa.

— Vraiment ? Serait-ce ta façon de me dire que tu ressens la même chose pour moi ?

— Je n'ai jamais dit ça à un amant auparavant.

Le temps s'arrêta et Eli regarda Ash, attendant les mots. Il n'avait jamais vu Ash si nerveux…

— Je t'aime.

Un immense sourire apparut sur le visage d'Eli et son univers entier sembla trouver sa place. Il attira Ash sur son siège avec lui, ayant besoin de le sentir près. La chaise grinça, et Eli gloussa.

— Je ne crois pas que cette chaise ait été faite pour deux personnes. Je vais devoir installer un canapé ici pour toi.

— Alors comme ça tu abandonnes l'idée de partir au Tibet ? demanda Ash en effleurant les lèvres souriantes d'Eli.

— Le Tibet peut aller se faire voir, j'ai tout ce qu'il me faut ici.

Eli posa une main sur la nuque d'Ash et l'attira dans un autre baiser à couper le souffle.

— J'avais prévu d'attendre la fin du semestre pour te demander ça, mais je ne peux plus attendre.

— Tu craques à seulement quelques jours de la date. Je ne le dirai à personne.

Les yeux verts d'Ash brillaient de malice.

— Viens habiter avec moi à l'Ermitage.

Ash fit semblant de réfléchir, pendant que l'estomac d'Eli faisait des nœuds.

— Je ne sais pas, tu vas continuer à prétendre que la Ligue américaine est meilleure que la Ligue nationale ? Et que le poste de *frappeur désigné* a une raison d'exister ?

— Attends un peu, je vais te convertir.

— Tu rigoles ? Tu es un peu fanatique. Je ne sais pas si je pourrais supporter d'entendre parler des Red Sox tous les jours, et Jase a le nez froid le matin.

— Je préfère le terme *fidèle*, renifla Eli.

— C'est ce que disent tous les fanatiques.

Les mains d'Ash se resserrent sur les cheveux d'Eli, et il baissa la tête pour l'embrasser.

— J'adorerais emménager avec toi. Être avec toi seulement à temps partiel me rend dingue.

— J'ai changé d'avis. Tu es absolument un grand slam, murmura Eli contre ses lèvres. Je t'aime.

— Je sais.

Ash lui vola un autre long baiser, avant d'ajouter :

— Au fait, ce pari…

MARGUERITE LABBE a été accusée d'être excentrique et un tantinet névrosée. Elle admet ouvertement que c'est loin d'être faux, mais sa muse a des TOC, alors qui peut lui en vouloir ? Son mari et son fils sont très doués pour la faire filer droit, cependant. Avec sa coauteure Fae Sutherland, Marguerite s'est découvert une passion pour les hommes mignons et rebelles.

Lorsqu'elle ne se décarcasse pas à écrire ou corriger ce qu'elle a écrit, Marguerite lit des romans de tous genres, fait du jeu de rôle avec ses amis tout aussi cinglés et tente de faire des farces à son fils et son mari. Son fils apprend malheureusement un peu trop vite et aime contre-attaquer. Elle devrait pourtant le savoir…

Visitez le site web de Marguerite à l'adresse http://chasethedream.net/.